スリーパー

楡 周平

角川文庫
19911

目次

プロローグ

一九九一年六月一日。作戦名『砂漠の嵐』から始まった湾岸戦争が、多国籍軍の圧倒的勝利に終わって三カ月。本来であれば、熱帯の基地は、静かな週末の夜を迎えているはずだった。

だが、この日、フィリピンのマニラ郊外にあるクラーク空軍基地だけは、いつもと全く異なる様相を呈していた。

後に、その最中に身を置いたベトナム戦争を知る古参兵の一人は、「陥落直前のサイゴンのようだった」と語った。実際、武器、弾薬、重要書類の搬出に追われる兵士、身の回りの荷物だけを持ち基地を出て行く家族など、いずれの人々の顔にも、目前まで迫った敵から一刻も早く逃れんとするかのような、恐怖と焦りの色が浮かんでいた。

原因はピナトゥボ火山である。僅《わず》か二〇キロしか離れていないその山が、いまこの瞬間にも大爆発を起こすかも知れないという、極めて切迫した状況下に基地は置かれていた。しかも今回の噴火が五百年前と同程度の規模となれば、基地が壊滅的打撃を受けるばかりか、そこに居合わせた人間の生命を奪い去ってしまうことが確実とされたのだ。

限られた時間の中で、最大限の効率を以《もっ》て事態に対処するためには、冷静さと慎重さが求められる。一つの不手際は、労力を多くするばかりでなく、事態を乗算的に悪化させていくものだからだ。それは、日頃敵を倒し、自らが生き残るための術《すべ》を訓練の中で学んでいる兵士には、十分身についているはずのものだが、不測の事態というのは、えてしてこうした中で起こる。

二十二時十四分。02番滑走路の延長線上で重い地響きとともに巨大な火球が噴き上がった。

その瞬間、誰もが山が噴火を始めたと震え上がったが、火球は夜の闇に吸い込まれるように消え失《う》せ、滑走路先端の稜線を黒く浮き上がらせるオレンジ色の光となった。そして、基地内に緊急事態の勃発《ぼっぱつ》を知らせる警報音が鳴り響いた。

炎の正体は、然程《さほど》の時間を経ずして明らかになった。

後方基地との間の輸送任務についていたC－130、通称ハーキュリーズが墜落したのだ。

退避作業に追われていたのは、消防班、救護班も同じである。やらねばならぬことは山ほどあったが、事故となれば何をおいても乗員の救出に当たらなければならない。しかし、混乱の最中の事故である。隊員が集まり出動態勢を整えるまでかなりの時間を要した上に、ゲートに続く道は避難する家族を乗せた車で大渋滞だった。02番滑走路の延長線上、三キロほど離れた敷地外の現場に消防車や救急車が駆けつけた時には、すでに炎は下火となり、燻《くすぶ》る機体の周りには、スラムで暮らすフィリピン人が群がり、散乱した部品を拾い集めている真っ最中だった。

なにしろ当時のフィリピンには、首都マニラにさえゴミが堆《うずたか》く積み上げられた『スモーキーマウンテン』と呼ばれる巨大な山が存在し、スラムで暮らす人々は都市から排出される廃品を漁《あさ》って生活の糧としていた時代である。彼らの貧困の度合いは想像を絶するもので、堆積《たいせき》したゴミが自然発火し、白煙を立ち昇らせる中を靴も履かず、ボロボロの服を纏《まと》った格好で、腐敗した食べ物を漁り、時には犬の死骸《しがい》の血を啜《すす》りながら、金目の物を血眼になって探し彷徨《さまよ》い歩くという酷《ひど》いものだった。

スカベンジャーと呼ばれる彼らの生活が成立するのも、大量のゴミを排出する人口と経済基盤の周辺に身を置けばこそだ。

基地の人口だけでも一万五千人。しかも国外にいても本国と同じ生活を保障するのが兵を募集するに当たってのアメリカ軍の誘い文句だ。基地内には学校もあれば病院、娯楽施設、ショッピングセンターも完備され、周辺には軍人たちを目当てにしたレストランやバー、そして歓楽街が軒を連ねてもいた。その点からいえば、クラーク空軍基地の周辺は、ゴミに頼って生きる人々の生活圏が確立される条件は十分に満たされていた。

突然の墜落事故はアメリカ軍にとっては、忌まわしい出来事以外の何物でもなかったが、彼らスカベンジャーにとっては、突如天から舞い降りた幸運と映ったことだろう。

航空機の機体はジュラルミンやアルミニウムが豊富に使われている上に、無数に張り巡らされた配線には銅が使われている。これらはいずれも再生可能な資源であり、廃品業者に持ち込めば貴重な現金収入となるからだ。

アメリカ軍にとって、墜落現場にいち早く駆けつけたのがスカベンジャーたちであったことは、驚きではなかった。散乱物はおろか、損壊した機体からも多くの物が持ち去られていたことも、想定の範囲内のことだった。しかし、彼らを追い払った後、無残に垂れ下がった主翼からエルロンとフラップ、そして水平尾翼からエレベーターまでもがそっくり無くなっていることに気がついた時、居合わせた兵士の誰もが驚きを通り越し、愕然《がくぜん》となった。

いずれも航空機の飛行においては、機体の安定、進路の変更を司《つかさど》る舵《かじ》の役割をするもので、飛行中は激しい大気の力をまともに受ける部分である。それゆえに、取り外しに際しては専門的知識と工具が必要で、これまで起きた航空機事故においても、これらの部分が脱落したという事例はあまりなかったからだ。

いったいどうやって――。

スカベンジャーたちのこの行為は、現場に駆けつけたアメリカ軍兵士に謎を与えると同時に、スラムで暮らす人間たちの生への執着の凄《すさ》まじさを改めて印象づけることになった。

本来であればただちに応援の兵士が駆けつけ、重機が投入され、事故原因の究明のために機体の回収作業が始まる筈《はず》だった。しかし、この事故に限っては、アメリカ軍はその作業を行わないことを即座に決めた。

この機体に、たとえ同盟国であろうとも、決して知られてはならないテクノロジーが搭載されていたというなら、話も違っていただろう。しかし、C－130は一九五四年に初飛行を迎えた後、幾多の改良が加えられたとはいえ、今に至るまで使われ続けている機体だ。ましてや、世界六十を超える国の軍隊に輸出されている代物でもある。

噴火という危機が目前に迫っている以上、もはやただの金属の残骸《ざんがい》となった機体の回収に時間を費やす理由などなかった。

遺体の回収が終わったところで、アメリカ軍はそれ以上の作業を中止し、全員がその場を立ち去った。入れ替わるように、再びスカベンジャーたちがやって来ることは分かっていたが、そんなことはどうでもよかった。噴火は大規模なものになるだろうというのが予測だった。ならば、押し寄せる火砕流、あるいは降り注ぐ火山灰でこの残骸は覆い尽くされてしまい、その下で永遠の眠りにつくことになる――。

アメリカ軍の読みが現実のものとなったのは、それからちょうど二週間後の六月十五日のことだ。

火山の噴火としては二十世紀最大級の規模となり、一七四五メートルあったピナトゥボ山の標高が、実に一四八六メートルにまで減ずるほどの凄まじさだった。噴き上げられた噴煙柱は二五キロもの高空に達し、火山灰と噴石は一五〇キロ四方に降り注いだ。クラーク空軍基地には火砕流こそ押し寄せはしなかったものの、格納庫は降り注いだ火山灰の重さで押しつぶされた。基地施設も二階部分にまで達するほどの高さが灰に埋まった。フィリピン当局と使用期限延長交渉を行っていたアメリカ軍は継続使用を断念し、同基地の放棄を決定せざるを得ないほどの大災害となった。

基地の消滅とともに、C－130の墜落事故もアメリカ軍の事故記録の中に留《とど》めおかれこそすれ、時の経過の中で、人々の記憶から忘れ去られた。

しかしこの事故は、後にアジアを巡る大国間の水面下での争いの中で、重大な役割を果たす因子を含んでいた。

C－130のエルロンとエレベーターには、翼の振動を抑えるためのバランサーとして劣化ウランが用いられていたからだ。当時は軍用機はおろか、民間機にもバランサーに劣化ウランが使用されるのは当たり前のことで、そのことに注意を払う者は誰一人としていなかった。ましてやスカベンジャーによって持ち去られたそれらの行く末に思いを馳《は》せる者など、いよう筈もなかったのである。

第一章

1

禁煙運動の聖地ともいえるカリフォルニアに来て、煙草の洗礼を受けるとは考えもしなかったのだろう。吹き上げた煙の先で、二人の客はあからさまに困惑の色を浮かべた。宙を漂う煙は、僅《わず》かに開けられた窓に向かって、吸い込まれるように消えていく。それでも、フランス煙草の強い香りは後をひく。

「よりによって、こいつかね」

頭を僅かに傾げながら、ジョージ・シュワルツが右の眉《まゆ》を吊《つ》り上げた。「どうしてまた――」

「この中から期待する任務を遂行する能力を持った人間を選べというなら、こいつしかいない。あとは屑《くず》だ」

男は断ずると、テーブルの上に置いたファイルの山に目をやった。

「それじゃ答えにならない。DDO（作戦担当副長官）は、選んだ理由を訊《き》いてるんだ」

日本担当のブライアン・オコーネルが声を尖《とが》らせた。

どこの組織でも下っ端ほど高圧的な態度に出るものだ。どうやらそれは、ＣＩＡにも当て嵌《は》まるものらしい。ＤＤＯは会社組織でいうならボードメンバー一歩手前の上級職だが、日本担当など現場担当レベルに過ぎない。シュワルツは人にものを訊《たず》ねるにあたって、最低限の口の利き方を心得てはいるが、オコーネルは部下に接するかのような物いいだ。

しかし、それを正すのも大人げない。

男は込み上げる不快感を、ショットグラスに注いだスコッチで飲み下すと、

「法を犯したことのない人間に、君たちが望むような任務は務まらん。そう思わんか？」

口の中に残るモルトの余韻を味わいながら、また煙草を吹かした。

宙に漂う煙が間接照明の暖かな明かりに反射しながら、窓の方に向かって流れて行く。その先には、眼下に広がるナパの街の夜景が広がっている。外気温は夜になってぐっと下がってきたようだ。地面からの放熱のせいだろう、街の灯《ひ》が揺らいで見える。

「なるほど」

シュワルツが頷《うなず》いた。「しかし、犯罪の内容が問題だな」

「殺人がかね」

「結果のことをいっているんじゃない。そこに至る過程だよ」

「ケンジ・ユラ、三十四歳……」

オコーネルが手にしたファイルを読み上げ始める。「BA（学士）、シカゴ、MBA（経営学修士）、スタンフォード。学位取得と同時にアメリカの投資ファンド、ウイリアム・ブラザーズに入社。そこでCIAのリクルートを受け日本に帰国。マーキュリー・ファンドに入社。日本語と英語のバイリンガル。フルコンタクトの空手流派の四段。しかも西海岸チャンピオン――」

男は黙ってショットグラスを掲げると、先を促した。

「同ファンドにあっては、抜群の運用実績を誇り、程なくして二百万ドルプレーヤーになる。しかし、五年後の二〇〇五年。カジノで作った借金のトラブルを巡って、レーク・タホの闇金融業ウイリアム・リーを殴殺。第一級殺人罪で逮捕、起訴。無期懲役の判決を受け、現在カリフォルニア州、サン・クエンティン刑務所に服役中――。ご立派な経歴だ」

オコーネルは顔を上げると、乱暴な仕草でファイルを閉じた。「いったいこんな男のどこがいいんだ」

「じゃあ訊くが、なぜマクレーンはユラをスリーパーとして、マーキュリー・ファンドに送り込んだんだ」

「いまさら説明するほどのことかね。我々の諜報《ちようほう》活動は多岐に亘《わた》る。他国の経済動向の情報を集め、分析するのもその一つだ。特にファンドの動きは、ネット社会の急速な発展、コンピュータの処理能力の飛躍的進歩に伴って、時に国家の金融政策を揺るがすほどの影響力を持つに至っているからね。日本有数のファンドに、スリーパーを潜り込ませる。理に適《かな》った話じゃないか」

男の問い掛けに、オコーネルが答えた。

「ユラは自ら進んで、スリーパーにしてくれとでもいったのかね」

「まさか」

オコーネルは即座に否定した。「我々は人を選ぶ。これぞと目をつけた人間にしか、誘いはかけない」

「つまりユラは、君たちが何者であるか、自分に課せられる役割がどんなものかを熟知した上で、マクレーンのために働くことを承諾したわけだ」

「その通りだ」

「不思議だとは思わないかね」

「何が？」

「これほど立派な経歴の持ち主が、なぜアメリカの課報機関のために働くことを望んだかってことだ」

オコーネルが黙った。男は続けた。

「富や名声に興味はない。自分がまだ発揮していない能力。それが何かを探し求めていたからじゃないのか」

「探し求めた果てに行き着いたのがギャンブルかね」

オコーネルは呆《あき》れたように鼻を鳴らすと、眉を吊り上げた。

「任務が、退屈過ぎたんだよ」

八月のナパの気候は砂漠と似ている。日中は鮮烈な日射しが容赦なく降り注ぎ、気温も上がる。夜に入ると一転して、ジャケットなしではいられぬほどに低下する。その寒暖差が上質のワインの原料となる葡萄《ぶどう》を育て上げるのだが、忍び寄る冷気に長時間晒《さら》されると、古傷が疼《うず》く。

「失礼――」

男は断りを入れると、煙草を灰皿に突き立て、電動車椅子のレバーを押した。

鈍いモーター音と共に、車椅子は滑るように移動する。

「飲むかね」

男は窓を閉めるなり訊いた。

二人が顔を見合わせる。

「話が終われば空港に待たせてある専用機でとんぼ返りなんだろ。東海岸までの飛行は長い。せっかくナパへ来たんだ。ご馳走《ちそう》しよう」

シュワルツが頷いた。

「お言葉に甘えよう」

「赤？　それとも白？」

「赤を――」

男はリビングの片隅に置かれたワインセラーから一本のボトルを取り出すと、

「この通りの体なものでね。栓は自分で抜いてくれ。グラスはあそこにある」

壁面に設《しつら》えられた、棚を目で指した。

オープナーを手渡されたシュワルツが、手慣れた手つきでコルクを抜きにかかる。立ち上がったオコーネルがグラスに手を伸ばす。

「グラスは二つでいい」

男はいった。

オコーネルが怪訝《けげん》な顔をしながら振り返る。

「傷の痛みを抑えるには、ワインの酔いは穏やか過ぎてね――」

男は半分ほど残ったスコッチを一気に呷《あお》ると、空になったショットグラスを琥珀《こはく》色の液体で満たした。

「我々が求めている人間に与えられる任務が、退屈なものでないと、なぜ分かるのかな」

シュワルツが、抜栓したコルクを鼻先に持っていく。

「そうでなければ、わざわざ私に意見を求めるわけがない」

「なるほど」

ふっと笑みを浮かべるシュワルツに向かって、

「で、何をやらせるつもりだ」

男は訊ねた。

「東アジア地域での工作活動。実戦的な意味でのね」

シュワルツはいった。「承知のように、いまアメリカがアフガニスタンで展開しているタリバン掃討作戦は、泥沼に陥っている。この事態を打破しようと、今年二月には、すでに派遣されていた兵力三万八千に加えて、二万九千がアフガニスタンに送り込まれた。都合六万七千――。これは、ベトナム戦争以来、アメリカが海外に派遣した軍隊としては最大規模のものだが、正直なところこれで事態が好転するとは思えない」

当たり前の話だと思った。

アフガニスタンでの戦いは、国家によって統制される軍隊が相手ではない。宗教観の下に派生した武装組織が相手なのだ。彼らに共通するものは、信ずる神の教えへの強い信仰心であり、もはや嫌悪といってもいいほどの反米感情である。そしてその教えは国家という枠を超えて広がっている。つまり戦闘地域を明確に定めることができないことに加えて、敵がどこに潜んでいるか分からぬ戦いにアメリカは踏み出したのだ。事態が好転するどころか収束の時が訪れるはずがない。

男は黙って先を促した。

「戦争は莫大《ばくだい》な資金を要する。二〇〇三年のイラク侵攻以来六年。アメリカが費やした戦費は、今年中に一兆ドルを超すのはもはや確実となった」

「かといって自ら始めた戦争だ。決着がつかぬうちに、軍を引き揚げるわけにはいかない。アフガニスタンでのゲリラ相手の戦いが、いかに困難を極めるものであるかは、ソ連が十年の歳月を費やしたあげくに撤退せざるを得なかったことで証明済みだ。先人の失敗に学ばず同じ轍《てつ》を踏む。猿並みの頭しかない人間を大統領に選ぶとこういうことになる」

容赦ない男の言葉に、オコーネルが不快感を露《あらわ》に何かをいいかけた。

それを押しとどめるように、シュワルツがワインをグラスに注ぐと口を開いた。

「君がいうように、何らかの決着。いや、体裁を整えることなくして、アフガニスタンから軍を引き揚げるわけにはいかない。作戦行動は暫《しばら》くの間、続けるしかないわけだが、当然、その間は国家予算の中から、莫大な戦費が費やされることになる」

「つまり？」

「我々が懸念するのは、そこで新たな紛争、いや、アメリカが軍を出動させざるをえない状況が発生することだ。アフガニスタンと同時に別方面に軍を展開するのは財政的に不可能だ。かといって、武力を行使する事態に直面して、軍を派遣しなければ、その地域におけるアメリカのプレゼンスは低下する」

シュワルツはワインを眠りから醒《さま》すために、グラスをゆすり始める。「これは実に憂慮すべき事態だよ。アメリカが動こうにも動けない。敵対する国にとっては、その地域におけるアメリカの影響力を削《そ》ぎ、あるいは要求を飲ませる絶好の機会と映る――」

「北の動きを懸念しているのか」

シュワルツは頷いた。細めた目に冷たい光が宿る。

「各国の経済制裁下にあって、一般国民は貧困に喘《あえ》いでいる。軍人だって十分な配給に与《あずか》っているのは極一部だ。指導者層に対する不満は鬱積《うっせき》するばかり。体制を維持するためには、経済を立て直すしかない。しかし、もはや自力では不可能だ。となれば、他国からの援助に縋《すが》るしかない」

「挑発的行動に出て、譲歩を勝ち取るのは今に始まったことじゃないが、用心棒が動くに動けないとなれば、日本、あるいは韓国に強硬手段に打って出る可能性があるといいたいのだな」

「それは、私よりも君のほうがよく知っているはずだ」

シュワルツがいうと、オコーネルは怪訝な表情を浮かべた。

その反応といい、敬意を払わぬ物いいといい、オコーネルは自分の過去を知らないに違いないと思ってはいたが、どうやらその推測は当たっていたようだ。

しかし、それも不思議なことではない。マクレーンでは、知る権利は著しく制限される。情報は知る必要のあると認められる人間だけが接することができるもので、それは明確な資格によって定められている。もはや、工作員としては過去の人間だが、我が身に関する情報も、許された人間のみが接することができるもので、オコーネルにはその資格が与えられてはいないというだけのことだ。

「それと、もう一つ。当時と決定的に状況が異なるのが中国の台頭だ」

シュワルツは続けた。「驚異的な経済発展を遂げている中国は、東アジア、いや東南アジアも含むアジア全域に影響力を行使すべく軍事力の増強に余念がない。その時、どうしても邪魔になるのが、極東に展開しているアメリカ軍の存在だ。北朝鮮がぎりぎりのところで現体制を維持できているのは、中国の支援あってのこと。米中二国が、直接対峙《たいじ》することはあり得ないが、北朝鮮を使ってアメリカを窮地に追い込む。中国が何らかの手段を以《もっ》て、そうした行動に打って出てくることは十分に考えられる」

「その時、真っ先にターゲットとなるのは、日本。そう考えているんだな」

「そうだ」

「ならば、やはりユラだな。彼しかいない」

男はいった。

「しかし、彼は刑務所にいるんですよ」

オコーネルの口調が改まった。

「有能な人材を獄につないでおく。それも税金を使ってだ。実に馬鹿げたことだと思わんかね。財政状態が厳しいというのなら、国家のために働かせるのが得策ってもんじゃないか」

男はスコッチをぐいと呷ると、「それに君たちは、有事が起きた後の対処を考えているわけじゃないんだろ。事態を未然に防ぐ。それも人知れぬうちにでなければ意味がない。ならば、実行力を持ったタフな人間でなければ務まらんよ」

　静かに断じた。

「人を殺した。それが十分な証明になると？」

　オコーネルは納得がいかない様子だった。「その行為をまんまと隠蔽《いんぺい》したというなら見どころがあるかも知れません。ですが、こいつはその場で警察に身柄《がら》を確保されてるんですよ。殺人を犯すにしても、あまりにも間が抜けてませんか。殺るなら殺るで、多少なりとも知恵の回る人間ならばもっとうまく立ち回るものでしょう」

「知恵が回らなかったのはユラじゃない。リーだ」

　男はオコーネルを見据えた。「ホテルの前の路上でいきなり刃物を突きつけられりゃ、誰だって身を守ろうとするさ。まして、相手はチャイニーズマフィアの一員だ。一瞬の躊躇《ちゅうちょ》が命取りになる」

「殺すつもりで刃物を出したとは思えませんね。リーはユラに五十万ドルもの金を貸していたんですよ。彼を殺せば金は回収できなくなる。刃物を出したのは脅し。そうとしか考えられません」

「単なる脅しで終わったとなぜいえる？」

　オコーネルが言葉に詰まった。男は続けた。

「リーのようなカジノ闇金の金利は、十日で二〇％という法外なものだ。返済の期日は過ぎている。しかしユラは一向に返す様子がない。それで指の一本や二本で済むものかそれ以前にギャンブルなどに手を出さなかっただろうな」

「ユラに守らなければならないものがなかったからだよ。あれば、争っていたさ。いや、

「違う？　じゃあ、他に正当防衛を主張しなかった理由がユラにはあったと？」

「それは違うな」

オコーネルは吐き捨てるようにいいながら肩を竦《すく》めた。

が確保できると思ったのかも知れませんけどね」

もっとも、無罪となれば、リーのいた組織が追って来る。刑務所に入った方が身の安全
「そう、彼は正当防衛を主張しなかった。まるで自ら人生に終止符を打つようにね——。

男はゆっくりとグラスを傾けた。

「正当防衛を主張したのはユラじゃない。弁護士だったはずだが？」

てますよ」

げくの闇金からの借金といい、殺し方といい、とても正気の沙汰《さた》とは思えない。破綻《はたん》し
殴打による殺人行為は正当防衛と認められず第一級殺人で無期懲役。カジノに溺《おぼ》れたあ
「その結果が、行為の一部始終を目撃され通報。駆けつけた警察に逮捕。しかも執拗《しつよう》な
「中途半端なところで止めても、痛めつければ次は命が狙われる。結果は同じだ」

「しかし、殺さなくとも——」

きゃ、自分の身が危うくなるんだ。やつだって必死だ」

ね。返答次第ではリーだって、刺すことを躊躇しなかっただろうさ。落とし前をつけな

「守らなければならないもの？」

オコーネルが訊ね返してきた。

「家族だ。つまりユラにはしがらみというものがない。自分がどうなろうが、迷惑を被る人間など周りにはいやしなかったからだよ」

男は煙草に火を点《とも》した。窓を閉め切ったせいで、吹き上げた煙が三人の間に漂う。オコーネルが、またしてもあからさまに顔を顰《しか》める。

「独身。兄弟もいない。父親は二〇〇一年九月十一日、崩壊したワールド・トレードセンターの中で。母親はそれから二年後、病死――」

オコーネルは納得がいかないとばかりに首を傾げたが、男には確信があった。

そこにかつての自分の姿を見た気がしたからだ。

傍《はた》から見れば、一片の曇りもない経歴。約束された前途。おそらくユラもそんなレールに乗って、退屈な人生を歩むことに我慢ならなかったのだ。世間でいわれるところの成功など、彼の中では何の意味も持たぬものであったに違いない。ファンドの資金を運用することで、もたらされる莫大な報酬も、金融工学の理論に基づいたもの。彼の明晰《めいせき》な頭脳を以てすれば、至極当然の結果であり、己の能力の証明とはなりえなかったのだ。

自分はどこまで行けるのか。どれほどの運に恵まれているのか。

ＣＩＡの誘いは、ユラにとってそれを試すチャンスと映ったと同時に、未知の世界を垣間《かいま》見せてくれるかも知れないという期待を抱かせたに違いない。ところが一向にそんなチャンスは訪れない。それどころかお呼びすらかからない。ユラは飽いた。そしてそんなところに九・一一のテロが起きた。

相次ぐ肉親の死によって、ユラは人生の儚《はかな》さ、世の不条理を思い知ったのだ。同時にそれは、ユラをすべてのしがらみから解放し、かろうじて封じ込めていた本能の扉を完全に開け放つことに繋《つな》がった――。

それは、かつて金のためではなく、己の限界を知りたいがために闇の世界に身を投じた自分がよく知っている。

「ユラは、誘いに乗ると思うかね」

シュワルツには言葉の意味が分かっているようだった。ようやくグラスを傾けると、

「いいね――」

余韻を楽しむかのように、唇をもぐりと動かすと、「ウイリアムズ・セリエム、か――」

ボトルのラベルに目をやった。

「二〇〇五年はピノ・ノワールの当たり年だったという話だが、その味になるまでに四年の眠りが必要だった。そう、四年――。ちょうどユラの服役が始まってからの時間だよ。ワインの熟成期間としては短いが、彼にとってはとてつもなく長い時間だ」

男はふうっと煙を吐き、「昔、アルカトラズに収監されていた囚人が、最も辛《つら》かったのが何だったか知っているか」

と訊ねた。

「いや……」

シュワルツは首を振った。

「海を挟んだ対岸から聞こえて来るサンフランシスコの喧騒《けんそう》だよ。獄舎の窓からは街並も見えるしな。サン・クエンティンも一緒だ。さすがに街の喧騒は聞こえんだろうが、海に浮かぶヨットやボートは否応《いやおう》なしに目に入る。塀に囲まれ何も見えんというなら娑《しゃ》婆気《ばっけ》もつかんだろうが、手の届きそうなところに自由を満喫している人間がいるのを見せつけられるんだ。世を捨てた気になっていても、堪《たま》らんさ――」

サン・クエンティン刑務所は、アルカトラズ島を挟んだサンフランシスコ湾の北岸、マリンカウンティにある。一帯はサンフランシスコ周辺屈指の高級住宅地。つまり最高の立地条件の中にあるのだ。そんな環境の中で囚《とら》われの身となって、生涯を終える日を待つ。考えようによっては、これほど残酷なことはあるまい。

「しかし、その中で彼は生き抜いている。四年もの間ね。タフな男だよ」

男は続けていうと、半ばほどになった煙草を灰皿にこすりつけた。

「なるほど――」

シュワルツは、納得したように頷くと、「しかし、いい住まいだ」

話は終わったとばかりに、話題を変えた。

「誰が訪ねてくるわけでもない。ましてやこの体だ。静かに時が流れるだけだ」

男は両手を広げて戯《おど》けた仕草を取って見せると、「だから彼の気持ちは良く分かる。もっとも彼の場合は静かな環境とはほど遠いだろうがね――」

ショットグラスを空にした。

マクレーンの人間が訪ねて来たのは、ナパで暮らし始めて八年にして初めてのことだ。まして、隠遁《いんとん》生活に等しい日々である。過去のことは思い出さないようにしていたのだが、こんな会話を交わしていると、自分でも意外なほど当時のことが鮮明に蘇《よみがえ》ってくる。

しかし、どう足掻《あが》いたところで脊髄《せきずい》を損傷し、下半身不随となったこの体は元には戻らない。

なぜ、自分はあの時生かされたのか。しかも、オーストリアの個人銀行口座は自由に使えるという厚遇を以てしてまで――。

マクレーンの意図を理解しかねていたが、こうして相談を持ちかけてくるところをみると、まだまだ自分にも使い道があると考えられていたことの証《あかし》だろう。

「静謐《せいひつ》な時間を乱してしまって失礼した。また意見を聞かせていただく時があると思うが――」

シュワルツは静かな声で「いい」、グラスに残ったワインを飲み干した。

「いつでも――」

男が答えると、二人が立ち上がった。

「見送りは結構。我々はここで――」

オコーネルが先に立って部屋を出て行く。シュワルツが立ち止まった。耳元に顔を近づけてくる。そして囁《ささや》いた。

「ロナルド・ベーカーが伝えてくれと――」

懐かしい名前だった。思わず男はシュワルツに目をやった。

彼はこくりと頷くと、肩にそっと手を乗せ続けていった。

「あなたが我々の大切な資産であることに、いまも変わりはないと――」

2

「そっちじゃない――」

背後から呼び止められて由良憲二《ゆらけんじ》は足を止め、振り向いた。

二人の看守が見据えて来る。白人と黒人。アーミーグリーンの半袖《はんそで》の制服は、鍛え上げた筋肉でぱんぱんに膨らんでいる。サングラスをかけているせいで表情は分からぬが、警戒は怠ってはいない。黒人の刑務官の手は、常に腰にぶら下げた警棒に添えられている。

「面会室のある棟は、こっちだろ」

由良は、正面にある獄舎を顎《あご》で指した。

「管理棟に連れて来いという命令でね」

白人の刑務官がいった。

収監されて四年。この間、一人として面会に訪れた人間はいない。判決が確定した時点で弁護士とは縁が切れてしまっている。国内に知人がいないわけではないが、自ら進んで服役囚と関わりを持ちたいと思うような人間はいやしない。しかも、場所は面会室ではなく管理棟だという。つまり、これから会うのは、通常の規則を曲げることができる力を持っているというわけだが、そんな人物に心当たりはない。

十月に入ったカリフォルニアの空からは、強い日差しが降り注いでくる。汗を吸い込んだTシャツが肌にへばりつく。

ここ二時間ばかり、グラウンドで運動をした名残だ。鉄棒に縋っての懸垂、プッシュアップ、ベンチに寝そべっての腹筋。それが終われば、サンドバッグを使って、キックやパンチに磨きをかける。それが、由良の日課の一つだった。

その途中で急に呼び出された上に、移動に際してはタオルの所持は許されない。布きれ一枚でも、ここでは人を殺す立派な凶器となるからだ。

「汗を拭《ふ》かせてくれないか」

体に籠《こも》った熱は、簡単に冷めやらない。

顎から滴り落ちる汗を指差しながら、由良はいった。

「いいだろう」

白人の看守が警棒に手をやりながら、一方の手でタオルを差し出した。もう一人がすかさず由良の背後に回る。

「さあ、行け――」

使い終えたタオルを受け取ると、白人の看守が命じた。

敷地こそ広いが、刑務所の中はいずれも有刺鉄線が巻かれた金網やコンクリート、そして煉瓦《れんが》の壁によって小さなブロックに分けられている。幾つかの鉄格子の扉を潜《くぐ》ったところで、管理棟の入り口に出た。アイボリー色に塗られた五階建ての建物を挟む形で二つの円筒形の塔がそびえ立つ威容は、中世ヨーロッパの古城を連想させるが、ここは刑務所だ。屋上には、常に囚人たちの動きを監視しているライフルを抱えた看守の姿がある。

入り口には一人の男が立っていた。

驚いたことに、所長自らのお出迎えだ。

五十がらみの白人。アーミーグリーンのスラックスは看守と同じだが、カーキ色の半袖シャツは上級職が着用するものだ。二重になった顎、こぼれ落ちそうに弛緩《しかん》した腹が、日頃の生活を物語っている。

「身体検査は入念にしたんだろうな」

看守に向かって所長が訊ねた。

「イエス・サー」

白人の男が姿勢を正しながら答える。

所長は黙って頷くと、

「上着を着ろ――」

有無をいわせぬ口調で命じてきた。

「この汗まみれの体にか？」

由良は、これを見ろとばかりに両腕を広げた。

所長はあからさまに不快な表情を浮かべると、

「う・わ・ぎ・を、着ろ――」

語気を強めて再度命じた。

由良は手にしていた上着に袖を通した。

サン・クエンティンの囚人服には三つの種類がある。

オレンジ色はさらに厳重な警備の施設に送る必要があるか否か、観察中の囚人のもの。

ブルーとグレーはここでの服役が確定している服役囚のものだ。

由良の囚人服の色はブルーだった。

「入れ――」

所長が顎を振りながら歩を進めると、管理棟のドアが開いた。快適な温度に保たれた乾いた空気が体を包む。四年ぶりに味わう感触。それ以上に静謐な空間が新鮮だった。

監獄の中は、常に喧騒と人が蠢《うごめ》く気配に包まれている。

由良が収監されているノース・ブロック（北棟）は、ブルーとグレーの服を着る囚人、つまり長期に亘ってそこで人生を送ることが確定した人間たちで構成されている。顔ぶれも滅多なことでは変わらぬ上に、二人部屋とはいえ房は我が家だ。快適な生活を送りたいと願うのは人間の常というもので、オレンジ色の服を着た囚人が収容されているウエスト・ブロック（西棟）やサウス・ブロック（南棟）に比べればまだ静かではあったが、極めつきの犯罪者が集まっていることに変わりはない。罵声《ばせい》、奇声、怒号が常に飛び交い、囚人同士の諍《いさか》いが勃発《ぼっぱつ》することは日常茶飯事、たとえ夜間であっても静かな時間が訪れることはない。

所長は階段を上り、二階の正面奥にある一つの部屋の前で停まった。そしてノックをすると、中から反応が返ってこないうちにドアを引き開けるなり告げた。

「ユラを連れて来ました」

部屋は応接室だった。正面の窓いっぱいに広がるサン・パブロ湾を背景に、ソファに座る二人の男の姿がある。

「ありがとう。ここからは私たちだけで――」

四十代半ばといったところか。チャコールグレーのスーツに、金茶のネクタイを締めた男がいった。灰色がかったブルーの目。頭髪はグレー。鷲鼻《わしばな》が印象的な男だ。

もう一人は彼よりも少し若そうだ。赤毛に、ブラウンの瞳《ひとみ》。痩《や》せぎすな上に尖った顎が、いかにも神経質そうな雰囲気を醸し出している。スーツの色はインク・ブルー、タイは赤。いずれも初めて見る顔だ。

こんな格好で刑務所を訪れる人間といえば、弁護士ぐらいのものだが、法律家の雰囲気とは明らかに違う。知的職業に従事していることは間違いないが、金に魅せられた人間の臭気がない。しかし、以前にも同じタイプの人間とどこかで会ったことがある――。

由良は、記憶を辿《たど》り始めた。

「大丈夫ですか。無期懲役の殺人犯ですよ」

何かあった場合の自分の立場に思いが行っているのだろう。所長は不安げにいう。

「心配には及びません。素手じゃ太刀打ちできないが、万が一の時の道具はここに――」

何者なのか、何が目的なのかは分からぬが、会話の成り行きからすると、鷲鼻の男がこの場を設定したらしい。胸の膨らみに手をやった。

「なるほど――」

所長は肩を竦めて答えたが、「しかし、くれぐれも油断しないように。ここに入っている連中は、何でも凶器にしますからね。新聞紙でさえも、立派に人にダメージを与える道具に細工してしまうんです。警報器もない部屋です。不穏な気配を感じたら躊躇せずそいつを抜く。それだけは心得ていて下さい」

念を押すようにいい、ドアノブに伸ばした手を止めた。

所長の目が由良に向く。眉間《みけん》に深い皺《しわ》が刻まれた。

「貴様は、突っ立って話を聞くんだ。囚人の汗で、ソファを汚すんじゃないぞ」

忌々しげにいい放つと、乱暴にドアを閉めた。

「ケンジ・ユラ――」

鷲鼻の男がにやりと笑った。「構わん。掛けたまえ」

用件はすぐに分かることだ。由良は黙って革張りソファに腰を下ろした。

日頃の生活空間の中で、一番柔らかな感触を持つのはベッド。それもスプリングが入っていないスポンジを布で包んだ粗末なマットだ。もう生涯のうちに二度と味わうことはないと思っていた感触が伝わってくる。革が汗をたっぷりと吸い込もうが構うものか――。

「ここの生活は快適かね」

鷲鼻の男が訊ねてきた。

「快適かどうかは別として、退屈はしないね。ここは戦場だからな」

「収容人員五千名。うち、死刑囚六百名――。カリフォルニアきっての凶悪犯が収監されているんだ。よく四年もの間無事でいられたもんだ」

「外の世界の人間からすれば、そう思えるかも知れないが、こつを摑《つか》めばそれも難しいものじゃない」

「こつ？」

「気にくわない。それだけでも十分人を殺す理由になる、いかれた連中が顔を突き合わせてるんだ。到底一人では生きられない。だから自然と群れを作る。群れができれば序列ができる。そのどこに自分が身を置けるかで、安全度は格段に違ってくる」

「まるで、海の生態系だな。食物連鎖の上位にある生物に捕食されないためには、群れを形成すれば食われる確率は低くなるってわけか」

「確かに魚の群れに似てるかも知れんね」

由良はいった。「群れは人種によって構成される。肌の色が同じなら、仲間を間違うことはないからな」

「すると、君はチャイニーズの群れに属してるわけかね。日本人の受刑者は、ここではマイノリティーだろ」

「肌の色からすれば、そういうことになるだろうが、何事にも例外というものがある」

由良は言葉を区切ると、「俺が殺したのは、中国系アメリカ人だ。彼らにとっちゃ俺は敵だ」

続けていった。

「なるほど。すると——」

「白人のグループだ」

由良は、鷲鼻の男の言葉が終わらぬうちにいった。

どうやら、ここでの二人の役割は決まっているらしい。

もっぱら質問を投げ掛けてくるのは鷲鼻の男で、顎の尖った男は二人の会話に耳を傾けているだけだ。それもただ聞いているだけではない。観察している様子が窺《うかが》える。

「白人グループがよく受け入れたものだな」

「いったろう。群れができれば序列ができる。迎え入れるかどうかは、雑魚《ざこ》が決めることじゃない。強い者が決めるんだ」

「つまり、認められたというわけか。異種——といっては失礼だが、肌の色は違っても、グループにとって有益な人物だと」

鷲鼻の男は静かに訊ねてきた。「どうやって？」

話がこうした展開を迎える場合、ありきたりな想像力しか持たぬ人間は、二つのケースを思い浮かべるはずだ。

まず真っ先に思いつくのが性処理の道具、日本流にいうならば稚児《ちご》として有力者に身を売ったということだろう。

確かに男だけで構成される刑務所、それも感情を抑制する能力が圧倒的に欠如している犯罪者の中にあって、性欲の処理は切実な問題だ。新入りがその餌食《えじき》となるのは、日常茶飯事なら、強き者に身を委《ゆだ》ねることで己の保身を図る者がいるのも事実ではある。

そして第二が、有力者になにかしらの特別な便宜をもたらす存在になるということだ。煙草、酒、そして麻薬——。もちろんいずれも刑務所内においては、存在するはずのない物ではあるのだが、管理者がいかに目を光らせても、入手ルートは常に確保されている。

つまり便利屋だが、由良の場合はそのいずれでもない。

その経緯を知れば二人の男がどんな顔をするかを思い浮かべながら、由良はふっと笑いを漏らした。

「君はファンドに勤めていた頃、相当な実績を上げたそうだが、有力者の家族の資産でも運用してやったのかね」

ありきたりなところに想像が向かわなかったことは評価に値するが、これもまた囚人の習性を知らぬ者の考えだ。

「スティーヴン・キングを読んだことは？」

由良は訊ねた。

「好きな作家の一人だ」

「ならば分かるだろう。『ショーシャンクの空に』の中で、アンディー・デュフレーンがどうなったか。一人に便宜を図れば、それを望む者が増えていく。それも乗算的にね。要求に応じなければ即、敵になる。人に便宜を図ってやるのは、立場を面倒にするだけだ。第一、序列なんてものは目まぐるしく変わる。たとえグループの中であってもね——」

由良は真顔で答えると、「つまり、認められるための方法は、二つしかない。力、そして政治だ」

静かに断じた。

その言葉に嘘はなかった。

実際、ここに収監されている囚人たちの多くは、一度や二度、命に関わるような傷を負った経験を持つ。それも娑婆にいた時分の話ではない。収監後にだ。歯ブラシの柄を、あるいは食事の際に使われるフォーク、ハリガネ、時には鳩や動物の死骸《しがい》の骨を磨いたナイフで不意を突かれといった具合にだ。

所長は新聞紙でも凶器になるといったが、実際はそんな生易しいものではない。たとえばチューイングガムを包む銀紙だって、三枚もあれば立派な凶器となる。重ね合わせた紙を円錐《えんすい》形に丸め糊《のり》づけする。あるいは、セロハンテープで補強する。それを指先に装着し、狙った相手の目を突き刺すのだ。

囚人がグループを作る第一の目的は、効率良く我が身を守るためだが、敵対する相手を倒すためでもある。

黒人はバスケットコート。チカノはバレーボールコート。中国系はグラウンドの片隅のテーブルの周り。グラウンドやビーチと呼ばれる階段も、グループごとにテリトリーがある。その周囲には見張りが立ち、敵の動きを常に監視している。それでも、隙を見せれば敵は容赦なく襲ってくる。命を落とす確率は、娑婆で暮らしているよりも、刑務所の中のほうがずっと高いのだ。

もっとも凶器による襲撃は、個人の警戒心と仲間との相互監視が機能している限り、ある程度避けられる。しかし、人間そのものが凶器となる能力を持っているとなれば話は別だ。

由良が、ここで一定の地位を得るに至った理由はまさにそれにあった。

入所したての囚人は、その犯罪性向を観察するために、オレンジ色の囚人服を着せられ、大部屋に収監される。部屋といっても、体育館ほどの大きさのフロアに、数百もの二段ベッドが並べられた広大な空間だ。

最初の洗礼は、収監されて二日目の夜にやってきた。

凶暴な野獣が一つの空間に閉じ込められていれば、どんなことが起こるかは想像がついていた。ましてや、五千人もの凶悪犯を収容しているのに、サン・クエンティンの看守の数は、シフトのピークでもたったの三百名しかいない。それが意味するところは明白だ。もはや更生など望むべくもない人間を、税金を使って生き長らえさせる必要はない。屑同士が共食いをして、勝手に数を減らしてくれるなら、むしろ好都合。それを期待してのことだ。

由良は身長百七十八センチ。体重八十キロ。日本人の感覚からいえば立派な体格だが、ここではありきたりなものだ。暴力が己の力を示す唯一の手段だと考えている野獣のような連中からすれば、マイノリティーの東洋人は格好の獲物と映ったことだろう。

短時間で、いかに手際よく重篤なダメージを与える力があるか。それも、監視の目をかいくぐって――。それを見せつけることが、ここでの地位を確立していく最初のステップだ。

襲って来たのは、狭い通路を隔てたベッドにいたグレイ・ニコルスという三十二歳の男だった。

娑婆ではサンフランシスコのギャングのリーダーをしており、罪状は殺人、刑期は無期懲役。身長が二メートル以上もある上に、レスラーのような筋肉で覆われた体を埋めつくしたタトゥー。そして何よりも特徴的なのが、陥没した左の眼窩《がんか》の奥に光る義眼だ。その巨漢が消灯から然程《さほど》の時間を置かずして、由良めがけて驚くべき速さで忍び寄ってきたのだ。

ニコルスは、最初に口を塞《ふさ》ごうとしたのだろう。由良の口元にその大きな手を伸ばしてきた。

消灯とはいっても、完全な闇が訪れるわけではない。非常灯の明かりの中に、黒い影となって迫るニコルスの腕を由良は左手で払いのけた。フルコンタクトの空手をやっている者からすれば、大した打撃ではないはずだったが、心得がない者には十分な効果があったようだ。まして、反撃を想定していなかったのだろう、ニコルスはバランスを崩し、その勢いのまま由良の体に覆いかぶさるように倒れてきた。

瞬間、非常灯の明かりが彼の義眼に反射した。由良は躊躇することなく、そこにめがけて右の人さし指を突きつけた。刺したのではない。指を立ててやっただけだ。そこに、ニコルスの体が勝手に落ちてきたのだ。

義眼が眼窩から飛び出す感触。そしてニコルスの悲鳴とともに、もんどり打った巨体が床に叩《たた》きつけられる鈍い音——。

　囚人たちにとって、夜間、誰かが強者の犠牲になることは予想されたことだったに違いない。奇声と歓声が沸き上がり、獄舎の中が興奮と熱に包まれた。非常ベルの音とともに明かりが灯《とも》った。

　堅いブーツの底が床を踏みならす音とともに、看守が大挙して駆けつけて来た。アーミーグリーンの制服の上にカーキ色の防刃ジャケットを着用し、制圧用のショットガンを抱えてだ。

「どうした！」

　看守の一人が緊張した声を上げた。

「ベッドから落ちた弾みで、義眼が飛んじまったんだよ……」

　ニコルスが苦しげな声で答える。

　看守は周囲を警戒しながら、床の上に目を走らせると、

「こいつか」

　ピンポン球のような義眼を指で摘《つま》み上げた。

「ありがとよ」

　ニコルスは、ニッと笑った。「手間をかけたな——」

　半開きになった瞼《まぶた》の隙間に暗い空洞が見えた。

　看守に密告するのは、ここでは最低の行為とされることは後に分かったことだ。そし

て、戦いに敗れた者は弱者と見なされ、他の野獣たちから獲物にされることもだ。

それを挽回《ばんかい》する手段は二つしかない。襲いかかってくる敵をことごとく打ち倒すか、あるいは自ら戦いを仕掛け、ヒエラルキーの上位にある者を倒していくかだ。

それからニコルスの生存を賭《か》けた戦いが始まった。

もとより暴力しか能のない男だ。それに、ここには娑婆にいた頃の仲間もいる。ニコルスが白人グループの中の一つで、確固たる地位を得るまでに然程の時間はかからなかった。

由良にとって幸いだったのは、彼が復讐《ふくしゅう》という手段に打って出なかったことだ。暴力と犯罪の世界に生きてきた男だ。一撃でも食らえば、相手がどれほどの身体能力を持っているかは察しがつく。つまり、ニコルスは由良には敵《かな》わぬと認めたのだ。そして敵対するよりも、マイノリティーである日本人を味方に引き入れた方が得策だと判断した。

由良にとってもそれは悪いことではなかった。ニコルスが己の地位を守るために戦いに明け暮れる。彼が勝ち続ける限りは、労せずして自分の安全が保障されることを意味したからだ。

いかに周囲の力を利用して身の安全を確保するか。それがここでの『政治』の一つでもある。

「なるほど」

鷲鼻の男は、それが何を意味するかを問い返しては来なかった。

由良は、肩を竦めてニヤリと笑った。

「だがね。いつまで無事でいられるかな」

鷲鼻の男は目を細めた。「だってそうだろ。認められるために必要なのが力と政治というならば、まさに世界のパワーバランスの縮図じゃないか。政治だけでは国家の安泰は得られない。事あれば打ち負かすだけの力を持っていることを、他の国々に知らしめる必要がある。表向きは模範囚で通っているようだが、発覚していないだけで、君も他の囚人同様、周囲に自分の力を見せつけてやったんだろ」

「だったらどうだっていうんだ？」

「君は五体満足でいる限り、ここを出ることはできない」

鷲鼻の男は断じると、「人間は必ず老いる。そして権力者は必ずその地位を狙う者にとって代わられる時が来る。娑婆じゃ引退といえば、余生をゆっくり楽しむことを意味するものだが、ここではそうはいかん。それが何を意味するかは明らかだ」

続けていった。

「何がいいたい」

由良は声を硬くした。

「出たいとは思わないか」

「出る？　どうやって？　保釈委員会が認めない限り――」

「建前ではね」

由良の言葉を鷲鼻の男が遮った。「もちろん条件次第ではあるが、君がそれを飲むなら、我々には君をここから出す力がある」

「あんたたち、何者だ」

由良は訊ねた。

「一度は君を迎え入れた組織の人間だ」

そういわれれば思いつくのは一つだけだ。

「ラングレー……。ＣＩＡか」

鷲鼻の男は頷くと、

「ラングレーは過去の場所だ。いまはマクレーンだ。私はトーマス・ケリー。極東担当部長だ」

初めて名乗り、「こちらは、日本担当のブライアン・オコーネル」

隣に座る顎の尖った男を紹介した。

「驚いたな……。確かにＣＩＡのリクルートに応じたのは事実だが、もう十年以上も前の話だ。いまさら俺に何をしろってんだ。またどこぞの企業に潜り込ませようとでもいうのか」

「殺人犯をどこの企業が使うかね。それに、国籍を与えることはできても、学位記や成績証明書を偽造するのは難しい。なんせ、クラスメイトの記憶を変えることはできんからね」

ケリーは真顔でいった。「我々が考えているのは別の任務だ」

「別の任務？　どんな」

「君が我々のために働けるだけの能力があることが証明されん限り、話すわけにはいかない」

「どうやって、それを証明する」

「申し出を受けるというなら、サン・クエンティンでの生活は、二、三日のうちに終わる。それからトレーニングを受けて貰《もら》う」

「パスするのが能力の証明というわけか」

ケリーは頷いた。

「で、もし俺が期待通りの結果を出せなければ？」

由良は訊ねた。

「監獄に逆戻りだ」

ケリーは簡単にいい放つと、「ただ、これだけはいっておく。我々が期待する人間に与えられる任務は、時に命懸けのものになるという点ではここで囚人相手に暮らすのと変わりはないが、遥《はる》かに高度な知能と力が要求される。決して簡単なものじゃない」

由良の瞳を見据えてきた。

悪い話ではなかった。いやそれこそ望外の申し出というものだ。

ケリーは、ここでの生活の行く末を政治家の末路にたとえたが、確かにその通りではある。

ここは弱肉強食が掟《おきて》の世界だ。老いは確実に力を奪う。力を維持できなくなった者は、強き者に必ず倒される。一度や二度の襲撃は逃れることはできても、必ずその時はやって来る。それはグループの中にあっても変わらない。そして力の衰えと共に、恐怖に怯《おび》えるようになる。いかなる手段で命を奪われるのか。それは一瞬にしてなのか、踠《もが》き苦しむことになるのか。生き長らえたにしても、健常者とはほど遠い体にされてしまうのではないのか——。

恐怖は確実に精神を蝕《むしば》み始め、やがて耐え切れなくなった人間は自ら死を選ぶ。獄中で首を吊る、いや、そんな面倒な手段を取らずとも、四階建ての収容房は吹き抜けだ。目の前の手摺《てす》りを乗り越えれば、コンクリートの床に叩きつけられ瞬時に命を絶てる。

だらしなく口から舌を出し、糞尿《ふんにょう》を滴らせた骸《むくろ》と化すか。割れた頭から脳漿《のうしょう》が飛び出た姿となるのか。生きて娑婆に戻ることはあり得ないと分かっていても、そんな姿でここを出るのはご免だった。

乗らない手はない——。

「グッド・ディール……」

由良はいった。

「明日のうちに、サン・クエンティンには君の移送命令が送られてくる。もちろん体裁を整えるだけのものだがね。その時点で、君の囚人生活は終わりだ」

ケリーは事務的な口調でいった。

「環境は変わっても、囚われの身であることに変わりはないんだろ」

「それでも、満足の行く成績を残せば、ここにいるよりずっと自由な生活を送ることができる」

ケリーは初めて歯を見せて笑うと、「ようこそ、マクレーンへ――」

手を差し出してきた。

第二章

1

それから二年——。

「元気そうだな——」

赤坂のアメリカ大使館近くのホテルの一室で、握手を交わしながらケリーがいった。

「お陰様で」

由良は手を握り返しながら答えた。

「東京は何年ぶりかね」

勧めるまでもなく、ケリーは大きく息を吐きながらソファに腰を下ろすと、足を高く組んだ。

グレーの頭髪に乱れがある。ネクタイを外しただけのワイシャツにも皺《しわ》が目立つ。ワシントンから成田まで十四時間のフライト。そして都心への移動だ。シャワーはおろか、着替えもせずにここを訪れたに違いない。ケリーの顔には明らかに疲労の色が滲《にじ》み出ている。

「六年だ」

「どうだね、久しぶりの東京は」

「国というものが、これほどまでに変わるものかと、改めて思ったね」

由良は窓に目をやった。「静かになったもんだ」

外は夕暮れが迫っている。カーテンの代わりに用いられた障子を透過する光に力はない。

「正月だからじゃないのか」

「日本の正月は、もっと賑《にぎ》やかなもんだったよ。街は確実に大きくなったが、活気がない。人の顔から生気というものが失《う》せている。六年前とは別の国だ」

「無理もないさ。去年は大震災、そして原発事故だ。しかも、世界恐慌寸前の経済状況。陰りが見えつつあるとはいえ、経済成長目覚ましい中国からやってくれば、余計そう思うだろうな」

ミシリ――。

部屋が軋《きし》んだ。

「地震？」

ケリーは視線を宙に泳がせ腰を浮かした。

「心配するな。日本の建物は、そう簡単に潰《つぶ》れやしない」

由良は、抜栓したばかりのワインを二つのグラスに注ぎ入れた。

「日本の建物は耐震構造になっているそうだが、新しいビルのことだろ。大丈夫なんだろうな、このホテルは。歴史があるってことは、それだけ古いってことじゃないのか」

テロや紛争、国家間の危機に幾度も直面してきたはずのＣＩＡの極東担当部長も、地震に覚える恐怖は別物らしい。ケリーの顔から一瞬にして血の気が失せた。

「在日アメリカ大使館が、震災後もここを定宿にしているのは、安全だと認めているからだ。そうでなければとっくに宿を変えている」

由良は、声を出して笑った。

「そりゃそうだろうが――」

「まるで、放射能に過剰反応を示す日本人みたいだな」

揺れは収まっている。それでも、ケリーは次の揺れを警戒するかのように、周囲を見渡す。

「アメリカ政府の在日自国民に対する震災対応は、見事なものだったと聞くよ。震災、そして直後の原発の爆発。右往左往するばかりの日本政府を尻目《しりめ》に、在日公館は在留アメリカ人に、いち早くヨウ素安定剤を配布した。それも、必要な事態となれば、すぐに大使館が通告する。それまでは服用はするなという案内を添えてね。日本政府のいうことは、全く当てにはならんが、危機に際してアメリカは十分信頼に足りると思うがね」

由良は続けていった。

もっともこれがアメリカ、ましてや北京なら、自身もおおいに慌てていたに違いない。建物に信頼に足りる耐震構造が施されているのは、世界広しといえども日本ぐらいのものだ。東日本大震災発生時、東京を襲った揺れがアメリカ東海岸を襲えば、壊滅的な被害を及ぼしていたであろうし、中国に至っては、どんな手抜き工事をしているか分かったものではない。北京、上海の大都市に建ち並ぶビルが、一つ残らず倒壊しても不思議ではない。

冷静な由良の言葉に、ケリーはばつの悪そうな表情を浮かべると、

「その落ち着きぶりは、訓練の賜物《たまもの》かね。それとも環境が人を変えるというのは、本当のことなのかな。どこから見ても、すっかりカタギだ」

ワイングラスに手を伸ばし、ようやく視線を由良に据えた。

「この程度の地震で慌てふためく日本人はいないよ。カタギに見えるのは、退屈な日常には、強烈な解毒作用があるってことの証《あかし》さ。あんな生活を一年も送っていれば、誰でもこうなる」

由良は、含み笑いを浮かべながら言葉を返した。

「北京での暮らしは退屈過ぎたかね」

「語学学校と宿舎の往復が退屈じゃないという人間がいたら、お目にかかりたいね」

「中国語の習得は、それほど簡単なものかね」

「日本人は漢字を使う。中国語とは多少異なるが、全くの別物ってわけじゃない。読み方と文法を覚えれば、後は語彙《ごい》を増やすだけ。ひたすら文字を追い、暗記に励むだけだ」

「君の場合、それまでの日常が、余りにも刺激的過ぎたせいもあるかもしれんな」

ケリーはグラスに口をつけた。「食うか食われるかの刑務所暮らしが四年。そして『ザ・ファーム』での一年間の基礎軍事教練。そこからいきなり北京のアメリカ大使館だ」

確かにそれもあるには違いないと由良は思った。

サン・クエンティンから釈放されたのは、ケリーとオコーネルがやって来てから二日後のことだ。

表向きは、他の刑務所への移動だが、行く先はバージニア州ウイリアムズバーグにあるCIAの軍事教練施設、通称『ザ・ファーム』だった。

迷彩服を着用しての敵地潜入訓練。昼間、夜間の降下訓練。爆発物の工作、製造。銃器、果ては携帯ミサイルに至るまでの射撃訓練。そして万が一の時、敵の訊問に耐えるノウハウの習得——。

まる一年もの間、昼夜の区別なく、あらゆる状況を設定しての訓練が続いたのだ。

刑務所の中も命懸けの日々だったが、殺されることはなくとも、一歩間違えば死がそこにある訓練も少なくはなかった。

しかし、由良は耐えた。

脱落すれば、刑務所に逆戻り。生きて娑婆《しゃば》に出ることは二度とない。

サン・クエンティンに収監されていた当時には、とうの昔に諦《あきら》めていたことではあったが、少なくとも訓練の合間には、豊かな食事が用意された。プライバシーが保障された個室と柔らかなベッドでの眠りも与えられた。

二段ベッドが部屋の大半を占め、片隅に置かれた仕切りのない便器。その上に設けられた洗面台。それが居住スペースの全てのサン・クエンティンの獄舎に逆戻りするのだけはご免だった。

そして、一年間の訓練が終わったところで下されたのが、北京のアメリカ大使館への赴任の命だ。

国務省職員とはいうものの、ルーティンワークはなし。目的は、完璧《かんぺき》な中国語の習得。緊張の糸が弛緩《しかん》するのも当然だ。

「退屈な暮らしにはいささかうんざりだが、あんたたちには感謝してるよ。あのまま刑務所暮らしをしていれば、こうして美味《うま》い酒を飲むことなんて、生涯あり得なかった」

由良は手にしていたワイングラスを掲げた。

「刑務所時代の生活費も含めて、全てアメリカ国民の税金だ」

ケリーは真顔になった。「刑務所を出てから一年間の訓練で、君は申し分ない成績を残した。それからまた一年。北京で施した中国語教育の成果も見事なものだ。もっとも、語学の習得は、造作もないものだったようだが、これほどのチャンスを与えたのは、更生を期してのことじゃない。国のため、つまりアメリカのために働いて貰《もら》いたいからだ」

そんなことは百も承知だ。

由良は肩を竦《すく》めた。

「訓練は終わりだ。君にやって欲しいことがある――」

ケリーは手にしていたグラスをテーブルの上に置いた。

年が明けて三日。新年休暇の最中に由良を北京から呼び出し、ケリーもまたワシントンから東京にやってくるからには、それに値するだけの用件があるということだ。

由良は、グラスに残ったワインを一気に飲み干し身構えた。

「この男をエージェントに仕立て上げて欲しいのだ」

ケリーはブリーフケースの中から二枚の写真を取り出し、手渡してきた。

「羅志秀《ラジス》。パスポート上の年齢は三十二歳。朝鮮労働党中央委員会三十九号室の人間だ」

最初の一枚は、望遠レンズで撮られた顔の大写しだった。細面の顔。涼やかな目元にすっと通った鼻梁《びりよう》。七三に分けられた脂気のない頭髪。あの国の人間にしては随分と垢《あか》抜けた印象を受ける。

二枚目は、全身写真。海外、それもリゾート施設の前で撮られたものらしい。グレーのコットンパンツに、白のボタンダウンの半袖《はんそで》シャツ。上から二つのボタンが外された姿からリラックスしている様子が窺《うかが》えた。

「三十九号室というのは、金正日《キムジョンイル》が立ち上げた外貨資金調達機関にして、金正日体制を維持するための資金管理を行う部署だ。国内で製造した麻薬、偽札、偽煙草を海外に持ち出して現金化し、海外に設立したダミー会社を通じて銀行に預けロンダリングする。そうして得た金を元手に物資を調達し、党や軍の有力者に配分しながら金正日は体制を維持してきたんだ」

写真に見入る由良に、ケリーはいった。

「確か、六年前か。アメリカが、マカオの銀行にある北朝鮮の口座を封鎖したことがあったな」

「君はその頃刑務所の中にいたはずだが」

「囚人も新聞ぐらい読む。もっとも国際面に関心を持つのはそういないがね」

「なるほど」

ケリーは頷《うなず》くと続けた。「北朝鮮が使っていた海外銀行は、マカオに限ったことではない。スイス、ルクセンブルク、シンガポールと、幾つかの国の銀行にいまだ口座が存在することは分かっている。そして、三十九号室の海外拠点は、モスクワ、香港、北京、シンガポールを始めとする十七都市。当然、そこには駐在員もいれば、本国と足繁《しげ》く往復を繰り返す人間もいる」

「羅は、その一人なんだな」

「彼は金日成総合大学でずば抜けた語学の才を認められてね。卒業後、スイスの北朝鮮大使館に赴任したんだ。フランス語、英語に長けた人間、スイス滞在経験者というところに親近感を覚えたんだろう。正恩《ジョンウン》が正日の後継者と目され始めた辺りから、三十九号室の一員として海外に出始めた」

「金体制を支えているのは、余禄に与《あずか》る特権階級だ。特権が享受できなくなれば、金体制は崩壊する。羅は体制の命運を握る部署に就くのに値する、十分信頼できる人間と目されているんだな」

「三十九号室が関与する仕事は他にもある。北朝鮮が中国に倣って経済特区を設け、海外資本を誘致しようとしているのは知っているな」

ケリーは由良の知識を試すような口ぶりで訊《たず》ねてきた。

「ああ。安い労働力を売りに工場を呼び込み、国内経済を活性化させようと目論《もくろ》んでいるんだろ」

「だが、経済特区を設けたところで、北の一般国民の生活が劇的に改善されるかといえばそんなことにはならない。金正日に代わって、正恩が金を搾取するだけの話だ」

「というと？」

「すでに北朝鮮国内には、開城《ケソン》工業団地という経済特区があり、韓国資本が進出してはいるが、賃金の九〇%、残業手当の七〇%以上は三十九号室に吸い上げられるんだ」

「酷《ひど》い話だ。経済開放とは名ばかり。結局金ファミリーに搾取される構造は変わらないわけか」

「実入りが増えれば国民に回る金も少しは増すだろうさ。有能なる指導者からの恩賞としてね――」

ケリーは鼻を鳴らした。

「労働の対価の大半をピンハネされて、恩を着せられたんじゃたまったもんじゃないな」

「だが、それは我々が考えることじゃない。問題は、この目論みも中国の協力なくしては成立しない。つまり正日が亡き者となった今、中国がどう動くかによるということにある」

ケリーの声に力が籠《こも》った。「正恩体制は長くは持つまい。崩壊に至るまでのケースは幾つか考えられるが、いかなる過程を経るにしても、最終的には北朝鮮が韓国に併合される形で決着を見るだろう。しかし、中国は、北朝鮮の豊富な鉱物資源を目当てに、すでに東北三省の重点的開発に着手してもいれば、羅先《ラソン》の港湾利用権を確保してインフラ整備に巨額の投資も行っている。しかも使用権は五十年――」

「仮に併合されたとしても、中国は使用権を絶対に放棄しない。となると、かつての中国国内における香港のように、韓国国内に事実上の中国支配の土地が存在するということになるわけか」

それをいうなら、アメリカもまた同じ穴の狢《むじな》だ。在日米軍基地は典型的な例だろう。いや、期限がない分もっと悪辣《あくらつ》だ。一度手にした権益は、どんなことがあっても死守する。中国だろうがアメリカだろうが、それが大国の理屈だ。

由良は、鼻を鳴らしそうになるのをすんでのところで堪《こら》えていった。

「羅先の港湾利用は、中国から韓国、日本への物流拠点とするのが目的とされてはいるが、中国がここに軍港を造らぬ保証はない。もし、そんなことになれば、極東の軍事バランスは激変する」

「なるほど。ミャンマーに加えて羅先に軍港を設置すれば、従来考えられていた真珠の首飾りは、さらに長大なものとなる。アジアの覇権を握りたい中国は、当然それを狙っているだろうな」

「ましてや、北が韓国に併合されてみろ。半島は北という緩衝地帯をなくすどころか、韓国国内で米中が真っ向から対立する構図になってしまう」

「しかし、それは中国も望まないんじゃないのか。彼らだってアメリカと直接対峙《たいじ》する状況は避けたいに決まってる」

「その通りだ」

ケリーは頷いた。「生かさず殺さず。中国もできるだけ北の現体制が生き長らえることを願っている。当然、中国は正恩を支えようとする。だがね、無条件でというのはあり得ない。支援するからには、それに相応《ふさわ》しい見返りを求めてくる」

「それは、どんな？」

由良は訊ねた。

「それをいち早く摑《つか》むのが、我々の任務だ」

我々が誰を意味するのかは明らかだ。そして、直接その任に当たるのは誰でもない、この自分だとケリーはいっているのだ。

「対北の諜報《ちょうほう》活動というなら、独自のパイプを持っている機関が同盟国側にもすでにあるだろ。韓国の国家情報院、それに数多くの民間機関も情報収集を行っているんじゃないのか」

「金正日死去の情報は、少なくとも特別放送があった当日の朝まで、どこの機関も全く把握できなかった。彼の動静に、絶えず注目してきた国家情報院、そして我々もね」

ケリーは眉間《みけん》に皺《しわ》を刻み、深刻な眼差《まなざ》しを向けてきた。「一国の元首、それも極東においては最も注意を払わなければならない国家元首の死去に、各国の諜報網が全く機能しなかったのだ」

「誰かの首が飛んだという話は、少なくとも北京までは聞こえてこなかったが？」

「茶化すんじゃない」

ケリーは唇をぎゅっと結んで由良を睨《にら》みつけてきた。「対北朝鮮情報収集能力がいかに不十分であったかということが図らずも露呈したんだ。それも我々CIAだけではない。NSA（アメリカ国家安全保障局）も不意をつかれたのは同じだ。ヒューミントとシギント、二つの機能が全く体をなさなかった。これは実に憂慮すべき事態だ」

ケリーが憤るのも無理はない。

アメリカの諜報機関は、CIA、NSAに加え、陸海空三軍それぞれに設けられた情報部を始めとする組織が、情報コミュニティーを形成する構造で成り立っている。そしてその中核を成すのが、CIAとNSAである。CIAは人間を使った諜報活動、NSAは電子機器を用いた情報活動を担当する。理屈の上では、双方の機能が十分に機能していれば、これほどの重大事案は把握できて当然なのだ。

まして、財政難から軍事力を削減しようという流れの中にあっては、諜報機関の重要性は今まで以上に高まる。それが全く機能しなかったとなれば、確かに国家の安全に関わる大問題には違いない。

「我々は、ただちに諜報活動のありかたを見直した。結果、こと北朝鮮に関しては、諜報活動の原点ともいえるヒューミントに力を注ぎ、早急に体制を立て直すべきだという結論に達したのだ」

「それで、この男に目をつけたわけか」

狙いは分かるが、問題はその方法だ。「しかし、どうやって」

由良は訊ねた。

「羅は平壌《ピョンヤン》とミャンマーの間をふた月に一度の頻度で往復している。シンガポール経由でね。それもほとんどが単独行動だ。西側諸国で長く暮らしたせいか、彼は異国の文化を受け入れることに寛大なようでね。シンガポールでは、随分と羽を伸ばす――」

「酒か？　それとも女？」

「そうじゃない」

ケリーは口元に意味あり気な笑みを宿した。「カジノだ」

「ほうっ……」

なるほど、役目が自分に回ってくるわけだ。由良は眉を上げた。

「北の外交官は特権階級には違いないが、それでも裕福というわけではない。しかし、彼の場合は少しばかり様子が違うようでね。カジノに出かければ、一晩で千ドルからの金を使うこともある――」

「いったいそんな金をどうやって――」

「考えられるのは、ミャンマーだな」

ケリーはいった。「麻薬売買は、三十九号室の大きな収益源だ。そして、ミャンマーはヘロイン、覚醒剤《かくせい》の一大製造拠点だ。製造しているのはゲリラ組織だが、彼らに海外に麻薬を流通させる能力はない。仲買人としての役割を果たしているのは北朝鮮、三十九号室だ。ゲリラ組織から麻薬を買い取り、あるいは武器と引き換えに、自国が持つ密売ルートを使って世界中に流通させているんだ」

「羅は、そこから金を抜いているのか？」

「あり得ない話じゃないだろう。彼は正恩の信頼を得てはいるかもしれないが、少なくとも、盲従する人間ではない。そうでなければ、カジノに出入りすることなどあり得ないからね。そして、麻薬ビジネスでは巨額の金が動く。ミャンマーのゲリラ組織が支配する地域は、黄金の三角地帯。かつてほどではないにせよ、世界最大級の麻薬生産拠点であることに変わりはないんだ。千ドル、二千ドルの金は、使いの駄賃にしたら安いもんだ」

「だとしたら、随分危ない橋を渡っているもんだな。バレりゃえらいことになる」

由良は口を尖《とが》らせて、息を吐いた。

発覚すれば、問答無用で処刑されるに決まってる。まさに命懸けの行為以外の何物でもない。

「先進国の豊かさに比べたら、北の社会の特権なんて話にならんさ。まして、彼の仕事は金ファミリーを支える資金稼ぎだ。国内に家族もいれば、まだ幾ばくかの自由が許されているから我慢できるのだろうが、正恩と命運を共になんて気持ちは持っちゃいないだろうな」

ケリーは鼻で笑うと、「ただ、何でカジノなのかは分からんがね」

由良を正面から見据えてきた。

「ギャンブルに魅せられる人間に理屈なんてありゃしないよ。そして深みに嵌《は》まったら最後、逃げ出せない。それがギャンブルだ」

本心だった。納得が行く説明ができる人間がいるのなら、教えて欲しいものだ。読み通りの目が出るか否か。一瞬にして金が消え、そして増える。曖昧《あいまい》さの欠片《かけら》もない。勝てばさらに大きく。負ければ、次こそはとまたさらに――。

明と暗が、凄《すさ》まじいスピードで繰り返される強烈な刺激は、ドラッグそのもの。終わりに待ち構えているのが、破滅と分かっていても止められるものではない。

「半島が統一されれば、北の人間は塗炭の苦しみを味わうことになる。いや、韓国経済だってもちはしない。いずれにしても、悲惨な境遇に陥ることは分かり切っているはずだ。その時に備えて、カジノで使う金を蓄財に回せばいいものを――」

ケリーは蔑《さげす》むような口調でいった。

「千ドルごときの金を蓄財に回したところで何にもならんよ」

由良は苦笑を浮かべた。「銀行に預けりゃ倍になるまでどれだけの時間がかかると思ってんだ。ギャンブルなら、一瞬で何十倍にも膨れ上がる」

「裏目に出れば全て溶けちまうだろ」

「負けるつもりでカジノに行くやつはいない。勝つことを夢見て行くんだ」

ギャンブルをしない人間には、する者の心理など理解できはしまい。「で、羅のカジノ通いはいつから始まったんだ」

由良は訊ねた。

「この半年ばかり――」

「シンガポールに行くたびにか」

「決まって――」

「なるほど」

由良はにやりと笑った。「だとすればやりようはあるな――」

「君は明日の便で、シンガポールに飛んでくれ。羅は今のところ平壌にいるはずだが、これまでのパターンからすれば、今月中にはシンガポールに必ず現れるはずだ。彼をこちらのスリーパーにどう仕立てるかは、君に任せるが、早いに越したことはない」

ケリーは、念を押すような目で由良を見据えた。

「コストの上限は？」

由良は訊ねた。「カジノを舞台にしろというからには、元手がいる」

ケリーは心得ているとばかりに、懐に手を入れると一枚のカードを差し出してきた。

使用制限なしのブラックカードだ。

「領収書は必要ないが、阿呆《あほ》みたいに使うんじゃないぞ。あくまでも工作資金だからな」

「アメリカ国民に誓って――」

由良は笑みを浮かべると、それをひょいとケリーの手から摘《つま》み上げた。

ゲームが始まる――。

由良は乾いたグラスにワインを注いだ。

2

新年も三日を過ぎると、正月休みを利用して押しかけてきた日本人旅行者の姿もまばらになり、いつもなら個室の中にいても感ずる人の気配も今日はない。

「広東料理はお口に合いますか」

テーブルの上に並んだ料理に箸《はし》を伸ばす二人に向かって、宋明哲《そうめいてつ》は訊ねた。

金葉庭《きんようてい》は、香港島にあるコンラッドホテルのロビー階にある広東料理の専門店だ。ただ美味いという店なら、香港にはたくさんあるが、今日の相手はいずれも中国人民解放軍の高官である。食材は吟味するよう予《あらかじ》め命じてはいたが、今や中国各地どこへ行っても、金さえ惜しまなければ遜色《そんしょく》のない食事を摂《と》れる。格に相応しい店を用意するのがせめてもの礼儀というものだ。

「ああ、美味いね。特に、この清蒸石斑魚は素晴らしい。さすが香港だ。北京でも、これほどのものはとても食えんよ」

江東傑《こうとうけつ》が、仄《ほの》かに湯気が立ち昇るハタの姿蒸しに箸を差し込むと、摘み上げた白い身を口に入れた。

黒縁眼鏡の下の目が細まる。咀嚼《そしゃく》を繰り返す度に、厚い皮膚で覆われた顎《あご》の筋肉が伸縮を繰り返す。

およそ軍人とは思えぬ体つきだが、人民解放軍瀋陽《シエンヤン》軍区の少将にして参謀部第一部長に必要とされるのは、卓越した戦闘能力ではない。知力と政治力、そして運である。五十四歳にして、この地位に就くからには、長い軍のキャリアにおいて、ただの一度もミスを犯したことのない証。つまり油断ならない人物だということだ。

「それはよかった――。もう少し料理を追加しましょうか」

寒冷の地から来た男たちには、一月の香港の気候はことのほか快適なものとみえて、それが食欲を増進させるものらしい。二人とも見事な健啖家《けんたんか》ぶりである。

テーブルの上に並んだ十品の料理は、いずれも半分も手をつけられてはいない。しかし、到底食べ切れないほどの料理を以《もっ》てもてなすのが礼儀である。ビールから始まったアルコールも白酎《バイチュウ》に変わっていたが、このペースではとても足りはしないだろう。

「いや、それは話が終わってからにしよう――」

江は隣に座る楊鳳春《ようほうしゅん》を促した。

こちらは、人民解放軍参謀第二部、瀋陽区の区長を務める大校だ。歳は五十と江よりも若く、長身痩軀《そうく》、鞭《むち》のように引き締まった体をしている。きっちりと七三に分けた頭髪、鋭い眼差しは、軍事諜報機関でロシア、東欧、日本を担当するセクションの長に相応しい雰囲気を醸し出している。

二人とも瀋陽から、それも軍の作戦立案する部門の長と諜報機関の区長がわざわざ香港まで飯を食うためにやってくるわけがない。しかも、自分を呼び出すとなれば、話題には察しがつく。

「率直な意見を聞きたい」

はたして楊が訊ねてきた。「あれはもっと思うかね」

思った通り、訊ねてきたのは北の情勢だ。あれとは、金正恩のことである。

「正直申し上げて、先行きにはかなり不透明感があることは事実です。なんせ、金正日の死があまりにも突然で、権力移譲の基盤がまったく整ってはいないのです。それに三代に亘《わた》る世襲に異を唱える声は、軍内部にも根強くあります。何が起こっても不思議ではありません」

宋は、ありきたりな答えを返した。

宋は、吉林省《きつりん》朝鮮自治区に生まれた、今年五十一歳になる朝鮮系中国人だ。大学まで一貫して、中国国内で教育を受け起業。以来、三十年近くもの間、主に中国国内で調達した物資を北朝鮮に売ることを生業としてきた。もっぱら物資の調達を中国に頼る北にとって、いまや宋はなくてはならない存在であり、体制内部にも深く食い込んでいる。

もっか、金正恩が開発を試みている経済特区、『黄金坪《ファングムピョン》』の設立に当たっては、中国と北朝鮮の仲介役でもある。

中朝双方の狭間《はざま》に立って、ビジネスを行う謂《い》わば政商ともいえる立場なのだが、それゆえに二人の狙いが分からぬうちは、迂闊《うかつ》なことは口にできない。

「だろうな」

江がいった。「一国の指導者としての地位を確立するためには、実績が必要だ。その点、彼には何もない。父親の跡を継ぐに相応しい人物だと民衆を納得させるためには、前体制以上の暮らしをもたらしてみせなければならない。そのためには、特区を作り経済を活性化させるという手段は間違いではなかったが、彼は肝心なことを忘れているよ」

楊が、江の言葉を継いだ。

「前体制下で、十分とはいえないまでも、一般国民以上の恩恵に浴してきたのは軍だ。開放政策が進む。それは軍の利権構造を破壊するのと同義語だ。ただでさえ乏しい物資を、自分たちの裁量で、かつ優先的に手にできていたからこそ、軍も正日を支えてきたんだ。それが、正恩に握られてしまうとなれば、もはや忠誠を誓う理由はどこにもないからな」

「金正日の死の直後、中国政府が黄金坪の経済特区化に難色を示し始めたのは、それが理由ですか」

宋は訊ねた。「つまり、中国は軍部の蜂起《ほうき》を望んではいないと?」

北朝鮮が、黄金坪の経済特区化を実現すべく、『経済特区法』を制定したのは、金正日の死の直前、昨年の十二月のことである。ところが、彼の訃報が流れるや、間髪を容《い》れず中国は、合意していた経済特区実現へのプランに難色を示し始めたのだ。

あれからひと月、事態は完全な膠着《こうちやく》状態に陥っており、交渉の仲介役を務めていた宋は苦しい立場に置かれていた。

「この際だからはっきりいっておこう。その通り、中国は金正恩体制の崩壊を望んではいない」

江は断言すると、「勘違いしないでくれよ。これは積極的な支持ではない。指導者が誰になろうと構いはしないのだ。ただ、その際に起こる混乱、その後の事態に憂慮の念を抱いているのだ」

楊を促した。

「知っての通り、北朝鮮は我が国とアメリカが真っ向から対峙する構図を回避させている緩衝地帯だ。金王朝が崩壊し、軍部が政権を握っても国家自体は存続するだろう。しかし、我が国が引き続き北朝鮮に対しての影響力を保持しようとすれば、当然軍政国家となった新北朝鮮を支援しなければならない。金王朝と軍。現在でも、構図の上では金と軍は一体化していることに違いないが、軍人が国家指導者であるとなれば、米朝、朝韓の緊張の度合いは格段に違ってくる」

「ですが大校。仮に軍政国家になったとしても、新たに誕生した指導者に対して、現在と同じ支援、つまり経済支援に限った援助を続けていけば、中朝間の関係は何も変わらないということになりませんか」

「新しい指導者がそれを望めばね」

「どういうことです？」

「仮に金王朝が崩壊し、次に指導者の座に就く者が軍人だとしよう。その時、その人物が、我が国の支援を受け入れるという保証はどこにある？」

宋は小首を傾げた。

「あなたほどの人物が分からんかね」

楊は白酎が満たされたグラスをぐいと傾けた。

「北に影響力を持とうとしているのは、我が国だけではないということだ」

「ロシア……ですか」

「そうだ。金正日はロシアの天然ガスを韓国に輸出するためのパイプラインの建設にすでに合意している。極東のハサンと羅津《ラジン》港を結ぶ鉄道も整備した。その狙いは北朝鮮を自国側につけることによって、極東地域におけるロシアの影響力を高めることにある。ましてや、朝鮮人民軍の装備の多くはロシア製。軍備力増強という観点からしても、軍事政権が誕生すれば、中露どちらを選ぶかは明らかだ」

「それでは、困るのだ」

江が言葉を継いだ。「未完成とはいえ、北には核があるからな。ロシアと盟約を結ばれれば、我が国の喉元《のどもと》に核という刃《やいば》を突きつけられたも同然になってしまう」

それだけではあるまいと宋は思った。

仮に北朝鮮に軍事政権が誕生したとしても、新たな指導者が中国を切って捨て、ロシアと盟約を結ぶというような傍目《はため》にも分かりやすい政策を取るとは思えない。北朝鮮の民族性から考えても、他国との隷属的な関係を良しとはしないし、少しでも頭の回る人間ならば、二国間のバランスを取りながら、自国の利益を少しでも多く得ようと考えるだろう。それは、金正日が中露二面展開の外交政策を取ってきたことでも明らかだ。

だが、ここまでの話を聞いただけでも、中国の考えに見えるものはある。一旦《いったん》は合意しておきながら、黄金坪の共同開発を突如中国側が中断した理由である。

「黄金坪の経済特区に中国が待ったをかけたのは、開発を続ければ正恩体制を支援するようなもの。万が一にでも軍事政権が誕生した場合、新体制が親ロシアの姿勢を取ることを決定づける要因にもなりかねない。情勢を見極めるまでは推移を見守るべきだと考えたわけですね」

「まあ、そういうことだ」

江はニヤリと笑いながら頷いた。

「さて、困りましたな」

宋は空になった楊のグラスに白酎を注ぎながらいった。「黄金坪の経済特区化は、金正恩が経済復興の起爆剤と考えている重要案件。そして中国の支援なくして、この事業の成功はあり得ない。かといって、支援をすれば、軍部の反発を助長し、北朝鮮国内の政情は不安定になる。万が一にでも、軍が蜂起し金政権を倒すような事態になれば、ロシア寄りの新政権が誕生しかねない——」

「そう、実に困ったことだよ。北朝鮮がロシア寄りの政策を取れば韓国は間違いなくこれを歓迎する。パイプラインが北朝鮮から韓国に繋《つな》がれば、韓国にもラインが延びる。慢性的なエネルギー不足は解消されるだろうし、東シベリアの開発にも加わるチャンスが生まれる。だが、それは我が国が国防上の緩衝地帯を失い、韓国、ひいてはアメリカと真っ向から対立する構図が生まれることにもなりかねんのだ」

言葉とは裏腹に、すでに確固たる案が定まっているらしい。江の口調には余裕が感じられた。

「そこで、君に頼みがある」

果たして江は切り出した。

「私にできることでしたら――」

やはり――と思いながら宋は身構えた。

「中国は金正恩体制を支持する。万が一にも軍部が動く兆しがあれば、全力でそれを阻止する。ただし、それには条件がある」

宋は黙って頷いた。

「これから話す工作活動に協力して欲しいのだ」

「工作活動とは？」

「それほど、困難な仕事じゃない。ちょっとした騒ぎを起こすだけだ」

「どこで？」

「日本だ」

「日本？」

金体制の維持と日本。その関係がにわかには結びつかない。

宋は訊ね返した。

「はっきりという。我々は極東におけるアメリカの力をできうる限り排除したいのだ」

楊がいった。「先の日米露の軍事演習。従来の二面展開からの方針転換。これらが意味するところは明らかだ。アメリカは我が国を唯一の仮想敵国と定め、日米韓そして露までを巻き込んでの中国包囲網を敷こうとしている。ならば我が国も国家の安全上、極東におけるアメリカの力を何としてでも削《そ》がねばならないということになる」

「削ぐ？」

「できうる限り、在日米軍基地の機能を弱体化させる、といった方がいいだろう」

「そんなことができますかね。アメリカが中東、アジアの二面展開の方針を変えたのは、中国の軍事力の増強、覇権主義を警戒しているからこそではないですか。その点からいえば、在日米軍基地は、最も重要な極東の拠点。どんなことがあっても、手放しはしないでしょうし、第一、そんなことをせずとも、米軍は沖縄に駐留する海兵隊兵力の一部を他所《よそ》に移す方針を決定している以上――」

宋は、無意味だといいかけたのを慌てて飲み込んだ。

「確かに沖縄駐留の海兵隊は、グアム、オーストラリアへの移転の方針が決まっている。北、あるいは我が国からミサイル攻撃をされれば、対抗手段を講ずる暇もない。防御と反攻を考えれば、射程圏内に部隊を置く意味がないという理由でね。しかし、戦争がミサイル攻撃で決するものなら、そもそも兵隊も戦闘機も軍艦もいらんよ。能力があるということと、実戦にそれを用いるかは別の話なのだ。実戦とは、膨大な選択肢の中から、状況によって選ばれた作戦によって行われるもの。つまり、米軍基地が日本に存在し続ける限り、我が国にとっては脅威なのだ。だからこそ、アメリカは兵を動かしても基地を捨てはしないのだ」

「しかし、日本で何をしでかしたところで、米軍が方針を変えるものですかね。まして、アメリカのいうことならば、難色を示しても最後は丸のみするのが日本じゃありませんか。在日米軍の力を削ぐことなんてできるものでしょうか」

「今の日本はかっての日本ではないよ」

楊は静かな口調でいった。「日本という国を見ていてつくづく思うのは、政治を大衆の玩具にすると、国が存亡の危機に陥るということだ。あの国の国民が政治に何を求めているのかが私には全く理解できんね。人は誰しも欲を持つ。欲の実現のために、動き働くものだ。その願望を最も強く抱いている人間が志す仕事の一つが政治家だ。そこに頭が回らぬ国民が『市民目線』、『クリーンな政治』を声高に叫ぶ人間を選び、『友』だとか『愛』だとかを恥ずかしげもなく口にする人間を首相に据えた揚げ句にどうなったか。普天間《ふてんま》は最低でも県外移設。いや、驚いたね。その一言で、長年積み重ねてきた移設計画が頓挫《とんざ》したんだ。しかも、その後に自らの口で撤回。さらには軍事上の重要性を認識していなかったといいだす」

楊は、腹を揺すって笑い出した。

確かに楊のいうことにも一理あると宋は思った。

中国が目覚ましい発展を遂げたのは、共産党の一党独裁体制があればこそなら、党のリーダー、国家主席の号令一下、国家組織が一つの方向に向かって突き進めたからでもある。そして、発展の原動力となったのが人の欲である。それは、党、国家組織で働く人間とて無縁ではない。社会にはびこる汚職、法令無視は、大国の中にあっては他に類を見ないといっても過言ではない。権力者の欲、民衆の欲が世界第二位の経済大国へと中国を押し上げたのだ。そして、今日の我が身もまた、欲なくしてありえない。

「ましてや、今の総理ときたら、就任演説に詩、それも、博愛主義者の詩を引用するんだ。そして、マスコミはそれを持ち上げる」

江もまた、笑い声を上げた。

「そんな人間がトップを務める国が、外交、ましてや軍事をまともにこなせるわけがない」

楊は真顔に戻ると、きっぱりと断じた。「問題が起きれば、先送りするか目を瞑《つぶ》る。それがいまの日本だ。国を守る気概もなければ、決断すらつけられない。そこに我々がつけいる余地がある」

「どうするんです」

「在日米軍基地に、テロを仕掛ける。それも日本国民が、確実に巻き添えになるような形で――」

「しかし、それが北朝鮮の仕業と分かれば――」

「北にやれとはいわんよ」

楊がいった。

「もっとも北が行ったとしても、どうなる？　アメリカが北に報復してくるとでもいうのかね？」

それはまずあり得ない。

宋は首を振った。

「だろう？」

楊は目を細めた。「アメリカが軍事的報復に出れば、米朝の全面戦争に発展しかねない。当然韓国もそれに巻き込まれることになる。勝敗は火を見るより明らかだが、アメリカは動かんね。戦費という問題があるからね。米軍の試算では、半島有事に参戦した場合に必要とされる戦費は三百億ドル。いまのアメリカにそれだけの戦費を負担する力はない。しかも勝利することは、北朝鮮の崩壊と同義語だ。崩壊後の北朝鮮をどこが吸収するかといえば韓国。韓国経済は間違いなく破綻《はたん》だ」

楊は宋の考えを裏付けるようにいった。

「ましてや、日本が軍事的報復に打って出ることはもっとあり得ない」

江が楊の言葉を引き継いだ。

「あの国の首相に、そんな覚悟があるはずがない。いや、首相の覚悟以前の問題として、日本の軍備など、いくら近代化したところで張り子の虎だ」

「といいますと」

宋は訊ねた。

「指導者が、自国が行った戦争が間違いだったと認めた国の軍隊は機能しないよ」

楊は鼻を鳴らした。「なぜ兵士は命令を唯々諾々と実行するか。それは、上官、ひいては国の指導者の下す命令が、少なくとも国益、国家を守るためのものであると信じて疑わないからだ。アメリカは、日本に原爆を落とし、無差別爆撃を敢行して大量の市民を虐殺した。ベトナムでは枯葉剤を撒《ま》き、イラク戦争では劣化ウラン弾を使用した。だが、大統領が一度たりとも『あれは、間違いだった』と謝罪を口にしたことがあるか？ないだろ。それはなぜか。当時の、あるいは後のであろうとも、国家の指導者たる者が軍に命じて行った作戦を一度でも否定すれば、次からの命令を実行することに、兵が疑念を抱くことになるからだ」

「アメリカ大統領が、今になって広島、長崎に原爆を落としたのは誤りだったといってみろ。原爆を落とした兵士、あるいは核ミサイルのボタンの前に座る兵士はどんな考えを抱くと思う？　今度核のボタンを押せと命ぜられた兵士が何の疑いも持つことなく命令を実行するかね」

江が口元に明らかに皮肉が籠った笑みを宿した。「軍隊に必要なのは、命令には個人の考え、感情の一切を排して唯々諾々と従う兵だ。だから命令が間違いだったとは、決して認めてはならんのだ。だが、日本は認めた。もはや日本には指導者の命令に疑問を持つことなく従う兵はいない。だから張り子の虎といってるんだ」

「しかし、日本政府が腑《ふ》抜けであればあるほど、アメリカの優位性は揺るがない、ということにはなりませんか？　テロを起こしたところで、アメリカが日本から出ていくでしょうか」

当たり前に考えれば、そうなるはずだが、当然どんなことが起きるのか二人には先の見通しが立っているに違いない。

宋は促した。

「そう。アメリカは出ていかない。ならば、日本政府がアメリカを追い出さずにはいられないように仕向ければいいじゃないか」

答えたのは江だった。「原発事故への無様な対応、真実の隠蔽《いんぺい》、そして遅々として進まぬ被災地の復興。もっとも、それが暴動に発展しないのが日本の不思議なところだが、政治家は世論に敏感だ。マスコミ、ネットに溢《あふ》れる批判の声に、政治家は右往左往するばかり。それも、政治家、政権与党という立場を失いたくないばかりにね」

ここまで聞けば、二人が何を考えているか見当がつく。

「日本人を巻き添えにした事故を米軍が起こせば、たとえそれがテロ、あるいはゲリラの手によるものだとしても、日本の世論はそもそも基地がそこにあったからだという方向に動く。それを狙っているわけですか」

二人がニヤリと笑った。

「しかし、だからといって米軍は基地を放棄せんでしょう。国内世論がどうあれ、事実上日本はアメリカの意向に背くことはできませんよ」

宋は続けていった。

「米軍の全面撤退などありえないことは百も承知だよ」

江は平然と答えた。「基地の存在を巡って、世論が紛糾するだけでいいのだ。極東情勢が緊張すれば、日本が米軍の前線基地になることは間違いないんだ。間接的であるにせよ、日本は当事国の一つになる。アメリカの軍事展開に在日米軍基地の使用を断じて許さないという世論が形成されさえすれば、日本とアメリカの足並みは乱れる。現代戦は、時間との勝負だよ。すみやかな部隊展開ができない。それだけでも致命的事態に繋がる――」

財政難にあるアメリカ。もはや国家としての体をなさぬ日本の政治情勢を見て、中国が北朝鮮を利用して、一気に極東の覇者になろうとしていることに疑いの余地はなかった。そして、北朝鮮の現体制を存続させながら実権を中国が握り、支配しようとしている――。

朝鮮系中国人。国籍は中国だが、自分の体に流れているのは、朝鮮民族の血である。

その立場を利して中朝両国の間で政商として動き、富を築き上げてきたのは事実だが、北が中国の傀儡《かいらい》に成り下がる、ましてや支配されるような展開の一翼を担うことなど断じてできるものではないと宋は思った。

心情が顔に表れたのか、あるいは、そんな考えを抱くであろうことを先刻見通していたのかは分からない。

「こんな話は、公式の場ではできんからね。だから金正恩、そして彼の息のかかった軍部の人間と深い繋がりを持つ君に働いて貰いたいのだ」

江は先回りして、厳とした口調でいった。

「で、何をやれと――」

忸怩《じくじ》たる思いはあるが、もはや同意するしかなかった。これほどの話を聞いてしまったのだ。しかもここは香港。中国国内だ。彼らがその気になれば、どんなことでもできる。

「北が持ちこんでいるはずの装備を拝借させて欲しい。簡単な話だよ。朝飯前に公園を散歩する程度のね――」

江はぐいと白酎をあおると、驚くべき計画を話し始めた。

3

ジャケットの内ポケットが震えた。

由良は携帯電話を取り出した。

「ハロー――」

「羅がホテルを出た。そちらに向かっている。ブルーのポロシャツにグレーのスラックス。十五分ほどで着くはずだ――」

ヘンリーの声が告げた。

羅の動きは、チャンギに到着してから、シンガポールのチームの監視下にある。

「了解した」

由良は短く答え、電話を懐に戻した。

シンガポールに来て四日。リハビリには十分な時間だったが、退屈極まりない日々でもあった。

カジノも様々だが、ここは明らかにラスベガスやレーク・タホとは雰囲気が異なる。開設されて間もないカジノは豪華なものだが、全てが人工的に過ぎるのだ。

四階分までが吹き抜けになった広大なフロアにずらりと並んだ五百ものテーブル。二階から四階まではバルコニーとなっており、天井に設けられた巨大な円形の照明は、天窓から差し込む自然光のような明るさで空間をくまなく照らし、時間の感覚を失わせる。そして、何よりも違和感を抱かせるのは、これも時代の流れというものか、電子化されたゲームがやたらと目に付くことだ。

機械相手のゲームは味気ない。いや、そのことはいいのだ。問題は、元手が他人の金という点にある。金が溶けて消えた喪失感、敗北感に襲われることもない。まして返金の義務すらないときている。

七年ぶりのギャンブルだが、他人の金で運を試すことが、これほどまでにつまらぬものであることに、由良は初めて気がついた。

しかし、ここから先は違う。ギャンブルに勝つということ以上に、羅を嵌めるという目的がある。そして失敗は許されない。首尾よく行くか、あるいは――。

体内に緊張感と密《ひそ》やかな興奮が込み上げてくる。

由良は、だらりと下げた手の指を二度三度と屈伸させ、肩の力を抜いた。

広大な空間に、叫声、歓声が上がる。欧米系の外国人の姿も散見できはするが、客のほとんどは中国系だ。マンダリン、広東と波打つようなリズムの中国語が耳に突き刺さる。

やがて、ヘンリーの告げた通りの服装の男が入り口に現れた。

羅だ。

日に焼けた肌は、写真よりも浅黒い。シャワーを浴び、ドライヤーを使ったばかりか、七三に分けた頭髪は乾き、ボリュームがある。

勝手は知っているとばかりに、羅は大股《おおまた》でルーレットのエリアへと向かう。歩むリズムが速いのは、すでに思いをゲームに馳《は》せていることの表れだ。

最低賭け金が十ドルの台には五人ほどの客がいた。その背後にほぼ同数のギャラリーがテーブルを囲んでいる。

由良は、羅の後に続いてゆっくりとした足取りで、テーブルに歩み寄った。

チン――。

ベットの終了を告げる鐘が鳴った。

やがて惰力を失った玉がホイールの中に転げ落ち、数字が記されたスロットの枠に跳ねる音が軽やかに響く。

カン、カ、カ、カン――。

羅の目が、ホイールの中に集中する。

「30、赤――」

ディーラーが告げた。

客は全員が中国人だ。どうやら、ギャンブルの経験はあまりないらしい。慣れた人間ならば、勝っても負けてもほとんど表情は変えないものだが、大袈裟《おおげさ》に負けを嘆き、あるいは僅《わず》かな勝ちに歓声を上げる。

次の勝負までの間に、羅は札束をディーラーの前に置いた。

「千ドルある。全部十ドルチップで――」

流暢《りゅうちょう》な英語だった。これならコミュニケーションを取るのに不足はない。

最低レートの台で、これほどの現金をポンと出す人間はそういないのだろう。札束を目にした客たちが驚いたように息を呑《の》んだ。

全員の視線を浴びた羅は、頬の肉を弛緩させながら誇らしげに背筋を伸ばした。

ディーラーが札を摑み、数え終わるとチップを差し出す。

「一万五千ドル。全部五十ドルチップで――」

由良は懐から取り出した札束を放り投げた。

何が始まるのかとばかりに、場がざわめいた。

羅が眉《まゆ》を吊《つ》り上げ、こちらを見るのが分かった。

優越感を覚えた直後に鼻をへし折られたといったところか。緩んだ頬の肉が、そのまま固まっている。

目の前に、山と積まれたチップが差し出されて来る。

由良は、テーブルの傍らに設置されている過去十回分の出目のデータが表示されているボードに目をやった。

シンガポールのルーレットはヨーロピアンタイプで、アメリカンタイプにある00が無い。シングルナンバーは全部で三十七。データで見る限りにおいては、19を境目に後半の数字が多い。

「ベット――」

ディーラーがゲームの開始を告げる。

羅は賭け目に迷っている様子で、数枚のチップを持ったまま、テーブルに目を走らせている。

出目のデータに目を走らせる様子はない。

こいつは、ズブの素人だ。自分の勘に頼り、滅多やたらとチップを置きまくる。カジノにとっては、カモ。上客中の上客だ。

果たして、羅は無造作にチップを盤面に置き始める。それも、全ての数字を埋め尽くさんばかりの勢いだ。

その様は、かつて農協が団体で海外のカジノにおしかけ、ルーレットに興ずる時に、決まって全ての目にチップを張りまくった「ノーキョー張り」と称された賭け方そのものだ。必ず的中はするものの、払い戻しはマイナス一。いや、正確にいえば、アメリカンスタイルなら三十八の目があるわけだから二枚のマイナスだ。それでも、当たりは必ずくる。ゲームも長時間続けられる。つまり、儲《もう》けるつもりなど、端《はな》からなければ、知恵を使うこともしない。これじゃ、家でテレビゲームを楽しむのと変わりはしない。

羅の賭け方は、そこまで酷くはなかったものの、無造作に置いたチップの数は、二十を超えるだろう。

ディーラーがベルを鳴らし、ストップコールをかける。

回転を弱めた玉が、ホイールの中に転がり落ち、乾いた音を立てて跳ねる。そしてスロットに落ちる——。

「5、赤——」

歓声に混じって溜息《ためいき》が漏れた。

ディーラーがT字形の棒で、盤面に散らばったチップを掻《か》き集める。

的中した羅の元に、チップが戻される。増えたといっても、十数枚程度のことだ。大した勝利ではないが、それでも羅の目元が弛緩するのが見て取れた。

配当が終わったところで、

「ベット——」

ディーラーが次の勝負の開始を宣言した。

由良は無造作にチップを摑むと、まず20と縦に並び合う17に十枚ずつ、千ドル分を一目賭けした。次に二十枚ずつを二つの数字を囲む枠線上、七箇所に重ねて置いた。所謂《いわゆる》二目賭けといわれるものだ。一目賭けの払い戻し率は三十六倍。二目賭けは十八倍だ。

傍目には、無茶な賭け方に見えるかもしれぬが、これで盤面の数字の約四分の一カバーできたことになる。元手は八千ドル。一目賭けの目が来れば、配当は一万八千ドル。二目賭けは賭け金を倍にしてあるから、こちらも払戻金は同額。一目賭けの数字が的中すれば、周囲四箇所の二目賭けも的中、最高で九万ドルの配当が、一度の勝負で転がり込んでくることになる。元手を差し引いても、八万二千ドルの儲けになる。もちろん、当たり目が二目賭けだけの場合もあり得るのだが、それでも一万ドルのプラスだ。

盤面の中央部分は、由良が積み重ねたチップが櫓《やぐら》のようになった。

こうした賭け方は、VIPルームに行けば、当たり前に見られる光景だが、こんな安い台で大きな勝負に出る客は滅多にいないのだろう。由良の賭けっぷりに、中国人の間から、歓声が上がった。

羅が驚いたように、息を吞む気配が伝わって来る。

彼は、慌てたようにチップを置こうとするが、盤の中央は由良のチップで埋め尽くされている。

どこに置こうか——。

狙いを定め切れないように、彼の手が右往左往する。やがて、意を決したように、無闇にチップを置き始める。それも空いた部分にだ。

ディーラーがベルを鳴らし、ストップコールを告げた。

勢いが落ちた球が、ホイールの中に転がり落ちた、乾いた音を立てて跳ねる。そして全員が、息を吞んで見守る中、スロットに落ちた——。

「5、赤」

歓声に混じって、溜息が漏れた。

ディーラーが、T字型の棒で、盤面に散らばったチップを掻き集める。

全員が敗者の顔色を窺うように目を向けてくる。もちろん由良は表情を変えない。

羅は勝利した。彼の前にチップが払い戻される。

由良の勢いに気圧《けお》されたのか、賭けた目は少ないが。一目賭けに加えてカラムズ（縦列）にも張っていたから、いままでに増して多くのチップが渡される。

羅の口元に笑みが浮かぶ。

由良はポケットから無造作に札をつかみ出すと、五千ドルをチップに換えた。

「ベット――」

ディーラーが告げた。

由良は再び同じ行為に出る。

顔色一つ変えずにチップを張りまくる由良に、盤を囲む全員が正気かとばかりに目を向ける。もはや溜息も出ない。チップを張ることも忘れて、呆《あき》れたように由良の手先と盤面を交互に見る。やがて、その目に羨望《せんぼう》と嫉妬《しっと》の入り交じった色が浮かぶ。

羅も同じだ。山と積まれたチップと盤面に目をやりながら、呆《ほう》けたように半ば口を開けて賭けまくる様を見詰めるだけだ。

ディーラーの顔にも、驚愕《きょうがく》の色が見て取れる。

彼は、一つ小さく息をすると、玉を弾《はじ》いた。

ホイール台の縁を軽快な音を立てて玉が回り始める。

その音にようやく気を取り直したように、客たちが一斉にチップを置き出す。

羅は、やはり今回も由良の張った目を避けるように、空いた数字にチップを一枚ずつ置く。そして、赤に二枚。ロウ——18より小さい数字に二枚チップを置いた。勝てば張る金額を大きくする。これも初心者にありがちなパターンだ。

ベルが鳴る。玉が跳ねる。そして音が止む。

客が、ギャラリーが息を呑む。

自分が賭けた目が出るかより、由良が賭けた目が出るかを固唾《かたず》を呑んで見詰めているのだ。そして、間違いなく外れることを期待している——。

カジノにおいて、他人の不幸は何よりのスパイスだ。まして、短い時間の中で人が絶望に打ちひしがれて行く様を、リアルタイムで目の当たりにする機会はそうあるものではない。

「17、黒——」

どよめきが起きた。

シングル、二目賭け同時の当たりだ。

ディーラーがその上に、当たりを示す駒を置く。外れたチップを掻き集め終えると、即座に配当を始める。

もちろん前回の勝負では全てがロスだ。それでも今回の当たりで一気に七万四千ドルのプラスである。しかし、払い戻しのためにディーラーが次々と積み上げて行くチップの山は、見る者に前のゲームの負けを忘れさせる。

チップの色が変わり千ドルを表す黒になる。それが九十枚。

ディーラーが押し出すそれを由良は両腕を伸ばし、手元に引き寄せる。客の間から漏れるのは、もはや溜息ばかりだ。彼らの目に宿る羨望と嫉妬の色が濃さを増す。そして、次こそは一転して悲劇が訪れることへの期待の色が、そこに混じる。

羅も例外ではない。

こんな勝負を見るのは初めてに違いない。目を丸くして、喉仏を上下するのが見て取れた。

彼を視界の端に捉《とら》えながら、由良は再びチップを張る。これでもかというほどに、再び20を中心にチップを置きまくる。

羅は相変わらず由良の賭け目を避けながら勝負に出る。

おそらくは、こんな馬鹿げた賭け方をする人間に、ツキはそう続かないと踏んでいるのだろう。

ここからが本当の勝負だ。

ギャンブルに溺《おぼ》れた者を待ち受けているのは破滅である。だが、それが分かっていても止められないのがギャンブルだ。負ければせめて元手だけは、そして元手を取り戻せば、今度は少しでもプラスにと勝負を繰り返し、深みに嵌まって行く。

羅は、この一年半の間、負け続けている。一度に使う金はたった千ドルだが、彼にとっては大金だ。シンガポールに来るたびにここに足を運ぶのは、勝つことも夢見ているだろうが、それ以前に何としても損を取り戻したいという気持ちがあるからに違いない。

そうでなければ、とっくの昔にカジノ通いから足を洗っているに決まってる。ならば負けを取り戻す方法を見せつけてやればいい。一度の勝利で金は取り戻せるということを。更には豊富な元手、運に賭ける度胸と忍耐があれば、大金をせしめることができるということを――。

そのプレッシャーが由良の中に眠っていたギャンブラーの本能を覚醒させる。七年間、久しく忘れていた勘が、嗅覚《きゅうかく》が急激に覚醒して来るのを由良は感じていた。

手を休めたのは、勝負が始まってから一時間ほど経った頃だった。

勝率は六割といったところか。手元のチップの山は、始めた頃の三倍になっていた。大きな勝負に出る客は、否《いや》が応でも人目を惹《ひ》く。すでにテーブルの周りは、ギャラリーで立錐《りっすい》の余地もない。

「ベット――」

ディーラーがコールをかけたにもかかわらず、反応しない由良の様子を見るや、中休みと悟ったのだろう。多くのギャラリーが離れて行く。

羅はずっと由良の賭け目を避けていた。それも次第に当たる確率は高いが、払い戻し倍率の低いアウトサイドが多くなっていた。これでは失うチップも少ないが、リターンもまた多くは得られない。勝率は四割といったところか。手元のチップは、とっくに元手を割っている。

由良が勝負に出なかったことで、羅は目標を失ったのだろう。チップを持った手に迷いが生じ、なかなか決断がつかないようだった。

「迷った時には、止めることだ――」

由良は盤面に視線を落としたまま、彼の耳元で囁《ささや》いた。

羅は、えっという顔をして、初めて由良をまともに見た。

「勘に頼っていては、勝てないゲームだ。ルーレットは確率の勝負。特にあなたのように、アウトサイドで勝負をするなら、確率は二分の一か三分の一だ。出目表を頭に入れて、端から決めてかからないと――」

由良はにやりと笑ってみせた。

突然話しかけられた羅の顔には、言葉を返すべきか、無視すべきか決めかねているように、戸惑いの色が浮かんでいる。

「失礼だが、日本人？」

由良は訊ねた。

「いや、韓国人です――」

一瞬困惑した表情を浮かべながらも羅は答えた。

「なるほど……奇麗な英語を喋《しゃべ》る」

「あなたは？」

羅が問い返してきた。

「日本人です」

由良はすかさず答えた。

へたに取り繕えば、目的を達成する前に国籍がばれた時に面倒になる。それにアメリカのパスポートで入国をしているが、日本国籍を捨てたわけではない。

「日本人とは思えない英語ですね」

羅は勝負が始まった盤面に目をやりながらいった。「それに、賭けっぷりも日本人とは思えません」

「無闇やたらと張りまくっているわけじゃありませんよ。これでもちゃんと計算してるんです」

由良は出目表に視線をやった。「ホイールの数字は赤黒交互。どちらが出るかを数学的に考えれば確率は二分の一ですが、データを見て流れを読まないと……」

「流れ？」

「カジノにはギャンブルの女神がいるんです。彼女のその日の気分を探るんですよ。そして、読めなくなったら手を休め、彼女に話しかける――」

由良はニコリと笑い、ウインクをした。「彼女の意に逆らえば、手酷い目に遭う。うまく気分を捉えれば、微笑んでくれる」

「それは興味深い――」

羅は初めて笑った。「で、どうすれば彼女と話せるようになるんです？」

一攫千金《いっかく》を夢見ているからこそ、ギャンブルに身を投じるのだ。これが無様に負け続けている人間の言葉なら、鼻で笑って一蹴《いっしゅう》するところだろうが、チップの山を前にした人間の言葉は、圧倒的な説得力を持つ。

羅は話に乗ってきた。

「カジノの女神は、業つくばりで気難しい。高いプレゼントを貢ぎ続けないと、なかなか振り向いてはくれないものでしてね」

「神様は寛容なものでしょう」

「現実世界の女性と同じで、神も女は欲深い――」

由良がジョークを放つと、

「なるほど」

羅はふっふっと肩を揺らした。

「最も早いのは、勝ってる人間に乗ることですね。勝ち続けている人間は、女神と会話ができている証ですからね」

「つまりあなたに乗れば勝てると？」

「さっきからあなたの張り方を見ていると、私の目を避けてますよね」

緩みかけた羅の顔が強《こわ》ばった。観察されていたことに警戒しているのだ。

「驚くようなことじゃありませんよ。私は常に、テーブルを囲む全員の勝敗を見てるんです。自分より勝っている人間がいれば、遠慮なく乗る。負けたくはありませんからね。大事な金を増やすために来てるんです。他人のツキを利用するのはギャンブルの定石です」

由良はこれ見よがしにチップを一掴みし、手の中で玩《もてあそ》び始めた。「だから、他人の不幸を期待してはいけない。当たることを願うんです。ツキに恵まれた人間をいち早く見つけるためにね」

「他人の賭け目に乗るのは勇気のいることですよ」

羅はいった。

「誰も気にしませんよ」

「乗った人間がツキを落としたと思われるのも困る――」

「カジノじゃ客はみんな仲間ですよ。ディーラーに金を巻き上げられるか、こちらが金を巻き上げるかしかないんですから」

「しかし、私の元手は僅かだ。とてもあなたのような賭け方はできません」

羅は、由良の前に置かれたチップの山を羨望の眼差しで見た。

「考え方ですね」

「というと?」

「一つ訊《き》きますが、カジノには時間潰しで来てるのか。それとも、勝ちたいと思って来てるのか、どちらです?」

「もちろん、勝つために決まってるじゃないですか」

「それじゃあなたの賭け方じゃ勝てませんね。ちまちま張ってたんじゃ、勝負の回数は重ねられるが、リターンは少ない。そして、回数を重ねれば勝ちよりも負けの確率が高くなる。それがギャンブルじゃありませんか」

「理屈の上ではそうですが——」

「たとえば盤を三分割して考えるのも一つの手ですよ。スプリット（二目賭け）なら元手は八枚。リターンは十七倍だ。当たれば九枚のプラスになる——」

「ベット——」

ディーラーが新しいゲームの開始を告げた。

ここ三回ばかりは、盤の中央に出目が集中している傾向があることは頭に入っている。それより前は後半の数字だ。

ホイールが回り始める。玉が勢い良く弾き出され、縁を回り始める。

由良は手にしたチップを前半の数字、8を中心に置き始めた。

羅は意を決したらしい。

一枚ずつだがスプリットに張った由良のチップの上に、自らのそれを重ねて行く。

胸がひりつく。こめかみが熱くなる。

この日初めて味わう感覚だ。

どの目に来るか。息を呑んで玉の行方を見詰めていた頃の感覚が蘇《よみがえ》ってくる。

手持ちの金が尽きるかも知れぬという恐怖と後悔。もうそろそろ。今度こそはという期待——。

金がミッションに変わっただけだが、勝負であることに変わりはない。

一度大きな勝負に勝てば、更に大きなリターンを求めて深みに嵌まる。それがギャンブルというものだ。そして、そこに付け込むチャンスが生じる――。

「20、黒――」

ディーラーが告げた。

外れた――。

「余計なことをいってしまったようですね。損をさせてしまった――」

果たして羅はどちらの道を選ぶのか――。

由良は平然を装いながら、羅の反応を窺った。

「女神は意地悪なことをする」

ディーラーが掻き集めて行くチップを見る羅の目に、後悔や失望の色は見て取れない。

「で、こういう時はどうするんですか」

「決まってるじゃないですか。大きな損を取り戻すためにはプッシュ。更に大きく張るんですよ」

「また、あなたに乗ってもいいかな」

羅は損を取り戻す道を選んだ。

「どの目に賭けるか、誰に乗るかに相談はいりませんよ」

「僕は女神に嫌われている人間かも知れませんが、それでも構いませんか」

由良は答えずに、ふふと笑うと、盤に目を落とした。

今夜の勝負に負けるわけにはいかない。もちろん負けた時の手段も考えてはいるが、羅を勝たせれば次のステップが格段にやりやすくなるのは間違いないのだ。

そのためには――。

由良は、出目のデータが表示された盤に目をやった。数字の羅列に一つの傾向が見て取れる。

いい兆候だ。

運に恵まれる時は、不思議なことに出目の流れが手に取るように浮かんで来るものだ。

由良はチップを無造作にひっ摑むと、狙いを更に絞り、盤の中央の14を中心に櫓を組み始めた。

羅は一瞬驚いたようにチップを持った手を止め、正気かといわんばかりの視線を送って来る。

さあ、どうする――。

由良は内心で問いかけながら、悠然と微笑んで見せた。

4

「二人の勝利を祝って――」

カジノ内にあるバーラウンジで、由良はボンベイ・マティーニが入ったグラスを掲げた。

「カジノの女神に」

羅もまた同じものが入ったグラスを目の高さに翳《かざ》すと、「そしてあなたに――」笑みを浮かべた。

マティーニといっても、ベルモットは香り付けのためにグラスを洗っただけに過ぎないジンのオンザロックのような代物だ。ねずの実の強烈な香りが口中に広がると、その中にオリーブの塩味が仄かに残る。

「正直いいますとね。ここで勝ったのは初めてなんですよ」

羅の口が軽くなるのも当然だ。三時間で彼は千五百ドルの勝ちを収めたのだ。顔に浮かんだ笑みが消える気配はない。

「シンガポールへは頻繁に？」

由良は訊ねた。

「ええ、ひと月半から、二ヵ月に一度は――」

「拝見したところ、あまりカジノには慣れていらっしゃらないようですね」

「お恥ずかしい限りです。手ほどきをしてくれる人がいないもので。あなたのような賭け方をする人を見たことがなかったわけではありませんが、なかなか決断がつかなくて――」

羅は美味そうに透明の液体を啜《すす》った。

「韓国には江原《カンウォン》ランドがあるでしょう。そちらでは遊ばないのですか」

「家内の目がありますからね。そう簡単には羽を伸ばせませんよ」

羅は身分を取り繕うための嘘を口にする。

「なるほど。それはご不便ですな」

「あなたは？」

「三年前に、独り身に戻りましてね。稼ぎをどう使おうと、文句をいう人間は誰一人としていません。気楽なものです」

由良の言葉が出鱈目《でたらめ》であることを、羅は知らない。まるで相手のカードを知りながらポーカーをやっているようなものだ。

「シンガポールには、これが目的で？」

羅は賭場を目で指した。

「いや、こちらに住んでるんです。アメリカの投資顧問会社に勤めていましてね」

「投資はギャンブルみたいなものでしょう。仕事だけじゃ足りませんか」

「客の金を増やしてやるのと、自分の金を増やすのは別ですよ。私らの仕事はカジノでいえばディーラーみたいなものでしてね。客が損をしようが儲けようが、必ず一定額の手数料が入って来る。もちろん儲けさせれば、応分の報酬が入ってきますが、それはボーナス。それに投資は学問です。運、不運を試すものじゃありませんからね」

「なるほど」

羅は笑みを浮かべながら頷いた。

「ましてやシンガポールは刺激がない。それに加えて狭い国です。行き場もありません。家に帰っても何もすることがないんじゃ、つい足がここに向いてしまうんですよ」

由良もまた、マティーニに口を付けた。冷えたアルコールが喉を刺激しながら胃の中に落ちると、そこで仄かな熱を放つ。

時刻は零時になろうとしていた。二十四時間眠ることがないカジノのバーには、この時間になっても人の出入りが絶えない。ふと視線をやったその先に、ボーイに案内されて席に着く二人の男の姿がある。

ヘンリーだ。もう一人は支局の人間だろう。少し離れたところに席を取り、極自然な素振りで会話を始める。

カジノにカメラの持ち込みは禁止されているが、チェックにひっかかるようなちゃちな道具をCIAは用いない。今この瞬間から、羅が外国人と酒席を囲むシーンを収めにかかっているのだ。いや、すでに台を囲んだ時から、撮影は行われているはずだ。

「ところで、仕事は何を？」

由良は訊ねた。

「貿易会社に勤めています。大した会社じゃありませんが、シンガポールに支社があるもので。そこを拠点に東南アジアを回ってるんです」

「東南アジアというと？」

「最近はミャンマーが多いですね。あの国も、いよいよ民主化、開放路線へと大きく舵《かじ》をきりましたからね。これからは凄《すご》いことになりますよ。実際この半年間でがらりと変わりましたからね。経済制裁が解かれれば、西側の資本が一気に流れ込んで来て、経済は爆発的に成長しますよ」

羅は、初めて事実に近いことを口にした。

ミャンマーで民主的な選挙が行われたことは事実だが、それは軍政の終わりを示すものではない。何しろ、国会議員の四分の一は軍人から選ばれると憲法が定めているのだ。民主化といっても表向きの体裁が整っただけに過ぎないのだが、実態がどうであろうと、これを機に経済封鎖を行ってきた西側諸国がミャンマーを新たな市場として捉え、雪崩を打って進出して来るのは時間の問題だ。

「我々の業界もミャンマーは大きな市場になると睨んでいましてね。私も、これからあの国に出かける機会が増えそうです」

由良は次の展開のための布石を打った。

「投資顧問会社が？」

「資本が流入すれば、資金需要が増大します。二十年もの間、放置されていた国に膨大な資本が流れ込む。そして、その多くが成功を収めることは目に見えてるんです。投資家にとっては、十年に一度あるかないかのビッグチャンスですよ。リサーチは入念に行わなければなりません」

　羅は大きく頷くと、

「ところで、随分思い切った勝負をなさる。元手はカジノで？」

　おそらく、ビジネスの話題に振られるとまずいと思ったのだろう。再び話題をギャンブルに変えた。

「私はサラリーマン。元手は自分の金です」

　由良は苦笑した。

「随分な報酬を貰っていらっしゃるんでしょうね」

「悪くないのは事実ですが、稼ぎの大半はカジノに消えていますね。高い授業料を散々払ってきましたからね。マカオ、ソウル、ラスベガス、テニアン、レーク・タホ――」

　最後の地名を口にすると、苦い記憶が蘇って来る。

　リーを殴殺した時に、拳《こぶし》が芯《しん》で彼の頭蓋《ずがい》を捉えた感触。白目を剝《む》いて路上に横たわる姿。そしてあのサン・クエンティンでの命懸けの日々――。

　由良は、過去の記憶を拭《ぬぐ》い去るように、拳をそっと撫《な》でると、

「ツキ始めたのは、シンガポールに来てからですね。今までの損を取り戻すにはほど遠いが、少なくともこの一年半のトータルはプラスです」

　続けていった。

「いつもルーレットを？」

「元手に余裕があれば、勝てる確率が比較的高いゲームですからね。それに、バカラやシック・ボーと違って勝負に時間を要するのが好都合なもので――」

「というと？」

「勝負が早いゲームは勝てばいいが、負ければあっという間に元手が尽きてしまう。負け始めると、なかなか損切りの決断がつかなくなるのが悪い癖でね。今日の損はその日のうちに取り返そうと、キャッシュディスペンサーに目が行ってしまう。流れの悪い日は、どうあがいたところで勝てはしない。散々痛い目に遭ってきたのに、熱くなると抑制が利かなくなってしまうんですよ」

由良はマティーニを啜りながら、「馬鹿な話でしょう？」

自嘲《じちよう》めいた笑いを浮かべてみせた。

「分かります。私もシンガポールに来るたびにここに足を運ぶのは、前回の損を今度こそ取り返そうと思うからで――」

「長い時間を勝負に費やせば、体力も気力も失せます。元手が奇麗さっぱりなくなっても、勝負を続ける気にもなりません。だから、ここでは他のゲームには手を出さないと決めているんです」

「なるほど。経験を積めばこその見解ですね」

「それに、機械相手の勝負はどうも……ね。ここじゃ多くのゲームが機械相手だ。金を賭け、勝ち負けを競うという点においては何も変わりませんが、どうも味気なくて」

「ブラックジャックは、ディーラーが相手じゃないですか」

「あれは面子《メンツ》次第のゲームですよ」

由良は含み笑いをしながら首を振った。「流れを読めない人間が、勘に任せてカードを捲《めく》れば、流れが一変。勝てる勝負も勝てなくなる。よほどメンバーに恵まれないことには、ストレスが溜《た》まるだけで、勝負に集中できませんからね」

「そんなものなんですか」

「いいメンバーに恵まれれば、絶対に勝てるゲームなんですがね」

由良は過去の記憶に浸るかのように視線を宙に泳がせた。「テニアンのカジノは楽しかったな。たまたまテーブルを囲んだメンバーが、手慣れた連中ばかりでね。引き際と勝負どころをわきまえていて、決して流れを崩さなかった。一言も言葉は交わさない。合図を送り合ったわけでもない。全員があうんの呼吸で、親潰しにかかった——」

「結果は？」

「二万ドルのプラスだ。五時間ほどで」

由良はウインクをして見せると、「あんなことは二度とないだろうね。ましてや、ここじゃそんな機会に出会うことなどあり得ない。だから、私はいつもあのテーブルで勝負する」

続けていった。

「お話を聞くと、ギャンブルも単なる運試し。ましてや個人の運だけに頼るものではないということがよく分かります」

マティーニはほとんどなくなりかけている。

素直な口ぶりは酔いのせいばかりではなさそうだ。

「しかし、こんな話をして良かったのかな」

由良は訊ねた。

「何がです？」

「どこの国のものかは忘れたが、『釣り師の話を聞くときは両手を縛っておけ』という言葉がある。ギャンブラーも同じでね。勝ち戦の話は、とかく大きくなるものです。それを本気で信じると、手痛いしっぺ返しを食う」

「私がギャンブルに嵌まることを心配しているんですか」

「その通り――」

「その点でしたらご心配なく。さっきいったでしょう。ソウルにいる時は、家内の目がありますからね。カジノを楽しむのはシンガポールに来た時だけです。キャッシングをしようものなら、すぐにばれてしまう。手持ちの金以外は決して使わんのです。これでも身の程は心得ているつもりですよ」

カードを持っているかどうかは怪しいものだが、元手に限りがあるのは事実だろう。

「すると、次回も？」

「今日の経験を次に活かさない手はないでしょう」

羅はニヤリと笑った。

「一ついっておきますが、ギャンブルで身を立てた人間はいませんよ。山っ気を出した途端に、女神は逃げるものです。そして絶対に結婚できない女性でもある」

「ご忠告は肝に銘じて――」

羅は軽く頭を下げた。

おそらく羅の脳裏には、今までカジノに泡と消えて行った金の姿が浮かび、更には溶けた金を回収し、大金を掴み戻す光景が浮かんでいるに違いない。

こうなると、もはやこの地獄から抜け出すことはできやしない。

「いいね。そういう男は嫌いじゃないな」

由良は、次のステップに思いを馳せながらいった。「楽しい夜だった。またお目にかかる日を楽しみにしていますよ」

「私も」

「じゃあ――」

由良は立ち上がり様に手を差し伸べた。

羅が立ち上がり、その手を握り返して来る。

柔らかな手だった。苦労も何も経験したことのない、紛れもない特権階級の手だ。

「そうだ。名前を聞いていませんでしたね」

由良はふと思いついたようにいうと、「私はケンジ・ユラ――」

自ら名乗った。

「羅志秀──」

意外なことに羅は本名を名乗った。

由良はテーブルの上に置かれていた伝票を手に取った。

「いや、せめて今日の支払いは──」

由良は笑いながら首を振った。「ディーラーにくれてやるチップにも満たない額です。どうぞ気になさらずに」

「では、次の機会には私が」

羅は、申し訳なさそうにいった。

次の機会か──。

由良は噴き出しそうになった。

その時が訪れるのは、もはや時間の問題だからだ。

由良は、手を上げてそれに応《こた》えると、出口に向かって歩き始めた。

何気ない仕草でヘンリーがこちらを向いた。視線が合う。万事うまくいったことは目の表情を見れば分かる。

時刻は既に一時になろうとしていた。

賭場《とば》に眠る気配はない。金が溶け、生まれ出る熱が広大な空間を満たしていた。

羅も今夜は心地よい眠りにつけるだろう。次回の勝利を夢見て──。しかし、それは永遠にやっては来ない。次に会ったその時から、決して醒《さ》めることはない悪夢の日々が始まるのだ。せいぜい今のうちに快適な眠りを貪《むさぼ》ることだ。

口元に笑みが浮かんだ。

由良はずしりと重い札束の感触を胸に感じながら、賭場を後にした。

第三章

1

海は季節によって表情を変える。防波堤に囲まれた春の海面は凪《な》いでおり、眠たげなリズムを刻みながら、たおやかに揺れている。

ここは、関東近辺にある貿易港だ。夜明け前から早朝にかけては、漁船がひっきりなしに行き交いこそするものの、昼近くの時間ともなると大型船の出入りが目立つようになる。

周志清《しゅうしせい》は岸壁に停めたライトバンから降り立つと、作業着の胸ポケットから煙草を取り出し火を点《とも》した。

吐き出した煙の先に、外海から入港してくる船が見えた。何度もペンキを塗り重ねた青色の船体は、まるで瘡蓋《かさぶた》に覆われたかのように無数の凹凸が浮いている。白く塗られたブリッジには、波に洗われた痕跡《こんせき》に沿って赤茶けた錆《さび》が筋を描く。

船首に記された船名は『富江』。日本と中国江蘇省《こうそ》の張家港《ちょうかこう》を往復しながら、鉄クズを運ぶ千トンほどのバラ積み船だ。

いよいよ岸壁が近づくと、富江はエンジンを停めた。このクラスの貨物船の接岸に、タグボートはいらない。惰性のまま岸壁に平行する形に位置を取ると、エンジンが再び低く唸《うな》り船尾の海面が白く泡立った。逆推進力がかかった船体は、舷側《げんそく》に吊《つ》られたタイヤを軋《きし》ませながら、岸壁に接岸する。

本来ならば、すぐに鉄クズの積載作業に取り掛かるところだが、今日の作業はいつもとは全く逆だ。船倉に山と積まれた積荷を降ろさなければならないのだ。

富江が岸壁に固定されると、船体後方にある居住区からタラップが降ろされた。

周は短くなった煙草を放り投げると、緩い傾斜を駆け上がり船に乗り込んだ。

乗組員僅《わず》か六名の船の居住区は小さなものだ。入ってすぐの階段を登り三階に上がると、ブリッジに出た。

足音で気配を察したのだろう。そこにいた男が振り向いた。

船長の封偉民《ふういみん》である。五十代半ば。薄汚れたワイシャツに、グレーの作業ズボン。中肉中背だが、日焼けした顔と厚い胸板、そして太い腕が洋上生活の長さを物語っている。

「無駄足になってしまったな」

周は封に向かって話しかけた。

「俺は構わんがね。どっちにしても、ここと張家港を行ったり来たりだ。余計にかかった油代は、荷主が払ってくれるしな」

封は、手を差し伸べてくると、人さし指と中指をすり合わせる仕草をした。

煙草をくれといっているのだ。

周はマイルドセブンを差し出した。封はそれをパッケージごと鷲摑《わしづか》みにし、中の一本を口に銜《くわ》えそのまま胸のポケットにしまい込む。

「それより、大丈夫か。荷物が全量そっくりそのまま積み戻しじゃ、びた一文にもならねえ。それに次の荷物でまた検査に引っかかっちまったら、中国には荷を出せなくなっちまうんじゃねえのか」

封は、そういいながら煙草に火を点す。

「こっちの社長は激怒してるなんてもんじゃないよ」

周は肩を竦《すく》めた。「積み出し前には、あれほど検査を徹底してやれっていったのに、何でこんなことになるんだってね。可哀想に、担当者はすっかり参っちまってさ。毎日計測器を持ってストックヤードを駆けずり回ってる」

「しっかりやってくれよ。シップバックは痛くも痒《かゆ》くもねえが、貨物が動かなくなれば、仕事もあがったりだ。それに、汚染された荷物と一緒の航海ってのは気分のいいもんじゃねえからな」

封は眉間《みけん》に皺《しわ》を寄せた。

「しかし、妙な話だ」

周は小首を傾げた。「積み出す鉄クズの線量は、入念に計測してるんだ。輸入を拒否されるほどの数値が出る筈《はず》はないんだがな。それに、規制値をオーバーしたっていっても、たった〇・〇二マイクロシーベルトだ。その程度の値なら、向こうで何とでもなったろうに――」

「それについちゃ、あんたのところの社長も首を傾げてたよ。普段なら、少し握らせりゃどうにでもなるのに、今回に限っては全く融通が利かねえってさ」

「まるで震災直後に戻ったみたいだ。あの頃は向こうの検査も厳重で、出す荷物がことごとく積み戻しにあったもんだが、ここ半年近くはそんな目にはただの一度も遭わなかったのに……」

「これだけの量がまとまりゃ、中には線量の高いやつが紛れ込んでてもおかしくはないさ。あっちだって、鉄クズの一つ一つを全部検査するわけじゃねえ。荷卸し前に表面をさらっとやるだけだ。そんな簡単な検査で規制値を上回る数値が出りゃあ、問答無用で積み戻しってことになるだろうさ。まあ、とにかく次の荷は入念に検査することだな」

「分かってる……」

周は頷《うなず》くと、「とにかく、これから荷卸しにかかる。積み替えが終わるまで、ゆっくり休んでくれ」

そう封にいい残し、ブリッジを後にした。

居住区を出ると、甲板で荷卸しの準備に取り掛かろうとしている作業員の姿が目に入った。船倉を覆っていた蓋はすでに開けられており、中はねじ曲がった鉄筋や、ひしゃげた鋼材と、様々な鉄クズが山となっている。

全ては東日本大震災によって生じた、所謂《いわゆる》震災ゴミの副産物である。

あの震災で発生した瓦礫《がれき》の量は、東北三県で二千二百四十七万トンといわれ、その処理が遅々として進まぬことが問題となっているが、有価資源に関してはいささか事情が異なる。鉄、アルミ、銅とリサイクル可能なゴミは、自衛隊やボランティアといった無償の労働力によって仕分けされ、片っ端からスクラップを生業とする業者の手によって日本各地へと運び出されたのだ。

一般廃棄物の県外搬送は、自治体の長の承認なくして行うことは不可能だが、ゴミとはいえリサイクル可能な有価資源の移動は何の制限も課されないということに加えて、少しでも瓦礫の量を減らさなければならないという思いが先に立ったのだろう。本来有料であるはずのものが、三カ月もの間、無料という状態が続いたことがこの動きに拍車をかけた。

コストゼロで飯の種が手に入る。ましてや、これらの資源は幾らでも保管が利く。運び込んだ資材をストックヤードに保管し、相場を見ながら随時出荷して行けばいいのだ。まさに、業者にとっては濡《ぬ》れ手で粟《あわ》のような話であるはずだったが、好事魔多しのたとえの通り、すぐに大きな問題に直面することになった。

資源ゴミの排出元となった被災地には、福島第一原発事故によって放出された放射性物質が降り注いだ地域が少なからず存在し、実際、震災直後に海外に輸出された有価資源ゴミからは、規制値を超える放射線量が検出され、シップバックされるケースが頻発したのだ。

ヤードに積まれた鉄クズの山。線量が規制値を上回れば、海外はもちろん、国内にも販売できない——。

そこで、行われることになったのが除染作業である。

高圧の水で鉄クズを洗い、表面に付着した放射性物質を流し、線量を規制値以下に下げるのだ。木材や布は、水をかけたところで、物質内にしみ込んだ放射性物質を洗い流すことはできないが、金属の場合は十分に線量を低下させることが可能だからだ。

今回シップバックされた鉄クズにしても、しかるべき作業を行い、線量を計測した上で船に積み込んだもので、本来ならば規制値を上回る値は検出されることはないはずである。

それがなぜ、今回に限って検出されたのか。

このシップバックには理由がある。何かは分からないが、想像もつかない重大な意味が潜んでいる。そして、それは間違いなくこの鉄クズの山の中にある——。

周はこれから行わなければならないことの手順を脳裏に思い浮かべながら、舷側を通って船首へと歩を進めた。

作業員たちの中に交じって、指示を出す男の姿がある。

鉄スクラップを専門に扱う、常総興産社長の深谷《ふかや》太吉《たきち》である。最初に会った時に、六十一歳といっていたから、あれから三年。六十四歳になっている筈だが、その割には若く見える。ヘルメットの下に覗《のぞ》く顔は脂ぎっており、固太りの身体を覆う筋肉、そして百七十センチはある身長は、この年齢としては大柄な部類に入る。

「社長——」

周は近づき様に声をかけた。

「おお、周さん」

深谷は割れるような胴間声で答えた。

「社長が現場に出てくるとは珍しいですね」

「積み戻しなんて、この一年なかったことだからな。今度、また線量が出たら、えらいことになる。それに、あんたのとこにも迷惑かけることになるしな」

「しかし、分かりませんねえ。この船の後の三便からは規制値を上回る数値は出てないのに、何でこの船だけなんでしょうね。荷を保管していたヤードの区画も同じなら、運び出す前にも寸分違《たが》わぬ作業をしてたのに」

「下田《しもだ》はいつものように作業をやらせた。線量も測らせたっていってるが、実際は下っ端がやってることだからな。そいつが手を抜いたのかも知れねえ」

深谷は散々とっちめた現場の責任者の名前を口にした。

「ひょっとして、ヤードの土が鉄クズに付着したんじゃありませんか。洗浄作業を一年も続けてれば、地面は流れ落ちた放射性物質が溜《たま》って、かなりの線量になっていてもおかしくありませんからね」

「かも知れねえな。運び込まれた鉄クズの中には、結構線量あるのが入ってる。それが出荷可能なレベルにまで下がるってことは、その分が流れ落ちたってことだしな」

洗浄作業は、船への積み込みが始まる直前に、ヤードの一角にあるコンクリートで覆われた地面の上で行われる。もっとも、ヤードはただ鉄クズを野積みしておくだけの場所である。排水設備があるわけではなし、鉄を洗った水は、そのまま周囲の地面に染み込んで行くだけだ。

「とにかく、原因をはっきりと突き止めることですね。今回は日頃の付き合いもあることだし、この船以降の便からは規制値を上回る線量は検出されなかった。それに、ウチから製鉄会社への納品に支障をきたしたわけじゃありません。会社も今回は大目に見るといってますが、今度検出されたら、常総興産との取引は当面停止せざるを得ない。はっきりそういってきてますからね」

「分かってる――」

深谷の顔に緊張の色が浮かんだ。「あんたの会社に取引を中断されたら、ウチは大打撃だ。無理もない。検査には今まで以上に念を入れるよ」

周が勤務する会社は常総興産の最大の取引先で、同社の中国向けの鉄クズ輸出の六割を扱っている。ましてや震災直後は、日本から輸出されたスクラップから放射線が検出されたお陰で、シップバックが相次いだ上に相場は暴落、常総興産は大打撃を被ったのだ。そして、ようやく輸出量が元のレベルに戻りつつあったところで今回の騒ぎである。取引を中断されれば、冗談ではなく常総興産の経営は危機に陥る。

周は、鉄クズの山に目をやった。足元のすぐ下の船倉に、複雑に絡み合った鉄筋の塊。その一部に、青いスプレーが吹きつけられているものがある。それは、錆止めや、様々な塗装が施された鋼材が混在する中にあっては、目立つというほどのものではなかったが、目的の物がこの付近に置かれているということを周に伝えるには十分な目印だった。

「とにかく、荷をヤードに運んでからすぐに線量を計ってみましょうよ。積み上げるんじゃなく、なるべく平らに広げて。その方が除染もしやすくなりますからね」

規制値以上の数値が検出されたところで、放射線管理区域に運びこんだりはしない。再び水で洗い流し、放射線が規制値以下になったのを確認すれば、通常の製品としてどこかに出荷されて行くのだ。

「そうだな」

果たして深谷は頷くと、「荷卸しを始めろ」

作業員たちに命じた。

2

周は上海に本社を持つ貿易会社の社員で、日本に来て五年になる。中国で大学を卒業してすぐに、語学留学のために来日し、二年の後今の会社に採用され、そのまま駐在員として滞在するようになった。

日本での主な業務はスクラップの買い付けだ。スクラップの価格は時の相場によって刻々と変化する。長短期の需要と相場価格を睨《にら》みながら買い付け量を決めるのだ。銅、アルミ、電子部品、そして鉄と、リサイクル可能なものは何でも扱うのだが、中でも鉄は旺盛《おうせい》な需要があるだけに、扱い量は図抜けて多い。常総興産にとって、周の会社は取引先の最大手で、社内には彼が常駐する部屋もある。社屋、ヤードへの出入りも自由なら、時には夜遅くまで部屋に残って一人残業に励むことも珍しくはない。

「周さん、先に帰るが、あんた、まだ仕事が終わらんかね」

深谷が声をかけてきたのは、午後六時半を回った頃のことだった。

「今日の仕事の報告があります。これから電話をしなけりゃならないもんで……」

「そうか。じゃあ、悪いが先に帰るわ。戸締まりをよろしくな」

深谷は、軽く手を上げて答えると、ドアを閉めた。

鉄クズ会社の終業は、ほぼ日没と共にやってくる。千五百坪もある広大な敷地を照らす照明などあるわけがなく、夕闇の訪れとともに作業ができなくなるからだ。もちろん事務処理をする人間もいないではないが、深谷は部下が残業をすることを嫌う。よほどのことがない限り、六時には従業員はいなくなり、時差が一時間ある上海の本社と電話でやりとりをする周が一人になるのもよくあることだ。

しかし、今日の目的は別にあった。

上海にいる社長の馬《ま》の指示で、これから訪ねて来る人間と会わなければならないのだ。名前も知らない。男か女か、何人なのか。それすらも知らされてはいなかった。ただ、積み戻しされた鉄クズに青い印がつけられたものがある。荷卸し後、運ばれた場所を確認し、そこにその人物を案内しろ。それも誰にも気づかれることなく、とだけいった。

何が目的なのかは分からない。密輸とも違う気がした。金属以外の物が紛れ込んでいようものなら、荷卸し作業中に必ず目に留まってしまうからだ。

いったい何が起ころうとしているのか――。

七時ちょうど、携帯電話が鳴った。液晶画面には『非通知』の文字が浮かんでいる。

「ウェイ――」

男の声が聞こえた。「周さんかね」

三十代半ばといったところか。落ち着いてはいるが、声の質感にはまだ若さを感じさせるものがある。

「そうだ」

周は答えた。

「目印のついた鉄筋の在処《ありか》は確認できたか」

「もちろん。絶対に見逃すなってのが社長の指示だったからね。置き場はちゃんと確認してある」

「そうか。で、事務所に人は？」

「みんなとっくに帰ったよ。ここに残ってるのは俺一人だ」

「十分以内に行く――」

男はそう告げると、周の答えを聞くまでもなく電話を切った。

外で車が止まる気配を感じるまでに、ものの五分とかからなかった。

玄関に出ると、事務所から漏れる光の中に白いセダンが停まっているのが見えた。

会社の周辺は、工業地域だ。プラントや倉庫、それに工場といったものばかりな上に、それぞれの敷地はかなり離れている。特にスクラップ置き場はその性質上、地域の中でも最も離れたところに位置し、周囲の道路には街灯すらない。

程なくして運転席のドアが開くと、一人の男が降り立った。

身長は百七十センチほど。歳は声の印象通り三十半ばといったところか。電話の会話からして同国人には違いなかろうが、薄手の黒い革ジャンを羽織り、ジーンズをはいた姿は、かなり洗練されている。短く刈り込んだ頭髪、すっきりとした顎《あご》のラインがその印象に拍車をかける。これまでに余り見たことのないタイプの男である。

男は、ゆったりとした足取りでこちらに近づいて来る。手にはスーツケースを持っている。

周はドアを開けた。

「面倒をかけたね」

男は目元を微《かす》かに緩める。

「で、どうするんです」

答えは察しはついているが、敢《あ》えて周は訊《たず》ねた。

「マークのついた鉄筋の在処に案内してもらおうか」

果たして男はいう。

「分かった——」

周は男を伴って駐車場へと向かった。歩いて行ってもいいのだが、ヤードの中は漆黒の闇だ。スクラップはある程度整頓《せいとん》されて保管されてはいるが、どこに破片が落ちていないとも限らない。それに、何かを探すなら、照明、それも光量のあるものが必要だと考えたからだ。

ライトバンに乗って、ヤード内の僅かな距離を走った。やがてヘッドライトの中に、薄く平たく巻かれた鉄クズが浮かび上がる。線量を確認し、洗浄作業をやりやすくするために、トラックが前進しながら荷台を傾け、積み降ろした鉄クズをぶちまけたのだ。

「ここだ——」

周は車を停めた。

男は黙って、外に出た。

エンジンを切ると、薄気味悪いほどの静寂が訪れた。闇が、剝《む》き出しになった地面が、音を吸い込んでしまうのだ。微かに揺らぐ大気の気配を感じなければ、時が止まってしまったかのように感ずるだろう。

「この一角がそうなんだな」

ヘッドライトに浮かび上がる鉄クズを前にして、男が口を開いた。

「そうだ。ダンプ一台分。七トンほどはある」

男は革の手袋を取り出すと、手に嵌《は》めた。溶接作業の際にも使われるぶ厚い作業用のものである。

どうやら、この中にある何かを探し出そうとしているらしい。

「どんな物を探しているのか、いってくれれば手伝うが――」

周はいった。

「いや、簡単にみつかる筈だ。そう時間はかからんと思う」

男はそう答えると、今度は懐中電灯を取り出した。

男は慎重に鉄クズに目をやり、重なり合った部分を手でかき分け、あるいは持ち上げ、目当てのものを探し始めた。五分、いやそれ以上経ったかも知れない。男の動きが止まった。そして、おもむろに身をかがめると、何かを両腕で持ち上げ、こちらに向き直った。

ヘッドライトの明かりの中に、男の手の中にあるものが浮かび上がった。

金属の塊、いや加工物である。形状は完全な三角柱。その側面の半ば程に長方形の切れ込みがあるという酷《ひど》く特徴的な形をしている上に、ペイントも施されている。薄汚れたウグイス色、あるいはオリーブドラブとでもいおうか、錆止めの色などでは決してなく、金属に施されるペイントの色としては初めて見るものだった。

「それだけか」

周は正体を訊ねたい気持ちに襲われたが、答えが返ってくるはずはない。それにも増して、こんな手段を用いて日本に持ち込もうとするからには、明確な、それも重要な目的があってのことに違いないのだ。

それは何か——。

目的に思いを馳《は》せるよりも、恐怖の方が先に立った。

それは自分ごときの人間が知ってはならないことに間違いなく、周は一刻も早くこの場を立ち去りたい気持ちに襲われた。

「あと二個ある——」

男はいった。

「同じ形状のものか」

「その筈だ」

「手伝うよ。早いに越したことはないだろ」

周は返事も聞かずに、車に取って返すと助手席に備え付けられた懐中電灯を手にして鉄クズの山を探った。ほどなくして、最初の金属塊が発見されたすぐ傍に、形状、大きさともに寸分違わぬ塊が埋もれているのを見つけた。

「あった！」

周はそういうなり、金属塊に手を伸ばし持ち上げようとした。しかし、次の瞬間、あまりの重さに指先から金属の塊が滑り落ちた。

見かけからは想像もつかぬほどの重量があるのだ。

大きさは、煉瓦《れんが》ほどしかないのに、十キロはある。いったい何でできているのかは分からぬが、少なくとも鉄ではないことは確かだった。

金――？

周は密輸を疑ったが、それもすぐに否定された。よく見ると、金属の塊には長方形の凹みの両側にそれぞれ二箇所、都合四つ、直径五ミリほどの穴がある。さらに側面には、アルファベットと数字が記されてもいる。そこらから推測するに、何かの部品でもあるのだろう。そして、奇妙なことにその上部には、何かを隠そうとするかのように、二センチほどの幅の緑色のテープが貼られていた。

「ありがとう。助かったよ――」

振り向くと、背後に立った男が手を差し出してきた。

その片手には三個目の金属塊が握られていた。ヘッドライトの明かりに浮かぶ男の口元から白い歯が見えたが、目は笑ってはいなかった。

ずしりと思い金属塊を、周は男に手渡した。

男は、無言のままそれを受け取ると、ライトバンに向かって歩き始める。そしてスーツケースを開け、三個の金属塊を中にしまった。

「行こうか」

男がいった。

周は黙って頷くと、運転席に乗り込んだ。

エンジンをかける。ライトバンが走り出す。

短い距離を走る間も男は何もいわなかった。鞄《かばん》を膝《ひざ》の上に置き、助手席に座っているだけだ。

間違いなく、今夜行われたことは、他人に漏らしてはならないものであるはずだ。しかし、それすらも念を押すわけではない。

それは、他言しようものなら、どんな累が及ぶか分かったものではないということを暗に物語っているのだと周は思った。

果たして、車が事務所の前で停まると、男は周に一瞥《いちべつ》をくれることもなく車を降り、セダンを停めた方向に向かって闇の中に溶けて行く。

いったい、この男は何者だ、何が起ころうとしているんだ――。

好奇心が頭を擡《もた》げてくるのはどうしようもないが、恐怖がそれに優った。周はそんな思いを振り払うかのように、慌てて頭を振ると、

『忘れることだ』

自らにいい聞かせ、事務所に入った。

3

空港には国情が如実に表れる。

つい最近までは、東南アジア最貧国の一つといわれた姿はここにはない。

ヤンゴン国際空港のロビーは凄《すさ》まじい熱気に包まれていた。

日本でいうなら、地方の基幹都市の空港ほどの大きさしかないが、建てられてからまだ然程《さほど》の時を経てはいないロビーは、ロンジーと呼ばれる腰巻きを着用した官吏やポーター、送迎の現地人、そして東南アジア最後のフロンティアといわれるこの国で、ビジネスチャンスを摑もうと目論《もくろ》む人間たちでごった返している。

ロビー内の喧騒《けんそう》の中に、シンガポール航空五〇一七便の搭乗案内が流れた。

由良は、一階フロアの片隅にあるコーヒースタンドを出ると、ロビーの中央に向かって歩き始めた。

中央の柱の陰に、佇《たたず》む男の姿があった。

三日間を共に過したウィリアム・ラッセルである。

アメリカは同盟国と結託して、軍事政権を敷いたミャンマーに対し、二十年以上の長きに亘《わた》って経済制裁を科してきたが、措置の発効と共に企業が撤退したわけではない。それ以前に現地に設立されたアメリカ法人は、情報収集と政権党当局との繋《つな》がりを保つために引き続き事務所を存続させてきたのだ。

なにしろ、天然資源に恵まれた国である。地勢的にも、ラオス、タイ、バングラデシュ、インド、そして中国と接し、中でも中国にとっては、インド洋から東シナ海に連なる『真珠の首飾り』といわれるシーレーンを構築するに当たっては、それが可能になるか否かを決定づける要衝でもある。企業だけではなく、アメリカ国家にとってもかつてのソ連に代わる仮想敵国となった中国の動きを監視するためにも、完全に関係を絶つという選択肢は端《はな》からありえないことだった。そして、それらの企業を拠点として情報収集活動に当たったのがCIAである。

ラッセルはアメリカ最大級のオイルメジャーの駐在員ということになってはいるが、その正体はCIAのアンオフィシャルカバーだ。

「羅は？」

由良はラッセルに歩み寄るなり訊ねた。

「間に合ったよ。二十分前に中に入った」

ラッセルは、出国手続き窓口がある二階を目で指した。

「頻繁に出入りしている国だからな。間違いはあるまいとは思っていたが、乗り遅れられでもしたら、面倒が増えるところだった」

「まったく――」

ラッセルは頷いた。「相変わらずどの便も満席が続いちゃいるが、乗り遅れる客は必ず出る。羅はフリークエント・フライヤーだ。必ず後続便に乗れはするだろうが、それじゃあせっかく整えた段取りが台無しだ」

「努力は報われるものだな」

「大した努力じゃなかったがね。三十ドルそこそこのジョニ黒で済むならお安いもんだ」

「酒の値段に君の労力を加えりゃ、随分高いものになる」

「それは給料のうちだ」

ラッセルはにやりと笑うと、手を差し伸べてきた。「グッド・ラック――」

「世話になった」

由良はその手を握り返した。「また、どこかで――」

「ボンボヤージュ」

ラッセルの言葉を聞きながら、由良は踵《きびす》を返すとエスカレーターで二階の出国窓口に向かった。

手続きを済ませ、長い通路を歩き、ボーディングゲートに向かう。

通路に沿って設《しつら》えられた椅子は、次からの便を待つ搭乗客で全て埋まっている。椅子が確保できない人間が通路に溢《あふ》れ返り、前に進むにも人の群れを縫うように進まなければならない。なにしろ、東南アジア各国から、次から次へと便が訪れては発《た》って行くのに、この空港にはまだボーディングブリッジが三つしかない。発展のスピードに、施設の能力が追いついていないのだ。

ようやくゲートに辿《たど》り着くと、すでにそこに乗客の姿はなかった。

最終搭乗案内を告げるアナウンスの声が聞こえた。

ゲートに立つ空港職員のものだ。時間が切迫して焦っているのだろう。通路に群れる人波に目をやりながら、搭乗を急《せ》かす声に棘《とげ》が宿っている。

由良はチケットを見せると、ブリッジを通り機内に入った。

席は3B。最前列から三列目の通路側だ。

由良がそこに向かって歩きかけると、待ちかねていたようにキャビンアテンダントがドアを閉めにかかった。

ベージュを基調としたビジネスクラスの席は、一つを残して全て埋まっている。その隣の窓際に、熱心に雑誌に見入る羅の姿があった。

由良はゆっくりと席に歩み寄ると、どさりと腰を下ろした。そして、手にしてきたアタッシェケースを前の座席の下に置くと、安全ベルトを締めながら、何気に隣の席に顔を向けた。

「ミスター羅？」

由良は、大袈裟《おおげさ》に驚いた声を上げてみせた。

突然名前を呼ばれた羅は、はっとしたように顔を上げた。

「……ミスター……ユラ？」

事態の展開が理解できないとばかりに、口をぽかんと開けて大きく見開いた目をしばたたかせる。

「いや、偶然ですね。まさか同じ便、それも隣同士の席になるとは――」

偶然なわけである筈がない。もちろん、羅の隣に席をとるような策を弄《ろう》したのだ。

独裁政権下において国家の権力構造が安定しているということは、必ずや特権階級を生み、不正行為がはびこることを意味する。中国、ソ連、北朝鮮いずれの国にしたところで、権限を持つ者に袖《そで》の下を渡せば大抵のことは通ってしまうのが何よりの証《あかし》だ。

それは長く軍事政権下にあったミャンマーも例外ではなく、袖の下といえば、大抵の場合現金であるのが相場だが、ミャンマーにおいてはウイスキー。それもジョニ黒が現金と同じ効力を持つ。

労働者の月給が七十ドル。企業のマネージャークラスでも三百ドルから四百ドルという貧しい国だ。その程度の給料しかもらっていない人間が、分不相応な現金を持ち、派手に使おうものならどうしても人目につく。三十ドルほどのウイスキーは法外な贅沢《ぜいたく》品だが、家の中で飲む分には、誰にも分からないというわけだ。

搭乗者の中に、羅の名前を見つけ、隣に席を取ることなど、ジョニ黒一本を航空業界に影響力を持つ人間にプレゼントしてやれば、簡単に片が付く問題だった。

「いやあ、乗り遅れるんじゃないかと冷や冷やしましたよ」

由良は、ほっと息をついた。「聞いてはいましたが、これほど渋滞が激しいとは思わなかった。市内から空港まで三十分と聞いていたのに、途中事故に出くわしましてね。たっぷり一時間半もかかってしまいましたよ」

「交通事情はこの二ヵ月の間にまた一段と酷くなりましたね。車の数が急増してるのにインフラが追いつかないんです。なんせ、信号もあまりありませんからね」

羅は、まだ幾分怪訝《けげん》な表情を浮かべながらも、ようやく薄い笑みを口元に宿した。

「それに、車の運転が荒いの何のって。もっとも中国よりは少しマシな気がしますが——」

「ミャンマーじゃ、車の免許は申請すれば取れるので、運転に慣れていない人間が多いんです。そのせいで事故も多いし、車も日本製とはいってもポンコツばかりですからね。どうしても故障する車が多くなる」

「道路の状態も最悪だ。驚きましたよ。舗装にコンクリート使ってるんですから。今どきこんな国ありませんよ」

「それは、経済制裁のせいでしてね」

幾度となく出入りしているだけあって、羅はミャンマー通を気取り始める。「酷く質の悪いイラン製のアスファルトしか手に入らないんですよ。それに工事の技術も未熟で、メンテナンスにコストがかかり過ぎるんですね。それで、しょうがなくタイからコンクリートを輸入してわざわざ作り直してるんです」

エンジン音が密《ひそ》やかに機内に響き始める。機体がスポットを離れ、後方に動き始める。

「で、何か収穫はありましたか」

羅が訊ねてきた。

「ええいろいろと――」

ミャンマーの国内情勢は、ラッセルからたっぷりレクチャーを受けている。「まさに、黄金の国ですよ。何もかもが、我々のビジネスチャンスの種。早晩世界中の投機マネーがここに集まって来ると断じてもいいでしょうね。特に、ティラワの経済特区の開発は、その第一歩になるでしょう。二千四百ヘクタールもの広大な土地に、外国企業を誘致するというんです。大きさでいえば、日本の山手線の内側を遥《はる》かに凌《しの》ぐ広大な土地。しかも、電気、水道、道路とインフラが何一つ整っていない原野にですからね。それだけでも、どれほどの資金需要が発生するか――」

「日本政府は、単独開発を申し出ているようですね」

羅はあからさまに不愉快そうな表情を浮かべた。

「ミャンマーは、極めて親日的な国ですからね。韓国には悪いが、飲む可能性は高いでしょうね」

「しかし、あなたが勤めているのはアメリカ系の投資顧問会社だ」

「金に国境はありませんよ。そして投資家が求めるのは、あくまでも利益です。投資する国の政治や体制なんてどうでもいいんです」

「中国で儲《もう》け、今度はミャンマーですか。なるほど、金転がしに儲けの種は尽きませんね」

羅の言葉には明らかに皮肉が込められていたが、それは羨望《せんぼう》の裏返しでもある。

「それは我々に限った話ではありませんよ」

由良は薄く笑った。「製造業にしたって、中国にはかつてほどの魅力は感じてはいませんからね。今でも市場規模は十分大きいが、労働者の賃金が上がり過ぎた。世界の工場としての価値が落ちれば、企業は離れて行く。中国に製造拠点を構えていた企業が、これからはミャンマーに雪崩を打ってシフトして来ますよ。輸出一つとっても、ヨーロッパへはミャンマーの方が随分近いし――」

「まるで焼き畑じゃありませんか。安い労働力を求めて次から次へと拠点を移す。見捨てられた国は、たまったもんじゃない」

「いかに低いコストで高い利益を上げるか。それを可能ならしめずして企業は存続できないものです。そしてそれを可能にする国を探して世界を彷徨《さまよ》い歩く。当然、企業が去った国の経済は疲弊し、国民は貧しい生活を強いられるようになる。すると賃金が下がり、企業がまた戻ってくる。それを繰り返しながら、存続し続けるのがこれからの世界ですよ。そうじゃありませんか？」

由良は羅の顔を正面から見詰めた。「あなただってその一人だ。ミャンマーが繁栄を遂げると見込んでいるからこそ、こうして足しげく通い詰めているんでしょう？」

「確かに……」

この間に機はタキシングに移り、機首を右に大きく振ると滑走路に出た。これ以上ビジネスの話を続けると、ボロが出ると思ったのだろう。羅はぷいと顔を背けると、窓の外を見やった。

エンジン音が一際高くなる。機体は速度を上げながら滑走を始める。機首がぐいと持ち上がると、背中が座席に押し付けられる。機は順調に上昇を続け、やがて安全ベルト着用のサインが消えた。

「ところで、今夜も出かけられますか」

由良は再び話しかけた。

シンガポールまでは僅か三時間のフライトだ。チャンギに到着するのは午後九時十五分。羅の懐は暖かいはずだし、カジノに出かけるにはちょうどいい時間である。

「あなたは？」

先ほどの反応とは明らかに違う。羅は身を乗り出してきた。

「仕事とはいえ、他人の金儲けのネタ探しほどつまらないものはありませんからね。しかも、今回は調べれば調べるほどに、確実に儲かることが分かってくる。私もこの仕事についてもう十五年になるが、こんなチャンスは滅多にあるもんじゃない」

由良は声に熱を込めると、「しかし、勝ちが分かっている勝負なんて、面白くも何ともない。筋のいいネタを摑んだ時こそ、自分の運を試してみたくなる。もちろん、今夜は出かけるつもりです」

軽くウインクをしてみせた。

「私も、あなたから教わった方法を試してみたくて、うずうずしてるんです。ホテルに荷物を置いたら、すぐに出かけようと思っていたところです」

羅は声を弾ませると、「しかし、羨《うらや》ましい話ですね。あなたにお金を預けさえすれば確実に儲かる。我々庶民にとっては夢のような話です」

溜息《ためいき》交じりに声を落とした。

「莫大《ばくだい》な資金需要が生まれることは間違いありませんからね。ティラワの経済特区の開発にしたって、日本企業に任せることになったとしても、元請けがそうなるというだけです。社会インフラにしても同じです。道路の建設、信号設備、公共交通機関の整備。下請け、孫請けは現地企業。そこに膨大な雇用が生まれる。となれば労働者向けの住宅建設もしなけりゃならない。ところが治安上の見地から、社宅の建設は許されてはこなかった。ティラワ一つ取っても通いの人間だけで、雇用を確保することなど不可能です。早晩、この規制も解除される。全てが、まっさら。何もないに等しいところから始めるんですからね。金なんか幾らあっても足りやしませんよ」

「必要な資金は、銀行から借り入れることができるじゃありませんか」

貿易商を名乗るにしては羅の見解はいささかお粗末なものだったが、由良は素知らぬ振りで答えた。

「ミャンマーには、一般の人どころか企業にも借り入れという発想がないようでしてね。もちろん、旺盛な資金需要が発生すれば、これも変わるでしょうが、資金力が圧倒的に不足してる。それに、借り入れ金利は一五％ですよ。そんな金利で誰が借りますか。海外から調達するしかありませんよ」

「しかし、アメリカの経済制裁が続いているうちは、それも不可能では――」

「制裁が解除されるのは、もはや時間の問題ですよ。今や金融はアメリカの国運を担っている重大な産業ですからね。アメリカの金融機関はハゲタカといわれるほど利に敏《さと》い。黙っていても儲かる市場を放ってなどおく筈がないじゃありませんか」

「その恩恵を享受できるのも、ごく一部の富裕層だけ。ほとんどの人間にとっては、無関係な話だ」

「それはアメリカに限ったことじゃないでしょう。金持ちほど簡単に金を稼ぐものですよ。投資はギャンブルですからね――」

我ながら嫌みな言葉を吐くものだとは思いながら、由良はニヤリと笑った。

「なるほど。半端な金じゃ勝負に負ける。結局は資金のある者が勝つのは、あなたがカジノで証明してみせたことです。弱者はいつまでたっても弱者。強き者が労せずして大金を摑み取って行くのを見ているしかないというわけですか——」

羅は不愉快極まりないという顔をすると、顔を背けた。

「ですがねミスター羅。金持ちだって、一夜にしてその富を築き上げたわけじゃない。人よりも少しばかり運に恵まれた。いや、誰の目の前にも常にうろついている運をうまく摑んだ人間が富を築いたんですよ」

羅が、再び顔を向けてきた。

「あなたにも、その運がいつ訪れないとも限らない」

由良は静かにいった。

「あり得ない」

羅は呆《あき》れたような笑いを浮かべ、首を振った。「どんな運が私に訪れるってんです。カジノで連戦連勝、巨万の富を築くとでも？」

「それを夢見てるからこそ、今夜も出かけようとしている——」

「ギャンブルの魅力は、結果だけじゃない。勝つか負けるか。勝負の瞬間を息を吞《の》みながら見守るあの興奮が堪《たま》らないんですよ」

負け惜しみとも取れる羅の口調。本音を語っていないことは明らかだった。

勝負の結果が出るまでの興奮はギャンブルの大きな魅力であることに違いはないが、負ければ興奮は一気に冷め、後悔と喪失感に打ちひしがれる。興奮の余韻を引き摺《ず》りながら、達成感と高揚感に浸れるのは勝てばこそのことだ。

「確かに――」

由良は頷いてみせるとポケットに手を入れ、五枚のチップを座席を仕切る肘掛《ひじか》けに置いた。「その刺激に慣れてしまうと、更に高い刺激が欲しくなるものです」

樹脂でできた深紅のチップの中央には、金色で1000と記されている。日本円にして一枚六十万円。都合三百万円になる。

「これは？」

羅は理由が分からないとばかりに、怪訝な表情を浮かべる。

「いったでしょう？　更なる刺激が欲しくなるって」

「だから？――」

「君の運で遊んでみようと思って」

「馬鹿な」

羅は呆れたように首を振った。

「たった一度、ルーレットの手ほどきをした人間と同じ便に乗り合わせ、しかも席が隣同士になった。こんな偶然はそうあるもんじゃない。これが今夜の勝負にどう出るのか。それを試してみたくなったんですよ」

「正気ですか。百ドルや二百ドルならまだしも、五万ドルもの大金ですよ」

「ギャンブラーの行き着く果て……かな」

由良は平然と答えた。「日本の賭場《とば》には代打ちというのがありましてね。ヤクザの親分が、自分に代わって、プロのギャンブラーに勝負をさせるんです。そりゃ刺激的でしょうね。自分の運を他人に委《ゆだ》ねるんですからね」

「代打ちをした人間は、負けたらどうなる」

「さあね。指や腕の一本は取られるかも知れませんね」

「それじゃ私が困る――」

「私だって同じです。指や腕を貰《もら》っても仕方がない」

由良は苦笑いを浮かべた。

「刺激を得るためなら五万ドルが溶けても平気なのか」

「私たちの仕事はね、ギャンブルでいうならまさにその代打ちなんですよ。人様に、儲かる投資先を提示して、大金を預かるんです。でもね、損をさせても腕どころか、指一本取られるわけじゃない。それどころか儲けさせようが、損させようが手数料は必ず転がり込んで来る。刺激なんてありゃしない。何とも味気ないものですよ。ましてや、ミャンマーのように、莫大な収益が上がる市場が立ち上がるんです。失敗する筈がない。黙っていても、資金は集まる。当然、私の懐には大金が転がり込んでくる。その報酬に比べれば、五万ドルなんて、はした金にも入りませんよ」

「五万ドルがはした金とは恐れ入るね」

羅は眉間に深い皺を刻むと、「それに、自分の運が人に玩《もてあそ》ばれるというのは、気持ちのいいもんじゃないな」

不愉快そうにいった。

「勝ち分はあなたのもの。それが報酬です。五万ドルを溶かしても、ペナルティはなし。今いったばかりでしょう？　運は万人の前をうろついているもんだって。それをうまく摑んだやつが金持ちになるんですよ」

羅の眉《まゆ》がピクリと動いた。

当たり前の話だ。ノーリスクで大金をせしめるチャンスを与えてやるというのだ。こんなうまい話がそう転がっているわけがない。

「本当にいいのか」

果たして、羅は念を押してきた。

「刺激のある勝負を見せて下さいよ。こんな面白いシチュエーションに巡り合うのは、滅多にないことです」

「クレージーだよ。博打《ばくち》のお陰でいかれちまってる」

羅は呆れたような口調でいったが、目元が緩んでいる。

「乗るかね」

「グッド・ディール」

羅は口元を歪《ゆが》めると、肘掛けの上に置かれたチップを鷲摑みにした。

4

ボンベイ・マティーニが運ばれてきた。

「今夜の勝利に――」

由良は大ぶりのグラスを目の高さに掲げた。たっぷり注がれた透明な液体の中で、氷が涼やかな音を立てた。陽炎《かげろう》のように揺らぐアルコールの向こうに、シンガポールの夜景が見える。

時刻は午前三時になろうとしていた。住居の明かりが少なくなった分だけ、明滅を繰り返す高層ビルの航空障害灯や、ライトアップされた建築物が一際目立つ。かち割り氷の表面にそれらの光が反射し、中に浮かぶオリーブの緑がそこに交じると、南国の夜景に幻想的なエッセンスが加わる。

羅は満面の笑みを湛《たた》えながら、冷えたマティーニに口をつけると、それまで胸中を満たしていた緊張感と、込み上げてくる歓喜を入れ替えるかのようにほうっと息を漏らした。

何しろ、五時間足らずで二万ドルのプラスである。負けたところで、自分の懐が痛むわけではない。ペナルティを科されるわけでもないとはいえ、勝った分が自分のものになるとなれば、必死にならぬわけがない。

最初のうちは恐る恐る、一勝負に千ドルほどしか費やさなかった羅ではあったが、ゲームを繰り返すごとに次第に賭け金は増し、やがて五千ドルを費やすようになった。金はチップに形態を変えただけで、人の金銭感覚を狂わせるものだが、それは同時に羅が勝負にのめり込んだ証でもある。

羅にツキが回ってきたのは、その頃からだ。千ドル負ければ二千ドル。二千ドル負ければ三千ドルと賭け金はエスカレートして行き、それまで減る一方だったチップが、増減を繰り返しながらも次第に山となって彼の手元に積み上げられるようになった――。

「いいものを見させてもらった」

由良はいった。

「こちらこそ」

羅はとんでもないとばかりに首を振る。「こんな大きな勝負ができるなんて夢のようでしたよ」

「しかし、良く持ち直したものだ。君は筋がいい」

「途中で、あなたの教えを思い出しましてね。腹を括《くく》ったんです。ちまちま張っても、勝つか負けるか結果は一つ。大きく張らなければ、大きく勝てはしないってことを――」

羅は、照れたような笑いを浮かべると、マティーニをがぶりと飲んだ。

「言うは易く、行うは難しだ。腹を括るのにも度胸がいる。ましてや元手は人の金だ。

頭では理解できても、そう簡単に決断できるものじゃない。もっとも、ギャンブラーにとってはそれも才能の一つだがね」

「はした金と聞いていましたからね。大事な金だと聞いていたら、そんな気になれたかどうか……。ましてや自分の金だったらとてもとても――」

羅は、ポケットに手を入れると、「これはお返ししておかなければなりませんね」

深紅のチップを五枚、テーブルの上に置いた。

由良がそれを無造作に掴み、ポケットの中に仕舞い込むと、

「本当にいいんですか？」

羅が訊ねてきた。

「何が？」

「いや、二万ドルもの金を、本当にいただいて――」

羅は手を胸に押し当てながら、探るような視線を由良に送ってきた。

彼が着用しているスーツのその部分は、左側だけが不釣り合いに膨らんでいる。何しろ、百シンガポールドルで二百枚あるのだ。まずお目にかかることはないのだが、一万ドル札という、世界で最も高額な紙幣が存在するこの国にあっても、百ドル札もまた滅多に流通していない代物である。十分に高額かつ珍しいものであることは確かだが、新券で揃えても二センチほどの厚さになる。

「当たり前だ。それに十分楽しませてもらったからな」

「楽しんだ？」

「代打ちさせる人間の気持ちが良く分かったよ。自分の運を、第三者の運を通して試す——。確かに、これには自分が興ずる以上のスリルがある。自分ならそんな賭け方はしない。間違っていると思っても、口出しできんのだからね。そして、負ければ元手は全部溶けてしまうんだ」

その言葉に嘘はないが、本当のところはもう一つ、代打ちに関しては初めて気がついたことがある。

代打ちを任された人間が、一勝負、一勝負ごとに一喜一憂する様を見ているのが楽しくて仕方ないのだ。負けが込み始めると、焦りは絶望へと変わる。勝てば勝ったで安堵《あんど》の色をあからさまに浮かべる。めまぐるしい感情の移ろいを見ているのが実に愉快なのだ。

「そうおっしゃるのでしたら、遠慮なく——」

羅は、改めて心底嬉《うれ》しそうな笑みを満面に浮かべると、軽く頭を下げた。

「だが、一つだけアドバイスしておく」

由良はグラスを傾けながら、羅を上目遣いで見た。「運は回りものだからな。必ず負の局面がくる。それを心しておかないと、酷い目に遭う」

羅は笑顔を消し去った。

「どうしろと？」

「大勝ちしたのを機に、ギャンブルから足を洗うのも選択肢の一つだ。むしろ、賢明な人間ならそう考える」

「そんなことができるなら、とっくに――」

羅は苦笑を浮かべた。

「良く考えることだ。一度でかい勝負を味わうと、小さな勝負には戻れなくなる。時間潰《つぶ》しのようなものだし、何といっても物足りなくなってしまうからな」

羅の顔から再び笑みが消えた。

「ギャンブルというのは不思議なものでね。回を重ねるごとに刺激に慣れる。もっと強い刺激を求めるようになる。結果じゃない。恐怖と期待が交錯する僅かな時間に興奮のクライマックスがある。そしてその大きさを決めるのは賭け金の多寡だ。まさに麻薬さ」

由良は暗示をかけるように続けていった。

「あなたも、随分なことをいうもんですね」

羅はあからさまに不快な感情を顔に浮かべると、「それを承知で私に大きな勝負をさせたのなら、プッシャーそのものじゃないですか。快楽の味を覚えさせさえすれば、薬欲しさに黙っていても金を注ぎ込む。連中は、禁断の味を覚えさせるために、最初の薬をただでくれてやるっていうじゃないですか」

汗の浮かんだグラスをテーブルの上に置いた。

「私は親切心でいったつもりだがね」

由良は平然と答えた。「それに連中には金という目的があるが、君を嵌めたところで、私には一銭の金も入ってはこない」

「第三者の運を使って、自分の運を試す。自分が興じるよりもスリルがあるっていいましたよね。他人の人生が狂っちまうかも知れないことを承知で代打ちをさせたんだ。つまり五万ドルの金で、人の人生を左右しかねない遊びをしたってことだ。そりゃあ、高みの見物を決め込むあんたは愉快で堪らなかったでしょうよ。しかも、元手はそっくりそのまま戻ったんだしね」

羅は怒りを露《あらわ》にする。それは由良の指摘が的を射ていたことの表れだ。

つましい賭けなど、もはや馬鹿馬鹿しくてやる気にはなれない。かといって、ギャンブルの快楽からは逃れられない。今度賭場に足を踏み入れれば、必ずでかい勝負に打って出る。自ら白状しているも同然だ。

「そのお陰で、君は二万ドルの金を手にした。失礼だが、以前の君の賭け方じゃ、これだけの金を手にするのは、容易なことではなかったはずだ。それにこれから先ギャンブルを続けるかどうかは君次第。私はやれとは一言もいっていないよ」

由良は努めて穏やかな口調で語りかけた。

羅は、歯嚙《はが》みをするように蟀谷《こめかみ》をひくつかせながら、ぷいと視線を窓の外に転じた。

「もっとも、私もギャンブルの魔力に魅入られた人間だ。それがいかに難しいことかは良く分かる」

そろそろ本題を切り出す時だ。「ならば、どうだろう。もう少しこのゲームを続けてみないか」

由良はいった。

「続ける？」

羅が理由が分からないとばかりに、視線を向けてきた。

「実は、代打ちが気に入ってね。パトロン気分をいま暫《しばら》く味わっていたくなったのさ」

「馬鹿な……。あんた正気か？」

羅は目を見開いた。

「君の運で遊ぶんだ。もちろん勝った分は君が全て取る。君は運を使い、私は金を使う。つまり、君と私は運命を共にする仲となるわけだ。それなら立場はイーブン。フェアな条件というものじゃないかね」

「フェアどころか、あんた下手すりゃ破滅するぞ。どれほど金を持っているのか分からんが、文無しになるかもしれないじゃないか」

「そうだな――」

由良はふっと笑った。「じゃあ、こうしよう。枠を決める」

「枠？」

「使える金の上限だ。とりあえず五十万ドルでどうだ」

羅は呆《ほう》けたように口を開くと、目をしばたたかせ、

「五十万ドル？　あり得ない――」

首を振った。

「君が期待通りの働きを続けてくれれば、私にとっては減りもしなけりゃ増えもしない金だ。そして、私はそれでスリルを味わい、うまく行けば君は莫大な金を手にする」

「他人の金。ましてや、そんな途方もない大金で勝負に打って出る身になってみろ。恐ろしくて、とてもそんな話には乗れないよ」

羅は顔色を変えて拒んだ。

「五十万ドルが途方もない大金かね」

由良は歯を剝き出しにして笑った。「VIPルームの勝負じゃ、当たり前に飛び交う額だ」

もちろん、そんなことがいえるのは、自分の金ではないからだ。金主であるアメリカ政府にしても、それで北朝鮮の内部情報が得られるならば安いものだ。

「それはそうだろうが、大負けしちまったら……」

「消えてなくなるだけだ」

羅の喉仏《のどぼとけ》が上下する。捨て切れぬ魅力を覚えているのだ。

「しかし、負ければあんたが一方的なダメージを被る」

「負けてもお咎《とが》め無しじゃ、フェアじゃない。そういいたいのかね」

「話が余りにもうま過ぎる。まるで、俺に金を掴ませるチャンスを与えているようなもんじゃないか」

その通りだ。代打ちにも、自分で興じる勝負以上の面白さがあるのは事実だが、負けた時のペナルティを科さずして、ただ大金を稼ぐ場を設けてやるような奇特な人間がこの世にいるわけがない。

「じゃあ、君が応分のリスクを背負うことにしたら？　五十万ドルに相当する価値のあるものと引き換えにしよう」

「そんなもの、俺には――」

怪訝な顔をして、いいかけた羅を由良は遮った。

「君の国の情報が欲しい」

「国の情報？」

羅は顔を凍りつかせた。

「北朝鮮の国家中枢の動きを教えて欲しい」

由良は、直截《ちょくせつ》にいった。

羅の顔から血の気が引いて行く。瞳《ひとみ》が瘧《おこり》にかかったように小刻みに揺れ動く。喉仏が一度大きく上下する。金に興味を示した時の先ほどの反応とは明らかに違う。罠《わな》にかけられ、窮地に立たされたことを悟ったのだ。

「羅志秀。三十二歳。朝鮮労働党中央委員会三十九号室に所属し――」

「お前、誰だ」

由良の言葉を遮り、鋭い眼差《まなざ》しを向けながら、羅は低い声を漏らした。

「私の金主はアンクル・サムといえば、察しがつくかな」

こんな形で罠に嵌めるアメリカの組織の人間といえば、考えの行き着く先は決まっている。

羅は絶句した。

「悪い話じゃないだろ。協力してくれれば、五十万ドルは君のものだ。ギャンブルに興じようと、そのまま懐に入れようと君の自由だ。銀行口座はすでに用意してある。もちろん君名義でね」

「馬鹿な！」

羅は言葉を荒らげたが、その声は震えている。「そんなことができるわけがないだろ。アメリカに情報を売ったなんて知れてみろ。俺の命はおろか、家族だって無事じゃいられない」

「君が亡命したいというなら、アメリカは喜んで迎え入れる準備がある。もちろん家族もだ」

「俺は、今の国の体制に何ら不満を抱いてはいない。もちろん家族もだ」

羅は腰を浮かしかける。

「なるほど」

由良は頷いた。「確かに君たちは、北にあっては特権階級に属する人間だ。海外に定期的に出かけることもできれば、こうしてギャンブルに興じることもできる。しかし、それも今の体制が続く限りという前提があってのことだろ」

羅の動きが止まった。由良は続けた。

「現体制が崩壊した後はどうなる？　人民を搾取し、虐げ、特権階級の上に胡座《あぐら》をかいてきた君たちが、そのままの生活を維持できると思うかね」

「我が国が崩壊するのは避けられないといわんばかりの言い草だが、そんなことになれば、困るのは韓国だ。いや、アメリカだって同じだ。祖国統一というは易いが、これだけの経済格差がある国を背負い込めば、韓国経済は破綻《はたん》する。延《ひ》いては世界経済も大混乱に陥る。アメリカだってそんなことは望んじゃいないだろ」

「国が崩壊するとはいってないよ。現体制が崩壊したらといったんだ」

由良は、ゆっくりとグラスに口をつけた。「君に絶大な信頼を寄せる金正恩に反感を覚えている勢力は、現体制の中にも確実に存在している。彼らが蜂起《ほうき》し、正恩体制を倒すことにでもなれば、現体制下で寵愛《ちょうあい》を受けていた人間の粛清が始まる。君たちのような人間は、良くて強制収容所送り。へたすりゃ抹殺だ。ならば、どこぞの国に逃れるかね。中国は受け入れまい。ロシアもね。うまく、どこぞの国に逃れられたとしても、それからの暮らしはどうする？　難民として、極貧の境遇に甘んじるかね？　特権を貪《むさぼ》ってきた君たちのような人間が、それに耐えられるのかね」

「一つだけいっておこう。西側の報道では、新体制樹立後、すぐにでも不満分子が蜂起し、内乱が発生すると面白おかしく報じていたようだが、あいにく今に至ってもそんな兆候は影も形もないんだよ。君たちにとっては残念な話だろうがね」

「しかし、君の立場はすでに安全とはいえないよ」

由良は断じた。「シンガポールに来る度に、カジノに興じていること自体が許されることではないはずだ。一回たかが千ドルとはいえ、北の貨幣価値からすれば途方もない大金だ。こんなことが露見すれば、金の出所を追及される。それとも、正恩に入るはずの金ではない、行きがけの駄賃に貰った金を使っただけだといえば通るのか？」

「それは――」

羅の顔に明らかに動揺の色が浮かぶ。視線を落とした瞳が再び忙《せわ》しげに動き始める。

「ましてや、私とこうしてカジノに興じる仲になった。しかも元手は、アメリカの金。そして、大金をせしめもした――」

「脅すのか」

羅は顔を上げると、由良を睨みつけてきた。

「いまさら何をいってるんだ。獲物を窮地に陥れ、条件を飲ませる。諜報《ちょうほう》機関の常套《じょうとう》手段じゃないか」

由良は歯を剝き出しにして笑った。

「これが狙いで、俺に近づいてきたのか。ルーレットの手ほどきをしたのも、ヤンゴンからの機内で隣り合わせになったのも、端からお前たちが仕組んだ罠だったってわけか」

　由良は答える代わりに、懐から数枚の写真を取り出し、テーブルの上に放り投げた。

　そこには最初の出会いで由良と共にルーレットに興じる羅の姿や、このバーで祝杯を上げる様子が写し出されていた。

「こんなものまで――」

　羅が絶句する。

「もちろん、これはごく一部だ。私と仲睦《むつ》まじく交流している写真は、山ほど撮ってある。会話も、ほらこの通り――」

　由良はポケットから取り出したＩＣレコーダーを掲げて見せると、「いまこの瞬間も、写真を撮らせてもらっているよ」

　バーの一角を目で指した。

　羅が慌てて視線の先を追う。ヘンリーが、してやったりといわんばかりに眉を吊り上げ、軽く手を振って合図を送ってくる。

　羅は怒りに震えるように、肩を上下させながら荒い息を吐く。

「新体制が盤石でも、こんな写真の存在が露見したら、君は無事じゃいられんだろ。どんな体制下でもエリートの失脚は辛《つら》いものだ。ましてや、絶対的権力者の信頼を裏切ったんだからね。再起なんてできるわけがない」

「これを国の誰かに渡すとでもいうのか」

「そんな面倒なことをしなくとも、喜んで報じる媒体は西側諸国にはごまんとある。正恩の私的資金調達機関である三十九号室の人間が、カジノでうつつを抜かす。メディアにとっては格好のネタだ。ミャンマーに頻繁に出かける目的を解説してやれば、ニュースバリューはさらに増す」

羅の蟀谷がひくつき始める。握り締めた拳《こぶし》が小刻みに震え出す。怒りの表れでもあるのだろうが、そこに混在する恐怖に怯《おび》える匂いを由良は確かに嗅《か》ぎ取った。

「どうする？　己の不始末を素直に認め、国の裁きに身を委ねるかね。それとも我々に協力し、自由が保障された国で、快適な生活を営む道を選ぶかね」

由良はじわりと迫りながら、グラスを口に運び、上目遣いに羅を見詰めた。

羅は肩を上下させながら、荒い息を吐く。

二人の間に沈黙が流れた。やがて、羅の瞳に陰りが見え始める。屈辱、後悔、そして縋《すが》るような弱々しい眼差しへと表情が変化していく。

「代償はそれだけか――」

羅は腹の底から振り絞るような声でいった。

「五十万ドルでは不足かね」

「新しい国でやり直すためには、元手があるに越したことはない」

「君の働き次第だな。ただ、アメリカ国籍、新しい身分、自立するまでの生活援助は保障する。国家に貢献した者を、アメリカ政府はないがしろにはしない」

「なるほど――」

羅は、腹を括ったように肩で大きく一つ息をすると、「で、どんな情報が欲しい」

静かに目を閉じた。

羅はＣＩＡの手に落ちた。

第四章

1

『紅旗園《こうきえん》』は、新宿歌舞伎町《かぶきちょう》の靖国《やすくに》通りから東通りに入ったところにある、雑居ビルの一階、間口二間ほどの小さな店だ。

眠らぬ街歌舞伎町とはいえ、客の入りには波がある。早い時間には、帰宅途中のサラリーマンや学生、深夜になると、小腹を満たそうとするこの街で働く人間たちで賑《にぎ》わうのだが、十時から終電までの二時間あまりは、客の入りが薄れる時間帯である。ましてや、夕刻から降り始めた雨は、だいぶ小降りになったとはいえ、春の霞《かすみ》のように瞬くネオンの輪郭を朧《おぼろ》にしている。通りを歩く人影も、いつにも増して少ない。

劉小燕《りゅうしょうえん》は、通りに面したガラスドアを引き開けた。

鰻《うなぎ》の寝床のように、奥に細長い店の中には両側にそれぞれ五つ、四人掛けの席が設けられている。

その中の一つ、左奥の席に座る男がいた。

耳が隠れるほどに伸びた頭髪。顔の半分ほどを覆う無精髭《ひげ》。ワイシャツの襟のボタンは外されており、緩められた臙脂《えんじ》色のネクタイがだらしなくぶら下がっている。

「やあ、劉さん。先に始めてるよ」

堀越譲治《ほりこしじょうじ》は、席に腰を下ろしたまま、鷹揚《おうよう》に片手を上げた。

テーブルの上には、ビールの大瓶と八角の香りがする豚耳が盛られた小皿が置かれている。

「遅くなりました。仕事が片づかなくて——」

小燕はバッグを椅子の上に置くと、脱いだジャケットをその上に重ね置き、堀越の正面の席に座った。

店はオーナー夫妻とその息子の三人で経営されている。ホールを担当する妻が声をかけてきた。

「你好《ニィハオ》」

小燕が笑みを浮かべて挨拶《あいさつ》を返すと、

「つまみは、幾つか頼んである。足りなきゃ後で追加すればいいよね」

堀越はビール瓶を摑《つか》みながら念を押してくる。

「ええ——」

小燕はグラスでそれを受けながら、「今日も中華でよかったんですか。私に気を遣っているなら、構わないんですよ。日本食、大好きですし。堀越さんも、お寿司《すし》が好物だっていってたじゃありませんか」

何気なくいった。

「寿司は当分お預けだな」

堀越は苦い顔をしながら、ビール瓶をどんとテーブルの上に置くと、返す手でグラスを取った。

「どうしてです」

「セシウムだよ」

堀越はぐいとビールを喉《のど》に流し込むと、軽く溜息《ためいき》をついた。「原発事故から一年。どいつもこいつも、事故なんかなかったかのように、平気で暮らしてるが、事態は収束に向かってなんかいないんだ。それどころか、首都圏の放射能汚染はこれからが本番なんだよ」

「放射能とお寿司にどんな関係があるんです」

「大ありだよ。水素爆発の際に放出された放射能が、関東、首都圏にも降り注いだことは知ってるよね」

「はい」

「あの直後、局地的に線量が高いホットスポットの所在が確認されて大騒ぎになったけどさ、セシウムがその場にじっとしてるかといえばそんなことはない。雨が降れば流され、側溝から下水、河川を通じて海へと流れて行くんだ。そして、関東の大きな河川の幾つかが行き着く先は東京湾——」

「なるほど」

「土壌に降り注いだものは、そのまま土中に残るわけだけど、ビルはコンクリート、屋根は瓦《かわら》かトタン、そして道路はアスファルト。首都圏の土地なんて、水を吸い込まないもので覆われちまっているからね。それが、東京湾に集まってきたらどんなことになるか分かるだろ」

「そんなデータが出たんですか」

小燕は訊《たず》ねた。

「大学、民間の研究機関が、定期的に検査をしていてね。まだ最終的な結果は取り纏《まと》められてはいないけど、ついにその兆候が表れてきたって情報を摑んだんだよ。今までも、放射能に敏感になってる民間団体が、独自の調査をしていて、線量がかなり高い地域があると指摘されてはいたんだが、いかんせん測定器具の精度となると信頼性に乏しかったからね。しかし、今回のは違う。学術的見地から、汚染が深刻化しつつあることが明らかになってきたんだよ」

堀越は眉間《みけん》に深い皺《しわ》を刻んでビールを飲み干すと、「こうなることは目に見えていたんだ。だから、もう江戸前の魚は食べられない。かといって、安い寿司はもっと危ない。なんせ関東近辺の魚介類からも、かなり高い線量が検出されて二束三文。それを安値で寿司を食わせる店が買い叩《たた》いて行くっていうからね」

どんとグラスを置いた。

堀越は三十四歳。大手全国紙毎報新聞の社会部で、環境問題を担当している記者だ。大学時代から中国語の勉強にいそしみ、入社して三年間の支局勤務を終えた後、社内試験にパスし、北京にある大学に二年間、語学留学したという経歴を持つ。もっとも、語学の習得に専念したのは、最初の一年だけで、二年目からは環境学を専門とする教授の研究室に出入りし、中国の環境問題を勉強しながら、休暇の折にはフィールドワークに出かけるのを常としていた。

その当時に纏めたレポートが記事となり、今のポジションに就くことになったのだが、震災直後に発生した原発事故以来、もっぱらの関心は、首都圏の放射能汚染にある。

一方の小燕は日本の水質改善技術ではトップメーカーの一つ、岩館産業の中国採用社員である。

目覚ましい経済成長の代償として、深刻な環境汚染という問題を抱えた中国は、環境技術の先進国日本にとって、いまや大きなビジネスチャンスを内包する国だ。大学時代に、環境問題を研究し、学力的にも高い評価を受けた小燕は、岩館産業が中国市場で大きな躍進を遂げるための絶好の人材と映った。まして、在学中に選択した外国語は日本語である。中国の国情、環境事情に精通し、語学の素養のある人材を、現地採用の一従業員としておくのはもったいないと考えるのは当然の成り行きだ。入社後一年で、日本本社での研修のチャンスが与えられ、以来四年、岩館産業の中国市場開発室で、市場調査、技術関連書類の翻訳に従事し、月に一度か二度の割合で堀越と食事をしながら日本の環境問題についてのレクチャーを受けている。

しかし、小燕が大学入学以前に人民解放軍瀋陽軍区に所属し、工作員として教育を受けたことを勤務先である岩館産業はもちろん、堀越も知らぬ。

堀越と知り合うことになったのは、彼が留学していた当時、出入りしていた環境学の教室の教授が、小燕の恩師でもあったからだが、彼が、突如我が身に下った命令を果たすための絶好の人材になろうとは――。

偶然にしては、でき過ぎの感すらある奇妙な巡り合わせに、小燕は内心でほくそ笑んだ。

「実際、海だけじゃないんだ。首都圏の土壌汚染も深刻でね。地面に降った放射性物質は、その場に留《とど》まる。路肩なんて、水路に流れ落ちる前に地面に染み込み、そこで凝縮されるからね。特に東京の東部じゃびっくりするような線量が出てる。土壌一キロ当たり、二十五万ベクレルとかいう線量が検出されてるんだ。そんなところに、平気で暮らしてるってんだから、もはや正気の沙汰《さた》じゃないよ」

「平気で暮らしてるのは、堀越さんも同じじゃありませんか」

小燕は、ビールに口をつけながらいった。

「本音をいえば、僕だって逃げ出したいさ。だけど、仮にもジャーナリストの端くれだからね。気障《きざ》ったらしいいい方をすれば、最後まで見届けるのが使命だって覚悟はあるつもりさ」

「だけど、そんなこと、どこの報道機関も大々的に報じないじゃありませんか。高線量のエリアがあるって報じても、さらっと流してお終《しま》い。国民の危機感が乏しいのは、危険性を徹底的に知らしめない、メディアの側にも原因があるんじゃありませんか？」

小燕の言葉に、堀越は苦々しい表情を浮かべると、

「いま政権の座についてる連中は、頭がおかしいよ。今までの常識を以《もっ》てしては、到底理解できないやつらが国を動かしてるんだ」

語気を荒らげて吐き捨てた。「あいつらときたら、不都合なことは徹底的に隠しまくる。それがバレても、だから何だって反応を示す。とにかく、常人の感覚からは到底信じ難い反応を示すんだな。あまりの異常さに、相手にしてる側の感覚までおかしくなってきちまってさ。逆に、真実を声高に叫び、政権当局の無能さ、無責任さを追及するこっちの方が、エキセントリックな印象を世間に与えちまってるんだよ」

「真実だと認めたら、パニックになることを恐れているんじゃありませんか？　それに、一部地域で、高い線量が出ていることは事実だとしても、被災地近辺は別として、他の地域は普通の日常生活を営んでいるんですもの。つつがなく暮らしているのが、安全の証拠。誰もがそう考えているんじゃないでしょうか。実際、私もその一人ですし――」

「無知というのは恐ろしいものでね。いま東京東部で検出されている線量が、いかに危険なものか……。キロ当たり百ベクレルを超せば、低レベル放射性廃棄物処分場で厳重

に管理ってのがＩＡＥＡの基準なんだよ。それが二千五百倍の汚染土壌があっても対処の必要なしという。そして市民も平気ときている」

堀越は、絶望感に打ちひしがれるように溜息をついた。

原発事故以来、話題が放射能のことになると、異常と思えるほどの恐怖を口にするのは毎度のことだが、今日はいつにも増してその傾向が顕著に現れている。

悪い兆しではないと思った。いや、その恐怖を語らせれば語らせるほど、意識の中に深く刷り込まれていく。それが人間の心理というものだ。

「市民だって、真実を突きつけられるのが怖いと思ってるんじゃないでしょうか」

小燕はいった。「だって、政権に東京、いや東日本は危ないと明言されたら、どうしたらいいんです？　家を捨て、仕事を捨て、どこへ行ったらいいんです？　その後の生活は？　家族は？　解決なんて絶対できない問題に直面することになるんですよ」

「確かにその通りではあるんだが……」

堀越は頷《うなず》いた。「政府、東電の狂気としかいいようのない対応も、そうした心理をうまく突いているとはいえるかもしれないな」

「どういうことです？」

「真実を隠蔽《いんぺい》するためには、どんな対応が一番有効だと思う？」

堀越は訊ね返してきた。

「さあ……」

「何もしないことだよ」

堀越は断ずると続けた。「例えば福島第一の汚染水問題にしても、メルトダウンした格納容器から放射能が地下水に入り込み、海に流れ出ている疑いが濃厚とされてる。遮水壁の建設が急務だと事故直後からいわれているのに、今に至ってもなにもアクションを起こさない。それはなぜか。地面を掘れば、すでに地下水は放射能で汚染され、海に流れ出しているのが明らかになるからだ」

「なるほど。それはいえてますね」

「遮水壁だけじゃない。いつ崩壊してもおかしくないといわれている四号機の建屋にしたって、政府も東電もろくな検査をしちゃいない。なのに、前以上の強度は保たれているというだろ。きちんとした調査をすれば、分析結果を出さなきゃならなくなるからね。やらないうちは、何とでもいえる。全ては可能性の範囲でかたづけられる――」

「そして悲劇的事実よりも、希望的観測に縋《すが》ろうとするのが民衆心理――」

「日本人なんて、まるでアホウドリだよ。身に迫る危機を直視できない。最後の一人になるまで、我が身に惨事は降りかからないと思ってる」

「でも、そういう気持ちになるのは、日本人に限らないんじゃありません？　放射能の脅威は、堀越さんにお会いする度に聞かされてますけど、私だってここを離れられないでいる一人ですよ。周りの人が平気な顔して暮らしてるのに、職場を放棄する気になんて、これっぽっちもなれないんですもの」

「君も時機を逸したね」

堀越は、冗談めいた口調でいうと、「原発が爆発した直後に、あれほど帰れといったのに――。まあ、君も今や立派な被曝《ひばく》者だ。いまさら逃げたってもう遅いけどさ。だけど、これだけはいっておく。迂闊《うかつ》に土に触るな、魚は食うんじゃない。特に関東近辺のやつはね。河川、海の汚染はこれからが本番だ」

一転して真顔になると、箸《はし》で摘《つま》み上げた豚耳を口に入れた。

「もっとも、それが厳然たる事実として目の前に突きつけられても、日本人は何のアクションも起こさないんじゃないでしょうか。日本人は私たちと違って、我が身どころか、国が滅びることはないと考えている節もありますし――」

「かもね……」

堀越は頷いた。「先の大戦で敗北したのに、国は残った。もっとも残ったといっても、実際は、アメリカの属国だ。独立国家と呼ぶにはほど遠いが、誰も現実を直視しようともしなければ、危機感すら覚えていない。その点、中国の人たちは現実というものを直視する能力に長《た》けていると思うね。この世に、絶対安全という言葉は存在しない。永遠不滅の国家、体制なんてものは存在しない。常に危機感を抱き、自らの人生に保険をかけておくことを忘れない。世界に張り巡らされた華僑《かきょう》のネットワークはその表れだ。そして、その一方で祖国に対する思い、中華民族であることの誇りも忘れない。日本人も、中華民族の生き方を少しは学ぶべきなんだ」

外地で暮らしたことのある人間は、その国に強い思い入れを抱く傾向がある。それは日本人に限らずどこの国の人間にも見られることには違いないが、世界情勢に多大な影響を与える国、所謂《いわゆる》大国で暮らした人間は特にそうだ。

堀越の場合もその例外ではなく、中国のこととなると、圧倒的な好意を示す。ことの経緯は知る由もないが、堀越に限ったことではない。勤務する毎報新聞がそうなのだ。論調も親中、反米で一貫しており、その点も今回の与えられた任務を果たす上で、小燕には好ましいものと映っていた。

「でも、日本人にアメリカと中国、どちらが好きかと聞けば、圧倒的多数がアメリカって答えるんじゃありませんか？　利害関係が直結する分だけ隣の国と仲が悪いのは、どこも一緒ですけど、日本と中国もその例外じゃありませんものね。中国脅威論を堂々と唱えるマスコミも現に存在しますし――」

小燕は、心が痛むとばかりに語尾を濁した。

「脅威なのは、中国じゃない。アメリカだよ」

堀越は忌々しげに吐き捨てた。「連中は自国の利益しか考えちゃいないからね。現に日本から軍を撤退させないのは、日本の有事に備えるためなんかじゃない。日本は太平洋の防衛ラインと考えているんだ。イラク、アフガン、彼らが行った戦争は全てそうだ。自国の利益に反する者は武力を以て徹底的に叩く。戦場となった国がどうなろうと知ったことじゃない。いつまでも、あんなやつらの好きにさせてたら、それこそ泣きを見ることになるに決まってる」

「その点には、日本人も薄々気がついているんじゃないでしょうか。在日米軍基地を巡っては、国外移転を声高に叫ぶ人たちが多くいますし、政治家の中にそれを実現させようと動いている人たちもいるじゃないですか」

「それも放射能と同じだね。真実を追究する人間は、黙っていてもアクションを起こす。だけど、それは常に極一部の人間だけだ。世の中は圧倒的多数の愚か者で構成されるのが常だからね。そして、それが現実のものとなった時に、想定外と慌てる——」

堀越は、口をへの字に結ぶと肩を竦《すく》めた。

「現実のものって、どんな？」

「在日米軍でいうなら、普天間で米軍機が墜落して、市街地に大規模な被害でも出たら、さすがに目覚めるだろうね。ましてや、今度配備されるオスプレイ。欠陥機だと指摘されてるあの機体が本当に墜《お》ちでもしたら、いかに米軍がいい加減なことをいっていたか、その口車に乗って配備を認めた政権には非難が集中するだろうし、市民だって行動を起こすさ。今までにない規模でね」

「でも、それで何か変わるんでしょうか。米軍が日本から出て行くとでも？」

小燕は訊ねた。

「そんな殊勝なやつらなもんか」

堀越は鼻を鳴らした。「だがね、基地の使用を巡っては、著しい制限がかかることにはなるだろうし、在日米軍のあり方を根本から見直す機運が高まることになるのは間違いないね。政治家連中が一番恐れるのは、選挙に落選することだ。世界一危険といわれる基地を存続させ、危ないといわれる飛行機の配備を認めた結果の悲劇だ。そこに至って、まだ在日米軍の存在を認めるなんて公言しようものなら、誰が票を投ずるもんか。基地のあり方を巡る姿勢は、米軍が撤退するしないに拘《かか》わらず、選挙の最大の争点になる。そして勝者は、間違いなく基地存続に異を明言する候補者であり政党だ」

「じゃあ、首都圏、東京湾の放射能汚染は？　堀越さんが摑んだ情報を報じたら、現政権が真実を隠蔽してきたことが公になってしまうわけだけど」

堀越は深く長い息を吐き、暫《しばら》く考えているようだったが、

「東京湾のことは、実際にデータが出た時点で大々的に報じるつもりさ。もっとも、ホットスポットがあちらこちらに存在するっていっても、反応するのは全体から見りゃあ極一部だろうな。なんせ、放射能ってのは目に見えない。匂いもしないときてるからね。これが、はっきりと肉眼で見えるものなら話は全然違うんだろうがね」

苦々しい表情を顔いっぱいに浮かべた。

「なるほど――」

小燕は、殊勝な顔をして頷いてみせた。「環境汚染が抱える問題点そのものですね。目に見える形での汚染は、早期のうちに問題化し、対処が早くなる分だけ被害は最小限に抑えられる。深刻な問題に発展するのは、汚染が目に見えない形で進むものとパター

ンが決まってますものね。もし、放射能が目に見えるものであったなら、とっくの昔に首都圏から人がいなくなって、日本はそれこそ収拾のつけようのない混乱に陥っていたかもしれませんね」

口調こそしみじみとしたものだったが、内心ではこの計画を立てた人間の悪魔的アイデアに舌を巻いていた。

放射能が目に見える形で——。

小燕は計画が実行された後の日本の混乱ぶりを脳裏に思い浮かべ、ともすると腹の底から込み上げてきそうになる笑いを押し殺そうと、慌てて温《ぬる》くなったビールを喉に流し込んだ。

2

小燕の住まいは、西新宿にあった。靖国通りを大久保の方に入ってすぐのところにある四階建てのマンションの一階。1LDKの部屋である。

堀越と別れ、徒歩で部屋に帰りついた時には、午前一時を回っていた。

ユーカリの香りのするモルトンブラウンのバスジェルを垂らし、浴槽に湯を張りながら、ノートパソコンを起動させた。会社とは別、決して部屋から持ち出さぬマシーンである。

小燕はただちにメールをチェックしにかかった。

一件の着信がある。発信者は確認をするまでもない。このアドレスを知る者は、自分が身を置く組織しかない。

一昔前なら、海外で工作活動に従事するアンダーカバーが用いる通信手段といえば、暗号を無線で送り、あるいは何人ものエージェントの手を介しと、大変な苦労と工夫を強いられたものだが、インターネットが発達した今日では、メールが一番安全、確実なのだ。もちろん、敵対する国の当局がその気になれば、メールを傍受することも不可能ではないが、法治国家の日本では、こちらの正体を特定し、面倒な法的手続きを踏んで初めて可能になることだ。実際にそんなことが起こる可能性はゼロに等しい。

それに、このアドレスに届くメールは、何重ものプロキシが噛《か》まされている。本当の発信元を摑むのは、困難を極める。

文面は極めて短く、かつ簡潔なものだった。

二日前に下した命令が無事完了したか、それを確認せよというのだ。

今回の作戦に必要な道具は二つある。

どちらも日本国内にあっては到底入手不可能なものだ。万が一にも、現物を押さえられれば大変な騒ぎになる。

一つ目の道具は、中国本土からシップバックされた鉄屑に紛れこませ、すでに回収されたことは連絡済みだ。残る一つは、北の手によって随分前に日本国内に持ち込まれ、彼の国の工作員によって保管されているものだ。その点からいえば、単なる物の受け渡し。さして、困難な任務ではないが、この二つの道具が揃わなければ作戦は実行できない。司令部が首尾を訊ねてくるのも当然だ。

小燕は指令を一読すると、机の引き出しの中から普段使っている物とは別の携帯電話を手にした。

スマートフォンではない。旧式の携帯電話。それも日本のキャリアが運営するものだ。メモリーの中から、名前の代わりに数字の1とだけ記された欄を選択する。発信ボタンを押すと、暫くの間を置き、呼び出し音が鳴った。

「ウェイ――」

男の声が答えた。

名前は知らされていない。相手も自分が誰かは知らないはずである。特殊、かつ重要な任務を遂行する際には、万が一事前に計画が発覚した時に、組織の全容を摑みにくくする手段を講じておく必要がある。

何も知らない――。

組織を守り、機密を保持するためには、それに優る手段はない。

「どう？　受け渡しは無事に終わった？」

小燕は訊ねた。

「夕方に物は受け取った。ちょうど今、機能をチェックしている最中なんだが、問題がある」

「どんな？」

「発射装置本体の回路が起動しないんだ」

「壊れてるってこと？」

「そうじゃない。バッテリーがいかれているんだ。ひょっとしてと思ってはいたが、案の定だ」

男の口調は落ち着いてはいたが、その陰に落胆の色が聞き取れる。

「予備はないの？」

「二個あるが、同時期に持ち込まれたものだ。駄目と見ておくべきだろう。もう一個試してみてもいいが、こいつのバッテリーは使い捨てでね。次が起動したとしても、残る一個がうまく動いてくれる保証はない。本番で使えなければ意味がないからな。予備を含めて確実に稼働するものを新たに入手する必要がある」

小燕は舌打ちをした。

「いつ作戦にゴーサインが出るか分からないのよ」

「しかたないさ」

男は答えた。「電源が入らなかったら、ただの金属の工作物だ。代わりの物を手に入れようにも、そんじょそこらに転がっているものじゃないしな」

「使い物にならない代物を、彼らは日本に持ち込んだあげく、後生大事にしまい込んでいたってわけ」

　せっかく準備が整い始めたというのにこの様だ。

　小燕は苛《いら》ついた声を上げた。

「兵器なんて、そんなもんさ」

　男は平然と言う。「使用期限ってものが必ずつきまとう。自国の武器庫に保管していたなら、実弾演習でとっくの昔にぶっ放して消費していただろうが、その時に備えて密《ひそ》かに日本に持ち込んだ代物だ。始末するわけにもいかなかったんだろう」

「司令部から状況を確認するメールが入ったのは、それを確認したかったのかしら」

　小燕は文面を思い出しながらいった。

「密かに他国の組織が持ち込んだ武器を使おうってんだ。素人じゃあるまいし、司令部だって、実際に使い物になるかどうかは懸念していたろうさ。だから真っ先に状態を訊《き》いてきたんだ」

「で、駄目なのは、バッテリーだけなの」

　小燕は訊ねた。

「まだ、完全にチェックが済んでいないんだよ。十年間はメンテナンス・フリーのはずのバッテリーが使い物にならないってことは、それ以前に持ち込まれたってことだからね。ユニット自体は未使用だし、保管状態も悪くない。発射装置はバッテリーを交換すれば動くだろうが、ミサイル本体の部品もこの分だといかれてしまっているものがあるかもな」

「チェックが終わるまでにはどれくらいの時間がかかるの」

「一週間はみてくれ――」

溜息が漏れそうだった。

押し黙った小燕に向かって、

「外見は至ってシンプルな代物だが、中身はエレクトロニクスの塊だ。それに検査機器だって、お世辞にも揃っているとはいえない状況にあるんだ」

男は続けた。

「彼らは予備を持っていないのかしら」

小燕は思いついたことをそのまま口にした。

「それを調べるのは、君の仕事だ。私は、君の指示に従って動いているだけだからね」

それを言うなら、小燕もまた同じだ。相手との交渉は、全て本国の作戦本部が行っており、今のところ小燕も命令を仲介しているに過ぎないのだ。しかし、そのことすら男は知らない。

「その時に備えてっていうなら、たった一つじゃ意味がないじゃない。彼らがストックを持っているかも知れない」

「どうだかね」

男はそれも期待薄だといわんばかりに答えた。「連中がこんな武器を密かに日本に持ち込んで、後生大事に保管していたのは、有事に備えてのことだ。目的は、その時米軍の後方支援基地となる日本で騒ぎを起こし、作戦活動を妨害する——」

それ以外の理由があるはずがない。

「でしょうね」

小燕は答えた。

「だとすれば、たった一発こいつをお見舞いしてやればいいだけじゃないか。少なくとも戦闘行為など日本では絶対に起こり得ないと確信しているところに、在日米軍基地を飛び立った戦闘機、あるいは輸送機めがけて、こんなものが飛んで来りゃ、米軍の後方展開に著しい制限がかかる。米軍だけじゃない。北のゲリラが市街地のどこかに潜んでいることになるんだ。日本政府を巻き込んで上を下への大騒ぎさ。それが混乱に拍車をかける。当たり前の頭の持ち主ならば、発覚の危険を冒して、二つも三つも、こんな物を日本に持ち込む必要はないと考えるさ」

なるほどと思った。

現代の戦闘において、最も厄介なのがゲリラ戦である。正規の軍隊ではないがゆえに、兵士と民間人の区別もつかない。戦闘地域さえも定まっていない。そして攻撃が常に突発的に起こるとなれば、如何《いか》に最先端の装備で身を固めた正規軍の力を以てしても、ゲリラへの対処は極めて困難なものとなる。

それはベトナムでアメリカ軍が、そしてアフガニスタンでは旧ソ連という二大軍事大国が苦戦を強いられ、多くの死傷者を出した揚げ句に撤退を余儀なくされたことでも明らかだ。戦場に派遣された軍隊でもその有り様なのだ。平時の生活を送る日本の市街地から攻撃の矢が飛んで来ようものならどんなことになるか。

米軍が基地周辺に部隊を展開し、厳重な警戒体制を敷けるか。米軍の代わりに、自衛隊が部隊を展開するとでも言うのか。あるいは警察がゲリラを封じ込めることができるのか。

考えるまでもない。答えは否である。

攻撃可能なエリアの中には、無数の住居がある。山林もある。生活道路も無数に張り巡らされている。ましてや、武器は乗用車のトランクにも積める代物だ。交通を遮断し、検問を敷き、行き交う車を一台一台チェックしようものなら社会生活は成り立たなくなる。

ならば、一軒一軒を家捜しにかかるか。

それも否だ。法治国家日本では、令状無しの家宅捜索は不可能。第一、明確な嫌疑がない限り令状は発行されないのだ。

たった一発の攻撃——。

それだけで、米軍は次の攻撃の恐怖に怯《おび》え、攻撃や、兵士・装備の輸送に航空機を使うことができなくなる。そして大混乱に陥った日本社会の非難の矛先は、間違いなく在日米軍、そしてその存在を容認してきた日本政府へと向く。

　こんな事態を引き起こす厄介者は早々に追い出せ。こんな物があるから、日本は戦闘行為に巻き込まれたのだと――。

　北がこんな兵器を持ち込んだ狙いがそこにあるとすれば、確かに男が言うようにいつも同じ物を持ち込んでおく必要はない。彼らの目的は、日本で戦闘を行うことではない。あくまでも、半島有事の際に、在日米軍の行動を封じるのが狙いである。

「でも、もし予備のパーツがストックされていなかったら？」

「本国から送って貰《もら》うしかないな」

　男はいとも簡単にいった。

「でも、そんなものが簡単に手に入るかしら」

「問題ないだろうね」

　男は鼻で笑った。「むしろ、その方が確実な物が手に入るかもな」

「どうして？　だって、それは――」

「現物はパキスタン製のＡｎｚａ　Ｍｋ‐Ⅱだが、我が軍も研究用としてストックしているはずだ。バッテリーや必要な部品は簡単に手に入るはずだ」

「そうならいいんだけど。とにかく、本国にはバッテリーの件はすぐに報告しておくわ」

「他に必要な部品が発生した場合は、こちらから連絡を入れる――」

「分かった。とにかく早くやるに越したことはないわね」

「ああ。こっちだって、いつまでもあんなものと同居しているのは気持ちのいいものじゃないからな」

　男は声を潜めた。

「あんなもの？」

「劣化ウランだ。別室に保管してあるとはいえ、実際に作業に携わる人間には、一日四時間までという制限が課せられる代物だ。さっさと、始末したくもなるってもんだろうさ」

「気持ちは良く分かるわ」

　小燕は答えると、「だからこそ、計画が実行された時の効果も絶大ってことになるわけだけど」

「その通りだ」

　含み笑いをしながら言った。

「とにかく、バッテリーの件は、司令部にすぐに報告するわ。じゃあ――」

　小燕は回線を切った。

　名前も知らぬ、顔も見たこともない男だが、兵器のメンテナンスを行う技術を身につけているところからすれば、軍で高度な訓練を受けた上に、アンダーカバーとして日本に潜入し、さらには行動するだけの技術を徹底的に施された人間には違いない。数多《あまた》いる工作員の中でも、かなり特殊な部類に入る。

その正体に興味を覚えないと言えば嘘になるが、お互いの立場を詮索《せんさく》しないのがこの仕事に従事する人間の掟《おきて》である。

小燕は雑念を振り払うと、再びパソコンに向き直り、男からの報告を伝えるべくキーを叩き始めた。

3

成田空港の入国審査場は酷《ひど》く混み合っていた。外国人用のブースは、日本人のそれと比べて数が少なく、いずれの窓口にも長い列ができている。特に昼を跨《また》ぐこの時間帯は、主に韓国、中国といった近隣諸国からの到着便が集中するせいで、混雑に一層拍車がかかる。

列に並んで、すでに十分が経つ。

曹長慶《そうちょうけい》はパスポートを手に、一人、また一人と審査を終えてブースの向こうに消えて行く旅行者を見ながら順番が来るのを待っていた。

それは諜報機関に所属する人間にとっては楽な任務だった。

託されたバッグを日本に運び、翌日の便で祖国に取って返す、所謂クーリエである。

バッグの中に何が入っているのか知らされてはいないが、わざわざ使いを出してまで運ぼうというのだ。ビジネスクラスの席を与えられたのも、おそらくはエコノミークラスに優先して荷物が処理されることで、万一の間違いを防ぐ目的があってのことだろう。その点から言っても、バッグの中の何かが重要なものであることは容易に想像がつく。

しかし、それもこれだけ待ち時間が長くなると意味のない話だ。

入国審査官が座るブースの背後の通路を、大声を上げながら小走りに駆けて行く三人の日本人の姿が見えた。

ビジネスクラスで一緒だった男たちだ。北京からは僅《わず》か三時間のフライトだというのに、その間、持ち込んだ洋酒を酌み交わしていた連中だ。

静謐《せいひつ》な機内に響く胴間声。酒の匂い——。それだけでも不愉快だというのに、何を話しているのか、皆目見当がつかぬと来ている。

三時間の飛行中、終始覚えていた不快感がいまさらながらに胸中に込み上げて来る。

彼らは大分酔いが回っているのだろう。呂律《ろれつ》の回らぬ口調で口々に何かを喚《わめ》き合っている。

とその時だった。

遅々としながらも、一定の間隔で処理を行っていた審査官の手が止まった。ブースの前に一人で立つ若い女性を前にして、入国審査官が何事かを訊ねている。韓国人か中国人かは分からぬが、まだ三十前後といったところか、質問を投げかけられた女性は、言葉が理解できないらしく、審査官の前にただ佇《たたず》むばかりだ。

そうこうしているうちに、どこからともなく三人の審査官が現れると、その女性をいずこかへと連れ去った。

場内に緊張感が漂い始める中、ブースが閉じられた。

「別の列に――」

英語で審査官が告げると、彼もまた連行された女性を追ってブースを後にした。

結局、曹は入国審査を終えるまでに、それから二十分近くの時間を費やすはめになった。

入国審査自体は問題なく済んだものの、荷受け場を見下ろす中二階の廊下に出た時には、荷物を運んで来るコンベアの周りには、幾重にも人だかりができ、すでに自分の荷物を受け取った乗客は、税関のブースに向かっているところだった。

曹は慌てて階段を降りると、コンベアに向かって急ぎ足で歩み寄った。

荷物は列になって、次々と運び出されて来る。バッグは、北京市内で購入した黒のカンバス製の底にキャスターのついたものだが、ビジネスクラスの荷物には、青いタグが取りつけられており、それに加えて間違いのないよう、自分の名前を記した名刺大のネームプレートもつけてある。

しかし、人波の背後から目を凝らし、暫く経っても目指すバッグは出て来ない。いやそれらしきものはあるのだ。全く同じ形、同じ色。そしてビジネスクラスのタグがついたバッグは――。しかし、それにネームプレートはついていない。

視線の先に、係員が引き取り手がまだ現れてはいない荷物をどんどん床に下ろしているのが見えた。中にはブルーのタグがついたものもある。

あそこか——。

曹は、安堵《あんど》の息を漏らしながら、そこに歩み寄り、自分のバッグを捜し始めた。

しかし、ない。

まさか——。

胸騒ぎがした。誰かが、自分のバッグを持ち去ったのか。

その予感を裏付けるように、先ほど目にしたバッグが流れてきた。係員がそれを拾い上げると、曹の目の前に置いた。

航空会社が付けたタグを確かめる。そこには荷物のIDと共に、持ち主の名前が印字されていた。

『CHUICHI SHIGEMURA／MR』

日本人の名前である。

もう、コンベアの周りにはほとんど人がいない。

目の前の荷物も次々に持ち主が現れ、数えるほどしかない。

このシゲムラという男が、自分のバッグを持ち去ったに違いない。

大失態だ。空港でこうしたトラブルが起こることはままあることだが、よりによってこんな時に——。

混乱する頭の中で、曹は考えた。

対処すべき方法は二つしかない。

ここで、シゲムラが間違いが起きたことに気づくのを待つか。あるいは、係員にその旨を告げ、この男を捜して貰うか。

しかし間違いに気づけば、ここに戻ってくるはずである。シゲムラは、すでに外に出た公算が高い。となれば、彼が間違いに気づくのは、おそらくは自宅、あるいはホテルに到着した後のことになる。そして、まずいことに、バッグには自分の名前が記されたタグがついている。もし中に入っているものが、機密に属するものなら。あるいは、日本にあってはならない物ならば……。

大変なことになる——。

頭から血の気が引いて行く。血流が腹の一点に向かって逆流し、冷たく、重い熱を放つのが分かった。

曹はその場に、呆然《ぼうぜん》と佇んだ。

どれくらいの時間が流れただろう。コンベアが止まる気配で我に返った。

周囲に人影はない。怪訝《けげん》な顔をして、こちらを見る係員と視線が合った。

瞬間、曹は目の前にあるたった一つ残ったシゲムラのバッグを手に取って、税関に向かって歩き始めた。

パスポートを差し出す。税関吏は、パスポートと曹を交互に見ると、

「商用ですか、観光ですか？」

と訊ねてきた。

「商用です――」

「結構です」

税関吏は中を開けることなく、通関を終わらせた。

バッグを引き摺《ず》りながらドアをくぐった。人でごった返すロビーを抜け外に出る。道路を渡ったところにある車寄せに、白いセダンが止まっている。そこに立つ男がいる。

曹は急ぎ足で道路を渡り始めた。姿を認めた男が、軽く手を上げた。顔には笑みを浮かべている。しかし、こちらのただならぬ気配を察したのだろう。男の顔からすぐに笑みが消えた。

「大変なことが――」

曹は震える声でいった。

「何が起きた」

男は低い声で訊ねてきた。

「バッグを取り違えたやつがいる――」

「なに」

「入国審査に時間がかかっている間に――」

男は、表情一つ変えることなく、じっと見据えてくる。動揺している様子はない。目に冷え冷えとした光を宿しながら、ただこちらを見詰めるだけだ。その冷静さ、冷徹さ

に、曹は、

「どうしたらいいでしょうか」

縋るような気持ちで指示を仰いだ。

「まさか、届けを出したりはしなかっただろうな」

「いえ――。その男のバッグはここに――」

曹はバッグを目で指した。

男は黙って頷くと、

「すぐに帰国しろ。日本にいるとまずいことになるかも知れない」

低い声で命じた。

「しかし、着いてすぐでは――」

「そんなことをいってる場合じゃない」

男は有無を言わさぬ口調で言い放つと、懐に手を差し入れ携帯電話を取り出した。メモリーを操作し終えると、それを耳に押し当て、

「今日の北京直行便。席が取れる一番早い便を予約したいんだ――」

落ち着いた声で話し始めた。

4

部屋に戻ったのは、夜八時を回った頃のことだった。

六月としては、涼しい夜だった。梅雨が間近に迫っているとはいえ、夜風にはまだ春の名残が漂っている。

小燕は、ハンドバッグをベッドの上に置くと、机の引き出しを開け、携帯電話を手にした。

一つの着信履歴がある。『1』とあるのは、男からのものだ。

小燕はすかさず発信ボタンを押した。

呼び出し音が鳴る。

「ウェイ――」

前回は、バッテリーの輸送が不首尾に終わったこととの連絡だったが、今回はどうか――。

まさかの出来事が、二度も続くとは思えない。

「どうだった」

小燕は声を硬くしながら訊ねた。

「無事入手した。新品のバッテリー三個。いま俺の手元にある」

「良かった——」

小燕は、思わず安堵の溜息を漏らした。

日本に持ち込むバッテリーは、携帯型地対空ミサイル、Ａｎｚａ　Ｍｋ-Ⅱに用いられるもので、部品とはいえど武器に該当するものである。国外に持ち出すに当たっては、どこの国でも厳しい制限が設けられており、中国とてその例外ではない。手荷物の中に紛れ込ませ、密かに持ち出そうにも、チェックインの際に行われるＸ線検査で不審を抱かれればそれまでだ。

しかし、一旦《いったん》検査を終えてしまえば、目的地で委託者が荷物を受け取るまで、二度と同様の検査が行われることはない。

チェックインカウンターから、ベルトコンベアに載せられて来る荷物は、空港ビル地下の荷捌《にさば》き場で各便ごとに仕分けされ、コンテナに積載される。その際に、抜き取り調査と称して、クーリエのバッグをピックアップし、中にバッテリーを入れる——。

いかに当局の目をかい潜《くぐ》り、麻薬や武器を国外に持ち出すかに知恵を絞る、密輸を生業とする者にとっては夢のような手口だが、この計画の背後には国家機関が存在するのだ。こんな手段を講じるのが朝飯前なら、バッテリーは玩具の箱に入れ、さらにはシュリンクパックが施されているはずである。どう見ても土産の玩具。これなら、たとえバッグを開けられたとしても、不審を抱かれることはまずあるまい。ましてやＸ線検査を通った荷物と見なされるはずである。開封してまで中身を確かめる税関吏がいるとは思えない。

「でも、不思議な話よね。それじゃ、あの荷物、どうなったのかしら」

小燕はいった。「最初のクーリエが運んできたバッグを持って行った人間は間違いに気付いた時点で、航空会社に届けを出したはず。中を調べられて、バッテリーの用途が突き止められれば同じ手は使えなくなると懸念していたのよ」

「俺に訊ねられても答えに困るね」

男が苦笑いを浮かべる気配が伝わってくる。「しかし、同じ手口を使ったところを見ると、日本の当局が、バッテリーの正体に気づいた気配はない。そう司令部は判断したんだろ」

「そうには違いないんだけど、今に至ってもクーリエのもとに航空会社から連絡一つないっていうし、税関審査が厳しくなったという情報もない。少なくとも、日本側に目立った動きといえるものが何一つないっていうの」

「確かに、おかしな話ではあるな。こっちが手にしたバッグについていたタグには、持ち主の名前がプリントされていたんだ。向こうのバッグについていたタグにだって、クーリエの名が書いてある。誰のものかはたちどころに分かるはずなんだが——」

クーリエが使用したパスポートは、中国政府が発行した本物だが、工作任務を負った者が、本名を用いることはない。万が一にでも、バッテリーの正体が日本の当局に摑まれ、身分を照会されたとしても、本国の機関が該当する人間は実在しないとシラをきればそれまでだ。しかし、航空券を購入するに当たって、航空会社に伝えた電話番号は出《で》鱈目《たらめ》ではない。任務を終えるまでの一時的なものであるにせよ、連絡がつくものを伝えてある。

「それとも、相手のバッグの中身が、捜すまでもない物ばかりだったとか？」

「そんなことはない。向こうで買った、土産物がびっしり詰まっていたからね。それに比べりゃ、クーリエのバッグの中身は、玩具の箱に入れたバッテリーが三個、それにダミーとして入れておいた衣類だ。取り違えに気付いた時点で、慌てて捜しにかかったことは間違いないね」

小燕の推測を、男は即座に否定した。

しかし、目的の物が入手できた以上、最初のバッグの行方など、どうでもいいことだ。計画の実行に必要な道具は全て揃ったのだ。

小燕は気を取り直すと、

「それで、Ａｎｚａの整備にはどれくらいの時間がかかるの」

話題を変えた。

「三、四日といったところかな。作動状況の確認には万全を期したいからね」

「それが終われば、いよいよ沖縄に移動してもらうことになるけど」

「移動に際しての手筈はすでに整えてある。後は司令部からの命令を待つだけだ」

「じゃあ、十日以内には――」

「最初の計画に取り掛かれるはずだ」

男は断言した。

「結構だわ」

小燕は、口元に笑みが浮かぶのを感じながら、「その旨は、本国に連絡しておくわ。計画に変更がなければ、こちらからの連絡はない。全て予定通りに行うものと考えてちょうだい」

と命じた。

「分かった。沖縄に着き次第連絡する——」

男はそう答えると、電話を切った。

計画の実行は秒読み段階に入った。

少なくとも二週間のうちには、この国を揺るがす最初の事件が起こる。その時をきっかけに、この国の国民は米軍のずさんな管理に驚愕《きょうがく》し、そして怒りを覚え、身の回りのどこに潜んでいるか分からぬ脅威に怯えることになるだろう。

しかし、それはほんの序章に過ぎない。

本当の恐怖がこの社会を見舞うのはそれからだ。そして、その影響は日本社会に留まらず、アメリカの極東戦略に重大な影響を及ぼすものになるはずだ。

その時の光景を思い浮かべると、背筋に粟立《あわだ》つような興奮が走るのを感じながら、小燕はパソコンに電源を入れると、計画の準備が整いつつあることを本国に伝えるべく、猛烈な勢いでキーボードを叩き始めた。

第五章

1

着替えのシャツに手を伸ばしたところで部屋のベルが鳴った。

由良は舌打ちをしながら、開けたばかりのスーツケースを閉じた。

どれほど航空会社が快適な旅を謳《うた》っても、ナイトフライトは体にこたえる。シンガポールを発《た》ったのが、昨日の深夜。朝、成田に着き、赤坂のホテルにチェックインしたのが午前十時。せめて、シャワーを浴びでもすれば、長旅の疲れも多少は癒せようというものだが、部屋に入ったのを見透かしたかのようなタイミングである。

相手は分かっている。昨日、日本にやってきたケリーだ。

「随分な慌てようだな。着替えをする間も与えてくれんのか」

由良はドアを開けるなり軽く両手を広げ、ポロシャツにコットンパンツを着用した姿を晒《さら》してみせた。

「格好なんかどうでもいい」

ケリーは一瞥《いちべつ》もくれることなく部屋に入ると、一角に置かれた椅子に腰を下ろした。

「羅がいつシンガポールにやって来るかもしれないというのに、俺を日本に呼び出す。そしてあんたは、マクレーンから飛んでくる。よほどのことが起きたんだろうな」

「えらいものが見つかったんだよ」

ケリーはブリーフケースを開けると、中から数枚の写真を取り出し、机の上に投げ捨てた。「こいつを見ろ」

由良は正面の席に座り写真を拾い上げた。

写真にはいずれも、見たことのない奇妙な物体が写っている。円筒形の軀体《くたい》は、缶詰めのような外観で、材質は樹脂とも金属ともとれる。いずれにしても、かなりしっかりした物で、アーミー・グリーンのペイントが施されているところからすると何かのパーツ。それも軍用品と思われた。しかし、目立った装置が見受けられないところからすると、何かの部品のようでもある。

「こいつは何だ。爆弾？」

由良は訊《たず》ねた。

「そんな単純なものじゃない」

ケリーは深刻な目で由良を見据えると、「こいつはAnza Mk-IIのバッテリーだ」

低い声で告げた。

「Ａｎｚａって？」

「パキスタン製のＳＡＭ。携帯式地対空ミサイルだ」

「ＳＡＭ！　そんなものがどこで？」

「信じられんことに、ここ日本で発見されたんだ。持ち込まれた、いや正確にいえば持ち込もうとされたんだ。ひと月前にね——」

「……冗談だろ……」

なるほどケリーが日本にすっ飛んでくるわけだ。

由良は思わず呻《うめ》くと、

「いったい誰がこんなものを——。日本のヤクザがロケット砲を密《ひそ》かに隠し持っていたという話は聞いたことがあるが、やつらに地対空ミサイルは必要ないだろ」

続けていった。

「持ち込んだ人間の特定はできていないが、これが中国経由で持ち込まれようとしたことは、分かっている」

ケリーの声に籠《こも》る緊張の度合いが増す。

「中国経由で？　本当か？」

ＳＡＭ。中国——。相次いでケリーの口から発せられる信じがたい言葉に、由良は問い返した。

「発覚のきっかけは、ひと月前に北京へ旅行に行った日本人が、成田に到着した際に、バゲッジ・クレームで間違えて他人のバッグを持ち帰ったことにある。乗り継ぎのために羽田に向かわなければならないのに、到着がかなり遅れてしまって慌てていたし、それに酷《ひど》く酔ってもいたらしい。真っ先に出てきたバッグが、自分の物だと勘違いしてピックアップしてしまったというんだ」

「その、バッグの中にこいつが？」

ケリーは頷《うなず》いた。

「もちろん、バッグの持ち主は突き止めたんだろうな」

ケリーは、苦々しげに首を振った。

「しかし、タグには荷物のIDと名前が印字してあるだろ。それを見れば、誰のバッグか、突き止めることは可能だろう」

「彼が間違いに気がついたのは、自宅に帰り着いた後。タグは羽田でチェックインする際に、捨てられてしまったんだ。別にネームタグがついていたらしいが、積み下ろしか、あるいはコンベアに乗せられる際の荷扱いが荒かったんだろう。タグは引きちぎられたらしく、かろうじてバンドの部分が残っていただけ。こうなると、誰のバッグであったかは、間違えられた本人が届け出てこなければ、突き止めようがない」

なるほど、それでは本来の持ち主が名乗り出てこない限り、誰の荷物か特定のしようがない。

「当然、間違いに気付いた時点で、その人間は航空会社に届け出た。ところが、一方の当事者からはいつまで経っても届けが出てこない。それどころか、本来最後に残るはずのバッグもないというんだ」

ケリーは続けていった。

「そんな物騒な物を持ち込もうとした人間が、自分のバッグを取り間違えるなんてあり得ない。しかし、どうしてそいつは、すぐに届けを出さなかったんだろう。残っていたバッグのタグには、本来の持ち主の名前が印字してあるはずだ。すぐに取り戻すことは可能だったろうに」

「自分のバッグが手元に戻る前に、中身が発覚した場合のリスクを考えたのかもな。こんな物を持ち込もうって連中は、常に最悪のケースを想定して動くものだからね」

「しかし、バッグの持ち主は、タグが捨てられたことを知らないはずだ。届けを出さずとも、そこから誰の持ち物であったか足がついてしまうじゃないか」

「簡単に正体が摑《つか》まれるような真似をするもんか」

ケリーは、吐き捨てるように言った。「間違いなく偽名を使っているだろうし、パスポートだって本物かどうか怪しいもんだ。第一、通常の手順を踏めば、チェックインの際の荷物検査で引っかかっているはずなんだ。それをかい潜《くぐ》ったところからして、空港のオペレーションにも食い込めるだけの大きな力を持った組織が動いていると見て間違いない」

「組織とは？」

「それは分からない。しかし、麻薬密輸組織といった単純なものでないことだけは確かだろうな」

ケリーは慎重な言い回しで、明言を避けた。

「まさか中国？」

「さあね……。確かに中国もパキスタンと軍事的交流を持っているのは事実だ。中国のSAM、QW－1は、パキスタンと共同で開発されたものだし、パキスタンは中国製のミサイルM11を保有してもいる。だが、同様に、北朝鮮だってパキスタンとの軍事的交流は深いんだ。ガウリミサイルがノドンを改良したものなら、北の核技術はパキスタンの技術支援があって、可能になったんだからな。彼らがMk－IIを所持していたって、何の不思議もないさ」

北朝鮮――。

なるほど、中国よりも、北の仕業と考えた方がありうる話かも知れない。

由良は、そう思いながら、

「で、このMk－IIというのは、どれほどの代物なんだ。携帯式のSAMといえば、スティンガー程度の知識しかないのだが――」

と訊ねた。

「Anzaはパキスタンが、スティンガーを徹底的に分析して開発したものだ。Mk－IIはその改良型。性能はスティンガーと比べても全く遜色《そんしょく》ない。その効果は絶大。標的にされる側にとってはまさに悪夢だ。なんせ、アフガニスタンでのソ連の敗北は、スティンガーが決定づけたと言っても過言じゃないんだからね」

と言われても、ソ連のアフガニスタン侵攻は四半世紀も前のことだ。当時、アフガニスタンの戦場で、どんな戦いが行われたのか、由良は明確な知識を持ち合わせてはいない。

そんな、心情が表情に表れたものか、

「実際、あの戦場で任務に当たった古株の工作員から話を聞いたことがあるが、スティンガーが供与されるまでの、ムジャヒディンの苦戦ぶりといったら、それは悲惨なものだったというからね」

ケリーは、前置きをすると続けた。「最大の脅威は、ハインドヘリだ。でかい機体の両翼にはロケット・ポッド。機首下部には十二・七ミリ四門の回転式機関銃をぶら下げている。装甲も空飛ぶ重戦車といわれるほどに強靭《きょうじん》。チタニウム製のローターに至っては、十二・七ミリ弾も撥《は》ね返すときている。まさに怪物。悪魔だよ。それに対して、ムジャヒディンは七・六二ミリのAK突撃銃ひとつで立ち向かうしかなかったって言うんだからね」

「空飛ぶ重戦車に自動小銃じゃ話にならんな。自殺行為そのものじゃないか」

「ハインドの攻撃能力は凄《すさ》まじいものだったそうだよ。塹壕《ざんごう》に身を隠しても、銃弾は地面を軽々と突き抜けて来る。岩陰でも、身が隠せる程度のものじゃ何の役にも立たない。

ハインドの攻撃が終わった後には、死体さえも残らなかったそうだ。機関砲で切り刻まれ、ロケット砲で吹き飛ばされると、肉片一つ残らない。土に紛れて、区別がつかなくなるっていうんだ」

「それで、アメリカが手を差し伸べたってわけだな。アフガニスタンにソ連が影響力を行使できるようになれば、アラビア海に彼らの拠点ができる。不凍港を黒海にしか持たない当時のソ連にとっては何が何でも手に入れたい国だったろうからな」

その程度の知識は持ち合わせている。

由良は言った。

「その通りだ」

ケリーは頷いた。「スティンガーをムジャヒディンに提供する役割を担うことになったのは、我々CIAだ。隣接するパキスタン国内にキャンプを設け、パキスタン三軍統合情報部（ISI）と共同で彼らに軍事訓練を施すと同時に、スティンガーの扱い方を徹底して教えたんだ。なにしろ、ムジャヒディンはゲリラといえば聞こえはいいが、所《しょ》詮《せん》は三十カ国からのイスラム教徒の寄せ集めだ。そんな連中が、ソ連の正規軍を相手に、まともな戦いができるわけがない」

近代戦において、ゲリラは正規軍に優る脅威となるが、そのレベルに達するまでには条件がある。戦う相手に脅威となるだけの武器を所持していること。あるいは、たとえ武器が限定されたものであっても、戦いとする場が、平穏な暮らしを営んでいる社会であることだ。

ベトナム戦争でアメリカが事実上の敗北を喫したのは、前者のケースだが、当時のアフガニスタンは、国全体が戦場に等しい状態であったのだから、後者の条件は成り立たない。つまり、ムジャヒディンが窮地を脱するためには、ソ連正規軍に対抗できる武器を持つしかなかったということになる。

由良は、黙って先を促した。

「スティンガーの効果は劇的に戦況を変えた。いかに空飛ぶ重戦車とはいえ、ミサイルには勝てんからね。ましてや、ハインドは重装備な分だけ、機動性に欠ける。エンジンから排出される赤外線を追って、確実に目標を捕らえるミサイルの登場と同時に、ハインドは完全に無力化された。もちろん、爆撃機、戦闘機もだ。いつどこから飛んでくるか分からぬミサイルの影に怯《おび》え、高空からただ爆弾を落として帰還するだけになってしまったんだ」

「そこでパキスタンは、スティンガーの技術を手に入れたってわけか。つまり、キャンプを提供するのと引き換えに……」

「それは違う。確かにムジャヒディンを訓練してもらうために、我々はスティンガーをISIに与えはしたが、あくまでも貸与だ。くれてやったわけじゃない。彼らは我々の目を盗んで密かにスティンガーを分解、分析して技術をものにしてしまったんだ」

ケリーは溜息《ためいき》をついた。「当時CIAがスティンガーを与えるに際して、警戒したのはパキスタンじゃない。ムジャヒディンだったんだ。彼らはゲリラだからね。ソ連という敵を相手に戦っている間はまだいいとしても、戦いが終わった後、スティンガーがいずこかへと持ち去られてしまうことは十分想定される話だったんだ」

「三十もの国からの寄せ集めなら当然だろう。しかもイスラム圏を中心にというなら、イランから参戦した者だっていたろうさ。まかり間違えば、今度はアメリカの航空機に向けて、スティンガーが発射されることにもなりかねんからな」

「だから、供与に当たっては条件を出した」

「条件？」

由良は思わず問い返した。

「使用の際は、動画を撮影し、発射したミサイルの使用状況をつぶさに記録すると――」

「それを考えたやつは大馬鹿者だな」

由良は一刀両断に切り捨てた。「戦場で撮影？　あり得ない」

「苦渋の選択だったんだよ。それだけ、ムジャヒディンの戦況は深刻だったんだ」

「それにしてもだ。スティンガーを所持していた兵が、ことごとく生還したわけじゃないだろう。所持していた部隊が、スティンガーもろとも、全滅したことだってあったんじゃないのか」

「もちろん」

「そこに残ったスティンガーはどうなった？　まさか一基残らず回収できたってわけじゃないだろう」

「その通りだ」ケリーは眉間《みけん》に深い皺《しわ》を刻んだ。「スティンガーはアフガニスタン紛争を機に、闇のマーケットに流れた。性能は実戦で折り紙付きだ。ゲリラ組織にとっては所持しているというだけで、相手の攻撃に著しい制約がかけられるんだ。喉《のど》から手がでるほど欲しい兵器さ。そして、それはパキスタンも同じだった……」

「それがパキスタンのＡｎｚａ開発に結びついたってことか」

ケリーは頷くと、

「パキスタンに技術を盗まれ、ＳＡＭを独自に開発されてしまったのが大誤算なら、その後、インドの核保有をきっかけに、ウラン欲しさに中国と、ミサイル欲しさに、北朝鮮と密接なつながりを持つことになるとは……。当時の誰もが想像だにしなかった展開になっちまったわけだ──」

溜息をついた。

「Ｍｋ－Ⅱが、高い性能を持つ代物だということは分かった。しかし、バッテリーを持ち込もうとしたからには、本体も日本にあると考えるべきなんだろうな」

由良は、再び話題を戻した。

「それも、昨日今日持ち込まれたものではない。はるか以前に。おそらく十年以上も前に持ち込まれたものであってもおかしくはない」

ケリーの目に緊張の色が宿った。

「その根拠は？」

「Mk‐Ⅱは十年間、メンテナンス・フリーというのが売りだ。そして、バッテリーは、射出機本体を起動させるのに使われるのと同時に、ミサイル本体の赤外線シーカーを冷却させる電源にもなる。しかも使い捨てだ。最悪のケースを考えるなら、誰かが何かの目的で、密かに日本に持ち込んだMk‐Ⅱを、いよいよ使う時が来た。しかし、肝心のバッテリーの耐用年数が過ぎていて使い物にならなかった、という推測が成り立つ」

「それが、ひと月前の出来事だったと？」

「そうだ――」

「これがMk‐Ⅱのバッテリーだと判明したのは？」

「二日前……」

「呆《あき》れた話だ。その間、何の対策も講じていないなら、こいつを持ち込もうとした連中が、代わりのバッテリーをすでに手に入れた可能性だって捨て切れない。今この瞬間にも、ミサイルが発射されてもおかしくないじゃないか」

「日本の当局が、こいつの正体を突き止めるのに時間を要したんだよ」

ケリーは歯嚙《はが》みをするように、蟀谷《こめかみ》をひくつかせた。

「こいつが入っていたバッグは、取り違えが起きた直後に航空会社に届けられたんだろ」

「二日後にね。しかし、本来の持ち主がすぐ現れると高を括《くく》ったんだろう。中身が確認されないまま、放置されたんだ。バッグが開けられたのは、二週間後のことだ。しかも、バッテリーは、英語で玩具のネームが記された三つのカートンに入れられていた。それが開封されるまでにさらに一週間。箱を開けたところが、出てきたのが玩具じゃなく、奇妙な工作物。そこで初めて不審を抱いた航空会社が、警察に届けた」

「何て、間の抜けた話だ」

由良は吐き捨てた。

「警察だって、そこですぐに正体に気づいたわけじゃない。まあ、色と形状から、武器の一部であるとは感づいたらしいが、SAMなんて代物を見たことがある人間はいやしない。そこから現物は自衛隊に回され、そこでようやくMk‐IIのバッテリーの可能性が指摘されたわけさ。そこからは、上を下への大騒ぎ。正体を特定すべく、在日米軍を通して、アメリカ軍に鑑定依頼が寄せられ、その情報はただちに我々に上げられた――。それがここに至るまでの顚末《てんまつ》だ」

「で、日本の当局はどんな動きをしてるんだ」

「箝口令《かんこう》が敷かれたぐらいで、特にこれといって何も――」

「箝口令?」

「毎度のことさ。本体が発見されたならともかく、バッテリーだ。もっとも公安は、該当便の乗客名簿を洗い、身分の確認作業を行っているようだが、こんなことをしでかす人間が、そう簡単に尻尾《しっぽ》を摑まれるような痕跡《こんせき》を残すとは思えない。ましてや、バッグの持ち主につながるものは、何一つとしてありはしないんだ」

溜息が漏れた。

常に最悪の事態を想定し、悲劇を未然に防ぐという思考が、日本の当局に欠如しているのは、今に始まったことではないが、いくら何でも悠長に過ぎる。原発事故への対応もしかり。最悪の事態を免れたのは偶然の産物以外の何物でもないのに、根本的な対策を講ずるどころか、これ以上事態が悪化することはないと高を括っている。危機的状況に直面しても、神風が吹き、日本は守られる。そう信じて疑わないのだ。

「空港の税関検査は？」

由良は訊ねた。「持ち込まれたのが中国経由だってことは判明してるんだ。せめて、中国便の税関検査は厳重にやるべきだろう」

「さすがに、そうした指示は出したようだが、徹底してとまでは期待できんね。成田だけでも、昼を挟んだ二時間でさえ、中国各地からの到着便は三十近く。徹底して調べようものなら、通関エリアは人で身動きが取れなくなるし、バゲッジ・クレームにも荷物が流せなくなる。そうなりゃ、ターミナルが二つしかない成田の機能が麻痺《まひ》しかねない。第一、中国便を徹底的にやった揚げ句に、入国が遅れれば、観光客のスケジュールが狂ってしまう。日本の都市部には中国人観光客に依存している店が数多く存在するんだ。

入国までに時間がかかり過ぎると観光客が騒ぎ出せば、今度はそうした人たちが黙ってはいないさ」

「観光収入と国の安全を天秤《てんびん》にかけるとは愚かな話だ」

由良は吐き捨てた。

「かといって、SAMが国内に存在するかもしれないなんて、口が裂けても言えるもんか。いたずらに、国民の不安を煽《あお》るのはいかがなものかと言い出すに決まってる。それが、今の日本の政治家だよ。政府なんて当てになるもんか。どんなことが起きたって、毅然《きぜん》とした対応なんて取れやしないんだ」

言われるまでもない。それが紛れもない日本の現実である。

「マクレーンはどう考えてるんだ」

由良は、質問を変えた。

「もちろん、深刻な事態だと捉《とら》えているさ。だからこうして、私が日本へ飛んで来たわけだし、君をシンガポールから呼び寄せたんじゃないか」

「すると、今回の事件の背景、目的の見立てはできているんだな」

「ある程度はね」

由良は目で先を促した。

「もし、日本にMk-Ⅱがすでに存在するとしたら、間違いなく持ち込んだのは北だろう。半島有事の際は、北は日本に特殊部隊を送りこみ、あるいは日本国内に潜伏しているスリーパーが活動を開始し、後方基地となる在日米軍の活動を阻害しようとする。それはかねて、想定されていたことだ。当然、それに当たっては、武器が必要となるわけだが、潜入は密かに行われるはずで、携行してくる武器、弾薬には制限が生じる。その時に備えるべく、事前に日本国内にある程度の備蓄があってもおかしくはない」

ヤクザがロケット砲を隠し持っているほどだ。どれだけ警備を厳重にしても、日本国内には大量の覚醒剤《かくせい》、コカインなどの麻薬が流通している。これらのほとんどは、間違いなく海外から密輸されたものだ。SAMにしたって、北がその気になれば、日本国内に持ち込むのは困難な話ではないだろう。たとえば、瀬取り。洋上で外航船がSAMを海上に投下し、漁船、あるいはその類《たぐ》いの小型船舶で回収すれば、誰にも気づかれることはない。

「じゃあ、今回バッテリーを持ち込もうとしたのも北？」

「それは今の時点では何ともいえない。しかし、中国を介して持ち込もうとした。ましてや、チェックイン時のX線検査で、バッテリーが発見されなかったところからすると、何らかの形で中国が関与している可能性も捨て切れない」

「どっちと考えているんだ。北なのか、中国なのか」

判断を迫ったところで、明確な答えなど返ってこないことは百も承知だ。それゆえに声が苛立《いらだ》つのを覚えながら、由良は迫った。

「SAMを使おうなんて、発想をする国はそうありはしないよ。可能性としては、北が一番高いといえるだろう」

ケリーは疑いの余地はないとばかりに即座に答えた。

「その場合、目的としては何が考えられる？」

由良は再び訊ねた。

「それが分かるなら苦労はしないよ」

ケリーは首を振った。「もっとも、単なる定期的な部品交換ということも考えられないではない。せっかく持ち込んだSAMも、いざという時に使い物にならないんじゃ話にならんからな。日本の当局も、その可能性が高いと見ているようだが、しかし、それも楽観的に考えればの話でね」

「悲観的に考えれば、どんな可能性が考えられるんだ」

「北の国内に、体制打倒の動きが出た場合の備えだ」

ケリーは言う。

「北の国内にそうした動きがあれば、アメリカは半島に軍を送る。おそらくは中国もね。しかし、正恩はどちらの国の介入も断じて認めない。金体制打倒勢力が一気に国内を掌握できれば別だが、事態が長引くようだと、正恩は国内の反乱勢力を制圧しながら、米中両国の動きを封じ込めるという離れ業を演じなければならないことになる」

「核、あるいはミサイルのボタンを盾に米中の動きを封じ込めにかかるか」

「間違いなく――」

緊張のせいか、ケリーは声を沈ませた。「しかし、中国が軍を北に投入する目的は、南北統一を目指すものではない。緩衝地帯としての北の存在を維持するためだ。つまり、正恩体制が一気に崩壊しない限り、中国が軍を投入する目的は現体制を支えるためということになる。状況次第では、正恩が中国軍の支援を受け入れる可能性は全くないとはいえないんだ。となると、最も懸念しなければならないのは、アメリカということになる」

「なるほど。その時、事実上の後方支援拠点となるのが、在日米軍基地。その動きをSAMで封じ込めようっていうわけか」

「彼らが、何基のSAMを日本に持ち込んでいるのかは分からない。もしかしたら、ないのかも知れない。しかし、可能性があるのとないのとでは大違いだ。仮に一発でも、そんなものが発射されてみろ。Mk－IIの最大射程距離は五千メートル、高度四千メートルにも達する。在日米軍基地を飛び立つ航空機は、常にSAMの脅威に晒され、作戦行動に著しい制限がかかることになってしまう」

「まさか、離着陸のたびに、フレアーを撒《ま》き散らしながらってわけにはいかんしな」

「当たり前だ。在日米軍基地の多くは、市街地に隣接してるんだ。頭上でそんなもんを撒き散らしたら、ここが戦場だって知らしめるようなもんじゃないか。日本人はパニックを起こすに決まってるだろ」

ケリーは声に怒気を込めた。

たった一発のＳＡＭが、年間七千百十億ドルもの莫大《ばくだい》な軍事費が投じられる世界最強の軍隊の機能を麻痺させる。まさに、アフガニスタンでソ連正規軍が、ムジャヒディンゲリラの前に屈した歴史の再現である。

馬鹿げた話だと思いながらも、もはや戦争における最大の脅威は、軍と軍との戦いにあるのではなく、日常生活の中に潜むゲリラにあるのだという思いを由良は強く抱いた。

「で、俺に何をしろと？　わざわざシンガポールから呼び出したからには、目的があるんだろ」

由良は、改めて切り出した。

「もちろんだ。やってもらいたいことは二つある」

ケリーは前置きすると続けて言った。「一つは羅だ。我々にとって彼の存在は、今まで以上に重要だ。北の内部情報をできるだけ早く、正確に摑む必要がある。なにしろ、正恩体制の基盤は、今現在だって決して盤石とは言えんのだからね」

「しかし、どうやって？　彼は、ふた月に一度の割合でしか出国しないんだぞ」

「これを与えてやってくれ」

ケリーは、バッグの中から一台の電話を取り出した。「イリジウム携帯電話だ。外見は市販されているものとそう変わりはないが、性能は全く異なるものだ」

「ＣＩＡの特注品かね。しかし、そんなものを持たせるのは危険じゃないか」

「この際、多少のリスクは覚悟の上だ。それに発覚したところで、米朝関係に何が起こるというわけじゃない。北が例のロケットと称するものを打ち上げたお陰で、食糧支援の話は取り止めになって、関係はもうこれ以上、拗《こじ》れようもない状態にあるからな」

羅の身の安全を言ったつもりだったが、ケリーの口ぶりからすると、そんなことは端《はな》から考えになかったらしい。

由良は、苦笑いを浮かべると、

「で、もう一つは」

先を促した。

「羅にこれを渡し終えた時点で、君のベースを日本に移す」

「日本へ？　なぜだ」

「北が、何かことを起こすとしたら、日本以外にありえんからだよ。日本の当局の反応からして、我々が重大な情報を摑み、それを提供したとしても、彼らが即座に効果的な対応をとるとは思えんからね。ことと次第によっては、我々が直接動かざるを得ない事態に発展するかも知れない」

「直接動く？　この日本で？」

「もし、攻撃の対象がアメリカ軍であるならば、どこの国だろうと我々には関係ない」

ケリーはこともなげに、しかし断固とした口調で言い放った。

「しかし、日本にはＣＩＡの要員は、十人もいないじゃないか」

「それを補う他国の機関が日本には存在するだろ。少なくとも、日本の当局を頼りにするより、彼らの情報網の方が、他国の工作機関の動きを察知するには遥《はる》かに頼りになる。しかも、武器の出所はパキスタンだからな」

それがどこの国の機関を意味するかに説明はいらない。

「なるほど。日本の当局よりは遥かにマシには違いないな」

由良が答えたその時だった。

ケリーのポケットから、短い電子音が聞こえた。どうやらメールが着信したらしい。

「まったく——。どこにいても、解放されることがない。便利になったのか、不自由になったのか、わかりゃしないな」

ケリーは携帯電話を取り出すと、画面に見入り、

「ホーリー・シット……」

眉《まゆ》を顰《ひそ》め、罵《ののし》りの言葉を吐いた。

「何かあったのか」

由良は訊ねた。

「オスプレイがフロリダで墜《お》ちた。来月には日本に到着するってのに、何て間の悪さだ。こいつは、もめるぞ——」

ケリーは、また一つ難題が増えたとばかりに、頭髪を手でなぞった。

2

羅がシンガポールに現れたのは、由良が日本から戻った二日後のことだった。昼過ぎの部屋に、携帯電話の電子音が鳴った。

「ハロー……」

「今、チャンギに着いた」

羅は押し殺した声でいう。

「今回の予定は？」

由良は訊ねた。

「今日は、これから大使館に向かう。ビーチロードのね。色々と連絡しなければならない事項があるんだ。そして、明後日からミャンマーだ」

「いつ会える。早急に話したいことがあるんだが」

「夜になればフリーになる。時間は約束できんが――」

「結構だ。何時でも構わん。連絡をくれ」

「分かった。で、どこへ行けばいい」

由良は、一瞬言葉に詰まった。

食事を摂《と》りながらするような話ではない。彼に見せなければならない資料もある。それにどれほどの時間がかかるか分かったものではないし、人目を避けるに越したことはない。

「私の部屋でどうだ。ここなら邪魔は入らん。落ち着いて話ができる」

「いいだろう。で、君の住まいは？」

由良は羅をスリーパーに仕立て上げて以来、借り続けているマンションの住所を告げた。

「場所は分かる。では、後ほど――」

羅は淡々とした口調でいうと、回線を切った。

由良は携帯を持ったままメモリーの中から、一つの番号を探り当てた。

か細く、長い呼び出し音が鳴る。

「トーマス・ケリー――」

シンガポールとワシントンDCとの時差は十三時間。ケリーも自宅に戻り、睡眠を取っている時間だ。声のどこかに、安眠を妨げられた不快感が込められている。

「由良だ。羅が現れた。たった今、空港から連絡が入った」

「ちょっと待ってくれ――」

受話器を通して、ケリーが寝床を抜け出す気配がある。おそらく妻が隣にいるのだろう。家族とはいえ、仕事の話を聞かれるのはまずい。

「向こうから連絡してきたって？　しかも空港から？」

ケリーは意外だとばかりに、念を押してくる。「いやに素直じゃないか」

「こちらの出した条件が満足の行くものだったんだろ。もっとも、例の件に関しては、有力な情報を持っているかどうかは分からんがね」

「確かに――。なんせ三十九号室は金正恩の私的機関だからな。しかし、だからこそ、ディープな情報を持っている可能性もある」

ケリーは完全に覚醒したようだ。「で、彼とはいつ会うことに」

「時間は決まっていないが、今夜。おそらく日の変わらないうちには――」

「場所は？」

「この部屋にした。例のMk－IIのバッテリー写真を見せる必要があると思ってね。人目のある場所じゃおちおち話もできんだろう」

「なるほど。でヘンリーは同席させるのかね」

「いや、私一人で会おうと思っている。羅は彼と直接言葉を交わしたことがないからな。初めて話す人間を前にすると、相手の人となりを無意識のうちに探ろうとするものだ。どうしても、会話がまどろこしくなる」

「相手の人となりね」

ケリーが苦笑を浮かべる気配が伝わってくる。「ところで話は変わるが、例のバッテリーの件だがな、こちらじゃ国防総省を巻き込んだ大騒動に発展しつつある。万が一、SAMが日本国内にあるとなれば、在日米軍の航空兵力の活動は、著しい制限を受けることになるんだからな。動き出しているのは、ペンタゴンだけじゃない。陸軍情報部にも、あらゆる可能性を検討して、対策を立案しろと厳命が下った」

「それじゃペンタゴンは、SAMが日本国内に存在する可能性が高いと踏んでいるんだな」

「いや、必ずしもそうとはいえない。ただ、常に最悪の事態を想定して事に備える。それが軍隊であり諜報《ちょうほう》機関だ」

「もし、仮にSAMがあったとすれば、どこで使われる可能性が高いと思う」

「それについての見立てはある」

ケリーはいった。「ゲリラ的手法を以《もっ》てSAMを使い米軍機を撃墜しようとすれば、単に航空機を撃墜するというより、二次的被害の拡大、つまり、市街地を巻き添えにする形にするのがより効果的だ。となると、最も可能性の高い基地は三つ。横田、厚木、そして普天間だ。この三つの基地は、市街地の中にあり、横田、厚木に至っては、首都圏に隣接しているだけでなく、軍用機がひっきりなしに住宅密集地の上を飛び回っている。ミサイルが命中してコントロールが利かなくなれば、そこに向かって真っ逆さまだ」

「それは普天間だって同じだろう」

「もちろん。特に普天間の場合には、移転を巡る政治的問題を抱えているからな。あんなところで、ぶっ放されようものなら、それこそ基地の移転どころの話じゃなくなる」

ケリーは声を硬くした。

「しかし、市街地でSAMを使うかな。凄《すさ》まじい発射音がするんだ。居場所を教えるようなもんだし、逃走するのも容易じゃない。捕まれば背後関係が明らかになる。むしろ市街地は避けるんじゃないか」

由良は疑念を呈した。

「確かにそういう見方もある。それに、果たして本当にSAMを使う目的でバッテリーを日本に持ち込もうとしたのか、疑問視する向きもないわけじゃない」

「というと」

「前にもいったが、SAMが存在する可能性があるということだけでも、米軍、自衛隊双方の航空作戦に大きな制約がかかることに違いはないんだ」

「つまり、ブラフをかましてきただけだと？」

ありえない。由良は思わず眉を上げた。

「そうだ」

ところがケリーは肯定する。

「じゃあ、バッグの取り違えも意図的に行われたとでも？　いったい何を根拠にしたらそんな見立てが成り立つんだ」

由良は皮肉を込めて訊ねた。

「本気で使うことを目的としていたものが第三者に持ち去られたのなら、是が非でも取り戻そうとするはず。間違って持ち去った相手だって、他人のものだと気づいた時点で届けを出す。中身に手をつけないままね。二、三日の時間は要するだろうが、航空会社が仲介し、間違いなくバッグは手元に返る。その時だって、中身を詳しく調べられることは十中八九ありはしない――」

「随分、楽観的、かつ希望的な見立てだな」

由良は鼻で笑った。「あんたは、さっき常に最悪の事態を想定して事に備えるのが軍であり諜報機関だといったじゃないか。それなら、バッテリーを持ち込もうとした人間だって、その類いには違いないんだ。万が一発覚してしまった時のことを考えて、バッグを捨てた。そう考えるのが本筋ってもんじゃないのか」

「こいつは日本の公安、というより政府の見立てでね」

ケリーは白けた口調で答えた。

「なるほど――」

そう聞かされれば納得も行く。

不都合な真実には目を瞑《つぶ》り、最悪の事態など起こり得ないと考える。そして、それが現実のものとなった時に、初めて対処を考え始める。それは先の震災によって冷却機能を失った原発が、水素爆発を起こすに至るまでの経緯一つを取っても明らかだ。ましてや、対外関係ともなると、そうした傾向に拍車がかかる。領土問題、拉致問題にせよ、自国の主張を声高に叫びはするが、具体的な解決策に打ってでることはしない。

もちろん、問題の最前線に従事している人間たちの中には、それぞれの職務に忠実で危機意識を常に持ち、任務を全うせんと汗を流している人間が数多くいる。しかし、いずれの機関を統治するのも、この国では政治家だ。そして、彼らの目的は、地位と名誉、名声、権力を持つことにあって、己が統轄する組織の機能を国家のために最大限に活用することにはない。

在職は長くとも数年。ましてや、その分野の経験に長《た》けているわけでもない。自分がトップでいる間、つつがなく組織が動けばいい。だから問題が起きては困る。判断と決断を迫られる事態が起きることなどあってはならないのだ。

「他国の情報機関との接触は始めているのか」

由良は訊ねた。

「ああ。すでに、東京の連中が情報の交換を始めている。北のスリーパー、中国の情報機関に所属していると思《おぼ》しき連中の洗い出しを行っている最中だ」

「そちらの進展は？」

「今のところこれといって――」

ケリーは歯切れの悪い言葉を返してくる。「人手が限られている上に、北、中国のスリーパーと思われる人間は山ほどいるんだ。その中から、今回の件に関わっている可能性のある人間を洗い出すのは簡単じゃない」

「だろうな」

「いずれにしても、東京の情報は随時そちらに伝えるが、とにかく今のところは羅だ。面会が終わり次第、すぐに報告を入れてくれ」

「分かった――。眠りを妨げて悪かったな。彼がやって来るのは夜だ。少なくとも、昼までは連絡を入れることはないだろう。安心して休んでくれ」

由良は、そう告げると回線を切った。

3

羅は夜九時を回った頃に訪れた。

同僚と食事を済ませてきたのか、いささか酔っているらしい。

「いい部屋だな。こんな環境をあてがってもらって、南国暮らしをさせてくれるとは、CIAの仕事も悪いもんじゃなさそうだな」

それでも羅は羨望《せんぼう》の光を目に宿すと、部屋を見渡した。

「確かに部屋は快適だが、南国暮らしは長くなると身に応《こた》える。特にシンガポールはね。一歩外に出れば、灼熱《しゃくねつ》の太陽。行き場も限られている。まさか君を待つ間、ギャンブルにうつつを抜かすというわけにもいかんしな。それにCIAの活動地域は国と場所を選ばん。過酷な任務は幾らでもある」

由良は立ち上がると、「それでも、国のために命を張る兵士には、基本的に本国にいる時と同じ環境を提供するのがアメリカ軍の誘い文句だ。それはCIAも同じでね」

棚にずらりと並べた酒瓶に歩み寄った。

「羨《うらや》ましい話だ。我が国じゃ考えられない」

羅は、信じられないとばかりに首を振った。

「何かやるかね。すでに、アルコールを入れているようだが、二杯や三杯飲んだところでどうってことはないだろう」

「スコッチを――」

「グッド・チョイス……。マッカランの二十五年でいいかね」

「もちろん」

由良は、琥珀《こはく》色の液体を二つのロックグラスに注ぎ入れると、一つを羅に手渡した。

「さて、どこから始めようか」

由良は、軽くグラスを翳《かざ》すと、スコッチに口をつけた。

「何なりと。知っていることは何でも話そう」

羅は、すでに腹を括っているらしい。こうして、CIAの人間と接触を持ったことが、本国に知られれば無事では済まない。もはや、後戻りはできないということもあるだろうが、それ以上に、一介の工作員にも、これだけの厚遇を与える、アメリカの国力を見せつけられたせいもあるには違いない。

人の欲には限りがない。北において羅はまぎれもなく特権階級に属する人間だが、アメリカならば、平均的な庶民の生活レベルに及ぶかどうかといった程度のものだろう。その格差を見せつけられれば、やがて我が身に訪れるであろう新しい暮らしへ憧《あこが》れを抱いても不思議ではない。

「まず、北の内部情勢からだ。金正日の死が報じられて以来、早晩不満分子が、金体制打倒に動き出すという観測がもっぱらだったが、今に至るまでその兆候はない。傍《はた》から見ている分には、正恩体制への権力移譲はスムーズに進んでいるように見えるが、実際のところはどうなんだ」

由良は、本題を切り出した。

「少なくとも、軍部にクーデターが起こるような兆候は全く見られないね」

羅はグラスを傾けながらいった。「もっとも、それは第一書記が実権を完全に掌握したことを意味するものでもなければ、現体制を打倒せんと、軍がクーデターを起こす可能性が完全に潰《つい》えたことを意味するものでもないがね」

「どういうことだ」

「今の北の体制は、事実上、第一書記、彼の叔父《おじ》である張成沢《チャンソンテク》、叔母《おば》の金敬姫《キムギョンヒ》三人の指導者の下で、運営されているといっていいからだ。さらにいえば、第一書記は金王朝の象徴。実権を握っているのは、叔父と叔母。特に正日元帥の妹である敬姫がキーマンであるといっていい。軍と何の関わりもなかった彼女がいきなり大将の座に就いたのも、正日体制下にあっては、絶大な信頼を勝ち得ていた李英浩《リヨンホ》の代わりに、崔竜海《チェリョンヘ》が軍のトップの座に就いたのも、その表れだ」

「あの人事については、様々な臆測《おくそく》を呼んだが――」

「単純な話さ」

羅はこともなげにいった。「本来ならば、軍の統制については、張と李が担うべきだろうが、ファミリーとはいえ、正恩と張に直接の血の繋《つな》がりはない。つまり、片腕であったことは間違いないが、正日は張に完全な信頼を置いていたわけではなかったんだ。だから、妹である敬姫を大将に据えた。そして正恩体制になると、張と緊密な関係にあった李を切り、同時に崔を軍のトップに用い新しいラインを築いた――」

「確か崔は軍の序列十八番目、異例の抜擢《ばってき》だ。それほどの厚遇を与えてやれば、謀反《むほん》など起こさんというわけか」

なるほどそう聞けば納得のいく話ではある。「しかし、抜かれた連中は面白くないだろう。それが軍の統制を不安定なものにする可能性はあるんじゃないのか」

「それを抑えるのが張だ。彼がファミリーの一員でいられるのは、妻が正日の妹だからだ。彼自身が正恩に取って代わろうとすれば、敬姫が黙ってはいない。当然、国内も混乱する。そうなれば、彼が体制のトップに就くどころか、金王朝そのものが、崩壊する危険もある。そんなリスクを張が冒すものか」

「なるほど。おそらく、それを考えたのは正日だろうが、うまいことを考えたものだな。人事に関しては彼は天才だな」

「しかし、問題はある」

「それは何だ」

「彼女の健康状態だ。まだ六十六歳だが、いろいろと問題を抱えていてね。彼女に万が一のことがあれば、第一書記が張をコントロールすることが難しくなる可能性がでてくる」

「最近、再び北と中国が、密接な関係を持ち始めているのは、そのせいか。つまり正恩体制下で、一刻も早く経済基盤を確立し、国民の求心力を高めようと……」

「黄金坪の経済特区の件か？」

「ああ。正日の死後、進出に難色を示していた中国が、ここにきて再び開発に乗り出した。ミサイルの発射実験中止をあれほど求めていた中国が、態度を硬化させるどころか、俄《にわか》に軟化した。これは実に矛盾した動きだ。もちろん、正恩がミサイル発射の失敗という失態を挽回《ばんかい》せんと、核実験に乗り出す可能性があったのは事実。それを止めさせるための条件だったということも考えられないではないが、それにしても、急激な態度の軟化ぶりは、理解に苦しむものがある」

「宋明哲という男がいる」

羅は唐突にいった。

その名前には聞き覚えがある。

由良とて、シンガポールでのんびりと過ごしていたわけではない。

支局を通じて送られてくるレポートや資料は膨大なもので、それを読み込むだけで一日などあっという間に終わってしまう。そして時には、支局員によるレクチャー――。スタンフォードのビジネススクールで修士号を取得するための勉強量は、今思い返しても大変なものだったが、それに優るとも劣らぬ労力を費やす日々を強いられてきたのだ。政治、軍事、国際戦略。それも、北のものばかりではない。北にまつわる周辺諸国の全てが網羅されたものが、毎日アトランダムに届けられる。それを片っ端から頭に叩《たた》き込み、理解、整理し記憶しなければならないのだから、至難の業だ。

「確か、吉林省出身の朝鮮系中国人だったな。黄金坪の開発の中心人物じゃなかったか」

「さすがだな」

羅は少し驚いたように、薄く笑った。「中国が黄金坪の開発に、再び着手することになったのは、彼の功績だ。元々、黄金坪の開発は、彼が中朝の介在役となって始まった案件だが、総書記の逝去によって、中国側が中止を一方的に宣言してきたんだ。おそらくは、第一書記の権力移譲はそう簡単には進まない。北の政権が崩壊する可能性は十分にある。再開するにしても、状況に見極めがついてからでも遅くはないと考えたのだろう」

「その見極めがついた。そこにまた宋の働きがあったというわけか」

由良はいった。

「今回の帰国の間に、第一書記には一度だけ、面会する機会があったのだが、実際彼の宋に対する評価は高い。当たり前の話さ。経済特区構想が実現し軌道に乗れば、今後の北の経済構造を激変させる可能性があるんだ。彼は、深圳《シンセン》に特区を設けたことをきっかけに、経済大国に伸し上がった中国を再現しようと思い描いているんだからね」

「君の話を聞いている限りにおいて、北の現体制の関心はもっぱら経済振興にあるようだが、軍部はどうなんだ。本当に、現体制への不満分子を完全に掌握できているのか」

「軍内部に現体制に不満を抱いている人間がいることは否定はしないさ。しかしね、失脚した李大将に連なる人間がことごとくパージされたというわけじゃない。地位も保障されていれば、軍には今までどおり、優先的に物資が回されている。つまり、従来よりも待遇が改善されたわけではないが、かといって悪くなったわけでもない。経済振興に重点を置いた結果、軍がないがしろにされるようになったというなら話は別だろうが、そんなことにはならなかった。なにしろ経済特区へ資本を提供するのは中国だ。北は用地を提供したに過ぎない」

「しかし、それも妙な話だな」

「何がだ」

羅はグラスに口をつけながら、訊ねてきた。

「さっきの話だよ」

由良は話を元に戻した。「いかに核実験に踏み切る可能性があったとしても、忠告を無視してミサイルを発射した正恩に、どうしてそこまで中国が軟化した態度をとらなければならなかったんだ。宋が中朝両国に太いパイプを持ち、正恩の信頼が厚い人物だとしても、中国を動かすだけの力があるとは思えない」

「つまり？」

「北の経済特区の開発に協力するに値する何らかの条件が北に出された。正恩はそれを飲んだからこそ、黄金坪の開発が再び動き出したんじゃないのか」

「中国が我が国を利用するといえば、考えられるのは、羅先の港湾開発ぐらいのものだな。あそこが使えるようになれば――」

「いや、そんなものじゃない」

由良は羅の言葉を遮った。「君はさっき、敬姫は健康上の不安を抱えているといったね」

「ああ……」

「例えばだ。彼女に万が一のことが起きるのが、黄金坪の開発がうまくいった後だとしても、正恩体制は盤石、そのままの状態が維持できると考えているかね。張が正恩に忠誠を誓い、そのまま彼を支えていくかな」

「それは、何ともいえないな」

「だろうな」

由良は頷いた。「だからこそ、正日は生前、敬姫を早々に大将に昇格させ、軍の実権を握らせた。これは、義兄であった正日自身が、張を心から信頼していなかったことの証《あかし》じゃないのか」

「何が言いたい」

「敬姫が亡き者となれば、張が正恩に取って代わろうとする。覇権を巡って内乱が起きる可能性があるんじゃないかということだ。正日は死の直前まで、中国、ロシア両国の間を頻繁に行き来していたが、あれは、中ロ両国を競わせ、両国から少しでも多くの支援を取りつけ、北がいずれの国にも依存することなく、独立国家としての地位を確保するのが目的だったはずだ。中国は羅先、ロシアだって北国内を通り韓国に続くパイプラインの敷設と、それぞれに北を自国陣営に取り込みたいと目論《もくろ》んでいることに違いはないんだ。その後の体制がどちら寄りになるかは、両国にとっても重大な問題であるはずだ」

「万が一の時には、中国が正恩体制を支える。そんな密約があったのではないかといいたいのか」

「あるいは、張との間にかも知れんがね」

由良は、グラスを玩《もてあそ》びながらいった。

羅は、深く息を吐くと、少し考えていたようだったが、

「あり得ない話ではないかもな」

ぽつりと漏らした。「二人の夫婦関係は、とっくの昔に破綻しているのは周知の事実

だ。第一書記と張の関係は、もはやファミリーとしての繋がりじゃない。張の側からすれば、消えていった重鎮たち同様、不要とみなされればいつ粛清されてもおかしくない立場にあることは事実だからな」

「となると、殺《や》るか殺られるか。どちらが先に動くかということになる」

「動くとしたら、第一書記かもな」

　羅は即座に答えた。「だってそうだろ。内戦になれば、抗争は短期間では終わらない。それに中国がどちらかの支援にまわるべく軍を介入させようものなら、兆しが見えた時点で、アメリカが動く――」

　由良は頷いた。

「それでは、北にとっては都合が悪い。何としてでも、アメリカ軍の動きは封じておきたい、そう考えるんじゃないのか」

「そんなことができるなら、苦労はしないさ。アメリカ軍の存在は、我が国にとっては最大の脅威だ。ソウルを火の海にすることは簡単だが、アメリカが本気になったら、ひとたまりもない」

　羅はあり得ないとばかりに首を振った。

「君は、北の人民軍が、日本国内に密かに武器を温存しているという話を聞いたことがあるか」

　由良は、いよいよ切り出した。

羅の顔に緊張の色が宿った。

「三十九号室は、第一書記直属の組織。人民軍とは無関係だ。そんな話は聞いたことがないな」

ここに至って、嘘はいうまい。羅の答えは想定の範囲内だ。別に失望するほどのことではない。

「実は、こんなものが見つかってね」

由良は、数枚の写真をテーブルの上に置いた。

ＡｎｚａＭｋ－Ⅱのバッテリーが写っている。

「これは？」

「パキスタン製のＳＡＭのバッテリーだ。誰かが、日本に持ち込もうとしたものだ」

由良はこれらのバッテリーが発見された経緯を簡単に話して聞かせた。

「つまり、あんたたちは、これを持ち込もうとしたのが我が国だと考えているわけだ」

羅はいった。

「パキスタンと北は、武器の供与で密接な繋がりを持っている。それに、半島有事の際には、北が特殊部隊を日本に潜入させて、後方を攪乱《かくらん》する作戦を行うかもしれないことは、我々がかねてから想定していることでもある。その時に備えて、日本国内に武器を備蓄している可能性はないとはいえんだろう」

「私は、武器の専門家ではないのでよく分からんが、我が軍が所持しているＳＡＭは、別のタイプじゃなかったかな」

「確かに――。しかし、工作任務の目的によっては、通常装備品を使う必要はない」

「その推測は矛盾してないか。あんたは、有事に備えて、北が日本国内に武器を備蓄してないかと訊ねた。ならば、他国の兵器じゃ意味がないということになりはしないか」

「どこの国のものであろうと効果は同じだ。むしろ他国の兵器の方が、任務によっては適している場合もある。たとえば、在日米軍基地を飛び立った米軍機が撃墜され、そいつが市街地に墜ちてしまったらどんなことになると思う。日本国内が大混乱に陥るだけでなく、米軍はSAMの恐怖に怯えることになる。その時使われたSAMが、北の通常兵器ではないとなれば、どこの国の機関の仕業かわからなくなるじゃないか」

「なるほど」

羅は、薄ら笑いを浮かべた。「世界のどこを探しても、アメリカほど恨みを買ってる国はないからな。中東での作戦行動にしたって、在日米軍基地は大きな役割を果たしたんだ。イスラム原理主義者が、日本を舞台にテロ行為に出たとしたって、おかしくはない」

「笑い事じゃない」

由良は静かながらも断固とした口調でいった。「誰の仕業であろうと、そんなことが起きれば、我々にとっては大変なことになるんだ。そして、在日米軍の行動に制約がかかるのは、北にとっては歓迎こそすれ、困ることは何一つとしてない」

羅は笑みを消すと、由良の目を見据え、

「で、俺に何をやれと」

低い声で訊ねてきた。

「この一件が北の仕業であるのか、あるいは直接的でないにせよ、北が関与しているのか。それを探って欲しい」

「難しい話だな。仮にこの一件に、北が関与していたとしても、動いているとすれば軍部だ。三十九号室と軍との間に直接的な繋がりはない」

「君は第一書記の朋友だろう」

「だからといって自由に会えるわけじゃない」

「しかし、会える立場にはある」

羅は沈黙した。

「どんなことでもいい。とにかく、日本で北が何か事を起こすような兆候を耳にしたら、すぐに知らせて欲しいんだ。それが、これからの君の使命だ」

由良は、有無をいわさぬ口調で命じた。

「しかし、次にシンガポールに来るのは――」

「こいつを持って行け」

由良は、イリジウム携帯電話を手渡した。「世界中どこからでも通じる電話だ。特権階級に属し、金ファミリーのために出入国を繰り返している君だ。入国時に手荷物が検査されることもあるまい」

羅は受け取った携帯電話に目をやった。

「使い方は簡単だ。発信ボタンを押す。ただそれだけだ。番号は予《あらかじ》めインプットしてある。出るのは俺だけだ。会話は暗号化されるから、傍受されても理解不能。安心して使える代物であることは保証する」

元より羅に、拒むという選択肢はない。

「分かった。やってみよう——」

羅は、それをテーブルの上に置くと、薄くなったスコッチを一気に飲み干した。

第六章

1

やはり南国の島である。

カーテンを開けた途端に差し込む光の力が違う。光量は目に映る物の色を変える。空の碧《あお》さも、雲の白さも、本土で見るそれらとは全く違う。

しかし、そんな気分に浸れたのも僅《わず》かな時間だけだ。

突如、雷鳴とも思える轟音《ごうおん》が聞こえたかと思うと、凄《すさ》まじい勢いで空を駆け抜けて行く。それも一つの音が鳴り止まぬうちに、もう一つが追う形で続くのだ。

雲に遮られ、機影こそ見えぬが訓練飛行を行う戦闘機である。

沖縄に到着して四日。こうした現実を目の当たりにする度に、ここは単なる南の島ではなく、日米の軍事拠点、それも両国が仮想敵国とする北朝鮮、そして中国と相対する最前線の島なのだという思いを新たにする。

時刻は、すでに十一時になろうとしていた。

ワンルームのマンションの部屋に、家具といえるほどのものはない。マットが一枚にタオルケット。そして身の回りのものを詰めたスーツケースが一つ、空になったボストンバッグが一つあるだけだ。

しかし、そこには、部屋には不釣り合いな物が二つある。

一つは、梱包材のバブルシートと小さな箱。いずれも、近所のホームセンターで購入したもので、どこでも手に入る代物だ。

残る一つはオリーブドラブに塗られた、樹脂の箱である。大きさは、キーボードのケースを一回り大きくしたといったところだが、厚さはその三倍ほどはある。Ａｎｚａ　Ｍｋ－Ⅱが収納されたケースだ。

しかし、これを用いるのはまだ早い。効果を最大限に高めるためには、まだやらなければならないことがある。その第一段階に着手するための作業を終えたのが、今日の午前三時。起床がこの時間になったのは、それから家に戻り、シャワーを浴びて床に就いたからだ。

さて、店が開いた時間だ。そろそろ出かける準備に取り掛かるとするか――。

男は洗面台の前に立った。

歯を磨き、洗面を行う。鏡に向かって、髪を整える。

耳が隠れるほどに伸ばした頭髪は茶色に染めてある。顔が日焼けしているのは、この三日の間、自転車を乗り回し、いかにも現地で暮らす人間を装うためだ。

それに際して、日焼け止めを軽く塗ったのは、急激な日焼けによって水疱《すいほう》ができることを防ぐのが目的だった。しかし、三日間も南国の太陽に晒《さら》され続ければ、肌も焼ける。お陰で、顔といい腕といい、程よい具合に色がつき、それは今日の目的を遂げるのに、十分な説得力を持つ効果を発揮するものになるはずだった。

男は、金のネックレスを首につけた。そして、派手な花柄のアロハシャツに、ハーフパンツを身に着けると、どこから見てもサーファーそのものという姿になった。

完全に準備が整ったところで、クロックスを履き、部屋を出た。

マンションは宜野湾《ぎのわん》市の真栄原《まえはら》にあった。

数年前までは、赤線地区として賑《にぎ》わっていた一帯だが、撤廃された今となっては当時を彷彿《ほうふつ》とさせるものは、不自然に小さな間口の家が通りに軒を連ねていることぐらいのものだろう。かつては、その一軒、一軒に春を鬻《ひさ》ぐ女性がおり、欲望に駆られた男たちに身を売って生活の糧を得ていたのだ。

しかし、今となっては廃墟《はいきょ》のような空家が密集するだけの一角だ。昼のこの時間でも、通りにはただの一人の姿もなければ、周囲のマンションにも人の気配は感じない。乾いたアスファルトの路面が、照りつける強い日差しを白く反射しているだけである。

男は、その外れにある駐車場となっている空き地に向かった。

品川ナンバーのセダンは、沖縄にやって来る際に使用したものだ。

移動にはフェリーを使ったが、それは航空機で運べない荷物を沖縄に持ち込むためである。なにしろ、劣化ウランにＭｋ－Ⅱだ。そんなものを、飛行機で運べるわけがない。その点、フェリーは物騒な物を搬送する手段としては理想的なものだ。車に何を積んでいようとも、積荷を検査されないからだ。

しかし、今日から使用する車は別だ。品川ナンバーの車は沖縄では目立ち過ぎる。男は隣に停めてあった、軽のワンボックスに乗り込んだ。

マンションを借りた際、同時に購入しておいたものだ。

国道を暫《しばら》く走ると、やがて道の片側に延々と金網のフェンスが続くようになる。内側に設けられたコンクリートの壁に遮られ、この高さからは中の様子は全く見えない。

嘉手納《かでな》基地である。

男はフェンス沿いに五分ほど走ったところで、ハンドルを左に切った。基地のゲートの正面に続く道の両側には、米兵や観光客相手の店が軒を連ねている。

目指す店は、その外れにあった。

近所のコインパーキングに車を停め、僅かな距離を歩き、店の前に立った。

ミリタリーショップといえば聞こえはいいが、要は米軍の払い下げ品を扱うリサイクルショップだ。ショウウインドウに並ぶワッペンや小物。軒先には水筒や帽子、ヘルメット。店内には軍服や戦闘服、機関銃の弾帯と、とにかくありとあらゆる放出品が所狭しと並べられている。店外もまた同じだ。飯盒《はんごう》、弾薬箱、果ては、戦闘機の増槽タンクや機体の一部といったものまでが、敷地内に置かれている。

男は、その隅に置かれたガラクタの山に歩み寄った。かつて中国から返送されてきた鉄クズに紛れこませ、日本に持ち込んだ劣化ウランを、今日の未明に密《ひそ》かにこの場所を訪ね、その山の中に隠し置いたのだ。

膨大なアイテムを扱う廃品屋である。いつ仕入れ、どこに何が置いてあるか、店主にしたところで完全に把握できていまい。まして、それが何に使われ、どんな材質でできているのかも、分からぬものも多々ある筈《はず》だ。残りの二つもこの中に分散して隠し置いてある。

男は、劣化ウランを両手で抱え持つと、店内に入った。

「これ、幾ら？　値段がついてないんだけど」

レジにいたのは、五十搦《がら》みの中年の男だ。見慣れぬ金属塊を目にして、一瞬戸惑った表情を浮かべ、

「それ、どこにありました？」

と訊《たず》ねてきた。

「外の部品の山の中。飛行機のタンクとかが置いてあるところ――」

「見たことねえな……。なんかの重りかな」

店主は、それを片手で摑《つか》もうとする。

「凄《すご》く重いよ。片手じゃむりだ。多分、鉛の塊だと思うんだよね」

男はそういいながら、劣化ウランを手渡した。

店主にとっても、それは想像を超える重さだったのだろう。肩ががくりと落ち、落としそうになる。

「ほんとだ、偉く重いもんだな」

店主は驚いたようにいい、「お客さん、これ何か分からないのに買うのかい」と訊ねてきた。

おそらく、この手の店にやってくる客は、目当ての物を探し当てて、あるいは珍品が見つかって初めて購入に至るのが常なのだろう。

「ちょうど、ウエイトになるものを探してたんだ。ウォーターバイクやってるもんで」

「バイクにウエイト？」

「船尾を少し重くしてみようと思ってね。これなら重さといい、大きさといいぴったりだ」

男はでまかせをいった。

「三千円でどうかね」

店主はいった。これが航空機の計器なら、一万円や二万円の値がついても買う客はいるだろうが、ただの金属の塊である。こんなものにコレクションとしての値段はつけられないと思ったのだろう。店内に置かれた他の廃品と比べても、法外な安さである。

「いいよ」

男は、ハーフパンツのポケットから、三枚の千円札を取り出すと、店主に握らせた。

「しかし、これだけ重いと、入れる袋がないな——」

店主は少し困ったような顔をした。

大きさは然程《さほど》ではないが、とにかく重量があり過ぎるのだ。紙袋などに入れようものなら、持ち上げた瞬間に、底が抜けてしまう。

「構わないよ。車をすぐそこに停めてあるから」

男は、陽気に答えると、劣化ウランを持ち上げ店を出た。

線量は低いとはいうものの、劣化ウランを直に手で触るのは決して気持ちのいいものではない。

しかし、だからこそ次の展開を迎えた時に発生する騒動は大きなものとなる。

それに、これに触れているのもあと僅か。次の仕掛けがうまく行けば、二度とこんな気持ちの悪い物に触れずに済む。

男は駐車場に戻ると、劣化ウランを無造作にトランクにしまい込んだ。

運転席に座りエンジンをかけた。

車外から爆音が聞こえた。ふとその方向に目をやると、嘉手納基地を飛び立つ空軍の輸送機ギャラクシーが機首を持ち上げ、徐々に高度を上げて行く姿が目に入った。ブルーグレーに塗られた巨体が悠然と空に駆け登って行く。四つのエンジンが奏でる爆音は、旅客機のそれと全く同じ。緊張感の欠片《かけら》すらない。国道沿いには、基地内が見渡せる道の駅があるが、まるで、そこに群がり軍用機の離着陸を見学する観光客にデモンストレーションをしているかのようにも思える。

もっとも、これも平時であればこそ。一旦《いったん》、有事となれば状況が一変するのは分かっている。そして、その時はもう間もなくやってくる——。

真栄原に戻った男は、駐車場に車を止めると、劣化ウランを抱え部屋に戻った。

表面に貼られたテープをはがすと、薄くなりかけてはいるが、『DEPLETED URANIUM』と書かれた黄色い文字が現れた。ミリタリーショップのがらくたの山に残した二つの劣化ウランに貼られたテープはすでにはがしてある。購入の際に、店主に正体を悟られぬようこの一個だけは、そのままの状態で残しておいたのだ。

バブルシートを床の上に広げ、その上に劣化ウランを置き幾重にも包む。仕上げにガムテープをしっかり巻き付けると丁重に箱に入れた。

作業を行うに当たっては、ラテックス手袋を嵌《は》めた。指紋がついたところで、身元の特定に繋《つな》がるとは思えないが、念には念を入れるに越したことはない。

男は準備が整ったところで、予《あらかじ》め用意していた一通の手紙を箱の中に入れた。

箱のフラップを閉じ、しっかりとガムテープで封をし終えると、男は宅配便の伝票を書きにかかった。

宛先は、東京の毎報新聞社、社会部である。差出人の名前も住所は書かずに「本人」とだけ書いた。

なぜ、そうしなければならなかったのかは、手紙を一読すれば分かることだ。いま、この瞬間にも、箱の中の劣化ウランからは、微量の放射線が放たれているはずである。

一度手放した、物騒な代物と再び空間を共にするのは気持ちのいいものではない。男は早々に箱を手にすると、部屋を出た。

再び駐車場に戻り、車に乗った。暫く走ると、街の一角に宅配便業者のデポがある。住宅街の一角にあるマンションの一階。その前の駐車場には、荷物を仕分けする籠《かご》がいくつも置かれている。

「すみません」

男は車を降りると声をかけた。

「はい」

仕分けに追われていた作業員が応《こた》えた。

「荷物を送りたいんですけど」

客が、デポに直接荷物を持ち込むことは、ままあることだ。作業員は特に不審を抱く様子もなく、箱を受け取り、手続きを始めた。

デポに直接持ち込んだのには理由がある。

コンビニには、監視カメラがある。自宅に取りに来させれば、配達員の記憶に残る恐れがある。自分につながる一切の手掛かりを完全に絶つためだ。

受け付けは、すぐに終わった。一枚の伝票控えと引き換えに、料金を渡すと、箱は部屋の中に積まれた他の荷物と一緒になった。

毎報新聞社に着くのは、明後日のことになるだろう。

さて、それからどんな騒ぎが持ち上がるか──。

男は、作戦の第一幕がついに切って落とされた興奮に打ち震えながら、顔に笑みを浮かべた。

2

堀越のスマートフォンが鳴った。

時刻は午後十時を回ったところだ。

歌舞伎町にある中華料理店『紅旗園』の中に、他に客はない。

「ちょっとごめんね」

断りを入れてきた堀越は、着席したままスマートフォンを耳に当てた。

すでに、二本目のビールも空きかけている。向かいの席に座る堀越の目にも、酔いの兆しが見て取れる。

「なに……？　あれ、本物だった？　本当か。本当に間違いないのか」

堀越は腰を浮かした。顔から血の気が引いていく。声に緊張感が高まった。

「東都大学の研究室が断定したって？　じゃあ、もちろん明日の一面トップは、こいつでいくんだな——なに？　差出人が不明じゃ、このまま記事にするのは危険だってデスクがいってる？——じゃあ、どうすんだ——明日から、沖縄支局にミリタリーショップを片っ端から洗わせる？」

堀越は、小燕の存在を忘れたように、会話に熱中すると、「分かった、じゃあ俺も明日から沖縄に入るよ。朝一番の飛行機でな」

最後にそういい放つと電話を切った。

「何か、あったんですか」

改めて訊ねるまでもないが、小燕は真顔を装って訊ねた。

「一昨日、会社に妙なものが送りつけられてきてね」

堀越は、興奮した電話の口調そのままにいう。

「妙なもの？」

「小さな三角柱の金属の塊なんだが、その表面に英語で『劣化ウラン』って表示があってさ。鶯《うぐいす》色っていうのかな、随分薄汚れた代物で、何かの部品のようだったんだが、まさかそんなものが、そこら辺に転がっているわけがない。悪い冗談だと思っていたんだが、念のため鑑定に回してみたところが——」

「本当に、劣化ウランだったってわけですか」

「うちの論調は、口の悪いやつには、左翼紙だなんていわれるほど、親中反米。原発問題にしても、一貫して脱原発キャンペーンの論陣を張ってる急先鋒《きゅうせんぽう》だ。たちの悪い嫌がらせだと高を括《くく》っていたんだが――」

堀越は、気持ちの高ぶりを抑えようとするかのように、ビールをがぶりと飲んだ。

「差出人不明っておっしゃってましたものね」

「そうなんだ。本物を送ってくるなら、告発するってことだろ。本名、住所を隠す必要なんかないはずなのに、差出人の欄には本人出しとしか書いてないんだ」

堀越は、そこで少しばかりの間を置くと、「それでも鑑定に回したのは、それに添えられた手紙の内容に、身分を隠さなければならない理由が書いてあって、それなりに説得力を持つものだったからさ」

続けていった。

「それ、聞いてもいいですか？」

堀越は頷《うなず》いた。

「どうも、送り付けてきた人間は、沖縄で米軍の放出品を扱う商いをやってるらしくてね。君、DRMOって知ってるか？」

「何です、それ」

「兵器、重機はもちろん、どんな装備にも耐用年数というものがある。アメリカの国防予算は約六千七百億ドルと巨額なものだが、単純に考えれば、毎年それに近い額に相当する廃棄品が出るわけだ。それをただスクラップにしたんじゃもったいない。ハイテク部品の中には、希少金属が使用されているものもあれば、高価な資材を使って製造された兵器もある。少しでも、投下した予算の穴埋めにしようってんだろうな。それらを集め、分解、分別し、民間に払い下げるDRMOっていう払い下げ品のリサイクルセンターがあるんだよ」

「それだけの額に相当する装備を分解して、部品を仕分けするなんて、そんなことできるんですか？　大変な作業量になりません？」

DRMOの話は初めて耳にするが、作業量が膨大なものになることはすぐに察しがつく。

小燕は思わず問い返した。

「だから間違いが起きる」

堀越は断言した。「第一、廃品の分解仕分けなんて仕事に有能な兵士が従事するわけがないからね。処分もいい加減なら、仕分けだって同じこと。その結果何が起きたと思う？」

「さあ……」

「確かに兵器は分解された。しかし、バラバラに売られる個々の部品を組み合わせると、兵器そのものが簡単に復元できることになったんだ。まるで、プラモデルさ。いやプラモデルは模型だが、実戦で使うことができる本物を、一般人が手に入れられるってことになってしまったんだよ」

「まさか」

「そのまさかが当たり前に起きちまったんだ。戦闘ヘリ、果てはミサイルの類《たぐ》いまでもがね」

米軍の軍資産の処理の杜撰《ずさん》さには驚くばかりだが、それが実態なのだとしたら、これほど自分たちの描く筋書きに都合のいい話はない。

「そんないい加減な処理を行っているなら、どんな物が民間に流出してもおかしくないじゃありませんか」

小燕は笑みが浮かびそうになるのを必死に堪《こら》え、呆《あき》れてみせた。

「確かに、その通りなんだ。だからこそ、こうした仕事についている人間が、米軍に届ける前に新聞社に告発したなんてことが公になれば、商売に影響する。だから匿名にしたと考えられなくはないんだが……しかし、今の時代に劣化ウランが何に使われてるんだろう。劣化ウランといやあ、砲弾以外に思い当たらんのだが──」

堀越は小首を傾げた。

「ちょっと調べてみますね」

小燕はいうが早いか、バッグの中からスマートフォンを取り出した。

検索エンジンを起動し、わざと何度かキーワードを入れ直す。必要な情報が記されたサイトには当てがあったが、それをただちに示したのでは、話ができ過ぎている。最後に『航空機　部品　劣化ウラン』とキーワードを入れる。そして実行──。画面いっぱいに、瞬時にして検索結果が現れた。

「しっかし、便利になるってのも考えもんだよな。何でもかんでもスマホで事足りちまう。今じゃ、ニュースだって、新聞がネットを後追いする時代だ。新聞記者としては喜んでいいんだか、悪いんだか――」

気持ちの高ぶりも、大分収まったらしく、堀越は苦笑いをしながらグラスを口に運ぶ。

「堀越さん――。これ……」

小燕は息を呑《の》み、大袈裟《おおげさ》に驚いてみせながら、そのサイトが表示されたままになっているスマートフォンを手渡した。

「日航機墜落事故？」

堀越は怪訝《けげん》な表情を浮かべながらも、表示された画面に目を走らせ始める。

読み進むに従って、堀越の顔に緊張と興奮の色が宿り始める。文面をスクロールする指先が早くなる。

「驚いたな。劣化ウランが翼の振動を抑える重りとしてあのジャンボには使われていたのか……。それも、装備されていた二十個のうち、回収できたのは五個だけ。残りはどこにいったか分からないとある。そんなこと、初めて聞いた」

「五百人以上もの犠牲者が出たんですもの。事故の悲惨さに報道が集中していたんですよ。今なら、それと同様に、劣化ウランの存在にも注目が集まっていたでしょうけど――」

「そりゃそうだよ。劣化ウランだって、法律上は立派な核燃料物質。微量とはいえウラン235だって含まれてるんだ。それが、二百四十八キロも翼の重りとして使われていて、総放射能量は九十ミリキュリー。原発で使われるウランの燃料集合体は一個で五十から百ミリキュリーだから、それに匹敵する大変な量だ。それがあの山のどこかに未《いま》だ回収されないままになっていること自体、考えられんことだよ」

「しかも、この記事には、当時、劣化ウランを振動抑制目的に使っていた航空機はジャンボばかりではない。遥《はる》か以前から、多くの航空機に使われ、軍用機も例外ではなかった。たとえば米軍のC-130輸送機にも使われていたとあります」

「C-130といやあ、今だって現役で飛んでる普天間には常駐配備されてる輸送機だ。でも、劣化ウランはそれも二十年前の話で、とっくの昔にタングステンに代わっているとあるが――」

「その使われなくなった劣化ウランはその後、どうなったんでしょう」

小燕は何気ない口調を装って誘いをかけた。

「えっ？」

「劣化ウランは低線量とはいえ、放射線を放出します。それも、放射性廃棄物として厳重に管理されなければならないレベルのものであるはず。長い間、多くの飛行機に、部品として当たり前に使われてきたとなれば、膨大な量になる。日本だけでも、ここに挙げられているコンベア、ジャンボ、トライスターは民間で使われていた機体ですし、自衛隊だってC－130は、重りに劣化ウランが使われていた頃から今に至るまで、ずっと使い続けてきたんです。タングステンに代えたとしても、不要になった劣化ウランは、どこかに保管されているはずです。まさか製造元のアメリカに送り返したってことはないでしょうし……」

「いわれてみれば、その通りだよな」

堀越は、腕組みをしながら、眉《まゆ》をピクリと動かした。

「ただの倉庫になんて、あり得ないはずです。もはや部品として使われなくなったとはいっても、放射性物質であることに変わりはないんですから。しかもウラン235の半減期は七億年ですよ。最終処分場すらないこの国のどこかで、それが今も保管されているということになるわけですが……」

「そういや、東日本大震災の際にも、千葉のコンビナートが燃えた時、すぐ傍の倉庫に劣化ウランが保管されていたのが話題になったたな。あれも四十年前に使われなくなったにもかかわらず、国内に処理施設も、処分場もないために、放射線管理区域と指定した倉庫の中にドラム缶に入れて置いておくしかなかったっていうからな」

堀越は、何事かを考え込むように、じっと視線を落とすと、「沖縄か――。こりゃ、ひょっとすると、ひょっとするかも知れんな」

ぽつりと漏らした。

堀越の瞳《ひとみ》に妖しい光が浮かび始める。獲物の匂いを嗅《か》ぎつけた新聞記者の目だ。

「といいますと」

　小燕は訊ねた。

「告発者がいうように、この劣化ウランはＤＲＭＯの杜撰な管理のせいで、米軍の放出品として民間に払い下げられたものだったのかも知れない。決して、外に出てはならないものだったにもかかわらずね──」

「でも、それなら、長期間に亘《わた》って、沖縄の人たちが被曝《ひばく》の危険に晒されたってことになりません？」

　小燕は、さらに堀越の危機感を煽《あお》りにかかった。

「その通りだ。基地で多大な負担をかけ、危険な環境下に置いただけでなく、さらに被曝の危険にも晒した。こんなことが明るみに出れば、大スキャンダルだ。それこそ在日米軍基地の存在を巡って、大騒ぎになる」

「じゃあ、やっぱり沖縄に？」

「ああ、震災以降、瓦礫《がれき》処理の問題を追い続けているばかりだったからね。しかし、この一個だけでは、信頼性に欠ける、もし、別の劣化ウランを見つけることができれば、それこそ動かぬ証拠になる」

「私も同行させていただくわけにはいかないでしょうか」

　小燕は切り出した。

「君を？　どうして？」

堀越が怪訝な顔をする。

「堀越さんが環境問題という視点で取材なさるのなら、私の専門分野と共通するじゃないですか。それに、そんな危険な物質が、民間の店頭で誰もが買える状態で置かれているとすればですよ、それは環境問題を二の次にして、経済成長を遂げてきた中国がいずれ直面する問題になるかもしれません。中国の軍事予算は増加の一途。旧型の装備の廃棄は、米軍よりも速い速度で進み、量もその比ではないはずです。興味を覚えるのは当然じゃありませんか」

「しかし、君には仕事があるだろ」

「明日からは週末の休み。ちょうど夏休みを取れといわれてもいましたし……。だって、日本に来て以来、私、一度も夏は休んだことがないんですから。いい機会です」

小燕は真顔でいうと、「それに沖縄には一度行ってみたいと思っていたし――」

笑みを浮かべた。

「そうだな――」

堀越は、少し考えるように視線を宙に向けると、「いいだろう。君とは同門のよしみだしね。一緒に行くか」

携帯電話を手にして、立ち上がった。

「どちらへ？」

小燕は訊ねた。

「沖縄支局に連絡をいれておく。米軍の廃品処理が、沖縄ではどうなっているのか。それに取材先の当てをピックアップしておいて貰《もら》った方が、効率がいいだろ」

堀越は、そういい残すと店外に出た。

事態は、思ったよりスムーズに目論見《もくろみ》通りに進みつつある。

小燕はその後ろ姿を見送りながら、一人静かにほくそ笑んだ。

3

赤坂のホテルに入った途端、着替えをする間もなく日本支局長のラリー・キャメロンが部屋を訪ねてきた。

七三に整えたブラウンの頭髪の分け目は大きく切れ上がっており、ボストンタイプの眼鏡の下に覗《のぞ》く目はグリーン。年齢は五十近くといったところか。細身のせいか、どことなく神経質そうな印象を覚える。

キャメロンは椅子に腰を降ろすなり、ブリーフケースを開けると、iPadとUSBメモリーを取り出した。

「君に見せたいものがある」

キャメロンはいうが早いか、画面を操作し始める。

これだけ息せききって駆けつけてくるからには、余程のものに違いない。

すぐに画面に動画が現れる。白黒の画像だ。どうやら防犯カメラで撮影されたものらしい。

「これは？」

由良は訊ねた。

「例のバッテリーが入ったバッグの取り違えが起きた時の防犯カメラの映像だ。公安が提供してきたんだ」

「あの件に関しては、日本政府は何もなかった、何も見なかったことにするつもりなんじゃなかったのか」

「政府はね。我々が摑んだ情報を提供しようにも、公安のトップが自国より、北や中国にシンパシーを抱いているとあっちゃ、だだ漏れになる危険がある。しかし、どこの国にも、愛国者は存在するものでね」

「見上げたもんだ。国を動かしている人間たちが腑《ふ》抜《ぬ》け揃いでも、職務に忠実な人間はいる——。何とも心強い話だ」

空港のバゲッジ・クレームであることはすぐに分かった。既にターンテーブルの上を流れる荷物はなく、その傍らに佇《たたず》む一人の男の姿がある。

「こいつがバッテリーを持ち込もうとした男か」

状況からすれば、推測がつく。由良はいった。

「ほら、見てろ——」

キャメロンが画面を顎《あご》で指した。「この男、受取人が現れずに残ったバッグを持って税関へ向かってるだろ」

指摘の通り、男はしょうがなくといった態でありながらも、その動きには慌てている様子が見て取れる。

「このバッグはバッテリーが入っていたのと、同じものなんだな」

「もちろん――」

やがて画面は、外の光景に切り替わる。成田空港の到着ロビー前。駐車場サービス会社に預けていた車の受け渡しに使われる場所だ。

男はそこに停まった白いセダンに向かって歩いて行く。その前に佇む別の男の姿がある。カメラの設置場所から距離はあるが、顔は思ったよりも明確に見える。短く刈り込んだ頭髪。すっきりとした顎のラインが特徴的な男だ。身なり、雰囲気からすると日本人のように見えなくもない。

二人は、会話を交わし始める。バッグを運んで来た男は、何かを必死に訴えているようだ。

しかし、それも二言、三言言葉を交わしただけで、今度は迎えにきていた男が携帯電話を手にすると、誰かと会話を交わし始める。

「こいつらの正体は、割れているのか」

由良は画面を見ながら訊ねた。

「バッグを持って来た男はクーリエだろう。こいつは、夜の便で北京に取って返している」

「ということは名前は分かっているんだな」

「入国審査時に記録された顔の画像、パスポートデータでは江伝興《こうでんきょう》。中国籍だが、名前はまず間違いなく偽名だな。パスポートも中国だが、それも本物かどうかは怪しいものだ。相手が中国政府とあっては確かめようがないからな」

「だろうな」

由良は同意しながらも、「だが、バッテリーをどうやって機内に持ち込んだんだ。搭乗手続きをする際には、空港のX線検査がある。そこで発覚しなかったということは——」

先に、ケリーとこの件を話した際に生じた疑問を口にしかけた。

「二つのケースが考えられる」

キャメロンはいった。「一つは、バッテリーを持ち込もうとしたのは中国。それならX線検査後、機内に搭載する間にバッテリーをバッグに入れることは可能だ。もう一つは北だ。平壌、北京間の直行便を運航している航空会社は、高麗航空と中国国際航空の二つがある。こいつが使ったのは中国国際航空。平壌から東京まで、スルーでチェックインしてしまえば、北京での荷物検査はない」

キャメロンは、由良の言葉が終わらぬうちに答えた。

つまり、北、中国のどちらとも断定できないということだ。

「で、このバッグを受け取りに現れた男の正体は、判明しているのか。バッグの取り違えが故意ではなかったとなれば、Ａｎｚａの本体も日本国内にあるということになる。となると、こいつが所持していると見て間違いないと思うが」

クーリエのことなど然程の問題ではない。

由良は話をもう一人の男に変えた。

「それが、全く分からんのだ」

キャメロンは困惑した表情を浮かべた。「東京はスパイ天国。各国の諜報《ちょうほう》機関が多くの人員を配置してる。各機関に属している人間は、我々も含めて、どの国の情報機関にも面が割れている。しかし、アンダーカバーとして潜入している人間は別だ。入国の経緯も様々ならば、日本社会の中に紛れ込み、普段は別の肩書きを以《もっ》て一般人として生活を送っているんだ。日本に滞在中の外国人の身元を全て洗うことなど不可能だ」

「ＮＳＡ（アメリカ国家安全保障局）には照会したのか」

由良は訊ねた。

ＮＳＡは、アメリカのシギント活動を行う部門で、いまや世界中を網羅するインターネットの世界を行き交う、ほとんど全ての情報をプリズムというシステムを用いて監視している。

メールの送受信、携帯電話の受発信、検索履歴、位置情報、その他もろもろ、アメリカ企業が経営するプラットフォームを使っていれば、必要とするデータがたちどころに手に入る。

同様に、個人がSNSにアップロードした写真を特定の写真とマッチングさせる顔解析システムを運用しており、ある一定の精度で該当者を抽出することも可能である。

「もちろん——」

キャメロンは頷いた。「顔面データの収集を行っているのは、フェイス・ノートだが、トップページはもちろん、アルバムの中にもこいつに該当する人間はいなかった」

フェイス・ノートは、個人が開設し、不特定多数との交流を楽しむ、いわゆるSNSだが、こんな活動に従事する人間が、個人サイトを開設するわけがない。しかし、この男と交流する誰かが、何かの拍子で彼の姿を撮影し、サイトにアップロードしていれば、そこから人物を特定する手掛かりを得られるかも知れないと考えたのだが、それも無駄であったらしい。

「つまりお手上げというわけか」

「今のところはね」

キャメロンは、ビデオ画像を停止すると、数枚の写真を手渡してきた。「分かっているのは、鍵《かぎ》を握るのがこの男だということだけだ」

そこには、ビデオに収まった画像を元に、最大限に引き伸ばした男の顔が写っていた。頭髪の色は黒。年齢は三十歳前後といったところか。引き伸ばして分かったことといえば、その二つしかない。

「で、公安は、まだこいつが東京に潜んでいると踏んでいるのか」

由良は写真から目を上げた。「常に最悪のケースを想定するのが、我々の決まりだろ」

キャメロンは頷いた。

「バッテリーの存在が発覚するまでひと月。その間に、新たなバッテリーが持ち込まれたと考えれば、もはや東京に用はないはずだ。SAMを持ち込んだ目的が、いよいよ北の現体制に重大な危機の兆しが見えた時に備えてのことだったら、保管場所は、その際に米軍の出撃拠点になる地域に運ばれた。もっかのところ、それが考え得る最悪のケースだ」

「航空兵力の出撃拠点となるのは、三沢、厚木、岩国、そして沖縄ということになるが、最も可能性が高いのは沖縄……だな」

由良はいった。

キャメロンも自分なりの見立てができていたのだろう。黙って頷いた。

同時に、由良には彼らが期待する事態の展開が朧《おぼろ》に見えてくるような気がした。

「こいつを使って米軍機を撃墜しようものなら、日本国内ならどこの基地でも蜂の巣をつついたような騒ぎになるのは間違いないが、基地問題に最も敏感なのは沖縄。それも普天間だ。やるとすれば、そこが最も可能性が高いと考えるべきじゃないかな」

「しかし、すぐにというわけではないようにも思えるんだ」

キャメロンは、由良の考えをすでに読んでいたかのように反論する。「いまのところ北に内乱が起きる兆候はない。南進もありえない。SAMを使うとすれば、米軍の動きを封じるためだ」

「それは、この男が北の工作員だとすればの話だろ。これが中国の仕業だとしたら？」

「撃墜すれば、日本では大騒動が起こる。しかし、万が一にも実行犯の身柄が押さえられ、中国の仕業と分かれば、世界中から猛烈な非難を浴びるのは目に見えている。尖閣《せんかく》からも手を引かざるを得なくなる。中国がそんなリスクを冒すとは思えんね」

キャメロンの見解はもっともである。

すぐに、SAMを発射するだけの理由は、北、中国のどちらにも存在しない。しかし、準備だけは着々と整えている。

そう考えると、やはりこの件に関しては、まだ何か別の目論見があるに違いない。

それは何だ――。

しかし、由良にもその先がなかなか見えて来ない。

この瞬間にも、見えざる敵は、次の手段に打って出るべく行動を起こしているかも知れない。そして、その鍵を握っているのがこの男だ。

由良は男の顔をしっかと脳裏に焼き付けるべく、写真に見入った。

4

小燕は沖縄に着いて二日目の昼を迎えていた。

到着してからミリタリーショップ回りを始めたはいいが、基地の周辺にはこの手の店が、何軒も存在する。昨日五軒、今日も午前中に三軒。普天間基地の周辺の店をすべて当たったが、目当てのものは一向に見つかる気配がない。

残る二つの劣化ウランの所在を知っているだけに、もどかしいことこの上ないが、発見するのは時間の問題だ。そして、逸《はや》る気持ちを些《いささ》かでも紛らわしてくれるのが南国の景色である。

日差しは強烈だが、抜けるような青空と薄いブルーから紺碧《こんぺき》へと見事なグラデーションを描く海は、見ているだけでも退屈しない。

運転役を兼ねる毎報新聞沖縄支局の鳥羽《とば》の案内で、沖縄ソバの昼食を終え、外に出た途端、遥か彼方《かなた》からプロペラ機の爆音が聞こえ始めた。それは徐々に大きさを増しながら近づいてきたかと思うと、頭上に黒い影となって姿を現し、腹に響く爆音を上げながら目前をかすめるように過ぎ去って行く。

四発のプロペラ。太い胴体。鋭角的な機体後部のシルエット。

アメリカ空軍のC－130だ。

堀越が機影を目で追いながら、忌々しげな表情を浮かべる。

「本当に、頭上すれすれのところを飛んで行くんですね——」

小燕が呟《つぶや》くと、

「あれはね、ただの輸送機じゃないんです。タンカーとしても使われるんです」

鳥羽が応えた。

「タンカー？」

「空中でヘリに給油するんですよ。ヘリは航続距離が短いから」

「じゃあ、あの機体に航空燃料を満載して、この住宅密集地の上を離陸して行くんですか」

「満載といっても燃料タンクを満タンにしているだけで、あの胴体いっぱいに燃料を積んでいるわけじゃありませんけどね。それでも墜《お》ちれば、大惨事に繋がることに変わりはありません。そんな危険極まりないものが、ほぼ毎日、市街地すれすれのところを飛行している。それが沖縄の現実なんです」

「危険性をいくら声高に叫んでも、そんなことは起こり得ないと無視する。そして、実際に悲劇が起きて慌てふためく——。それが日本の政治家だ」

堀越が苦々しげに吐き捨てた。

他国の政治を貶《けな》す言動に、同意するのはさすがに気が引ける。

小燕は、素知らぬ振りを決め込みながらも、C-130をターゲットと定めた人間のアイデアに舌を巻いていた。

航空燃料を満タンにしたタンカー。しかもプロペラ機である。機体重量が増せば、当然のことながら離陸、上昇時の推力に余裕はない。戦地に赴く軍用機のことだ。赤外線探知装置を搭載しているに違いなかろうが、急激な回避動作を取ろうものなら失速する。もちろんフレアーを使えば熱源が分散し、ミサイルの攻撃をかわすことができるかもしれない。しかし、そんなものを市街地の上空でばら撒《ま》けば、大変な騒動になるに決まってる。

素晴らしい——。

その時の光景を思い浮かべただけでも、笑いが込み上げてきそうになる。

「鳥羽君」

堀越が声をかけた。「次のミリタリーショップに案内してくれないか」

「分かりました。じゃあ嘉手納に——」

三人は車に戻った。

宜野湾からは僅かな距離だ。

やがて行く手に、国道沿いに延々と金網のフェンスが続くようになる。

嘉手納基地だ。

沖縄最大の空軍基地だけあって、敷地の広さは普天間とは比較にならない。配備されている機種も多岐に亘り、重々しい爆音を発しながらギャラクシーの巨体が飛び上がったかと思うと、ペアを組んだ戦闘機が矢のような鋭さでそれに続く。国道沿いに建ち並ぶ商店に掲げられた看板には、横文字が目立つ。店の構えも、日本の国内とは明らかに異なり、それが未だにこの島が、米国の支配から脱し切れていないことを物語る。

商店街に入ると、やがて車の行く手に、『ミリタリーショップ』と書かれた看板が見えて来る。

「でかい店だな。品揃えも凄い。基地内の宿舎と倉庫がそのまま店になったようなもんじゃねえか」

車から降り、店頭の光景を目にした途端、堀越が目を丸くした。

「ここは、嘉手納近辺じゃ一番大きな店ですからね」

鳥羽が応えた。「不要になった軍の管理品なら、宿舎内の家具や什器《じゅうき》備品、装備品の如何《いかん》を問わず、年に何度か開催される入札で民間に払い下げられるんです。クレーンやトレーラーなんて代物までありましてね、沖縄じゃそれを中東あたりに輸出する業者だっているんですよ」

「そんなものまで？」

堀越は声を裏がえさせる。

「軍が使う機材は兵器、武器だけじゃありません。工兵隊に至っては、民間の土木、建築業者と何ら変わらない作業をするんです。自衛隊だって、災害支援っていったら、土砂を掻《か》き分けたり、潰《つぶ》れた家を解体したりするじゃないですか。それと同じことですよ」

「しかし、自衛隊が重機を民間に払い下げたなんて話は聞かんぜ」

「国柄の違いじゃないですか。もちろん武器や軍事機密に該当する部品は別ですけど、廃品を本国に持ち帰るのは手間だし、些かでも金に代えようってんでしょうね。昔から、払い下げは当たり前に行われてるんです」

「管理は徹底してるのか」

「少なくともこれまでのところ、沖縄で問題が起きたってことは聞いたことありませんね」

鳥羽はあっさり答えると、「もっとも、他国では考えられないような代物がミリタリーショップで売られていたことはありましたけどね」

一転して皮肉な口調で続けていった。

「考えられない代物って？」

堀越は訊ね返した。

「最近だと、韓国でスティンガーが闇市場で売られているのが見つかったって話がありましたね」

「スティンガーって、あの携帯式の地対空ミサイルか？」

堀越は眉を吊り上げた。

「ええ、そのスティンガーです」

鳥羽は頷いた。「去年の八月頃の話でしたかね。キャンプ・ケーシーのある東豆川《トンドウチヨン》で。アンテナやバッテリーは外されていたとはいいますが、ミサイルに推進剤を詰めれば再び発射可能な状態だったと外電が報じていましたね」

「恐ろしい話だな」

堀越は信じられないとばかりに首を振る。「DRMOの管理の杜撰さは、アメリカのメディアでも、これまでに何度も指摘されてきたことなのに、何にも変わっちゃいないんだな。そんな調子だと、他のパーツだって、別個に売られていてもおかしくないじゃないか。それを集めて合体させれば、使用可能なスティンガーができ上がるってことも考えられるだろ」

「そう言えば、二〇〇一年に東シナ海で北の工作船が日本の海上保安庁の警備艇に撃沈された事件がありましたよね」

鳥羽がはたと思いついたようにいった。

「ああ――」

「私が入社した年ですから、それから二年後、二〇〇三年になって、ニューヨークタイムズが、沈没した工作船から米海軍がスティンガーミサイル二基を回収したというニュースを報じたことがあったんです」

「そんなことがあったっけ」

「日本では、どこの報道機関も後追いしませんでしたけど、私ははっきり覚えています」

鳥羽は断言すると、「あれも、出所は不明とされてましたけど、ひょっとするとDRMOからの流出品と考えられなくもありませんよね」

続けていった。

「あり得ない話じゃないだろうな。実際これはいったい何だ」

堀越は、目の前のがらくたの山に目をやった。「戦闘機の増槽タンクやキャノピー、翼。分解されちゃいるけど、こいつを全部使えば、本物の飛行機ができちまうんじゃねえのか」

「いや、組み立てなくとも、後で案内しますが、ミリタリーショップの中には戦闘機が完全な形で展示されているところが現に存在するんです。もちろん、とてつもなく古い型式ですけど――」

二人の会話を聞きながら、小燕は無造作に並べられた『リサイクル品』の山に目をやった。

事前に男からもたらされた情報では、この山のどこかに目指す劣化ウランが置かれているはずだ。堀越、鳥羽の関心が、DRMOに向いている今が絶好のチャンスだ。

小燕は、一人離れて歩き始めた。

コレクターにとっては宝物には違いないのだろうが、長年風雨と南国の太陽に晒された金属は、傷みが激しい物も数多くあり、興味のない人間にとっては、もはやがらくたに過ぎない代物ばかりだ。アルミニウムに至っては、腐食の進んでいる物さえ見られる。

やがて、折り重なる金属パネルの陰に、全面がオリーブ色に塗られた金属の塊を見つけて小燕は立ち止まった。三角柱の中央に、長方形の切れ込みが入ったそれは、男から告げられていた通りの形状である。

間違いない。劣化ウランだ——。

「堀越さん。これ……」

小燕は、振り向き様に声を上げた。

「ん。どうした」

「ここに、何かの重りのようなものが——」

堀越が駆け寄ってくる。

それを目にした途端、彼は屈《かが》みこむと、上に覆いかぶさった金属のパネルをどかした。陽光の下に、物体の姿が露《あらわ》になった。鈍く光る金属塊の表面に、薄くなった黄色の文字が浮かび上がる。

『DEPLETED URANIUM』

「驚いたな。本当にあったんだ」

堀越が呟《つぶや》くように漏らした。興奮か、あるいは恐怖を覚えているのか、声は掠《かす》れ、震えているようでもある。

「何です、それ」

鳥羽が堀越の肩越しに覗き込みながら訊ねた。

「劣化ウランだ」

「えっ！」

鳥羽が顔を引き攣《つ》らせ、声を呑んだ。

「間違いない。社に送られてきたものと、全く同じものだ。こいつは、飛行機の重りに使われていた劣化ウランだ」

「やっぱり、まだあったんだ――」

鳥羽も堀越と同じ言葉を漏らす。

「これで米軍基地からの流出がはっきりしたな。それ以外に、考えられない」

堀越は早くも断言する。

「しかし、劣化ウランは放射性物質として、厳重な管理が定められているものじゃないですか。いくら米軍だって、そんな何個も――」

信じられないとばかりに鳥羽。

「こいつはな、かつて輸送機の翼の振動抑制の重りとして当たり前に使われていた代物なんだ。その処理を行うのがＤＲＭＯ。韓国の例からしても、処分した部品に紛れ込んで外部に流出するのはあり得る話だろ」

「だけど、かつてって、随分昔の話でしょう？　その間、野ざらし同然になっていたなんて、杜撰極まりないじゃありませんか」

「少なくとも二十七年前、日航機が御巣鷹《おすたか》で墜落した当時までこいつは当たり前に使われてたんだ」

「じゃあ、その頃からずっとここにあったってことですか」

鳥羽の言葉を聞いて、小燕はぎくりとした。

地面に置かれた劣化ウランは、表面こそ薄汚れてはいたが、それほどの時を経過したとは思えぬ状態であったからだ。

「そんなことはどうでもいい。現に劣化ウランが、軍の放出品に交じって民間の土地に、しかも何の管理もされないまま放置されていた。それが問題なんだ」

しかし、堀越の頭の中は、すでに米軍の大スキャンダルを摑んだ興奮でいっぱいであるらしい。些細《ささい》なことなどどうでもいいとばかりに一喝する。

「どうします。警察に連絡しますか」

鳥羽がいう。

「馬鹿いえ。警察なんかに渡したら、正体がうやむやにされないとも限らんじゃないか」

「じゃあ――」

「決まってんだろ。こいつを買うんだ」

「えっ？　買ってどうすんです。もし、本物だったら、しかるべき施設で厳重に保管しなけりゃならない代物でしょ」

「一個目と同じように、東都大学に持ち込んで本当に劣化ウランなのか確かめてもらうんだよ。本当に劣化ウランなら、大スクープだ。米軍の核物質の保管管理態勢の杜撰さを世に知らしめるばかりじゃない。在日米軍基地のあり方を、根本から問い直す世論形成に、大きな一石を投じることになるだろうさ」

「分かりました」

ここに至ってようやく鳥羽も、納得したようだったが、「しかし、東京って、どうやって運ぶんです。飛行機に乗せるにしても、放射性物質ですよ、手続きが面倒じゃ──」

改めて訊ねてきた。

「まだ、そうだって決まったわけじゃない。こいつの正体が判明するまでは、ただの金属の塊だ」

「手荷物検査が通りますかね」

「だったら宅配便で送りゃいいじゃねえか」

堀越は、苛立《いらだ》った声を上げると、「つまんねえことを気にするな。とにかく、正体を確実に掴まねえことには話にならねえ。細かいことはそれからだ」

話を締めくくりにかかった。

「堀越さん。重りはこれだけでしょうか」

小燕は、事の成り行きに満足しながら口を挟んだ。「毎報新聞に送られてきた劣化ウランと合わせれば、流出品は少なくとも二個あったってことですよね。前に見たサイトには、飛行機の重りにはもっと多くの劣化ウランが使われていたとありましたけど」

一個よりも二個、二個よりも三個。決して表に出てはならないものが、流出していると告げるからには、数が多いほどニュースバリューは増す。

「確かにいえてるな」

果たして堀越は頷くと、「よし、このがらくたの山を徹底的に探してみよう」

鳥羽を促した。

5

任務に必要な情報は、日々サマリーとして支局を通じてもたらされるが、社会情勢、特に日本のそれを全て網羅しているとは限らない。

由良の日本での一日は、ホテルで朝刊に目を通すことから始まる。

朝六時。ベッドを抜け出した由良は、ドアの外の壁面に備えられた新聞受けから、朝刊を取った。

部屋の片隅に置かれたソファに腰を下ろす。一面に大きく記された見出しに由良の目は釘付《くぎづ》けになった。

『沖縄で劣化ウラン見つかる　米軍基地からの流出品か』

新聞は、親中、反米の論調を鮮明に打ち出す毎報新聞だ。事あるごとにアメリカを叩《たた》きにかかるのは毎度のことだが、記事の本文を読み進めるに従って、事態の容易ならざる様相が浮き彫りになってくる。

何しろ毎報新聞は現物を所持し写真を掲載している上に、分析を行い、間違いなく劣化ウランであることを特定したとある。しかも三個。それらが米軍で広く使われているC－130輸送機の補助翼に重りとして使われていたものだとも断定しているのだ。劣化ウランの表面には、部品番号と見られる記号も記されているともある。

記事を読む限りにおいては、どんな弁を弄《ろう》しても、劣化ウランの出所が米軍と無関係だとは否定できそうもない。

まったく予想だにしなかった展開に慌てながら、由良は携帯電話を手に取った。

「ワッツ・アップ」

マクレーンにいるケリーの声が聞こえてくる。

向こうは、そろそろ退庁時間を迎えようという時刻である。もちろん、そんなものは事実上無きに等しいのがＣＩＡだが、いつになくその口調は乱暴だ。

「由良だ。大変なことが起きた」

「劣化ウランの件だろ」

いうが早いか、ケリーが断じた。「早刷りが出た直後に東京から連絡が入ってね。今、その確認作業でこっちは上を下への大騒ぎだ」

「記事に書かれていることは事実なのか」

「写真を見る限りにおいての話だが、確かに空軍のC－130に使われていたウエイトのようには見える。しかし、こいつが使用されていたのは、遥か昔の話だ。今頃になって、こんなものが出てくるなんてあり得ない」

「アメリカはこいつの出所が在日米軍であることを否定するのか」

「もちろんそうしたいのは山々だが――」

ケリーは歯切れ悪く語尾を濁した。「こいつは、例のSAMの件と、何か関連があるのかもしれん。ただでさえ放射能に過敏になっている日本で、劣化ウランが長期間市街地のど真ん中に放置されていた。まして、本州は放射能で汚染されている。安全な沖縄に避難している人たちがいる中にだぞ。何をいおうと、軍のいうことなんか信じるもんか。こいつは我が軍を窮地に陥れるために周到に計画された作戦の一環である可能性は捨て切れない。だとすれば、我々が否定してくることは先刻織り込み済みだ」

「じゃあ、この劣化ウランは米軍機に使われていた物に間違いないと見ているんだな」

由良は重ねて訊ねた。

「世界的に見れば、C－130の墜落事故はこれまでに何度もあったからな。たとえばベトナム戦争中に撃墜された機体だ。墜落場所も特定されずに、そのまま放置されたものも少なくなかったし、ウエイトに使用された劣化ウランが全て回収され管理下に置かれたのかと問われれば、全くそんなことはないのは事実ではあるんだ」

「記事には部品番号が記されているとあるが、それを調べれば履歴を辿《たど》ることができるんじゃないのか」

「すでに、軍が日本の防衛省を通じて、新聞社に部品番号を照会中だが、分かったところで、出所が判明するまでにはまだ暫く時間がかかるだろうな」

「なぜだ」

「何十年も前に使われなくなった代物だぞ。そんなもののデータを軍がいつまでもコンピュータの中に残しておくと思うか？　とっくの昔に磁気テープに落とし込んでしまってるし、ベトナム戦争当時のものとなれば、マイクロフィルムに記録され、倉庫の中で埋もれちまってるさ。ましてや、廃棄時のデータともなると――」

語尾を濁したケリーに、

「存在しない可能性もあり得ると？」

由良は念を押した。

「いや、データはあることにはなっている。問題はその作業が完璧《かんぺき》に行われたかだ」

「どういうことだ」

意味するところが俄《にわか》には理解できない。

由良は訊ね返した。

「何しろ二度と使われない部品の番号だからな。完璧に記録されたかどうかの確信は持てないと軍はいってきているのだ」

「微量とはいえ、放射線を発する物質だぞ。取り外された部品にしても、しかるべき施設で厳重な管理下に置かれるものじゃないのか」

「管理は厳重になされているさ。しかしね、問題はそれ以前の段階にあるんだ」

ケリーの口調に忌々しさが籠《こも》る。「廃棄のために機材を分解する。そんな後ろ向きの作業に携わる人間が、高いモチベーションを持って業務に励むと思うか。ましてや、データ化された部品番号だって手入力。インプットミスだって起こり得る」

「呆れた話だ。今の段階でそんな可能性が指摘できるんなら、誰もが杜撰極まりない処理がなされていることを端《はな》から黙認してたってことじゃないか」

「これが核弾頭の類いなら、厳密な管理がなされていただろうさ。しかしね、こいつは劣化ウランだ。戦車砲、空軍の三十ミリ砲弾にも使われ、発射されれば消えて無くなる代物だ。実際、イラク戦争では、多量の劣化ウラン弾が用いられたが、誰がその一発一発の製造番号を記録したかね。どの砲弾が炸裂《さくれつ》し、不発であったなんて管理できるわけがないだろ。劣化ウランに対する軍の認識など、その程度のものでしかないんだ」

もはやここまで来ると開き直りというものだ。

「敵がそれを見越してのことなら、見上げたもんだ。アメリカは弁明などできやしないだろう」

由良は鼻を鳴らすと皮肉で返した。

「だから今回の劣化ウランの出所は、我が軍である可能性は否定できないといってるんだ」

「で、どうする。放置すれば、沖縄はえらい騒ぎになるぞ。忘れやすいのが日本人の性《さが》とはいえ、放射能アレルギーの余韻はまだ根強く残ってる。ましてや、現政権は支持を急速に失って、人気の回復を模索してるんだ。世論が在日米軍の存在そのものに向かえば、起死回生の一発といわんばかりに、何をいいだすか分からんぞ」

「分かっている――」

ケリーが応えたその時、部屋の呼び鈴が鳴った。

こんな早朝に訪ねて来る人間がいるとすれば一人しかいない。キャメロンだ。

由良は会話を打ち切ると、携帯電話を持ったままドアを開けた。

「朝早くに済まんな」

キャメロンの顔には、明らかに疲労の色が滲《にじ》んでいた。

「徹夜かね」

「深夜に家に戻ったところで大使館に呼び戻されたものでね――」

由良の問い掛けに、キャメロンはテーブルの上に置かれた新聞に目をやりながら答えた。

「いま、トムとその件で話していたところだが、聞いた範囲では、劣化ウランの出所が米軍であることはまず間違いないようだな」

「在日米軍基地であるかどうかは別としてね」

キャメロンは、充血した目をしばたたかせながらどさりとソファに腰を下ろした。

「記事の内容を把握した時点で真っ先に取り掛かったのが、在日米軍基地から流出した可能性の有無だ。今でこそタングステン鋼に一〇〇%置き換わっちゃいるが、長きに亘って劣化ウランが航空機のウエイトに使われてきたことは事実だ。それに記事ではC－130のものと断定しているが、実をいえば他にも、C－141、C－5、KC－10に当たり前に使われていたというしね」

「じゃあ、流出の原因になる機体は、他に幾らでもあったということか」

「その通り。しかし、こと日本においては逆だ」

キャメロンは首を振った。「というのもそれだけ広く航空機のウエイトに用いられていた劣化ウランが、なぜタングステンに置き換わったか。その引き鉄になったのが、八五年にあった日航機墜落事故だったんだ」

「えっ？」

「あの事故機にはウエイトとして劣化ウランが使用されていてね、一部でそれが問題視され、ひいては米軍機にも広く用いられていることが報じられてしまったんだ。当時と今では、状況は大分異なるが、在日米軍基地の存在を問題視する風潮が日本社会の中に根強くあったことに変わりはない。放射性物質を装備した航空機が、日常的に市民の頭上を飛んでいる。それがクローズアップされるのは、米軍にとっても好ましいことではない。そこで、ウエイトとして使用していた劣化ウランをタングステンに置き換えることになったんだ」

「なるほど、そういう経緯があったのか」

「もちろん日本でもその作業が行われたわけだが、当事者である在日米軍基地では徹底した管理が行われたはずだというのが司令部の見解でね」

そんなことは初めて知ったが、納得のいく話ではある。

「つまり、流出した劣化ウランが米軍機のものであったとしても、少なくとも在日米軍基地からのものではない。他国からの物だといいたいのだな」

由良の言葉に、キャメロンは頷いた。

「そして、仮に海外の基地から流出した、あるいはどこかで墜落した機体から回収されたものだとしても、それが日本に持ち込まれることはまず考えられない。第一、あのウエイトの表面には、物が劣化ウランであることが明確に表示されてるんだ。どこの物好きがそんな物騒な代物を手にするかね」

キャメロンの見解は、管理者の側に立った場合に限って成り立つものだと由良は思った。

いかに厳重な監視下にあっても、管理者の目をかい潜《くぐ》って目当ての物を手に入れることが、どれほど容易《たやす》いものかは、かつてサン・クエンティンでの刑務所暮らしの中でいやというほど目にしてきた自分がよく知っている。

酒、煙草、麻薬は娑婆《しゃば》にいる時同様、簡単に手に入る。おそらくその気になれば銃やナイフですらもだ。後者を外部からの調達に頼らないのは、我が身を守るにせよ、あるいは敵を倒すためにせよ、少し手を加えれば凶器に代わるものが身の回りに幾らでも存在するからだ。

それに比べれば今回の敵は、日本社会の中を自由に動き回っている。しかも、今回のいずれのケースの背後にも、間違いなく彼らを支援する国家機関が存在する。どんな物だろうと、日本に持ち込むことができると見ておくべきなのだ。

やはり、毎報新聞が入手したいずれの劣化ウランも何者かの手によって、意図的に日本国内に運び込まれたと見るべきだ。そう考えると、このスクープをものにした記者の行為も、単なる偶然とは思えない。

「堀越譲治か――」

由良は紙面に目を落としながら呟いた。

「ん?」

「いや、この署名記事を書いた記者だ。この男、どうして劣化ウランを探し当てることができたんだろう。単なる偶然なのかな」

「その点については日本側も疑念を抱いていてね。すでに彼は監視下に置かれているし、どんな経緯でこのスクープをものにしたのか、沖縄での足取り調査にも着手している」

「劣化ウランの現物は? 写真の様子だと新聞社が所持しているようだが、仮にも放射性物質だ。しかるべき保管施設で厳重に管理されなければならないはずだが」

「その点は、新聞社もぬかりはないさ。現物を鑑定したのは東都大学だ。取り扱いの許可を得てもいれば、保管施設もある。日本側は、沖縄から東京に持ち込んだ事実を以て、原子力基本法違反で記者を取り調べることも考えたようだが、何しろ正体が確定したのは、鑑定した後のことだ。それも無理があると判断したらしい」

キャメロンは忌々しげにいう。

「しかし、公的機関での再鑑定は行うんだろ」

「部品番号も早晩明らかになるだろうし、それが分かれば流出経路も絞り込むことができるかもしれない」

先ほどのケリーの話からすれば、それもあまり期待できたものではないが、出所が絞り込めれば、事件の背後にいるであろう組織の手掛かりが掴める可能性はある。

「さて、こうなると問題は次に何が起こるかだな」

由良はいった。「この一件、例のSAMと無関係とは思えない」

「君はこの二つの事件に、関連性があると考えるのかね」

キャメロンの声が低くなる。

「あり得ないことが、二度も起きた。そう考えるのは当たり前のことじゃないか」

由良は答えた。「それとも考え過ぎだとでも？」

「いいや――」

キャメロンは、静かに首を振る。「私の見立ても同じだ。間違いなく、バッテリーの件と、今回の事件には関連性があると考えている」

「となると、問題はその目的だな。バッテリーを持ち込もうとしたのは、北の可能性が高いと考えてきたが、今のところ、正恩体制に崩壊の兆しは見られない。半島情勢も安定している。もっとも、それは表向きの話で、いつ何が起きても不思議じゃないのが、北の現状であることは確かだが、今ここで何か事を起こす必然性が見当たらない」

「その通りだ」

キャメロンは頷いた。「しかし、その時に備えてというなら筋が通らぬ話ではない」

「どんな?」

「劣化ウランが何十年も街の中に放置されたままだったなんてことが事実として認定されてみろ。すぐ傍には、嘉手納が、普天間基地がある。思いの行き着く先は言わずもがなだ。当然、基地存続を巡っての論議は、今までの比ではなくなる。いや、それどころか、在日米軍基地の存在そのものを根本から見直す論議に拍車がかかるに決まってる。日本側、いやアメリカにしても最も恐れるのはそこだ」

キャメロンの口調に切迫感が籠り始める。

「つまり、北が現体制に万が一の事態が勃発《ぼっぱつ》した場合に備えて、米軍の活動を制限させるための布石を打ったとも考えられるというわけか」

「あくまでも北の仕業と考えればの話だがね」

「しかし、それは少しばかり無理があるんじゃないか。米軍機が翼の振動抑制のために劣化ウランを重りに使っていたのは事実だとしても、遥か昔の話じゃないか」

「ああ。もう二十年近くも前に、全てタングステンに代わっている」

「ならば、出所は軍じゃないってことは明確に否定できるだろう。だってそうだろ。軍のどこを探したって、存在しない物が市中に出回るはずがない」

「軍の否定を日本国民が信じてくれるならね」

　キャメロンは口を固く結ぶと、じっと由良を見据えてきた。「劣化ウランには微量ながらもウラン235が含まれている。もし、こいつが本当に航空機の重りに使われていたものなら、おそらく十キロから二十キロの重さがあったはず。総放射能量は四から九ミリキュリー。ウラン235は三十五から八十グラムだ」

「それは、『たった』というべきなのか、それとも『なんと』というべきなのか、どっちなんだ」

「量の問題じゃないんだ」

　キャメロンの瞳に憂いの色が浮かんだ。「ウエイトそのものが発する線量にしたって、肌身につけなければ影響のないレベルのものであることは確かだが、ウラン235の半減期は七億年だ。放射能毒性もあれば、化学毒性もある。いくら影響がないレベルだといっても、誰が耳を貸すもんか」

「なるほど」

「そして、その事実が報じられれば、間違いなく普天間、あるいは沖縄の米軍基地と結びつけて論じる人間が出てくる。いかにあり得ないとこちらが反論しても、真実を隠蔽《いんぺい》しているだけだといってね――」

キャメロンの読みは外れてはいまい。いやそれどころか、そういう展開を迎えることになるのは目に見えている。

「で、日本側はこの件に対して、どういう措置を取るつもりなんだ」

返事は聞くまでもないが、由良は敢《あ》えて訊ねた、続けて結論まで披露して見せた。「お決まりの、右往左往するだけで、何もしない、何も語らないで済ませようってわけか」

「それ以外にどんな方法がある？」

由良は肩を竦《すく》めると苦笑いを浮かべたが、すぐに真顔で返した。

「しかしな、これが単なる間違いではなく、何者かの企《たくら》みであったなら、事はこれだけでは済まないんじゃないのか」

「考えられるのはやはりSAMだが――」

キャメロンは、先が思いやられるとばかりに肩で息をした。「しかし、そう矢継ぎ早には行動を起こさんのではないかと私は考えている」

「なぜ、そういえる」

「劣化ウランが我が軍のものだと確定されただけでも、アメリカは管理責任を追及され厳しい立場に立たされる。今の日本の国内情勢からすれば、一旦巻き起こった非難はそう簡単に収まるはずはない。その最中に、ＳＡＭを使おうものなら劣化ウランの件も含めて、全てがアメリカを窮地に陥れるための陰謀だと自ら明かすようなものだ。最大限の効果を狙うなら、この騒ぎが沈静化に向かいつつある時だろう」

「沈静化？　日本の世論が簡単に収まると考えているのか」

「そうなるさ」

キャメロンは皮肉な笑みを口元に浮かべた。「確かに今の日本人は放射能に過敏になっていることは否定しないよ。金曜の夜になると、霞が関一帯が反原発を唱えるデモ隊にうずめ尽くされるんだからね。しかしね、騒いでいるのはごく一部だ。圧倒的多数の日本人は、放射能のことにも震災のことにも、もはや無関心。何もかも忘れちまって、以前の暮らしを取り戻しているじゃないか。日本人はね、現実を受け入れることに長《た》けた国民なんだよ。たとえ絶対的正義が我にあろうとも、ことを荒だててまで信念を貫き通すことはしない。常に周囲の反応を窺《うかが》いながら、圧倒的多数の行動に従う国民性なんだよ」

そういわれても致し方ないものがあるのは事実には違いないが、日本人も随分と舐《な》められたものだ。ましてやアメリカの諜報機関のために働いているとはいえ、由良は日本人だ。己のナショナリティーをあからさまに嘲《あざけ》るような言動は、決して愉快なものではない。

そうした感情が顔に表れたのか、

「失礼——」

キャメロンは軽く咳《せき》払いをすると、「とにかく、堀越がこのスクープをものにした経緯、それに劣化ウランの現物の調べが進めば、必ずや背後にいるであろう組織の存在が浮かび上がってくるだろうさ」

「ならいいんだがな」

「日本での情報収集、分析の拠点をスターズ・アンド・ストライプスに置く。今から君はそこに詰めてくれ。いつどこへ移動することになるとも限らんからね。あそこからなら、首都圏近辺の在日米軍基地にはヘリでひとっ飛びだ」

キャメロンはそう告げるや、席を立った。

第七章

1

沖縄での劣化ウランの発見に、日本のメディアは敏感に反応した。

青山墓地前のスターズ・アンド・ストライプスの一室にあるCIA日本支局の分室に置かれたテレビは、由良の到着直後からそのニュース一色で、どの局も「それが事実だとすれば」と前置きしながらも、アメリカの兵器処分の杜撰《ずさん》さを指摘し、世論を煽《あお》りにかかった。劣化ウランの発見の現場となった嘉手納基地のゲート前には、平日だというのに、基地の撤去を訴える市民団体が押しかけ、騒ぎは瞬く間に日本国内の在日米軍基地へと飛び火していった。

大きな動きがあったのは、その日の午後九時を過ぎた頃のことだった。

「該当部品が搭載されていた機体がほぼ特定されたそうだ」

マクレーンからの電話を終わらせたキャメロンが受話器を置きながら切迫した声を上げた。

その顔にはいささか困惑した表情が浮かんでいる。

「出所は？」

「それが……フィリピンらしいんだ」

「フィリピン？」

想像だにしなかった国名を耳にして、由良は思わず問い返した。

「九一年にマニラ郊外のクラーク空軍基地で、墜落事故を起こしたC－130の機体に搭載されていたものである公算が高いと――」

「断定は出来ないのか」

「該当する部品番号は確かに存在するが、交換されたというレコードは残ってはいないというんだ」

「どういうことだ」

「考えられるのは、搭載された機体が事故、あるいは撃墜されて回収不能に陥ったということだ。そして部品番号から製造時期は八五年。その当時の機体で回収できなかったものというと、該当するのはそれしかないということになるらしい」

「兵器の杜撰な処理で名を馳《は》せる米軍にしては、これだけの短時間でそこまで突き止めたのは評価すべきだろうが――」

由良は精いっぱいの皮肉を込めて応《こた》えると、「しかし戦場ならいざ知らず、何でフィリピンで墜落機体をそのままにしたりしたんだ」

素直な疑問を口にした。

「火山が噴火したんだよ」

キャメロンはいった。「九一年に基地の近くにあるピナトゥボ火山が大噴火を起こすという警告が出されてね。クラーク空軍基地に、退避命令が下されたんだ。当時のクラーク空軍基地といえば、東南アジアにおける重要拠点の一つ。基地内には、多くの兵とその家族が暮らしていたんだ。そこに突然大噴火の警告だ。基地内は大混乱。その最中に墜落事故が起きた――」

「避難作業に追われて、機体の回収どころではなかったというわけか」

「実際、事故後ほどなく、火山は大噴火を起こした。クラーク空軍基地も灰に埋もれ、存続不可能。墜落現場に残された機体も灰に埋もれたはずだったんだが――」

「その機体にあったはずの劣化ウランが、どうして出てくるんだ。まさか、その後誰かが機体を掘り起こしたとでも？」

「分からない。なにしろ、二十一年前の話だからね。空軍は、当時基地に駐留していた兵士から、改めて状況を聴くといっているようだが、果たしてそれが流出経路の特定に繋《つな》がるかどうか――」

キャメロンは歯切れの悪い口調で語尾を濁す。

「望み薄だな」

由良は素っ気なく断じた。「機体の回収を断念して避難を優先しなければならなかったほどだ。墜落機体のその後なんて、誰も気に留めちゃいないさ」

「確かに――」

「しかし、そうなればなったで、劣化ウランから背後関係を辿《たど》るのは難しくなったな。何者かが墜落機体から劣化ウランを取り出したことは間違いないとしても、その人物を特定することは不可能だ。ましてや、日本に持ち込まれた経緯となると――」

由良は溜息《ためいき》を漏らしながらも、「で、アメリカはそのことを公表するのかね。発見された劣化ウランは、沖縄の米軍基地から流出したものではない。フィリピンで墜落した機体から持ち去られた物だと」

続けて訊《たず》ねた。

「それは分からない。しかし、公表したところで、どれほどの効果があるか――。まるで、この騒ぎはアメリカを窮地に陥れようとする陰謀だと公言するようなものだからな。その類《たぐ》いの話ほど、日本国民にとって現実感に乏しいものはありはしないだろうさ。へたをすればアメリカの不手際を隠蔽《いんぺい》するための作り話だと捉《とら》えられかねんよ」

「だろうな」

由良は同意の言葉を漏らすと、「となると、やはり望みは堀越ということになるか」

話を転じた。

「沖縄での足取りは、まだ調査中らしいが、彼の携帯電話の通話履歴はすでに公安が入手したそうだ。その分析が進めば、何か引っかかるものが出てくるかも知れない」

「堀越の経歴はまだ分からないのか」

「それがまだこちらには知らせがないんだ」

キャメロンは苛《いら》ついた声を上げた。「少なくとも、現時点において彼は法に触れることは何一つ起こしてはいない。警察、公安にしても、正面切って彼の経歴を問い合わせるわけにもいかなければ、大スクープをものにした記者だ。新聞社だって、そう簡単に教えるわけがない。ましてや、毎報は反権力を自ら標榜《ひょうぼう》して止まない新聞社だからね」

「携帯の通話履歴より、本人の経歴、人物像を探る方が難しいとは皮肉なもんだ」

「しかし、それが判明するのは時間の問題だ。あるいは、日本側も概略ぐらいは摑《つか》んでいるのかも知れんがね」

今回のケースを解明する鍵《かぎ》が、もはや堀越の背後を探るしかないというのは、何とも頼りない話だが、それでも一縷《いちる》の望みを託せる物が残っている分だけまだましと考えるべきだ。それに、今回彼がものにしたスクープは、偶然にしてはでき過ぎている。ましてや、劣化ウランはフィリピンから持ち込まれた可能性が高くなったのだ。通常の手段を以《もっ》てしては、決して国内に持ち込めない物体が存在する。それを可能にするためには、国家を跨《また》いだ組織の存在無くしてあり得ない。

堀越の背後には、必ずや大きな組織があるはずだ。謎を解明する鍵は堀越にある——。

とその時だった。傍らのテーブルの上に置いた携帯電話が鳴った。

モニターに名前の表示はない。

回線を繋げ、携帯電話を押し当てた由良の耳に、男の声が聞こえてきた。

「ハロー――」

押し殺したような低い声。久しぶりだが、その声には聞き覚えがある。

羅だ。

2

「何か分かったか――」

挨拶《あいさつ》など抜きだ。

由良は直截《ちょくせつ》に訊ねた。

「そのものずばり、期待通りの情報かどうかは分からんがね。余計なことを聞き回れば、目的を疑われる。自ら進んで危険に身を晒《さら》すようなものだからな」

声は低いままだが、羅の声は落ち着き払っている。安全と思われるところで、イリジウム電話を使用しているに違いない。

「正恩には会えたのか」

「いや……。第一書記は多忙を極めていてね。取り巻きとはいえ、私のように頻繁に、国を空ける人間とは、なかなか会う時間が持てないんだ」

「すると情報源は？」

「国内にいる私と同じような立場の人間だ。第一書記と頻繁に会ってもいれば、各機関の動きを、より詳しく把握してもいる」

「なるほど、それで」

由良は先を促した。

「タイプまでは特定できなかったが、日本国内に我が国が持ち込んだＳＡＭが存在するのは間違いない。しかし、今の時点で、我が国が日本でそれを用いる、あるいは使用に備える行動を起こすかといえばそれはないと――」

「その根拠は？」

「簡単な話だよ。もっかのところ第一書記の関心は、国内基盤を安定させることにある。外交にしても、問題山積だ。万が一の時の備えなどにとても頭は回らんだろうとね」

「バッテリーを日本に持ち込もうとしたのは、定期的なメンテナンスのため。軍が、通常のルーティンの中で行ったとは考えられないのか」

「どうかな――。それも、ちょっと考えにくいな」

羅はやんわりと否定し、「というのも、それについては根拠があるんだ。第一書記の就任と同時に、軍幹部の陣容に大きな変化があったのは前に話したよな」

と切り出した。

「ああ」

「海外の注目は、もっぱら軍の序列十八番目から一気にナンバーツーに昇格した、崔竜海にあったようだが、実をいうと我々の目を引いたのは崔の昇格じゃない。ほぼ時を同じくして第一書記自身が国防委員会第一委員長に就任したことだ」

「国家、それに連なる組織のトップに君臨するのは、既定の路線だ。それほど驚くような話かね」

「確かに就任は既定の路線だったが、驚いたのは後継者に内定してから、国家のトップに就くまでの期間だ。亡き正日将軍が、国家主席の後継者に内定して、実際に金日成主席から代を受け継ぐまでに、どれだけの時間を要したと思う？」

改めて問われると、言葉に詰まる。

一瞬黙った由良に向かって、

「二十一年だ」

羅はいった。「それが、第一書記の場合は僅《わず》か一年ほど。統治基盤は、とても盤石とはいえないのにだ。まして、軍は第一書記が一度たりとも関わったことのない組織だ。我が国の体制を支えている最も重要な機関、かつプロフェッショナルが多く占める集団なら、指導者と軍高官の長年の付き合いの中で築かれた主従関係で安定が保たれてきた組織でもある。トップの座に就いたはいいが、第一書記にその能力が備わっているのか。軍との間で確たる信頼関係を築くことができるものなのかとね」

「だから、崔竜海を抜擢《ばってき》したんじゃないのかね。確実に自分の意に従う人物に軍を任せておけば――」

「逆だ」

羅は皆まで聞かずに、由良の言葉を遮った。「どうやら、あなたは我が国の軍がどういう指示、命令系統で動くか知らんようだな」

また痛いところを突いてくる。

そもそも由良は、対北専門のエージェントではない。資料は山ほど目にしたが、隅から隅まで把握していると言えないのは確かだ。

由良は再び言葉に詰まった。

「軍の指示、命令系統は三つ。軍の将校。思想教育に責任を持つ党代表。ここまでは、他の社会主義国にも見られることだが、我が国の場合、それに秘密警察に相当する憲兵がいる。それが、小隊から師団に至るまでの各階層に三人ずつ存在するんだ。末端の兵を動かすにしても、それぞれに三人、二百人からの人間の同意がなければならない仕組みになっている。そして、最終的許可を与えるのは、その頂点に立つ第一書記だ。そんな面倒な仕組みを、なぜ築き上げたか、分かるか？」

それだけ多くの人間の同意がなければ、兵一人動かない。それも最終的にトップの人間の同意が必要だとなれば、目的は決まっている。

「軍は末端の兵でも、自分の許可なくして動かない。謀反《むほん》を封じ込めるためだな」

「だから、一つたりとも権限を誰かに委《ゆだ》ねるということなど、我が国の指導者にはあり得ないのだ。当たり前だろう。そんなことをしようものなら、自ら謀反に打って出る機会を与えてやるようなものだからな」

「すると、正恩が崔を大将、さほどの間を置かず次帥、軍政治局長に据えたのは、軍を任せるのではなく、従来通りの指揮命令系統を忠実に履行する人物と目されたからか」

「その通りだ。それは同時に、軍の把握に第一書記が不安を抱いていることの証左だ。つまり、第一書記が全精力をあげて取り組んでいるのが軍、そして国内体制の把握にある以上、それを完全にものにするまでは、有事などあっては困るのだ」

「しかし、崔の進言によって、SAMのメンテナンスを許可したとも考えられなくはないのでは」

「あるいはね」

羅は、同意の言葉を返してきたが、「しかし、事が発覚した後の我が国が取らなければならない対応を考えれば、やはりその可能性は皆無に近いだろうね。第一、朝日間、朝韓間の関係は安定的膠着《こうちゃく》状態にあるんだ。体制が完全に整わないうちに、緊張関係を高めるような行動に出る必然性はどこにもない。第一書記の性格を考えれば、やるならやるで、もっとインパクトのある行動に打って出るはずだ」

羅の見解は、確たる根拠があってのものではないが、時にそこに身を置く者の皮膚感覚はそれに比肩するだけの説得力を持つ。

南北統一とは、事あるごとに耳にする言葉だが、現実を考えれば、当事者である北朝鮮、韓国どころか、中国、ロシア、日本、アメリカ、いずれの国にしても、そんなことは望んでいない。そして、誰よりも北の体制維持を切望して止まないのは、金正恩その人にほかならない。

「すると、誰だ――」

由良は思わず呟いた。

「考えられるとすれば一つしかないな」

羅が即座にいった。「今、日本を取り巻く情勢を考えれば、在日米軍の存在を最も疎ましいと考えている国はどこかな」

その国がどこを指すかは、いわれずとも分かる。しかし、事が発覚した時の国際関係に及ぼす影響を考えれば、それはあり得ない話だ。

「まさか――」

由良は、首を振りながら答えた。「北以外の国が、SAMを日本国内に持ち込んでいるっていうのか」

「あるはずのない物が、存在したなんて珍しい話じゃないだろう。現に麻薬にしたって、あり得ないはずのものが、今の日本じゃ立派に流通してるじゃないか。それどころか、ヤクザに至ってはピストルはおろか、マシンガン、ロケットランチャーだって隠し持っている。これらは全て外国製。不法かつ隠密裏に日本に運び込まれたものだ。ロケットランチャーが存在するのに、SAMはあり得ないなんて理屈が通る方がおかしいだろ」

「しかし、相手は超大国だぞ。まかり間違えば、二つの超大国が正面からぶつかり合うことになりかねない。そんなリスクをあの国が冒すわけがない」

「当たり前に考えればね」

羅が鼻を鳴らす気配が伝わってくる。「SAMがアメリカ本土で発射されようものなら、あなたのいう通りの展開になるだろう。しかしね、舞台が日本ということなら話は別だ。ましてや、撃ち落とされたのが米軍機となれば、日本はどう出るかな。集団的自衛権を行使できない自衛隊が反撃に出られるのかね。米軍が断固とした報復措置に出ようとすれば、在日米軍基地は最前線基地の役割を担うことになる。となれば、日本は否《いや》応《おう》なしに、戦争当事国ということになってしまうんだぞ。それを日本政府が、日本国民が受け入れる覚悟があるとでもいうのかね」

その見解は間違ってはいないだけに、返す言葉がない。

羅は続けた。

「何も決断できない。何もできない。そうだろ？　自国の領海を侵犯し、海上保安庁の船に体当たりした乗員を、自国の法律で処することなく送り返した国だぞ。話せば何でも分かり合えると信じて疑わない国だぞ」

羅は、そこで由良の反応を窺《うかが》うかのように一瞬間を置くと、

「外交は食うか食われるかの戦争だ。見えるところでは満面の笑みを湛《たた》えて握手を交わしながら、机の下ではお互いの足を蹴《け》り合ってるんだ。それが解らぬ阿呆《あほ》に、何ができる。第一、アメリカにしても、何らかのアクションを起こそうにも、当事者の正体、背

後関係を把握できればのことだろ。こんなことをしでかそうって連中が、尻尾《しっぽ》を摑まれるようなヘマをすると思うか」

羅の読みが的を射たものであるような気がしてくる。

正体が摑めなければ、アメリカも振り上げた拳《こぶし》の持って行き場がない。そうでなくとも、世界にはアメリカに敵意を抱いている国家、組織は山ほど存在するのだ。可能性を挙げれば切りがないし、仮に正体が判明したとしても、アメリカが断固とした措置に打って出るのは、相手の力が明らかに劣る場合に限ってのことだ。最後に、大国相手に戦ったのは、第二次世界大戦以降一度たりともないことを考えれば、大国同士の全面対決に発展しかねないリスクを冒してまで、行動を起こすかどうかは確かに疑問だ。

そして誰の仕業かにかかわらず、劣化ウランに引き続き米軍機が撃墜されようものなら、在日米軍基地の存在そのものが日本を戦争の当事国に巻き込む可能性を秘めていることを、現実の危機として日本国民に知らしめることになるのは間違いなく、不協和音を奏で始めている日米関係をさらに悪化させ、それは極東におけるアメリカの影響力を低下させることに繋がる。

かかる展開が、誰を利することになるかといえば答えは明白だ。

由良は生唾《なまつば》を飲み込むと、

「とにかく、バッテリーに関しては、北は無関係だと君は考えるんだな」

改めて訊ねた。

「今のところ、私が知り得た範囲の情報で判断するならね——」

「分かった。連絡をくれたことに感謝する。とにかく、何か新しい情報を摑んだら、すぐに連絡をくれ」

由良は回線を切った。

傍らで、耳をそばだてていたキャメロンと目が合った。

「羅からかね」

キャメロンがいった。

「ああ。ひょっとすると、一連の事件の背後には、とてつもなく厄介な存在がいるかもしれない」

「厄介な存在？」

「中国だ」

「まさか——」

キャメロンは、あり得ないとばかりに眉《まゆ》を吊《つ》り上げた。

「私もそうは思うのだが、羅の見解を基に考えてみると、頭から否定できない点はあるように思えるね」

由良は、それから暫《しばら》くの時間をかけて、羅との会話の内容を子細に話して聞かせた。

最初は半信半疑といった様子だったキャメロンの目が、話が進むにつれ鋭くなる。

「なるほど、少なくとも、羅は今の北の情勢に関しては正確に伝えてはいるようだな」

やがてキャメロンは重い声を漏らした。「金正恩が国内体制の掌握に精一杯で、海外工作どころの話じゃないというのはその通りだろう。我々の得ている情報でも、表に出ているのは正恩だが、実際のところ実権を握っているのは、叔母《おば》の敬姫だとされているからね」

「後継者に決定してから、その座に就くまでの期間が余りにも短過ぎたからだな」

「権力者というのは猜疑《さいぎ》心が強いものでね。正日もその例外ではなかった。正日に片腕として仕えてきたのは敬姫の夫の張成沢だが、彼はファミリーとはいっても正恩と直接の血の繋がりはない。ましてや敬姫は、健康問題を抱えているからな。正恩が権力を完全に把握できないうちに、彼女に万が一のことがあれば、張成沢がどんな行動に打《う》って出るか分からない。正日が亡くなる前年に、彼女を大将に据えたのも、そうした危惧《きぐ》の念の表れだ。軍はファミリーの生命線。そこを直接血で繋がった人間が掌握せずして、金体制の安泰はないというわけだ」

「敬姫に正恩。素人をトップにいただくことになった軍は面白かろうはずがないだろうな。もっとも、不満を抱いていたとしても、兵一つ動かすにしても、各階層にいる三つの異なった組織の人間の許可が必要だというじゃないか。クーデターなど、起こしようがないだろうがね」

「その仕組みが完全に機能している限りはね」

キャメロンの言葉には、明らかに皮肉が籠《こも》っていた。

「どういうことだ」

由良は意味するところが俄《にわか》には理解できず、訊ね返した。

「つまりこういうことだ。民主主義国家において、国家の政治的権力構造の変化は、選挙によって大きく変わるものだが、社会構造を根底から覆すような結果をもたらすものではない。まして、取って代わられた権力者が命を失うことなどあり得ない。しかし、独裁国家の場合はいずれのケースもあり得るどころか、時にそのファミリーに至るまで粛清の手は伸びる。近年でも、ルーマニア、イラク、リビア、いずれの国においても、独裁者の末路は死と決まってる」

「幾ら万全の措置を施していても、独裁者に待ち受けている末路は変えられないと？」

「独裁政権が機能しているのは、支配される側が体制に満足しているからじゃない。恐怖の力によって、押さえつけられているだけに過ぎない。そうである限り、独裁国家というものは、一つ間違えば体制崩壊につながる因子を常に内包しながら成り立っているのさ」

キャメロンは、静かに続けた。「抑圧され続ける側はたまったもんじゃないさ。不平、不満、疑問、異議……。人間なら当然覚えるであろう感情のことごとくを、命と引き換えに心の中に封じ込めておかなければならないんだからね。そんなところに、何かの拍子に日頃鬱積《うっせき》した不満を爆発させるようなきっかけが生じてみろ」

キャメロンは両手で輪を作ると、それを大袈裟《おおげさ》に広げて見せた。

「一気に爆発――」

「あぁ。風船が破裂するようにね。抑圧された期間が長ければ長いほど、内部に溜《た》まった圧力は高くなる。それこそ細く小さな針の一突きが、風船を破裂させるんだ。凄《すさ》まじい勢いでね。それが、独裁国家で起きてきたことの歴史だ」

キャメロンは断言した。「実際、完全に権力を掌握していた金正日でさえ、その恐怖から解放されることはなかったんだ。死の三カ月前、側近中の側近だった、柳京《リュギョン》を処刑したのがそうした心情を如実に表しているよ」

「柳京？　誰だ」

「国家安全保衛部の、それも金ファミリーを守る部隊の長だ。正日とさしで酒を酌み交わすほどの間柄だったというがね」

「何か、ヘマをしたのか」

「さあね。そうかもしれんが、おそらくは、権力中枢で力を持ち過ぎた。つまり正恩体制の障害になるとみなされたと我々は見ているがね」

旧友までをも処刑するとは、独裁者の猜疑心とは凄まじいばかりだが、キャメロンはあっさりといい放つ。

「正日にして、そんな危機感を常に抱いていたとしたら、正恩はその比じゃないだろうな。完全に、権力が把握できないうちに、叔母の身に万一のことがあれば、張成沢に寝首をかかれるということも考えられないわけじゃない」

「こうなると、正恩が真の意味での指導者の地位を確立するのが先か、それとも……ということになる」

キャメロンは目を細くした。

「とても、対外工作どころの話じゃないな。すると、やはり羅の見立てもあながち外れてはいないということになるか」

「頭の中には入れておかなければならないだろうね。可能性としてね――」

キャメロンは、どうやら羅の推測を評価していないらしい。

その気持ちも分からぬではないが、常に最悪のケースを考えて行動するのがＣＩＡの教えであるはずだ。

「可能性を認めるのなら、せめてマクレーン、あるいは北京に、見解を求めるべきだと思うが」

由良はやんわりと進言した。

「見解？　確たる根拠のない、羅の推測を基にしてかね？」

呆《あき》れたようにキャメロンは返してきた。「それよりも、ＳＡＭが日本国内に存在することは間違いない。その言葉からして、やはり北がこの件に関与している疑いはこれで濃厚になった、そう考えるべきじゃないのかね」

「北が、今の時点で対外工作に打って出る余裕はない。今、そう認めたばかりじゃないか」

「羅のいうことがどれほど信用できる。確かに彼は、情報をもたらしはしたさ。それも我々の推定を裏付けるものをね。しかし、それ以上でもなければそれ以下でもない。第一、彼は母国にいるんだ。我々には彼の推測の裏付けを取る手段は何もないんだぞ」

「じゃあ訊《き》くが、北が今の時点でこんなことをしでかすメリットは？」

「あるさ」

キャメロンの声に苛立たしさが籠る。「在日米軍の動きを封じることができれば、韓国だって北に対して今までのような強硬姿勢を取るわけにはいかなくなる。ましてや、韓国は大統領選挙を控えているんだぞ。新政権誕生後の北に対する姿勢にも、影響を及ぼすことになる。金大中《キムデジュン》政権時代の対北融和政策をものにできようものなら、それこそ正恩の思う壺《つぼ》だ。そして、その舞台が日本ということになれば、羅の読み通り、少なくとも日本は決して武力行使に出たりはしない。それどころか、韓国と同調して、北への経済封鎖を解除することだって十分あり得る話だろう」

と、その時だった。

机の上に置かれたキャメロンの携帯電話が鳴った。

「ハロー――」

キャメロンが電話を耳に押し当て、二言三言言葉を交わすや、開いたままのノートパソコンを操作し始めた。

相手が誰かは分からない。

メールを送ったことの知らせでもあったのか、画面を見入るキャメロンの瞳《ひとみ》が左右に動く。それにつれ、表情に変化が表れた。驚愕《きょうがく》、困惑、いずれにしても予期せぬ展開に、戸惑っていることは間違いない。

「驚いたな……」

キャメロンは一人呟くと、パソコンを回転させ由良に向けた。

発信元は赤坂の大使館内のCIA日本支局。内容は堀越譲治の経歴だ。日本の公安当局からもたらされたものだろうが、万が一の情報の流出を防止するためにこの手の情報のやりとりは通常書面の手渡しで行われることを考えれば、担当者が改めて打ち直したのだろう。

由良は早々に文面に目を走らせた。

堀越譲治　一九七八年生まれ
東京大学経済学部卒
二〇〇〇年　毎報新聞入社　社会部に配属
二〇〇三年　社内選抜試験を経て、中国（北京）に留学
二〇〇五年　帰国　本社社会部に配属以降、一貫して環境問題を担当
福島第一原発事故発生以後は、主に首都圏の放射能汚染問題を取材している

北京滞在中にあっては、留学先の大学で中国の環境問題を研究、フィールドワークを行う。二〇〇五年六月二十三日～三十日にかけて、毎報新聞朝刊に掲載された連載記事（全文は添付資料1参照）は、この際の活動を纏《まと》めたもの。経済成長著しい中国の環境問題を取り上げ、負の側面に焦点を合わせてはいるものの、論調は批判的なものではなく、かつての日本が辿った道に酷似しているとし、問題を放置することなく対策に従事する中国側の人間像、及び堀越自身の視点からの提言が主である。

東京本社配属後に同紙に掲載された署名記事（添付資料2～37）中、中国に関するものは、明らかに好意的なもので、震災以降の放射能問題についての論調は、もれなく政府、東電の姿勢を厳しく糾弾するものであり――。

「ばりばりの親中派じゃないか」

文面の半ばほどを読み終えたところで、由良はいった。「もっとも、毎報はそれが社是のようなもんだ。そうじゃない人間を探すのが難しいがな」

「こんな人物が、劣化ウランを発見したとなると、やはり単なる偶然とは思えんな」

キャメロンは呻《うめ》いた。

「つまり？」

前言を覆すような言葉を吐くのは、さすがに決まりが悪いらしい。

「まさかとは思うが、羅の推測を否定するなら否定するで、裏を取る必要があるということだ。毎報が親中反米の報道姿勢を取る新聞社だとはいえ、中国に留学経験を持つとなれば、その間にスリーパーに仕立て上げられた可能性は十分にある」

スリーパー――。

あり得る話だ。

実際、今でこそアンオフィシャルカバーとして任務に就いている身だが、CIAに入局した当初、最初に命ぜられた使命が日本のファンドに潜り込み、企業の活動情報を漏らすことだったのだ。

諜報《ちようほう》機関がこれと睨《にら》んだ人間をスリーパーに仕立て上げる手法は様々だ。正面切って任に就くことを持ちかけることもあるが、実際のところ、スリーパーとなる人間が、そうと気づかぬうちにその役割を果たしているケースの方が圧倒的に多い。そして各国の諜報機関が、スリーパーとして喉《のど》から手が出るほど欲している人材が集う分野が、外交官のような国家中枢機関、そしてその国の世論を左右する力を持つマスコミ関係者だ。

「可能性どころか、本人が自覚しているかどうかは別として、彼の経歴、報道履歴を見る限りにおいて、結果的にその役割を果たしていることに間違いないさ」

由良は鼻を鳴らした。「そう考えれば、堀越がなぜ日本にあるはずのない劣化ウランを、しかもこのタイミングで発見できたのか。密《ひそ》かに日本に劣化ウランを持ち込むだけの組織とは何か。全て説明がつくじゃないか」

「しかし、幾ら何でも――」

固く閉ざされていた扉が僅かに開き、その先から光が差し込むような感覚がある。

「北か中国か、二つの国のいずれかに絞り込もうという考えが間違っているんじゃないのかな」

由良は思いついたままを口にした。

「どういうことだ」

「単純な話だよ。単独犯か複数犯かということだ。北の国内情勢と、ＳＡＭの存在と劣化ウランを結びつけて考えると辻褄《つじつま》が合わないが、在日米軍の存在を疎ましく思っているのは、北も中国も同じだと考えればどうだ」

「なるほど……。確かに――」

キャメロンは、はっとしたように目を見開いた。

「在日米軍が身動きできなくなれば、北に大きなメリットが生ずるのはあなたのいった通りだ。しかし、それは同時に中国にとってのメリットでもある。なにしろ、東シナ海の覇権は中国の悲願だからな。あの海域を手に入れずして、太平洋への出口は開けない。その障害になっているのは、日本じゃない。在日米軍。そうだろ」

由良は見解を迫った。

「それは分かるが、だとしたら、余りにも危険な賭《か》けだ」

「賭け？　そうかな？」

由良は眉を吊り上げた。「劣化ウランに引き続き、SAMが使われる。それが北、中国のいずれか、あるいは双方の仕業だと分かったとしよう。さて、それでアメリカはどう出るかな」

キャメロンは深く息を吐くと、腕組みをして沈黙した。

由良は続けた。

「半島有事ですら、戦費の負担はできないとアメリカは自ら認めてるんだ。中国なんて大国相手に、戦を挑めるのかね。戦費はどうやって賄う？　かつてほどではないにせよ、未《いま》だ中国への依存度が高い国内経済はどうなる？　金はただ漏れ、経済の底は抜けるんだ。ただでさえ危機的状況にあるアメリカの財政は、破綻《はたん》どころの話じゃない。崩壊しちまうに決まってるだろう」

「それは中国だって同じじゃないか」

キャメロンはいった。「中国だって、同じようにアメリカに、欧州に、日本に依存して経済が成り立っているんだ。紛争が起きれば、中国経済もたちまち行き詰まる。それは、民衆の不満を喚起し、共産党の一党独裁基盤を危うくする。それは最も、中国が恐れているシナリオのはずだ」

「しかし、そうでもしなければ中国は東シナ海を手に入れられない。自国の領海であると、声高に叫ぶだけで、なんら事態が進展しなければ、民衆は必ずや体制批判へと向かう。どっちにしても結果は同じだ」

由良はキャメロンの目を見据えると断じた。「こいつはチキンレースだ。アメリカが自国どころか世界経済を破綻に追いやるリスクを冒してまで、東シナ海を我が物とするか。あるいは事を荒立てずに手を引くかのね。そして、間違いなくアメリカの選択肢は後者しかないと踏んでいる——」

二人の間に重い沈黙が流れた。

先に口を開いたのはキャメロンだった。

「考えたくもない結末だな。どうしたら防げる——」

由良の目を見据えたまま、意見を求めた。

「決まってるじゃないか。事態のさらなる進展を未然に防ぐしかないさ」

それは何を意味するかはいうまでもない。

日本国内に存在するSAMの所在を突き止め、実力を以てそれを無力化するしかないということだ。

そして、その任を担うのは誰でもない。この俺だ——。

キャメロンは、由良の決意を窺うように、鋭い眼差《まなざ》しで見詰め、やがてこくりと頷《うなず》くと、

「本部に報告しておこう。これは、もはや日本支局だけで対応できる域を超えている——」

机の上に置かれた電話に手を伸ばすと、受話器を取り上げた。

3

オコーネルが日本支局からもたらされた報告を告げるに従って、部屋の緊迫した空気は頂点に達し、いま、席を囲む三人の間に漂うものは、重苦しいまでの沈黙である。

一連の事態の背後に、中国が介在しているかもしれない。

開放路線に転じて以来、国家体制の重点課題を経済の成長においた中国が、富を摑めばその目を国外に転じ、南シナ海から東シナ海の覇権を手中に収めんとする行動に出てくることは、かねて予想されていたことではある。そして、中国のそうした姿勢が民主主義によって運営される周辺国家と必ずや摩擦を起こし、アジア情勢を不安定なものに陥らせることもだ。それを承知で、世界中の多くの企業が、市場開放と共に中国にこぞって進出したのは、足を止めた瞬間に命が絶たれる、それが資本主義経済の冷徹な掟《おきて》であることを熟知しているからだ。

安い労働力は製品原価を押し下げ、先進国における自社製品の市場競争力を高める。それればかりか、安価になった製品は、そのまま所得水準の低い中国国内での消費につながる。もちろん、中長期的に見れば、自国の産業基盤の流出を招き、ひいては雇用基盤をも崩壊させることになるのだが、そんなことは経営者とて百も承知だ。企業において経営者とは、常に最小の投資で最大の利益を上げることを義務づけられた人間を指すのであって、社会のあり方を考えるのは政治の役目だ。

かくして、中国には世界中の企業が生産拠点を構え、莫大《ばくだい》な雇用と富をもたらすことになったのだが、実権を握るのが共産党という組織であるにせよ、独裁国家に変わりはない。そんな国に経済を依存し、国力をつけさせることがいかに危険であるかを承知で、あえて目を背けてきたツケが、いよいよ現実のものとなりつつあるのかもしれないのだ。

「東京の指摘は考慮に値するものだと考えます」

沈黙を破ったのは、ケリーだった。「在日米軍基地の存在を脅威と感じているのは、何も北に限ったことじゃありません。いや、むしろ最も邪魔だと思っているのは中国に違いないんです。彼らにしてみれば、在日米軍の存在はまさに喉元に突きつけられた刃《やいば》。我が国におけるキューバのようなものですからね」

「第一島嶼《とうしょ》線内の権益確保は中国の悲願だしな。中でも尖閣と台湾は、中国が自国の領土を唱える余地が残されている場所でもある。スプラトリーやパラセルを中国は手に入れ、今度は尖閣を同じ手段で奪い取りに来ようとしている。沖縄の米軍基地が機能不全に陥れば、あの島の実効支配が容易になるだけでなく、ミサイル基地でも造ろうものなら、台湾にもとてつもないプレッシャーを与えられる。あの島を取るのは、もはや中国の悲願といってもいいんだ」

シュワルツが緊張した声でいった。

第一島嶼線とは、カムチャッカ半島から千島、日本、台湾、フィリピンに至るラインのことで、中国の海軍力の太平洋進出を阻む役割をしている。中国がスプラトリー、パラセル、そして尖閣を自国の領土と主張して止まないのは、そこに眠るとされる海底資源以上に太平洋へ自由に出入りできるルートの確保にある。

「確かにそう考えると、全て辻褄が合うのです」

オコーネルはいった。「日本が中国に対して断固として領土問題の存在を認めないという強硬姿勢を打ち出せるのは、安保条約があるからこそのこと。フィリピンがスプラトリーを失うはめになったのも、彼の国が在比米国基地の撤退を望み、それを実現させたからにほかならないのです。日本の世論が反米に傾けば、彼らにとってはその再現が期待できますからね」

「ましてや、今の日本の政権基盤は極めて脆弱《ぜいじゃく》。このままでは、政権与党の座を失うことは間違いない。人気を回復するためならば、世論に靡《なび》くしか手はあるまいからな」

シュワルツは苦い顔をして眉を顰《ひそ》める。

「中国にしてみれば、現政権ほど与しやすい相手はいないでしょう。何しろ政治に関しては、素人の集団。一旦《いったん》は決着がついた普天間の移設問題を根底から覆し、日米関係を最悪の関係におとしめた連中です。加えて震災、原発という大きな問題の処理にもさしたる対応策を講じられず、復興も遅々として進まないという体たらく。このままでは政権与党の座から転落するのが間違いなければ、この窮地を脱するためには、国民に二者択一を迫るような政策を以て挑むしかありません。在日米軍基地の撤廃は、選挙の争点として起死回生の一発となるでしょうからね」

「日本国民はそこまでお人よしではないと思うがね」

ケリーの言葉に、シュワルツは白けた口調で返した。「ワン・イシューで勝てるほど、選挙は甘くない。それに、在日米軍の撤退というが、現実はそう簡単にはいかんよ。冷戦が終結した後のフィリピンと、どう転ぶかわからない北朝鮮、台頭著しい中国と対峙《たいじ》する日本とでは、我が国の戦略的重要性が根本的に異なる。もちろん、基地の撤廃を公約に掲げた政党が政権を握れば、同様の事態にならないとは限らんが、仮にそうなったとしても、実際に軍が引き揚げるまでには、長い時間がかかる。まあ、フィリピン同様、火山でも噴火して基地そのものが使い物にならなくなり、莫大な再建費用がかかるというなら話は少しは違ってくるかも知れんがね」

シュワルツの見解はもっともな点もあるが、少し甘いとオコーネルは思った。

いま現在在日米軍基地が置かれた状況は、国内の政治体制といい、世論の風向きといい当時のフィリピンの状況と似たものがあるからだ。

一九八六年。マルコスの独裁政権から、アキノ政権に替わった際に、新大統領を支える勢力が打ち出した政権公約がフィリピンからの米軍の撤退だ。基地がある限り、真の独立はない。対米関係は正常とはいえないといい、撤退に異を唱えるアメリカに対して、フィリピン議会は新憲法を制定し、ついにはノーを突きつけたのだ。

戦略的には、さしたる重要性がなくなったとはいえ、基地の撤退はその地域におけるアメリカのプレゼンスの低下を意味する。アメリカは撤退までには十年を要すると、基地の規模を理由にして使用期間を延ばしにかかったのだが、実際に撤退完了までに要した時間は僅か四十八時間。しかも、その最中に起きたC－130の墜落機体に搭載されていた劣化ウランが、沖縄で発見され大問題となっているとあっては何とも皮肉な巡り合わせとしかいいようがない。

「しかし、SAMを北が日本国内に持ち込んでいるのは間違いないようです。もし一連の事件の背後に中国までもが関与し、万が一にでも沖縄で我が軍の航空機が撃墜され、住宅街に墜落して民間人を巻き込むようなことにでもなれば、火山の噴火に匹敵するような事態に発展する可能性がないとはいえません」

オコーネルはいった。

「彼らが日本の現体制を、そこまでして維持させたいと願っているとでもいうのかね」

あり得ないとばかりにシュワルツ。

「北にせよ中国にせよ、旧政権が与党に復活し、日本が再び親米路線に戻ることは、何としても、阻止したいという点では思いは同じだと思います。それに、いまの日本政府の体制は、両国、特に中国にとっては好都合以外の何物でもないのです。なにしろ、現与党の中心メンバーどころか、党職員までもが、かつて社会主義者を標榜《ひょうぼう》し、親ソ、親中の姿勢を明確にしてきた連中ですよ。そんな人間たちが、政策を立案し、パスを持って官邸に自由に出入りしてる。国家機密も何もあったものじゃありませんよ」

「我々にとっても、これは実に悩ましい問題です」

オコーネルはケリーの言葉を引き継いだ。「日本の公安トップは政治家なんです。公安がつかんだ情報はもちろん、我々が与えた情報も全てトップを通じて漏れる恐れがある。今回の件にしても、現政権に危機感を覚えている公安内部の人間が、密かに情報を流してくれてはいるものの、他国が明らかに国益に反する行為に出てきたとしても、今の日本政府が我が国と協調して断固とした措置を講ずることは、全く期待できないのです」

「まして、在日米軍はオスプレイの配備を目前に控えています。あの機体が沖縄に常駐すれば、尖閣どころか朝鮮半島、中国本土までが行動範囲の中に入ってしまう。これは北、中国にとってはとてつもない脅威です。何としても、配備を阻止したいとも考えているでしょう」

ケリーが意見を補足した。

「尖閣を巡って日中が戦火を交えるようなことなどあってはならない。オスプレイの配備は、現状の膠着状態を維持するための抑止力になると、日本は受け入れる方針であることに変わりはないはずだが？」

「東京があの島を購入するといったりしなければね」

シュワルツの見解を、オコーネルは即座に否定した。「あの一言で状況は一変したのです。島が個人の所有で日本の法の下でそれが認められるものであったとしても、事実上は政府の管理下に置かれ、放置という形で維持されてきたのです。しかし、島が自治体に所有され、使用される態勢が整ったとなれば話は違います。しかも都知事はあの島に、恒久的施設を建設し、人を置くと明言した。そこに我が国のオスプレイの配備が重なれば北、中国がどう考えるかは明白でしょう」

シュワルツは大きく息を吸い込みながら、口を堅く結んで黙った。

「中国政府にしても、体制批判をかわすために愛国教育の名の下に、反日を散々煽ってきたんです。その日本が強行策に出たのに、何の対抗策も講じないとなれば、批判は体制に向く。それが共産党一党独裁体制の崩壊につながることは、中国指導部が最も恐れていることです。かかる事態を防ぐためには、実力行使に打って出るしかありません」

ケリーは断じると続けた。「しかし、これはむしろ中国にとっては願ってもない展開になったとも考えられます。だってそうでしょう。もはや、交渉する余地はない。実力を行使して領土を守るという絶好の口実ができたんですから。放置されたままの状態の島を、力ずくで奪取しようものなら、国際社会の糾弾にあうでしょうが、先に実力行使に出たのは日本だ。中国はそれを守るために、立ち上がったのだと堂々と主張することができるんですから」

「困ったもんだ――」

シュワルツが顔を顰《しか》めながら呻いた。

「中国は、そうなった際の我が国の対応も十分に承知しているはずです。いかに日米安保条約があろうとも、アメリカが直接戦闘の正面に出てくることはない。なぜなら、いかに条約があろうとも、アメリカが大統領権限で軍を動かせるのは、一ヵ月。それ以上は議会の承認がいるんです。そこで必ずや日本への軍事支援は否定されると踏んでいるに違いありませんからね」

「それに、中国にとって尖閣を巡る争いは、共産党の一党独裁の命運を賭けた戦いですからね。絶対に引くわけがない」

オコーネルに続いてケリーが断ずると、

「しかし、尖閣を取られれば、中国に太平洋に出るルートを確保されることを意味するんだぞ。それに、日本が交戦状態に陥り、自衛隊側に損害が生じてもなお、アメリカが支援をしなかったとなれば、それこそ在日米軍基地は何のためにあるのだという世論に日本は満たされるだろう。それでは中国をますます利するようなものだ。私は議会の承認は得られると考えているがね」

シュワルツが疑問を呈した。

「あるいはそうかもしれません。ただし、日本が、反撃に出ればね」

オコーネルはいった。

「どういうことだ」

「現与党が政権を握っている限り、仮に何らかの形で中国が島の上陸に成功し、居座ったとしても、日本がそれを奪取するために自衛隊を出動させるとは思えないからです。

大震災という国家の危機に直面しても、有効な手だてを迅速に打てなかった連中ですよ。お決まりの会議が始まるだけで、何も決められるわけがない。当事国が反撃に出なければ、我が軍だって動けません。アメリカ軍が単独で出て行けば、それこそ代理戦争そのものですからね」

「確かに——」

シュワルツは頷いた。

「しかし、それが在日米軍不要の世論を招くかといえば、決してそんなことはないかもしれません。むしろ、自衛隊という事実上の軍事力を持っているにもかかわらず、防衛出動を決断できなかった政府に日本国民の批判の矛先は向く。そして、中国脅威論はますます高まり、在日米軍の重要性を強調する方向へと世論は向く可能性の方が遥《はる》かに高いのです。それは決して中国にとって好ましいことではない——」

問題は尖閣だけではない。それからの展開なのだとオコーネルは思った。

「中国にとっては、太平洋に通じる道が開いてもアメリカの脅威が去ったわけじゃない。むしろそうなれば、我が国も日本への配備をさらに増強する方向で動くだろうからな」

とシュワルツ。

「その通りです。つまり、在日米軍基地の排除こそが中国の悲願だとしたら、やはりかつてのフィリピン同様、日本国内に基地廃絶の風を吹かせなければならない。しかし、いまの政局を考えればどう見ても現与党に勝ち目はない。間違いなく次の選挙では親米保守派が政権を奪回する。そして、日本が彼らの政権下において中国が尖閣に侵攻する兆しを察知すれば、自衛隊の出動を決して躊躇《ちゅうちょ》しない——」

「そこで日中間の戦闘が勃発すれば、在日米軍も何らかの支援行動を起こさざるを得ないことになる……か——」

「DDOは、ワン・イシューで勝てるほど選挙は甘くないとおっしゃいましたが、ことその理屈は日本には当て嵌《は》まりませんよ」

二人の会話にケリーが口を挟んだ。「日本の世論は気まぐれです。劣化ウランの件で、ただでさえ在日米軍に対する不信感を抱いているところに、米軍機が市街地にでも墜落しようものなら、その炎は一気に燃え盛る。そして、選挙の争点が在日米軍の存在そのものに絞られれば、政局は一気に現政権与党に有利に働くようになりますよ」

「逆じゃないかな。墜落の要因が事故と撃墜ではまったく反応は異なると思うがね。それに、万が一にも撃墜が中国の仕業と発覚しようものなら、日本の世論だって黙っちゃいない。政府が断固とした対応に出ないようなら、国民の失望を買うだろう。それじゃ、むしろ現政権与党を窮地に陥れるようなものだ」

シュワルツはあり得ないとばかりにいう。

「実行犯を確保し、その背後関係を含め、全てのことが洗いざらい明らかになればね」

ケリーが落ち着いた声で返した。

「どういうことだ」

オコーネルは答えた。

「現時点において劣化ウランが誰の手によって持ち込まれたものかは一切分かってはいません。明らかなのは北が持ち込んだSAMが確かに日本国内に存在するということだけです。最悪なのは、それが実際に使われ、劣化ウランの件も含めて、北が単独で行った仕業だと結論づけざるを得ない時です。日本が北に対して報復に出ることはあり得ませんし、我が国だって同じです。やれば、確実に勝利することは間違いありませんが、北の崩壊は極東情勢を不安定なものにし、ひいては世界経済にも極めて大きな影響を及ぼすことにもなるんですからね」

「そうなったら、悪夢ですよ」

ケリーがすかさず肯定する。「我が軍機が撃墜された結果、日本国民が巻き添えになったとしても、目標となったのはアメリカの軍用機。自国を舞台にアメリカ軍が戦争を始めることを、日本は絶対に容認しません。それどころか、国内にアメリカ軍が存在するからこんなことになるのだという論調が巻き起こり、在日米軍基地の撤廃へと、国内世論は一気に傾いていく。つまり、SAMが使われたら最後、我が軍は泣き寝入りどころか、フィリピンの二の舞いを演じることにもなりかねないのです」

シュワルツが口を噤《つぐ》む。蟀谷《こめかみ》が微《かす》かにひくついているのが分かった。そして、やがて口を開くと、

「それを見越してのことなら、これを考えたヤツは悪魔的なアイデアの持ち主だ。どち

らにしても、我が国は日本から撤退するしかないということになるじゃないか」

　呻くようにいった。

「方法は一つしかありませんね」

　ケリーが決意の籠った声でいう。「SAMを使われたらゲームセットです。その所在を洗い出し、一刻も早く排除する——」

「どうやって」

「毎報の記者の行動履歴を徹底的に洗うんです」

「しかし、日本政府の内部には、社会主義勢力も入り込んでいる。公安はおろか、官邸内部の情報すらも、筒抜けになっていると見ていいといったじゃないか。そんな状況下で、判明している事実を告げたところで、日本の協力が得られるのかね。日本支局の戦力だけでは、どうにもならんぞ」

「毎報の記者の個人情報にアクセスしてみれば手掛かりが摑めるかもしれません」

　ケリーがいわんとすることは明らかだ。オコーネルは代わっていった。

「彼がどんな携帯を使っているかは分かりませんが、OSにサイボーグが使われているものであれば、全ての情報が把握されているはずです。そしてそのデータは我が国の企業が握っている——」

「なるほど……」

　シュワルツは二人の顔を交互に見詰めると、「いいだろう。早々に取りかかってくれ」

断固とした口調で命じた。

4

「こいつは凄《すご》いな。こんな短時間のうちにどうしたら、これだけのものを手に入れられるんだ」

差し出された膨大な書類にざっと目を通したところで、由良は驚嘆の声を上げた。

そこに記載されていたのは、堀越のスマートフォンの利用履歴である。

それも電話の受発信時の相手の番号、その時点での位置、ネットの検索履歴、さらには一時間に数度の割合で、スマートフォンの位置情報までもが網羅されている。しかもキャメロンがマクレーンに要請を入れて半日しか経っていないというのにだ。

もちろん、NSA（アメリカ国家安全保障局）が中心に運用している通信傍受システム『プリズム』の威力には違いなかろうが、実際にその機能の凄まじさを目の当たりにすると、驚嘆以外の言葉が見つからない。

「現代社会において、プライバシーを完璧《かんぺき》に守ることなど不可能さ、だだ漏れだよ」

キャメロンは、にやりと笑った。「堀越がOSにサイボーグが使われているスマートフォンを使っていたのはラッキーだったよ。サイボーグはキュオリシティが開発したものだからね。彼の使用履歴は、全てアメリカのキュオリシティ社のサーバーの中に記録されることになっている」

キュオリシティは世界中で最も広く使われているウエブ検索エンジンだ。もちろん、由良もそのユーザーの一人であり、CIAの職員とてその例外ではない。

「サーバーの中に、全部残ってるって？　確かにキュオリシティは検索エンジンを提供してるし、サイボーグOSも彼らが開発したものだ。だけど、電話会社でもないものが、こんな情報を簡単に手にしている事実が発覚しようものなら世の中は大変な騒ぎになるぞ」

「君は、キュオリシティのプライバシー・ポリシーを読んだことがないのか？」

「ああ――」

「ほとんどの人間がそうなんだが、CIAのエージェントなら一度目を通しておくべきだね」

キャメロンは、眉を吊り上げるとニヤリと笑った。「キュオリシティは無料の検索エンジンを提供しているが、それに当たっては、利用者本人の登録が前提ならば、サイボーグOSを使った携帯電話に記録されているアドレス帳、通話、ウエブ検索履歴はもちろん、位置情報に至るまで、膨大な個人情報を吸い上げることを明確に利用者に伝えているんだよ」

「ちょっと待ってくれ。位置情報だって？　何だってそんなことまで」

由良は机の上に置いたスマートフォンに思わず目をやった。

「それが彼らの飯の種だからだよ」

キャメロンは平然と答えた。「キュオリシティの最大の収益源は広告だ。誰がどんな検索ワードを用いるか、どんなサイトにアクセスするか。どれほどの時間、そのサイトに留《とど》まっているか。携帯の利用頻度が高まれば高まるほど、その人間の興味の対象、趣味嗜好《しこう》が見えてくる。それと位置情報がくっつけば、クライアントのビジネスに効果がある人間を狙い撃ちして広告を送ることができるだろ」

「なるほど。国家機関がそんな機能を民間に使わせようものなら誰もが警戒するが、民間企業ならそれも薄れる。ましてや無料かつ便利となれば、誰もがこぞって使うようになる。それも依存性が高まるにつれ、もはやそれなくして生活は成り立たないとも感ずるようになるだろうからな。エシュロンよりも遥かに効率良く、アメリカは社会を、それも全世界規模で監視できるというわけか」

「それは違うな」

キャメロンは鼻を鳴らした。「一部にはキュオリシティ創設の背後には我々がいるという陰謀論を唱える人間がいるようだが、この機能を立ち上げたのは我々じゃない。ベンチャー精神溢《あふ》れる若者たちだよ」

「しかし、現にマクレーンはいとも簡単に情報を入手してるじゃないか」

「我々はこの機能に目を付けただけだよ。キュオリシティが持っている情報は宝の山だからね。だがね、それを我々が使う立場にあることは、キュオリシティのプライバシー・ポリシーにも明確に謳《うた》われているよ。当局の要請があれば、収集したデータを提供する場合があるとね」

その原文を読んでいないのだから、返す言葉がない。

由良は黙った。

「人間というのは、おかしなものでね。君がいう通り一度便利さを覚えてしまうと、そこに潜むリスクに目が行かなくなってしまうんだな。まるで、体をじわりじわりと蝕《むしば》んでいく麻薬と同じさ。今の時代に生きる人間にとって、携帯電話を手放すことなどできないし、ネット無き生活なんて考えられないだろ。個人情報を収集されるのが嫌だから、携帯もネットも使わないなんて誰ができる？」

「しかし、それはアメリカの国家機関も同じ危険に晒されてるってことじゃないか」

「『できる』と、『やる』は別の問題だ。キュオリシティは膨大なデータを蓄積してはいるが、監視を目的としているわけではないからね。彼らは、データベースに蓄積された利用者の多岐に亘《わた》る膨大な個人情報の中から、クライアントの広告に最も効果があると思われる人間たちを、如何《いか》に効率良く抽出するか。つまり、集団を見つけ出しているのであって、点を監視しているわけじゃない」

とはいうものの、CIAがこうした形でキュオリシティが蓄積しているデータベースを活用できる現実を目の当たりにすると、活動告知の媒体として、国家機関の多くがネットを多用しているのは、携帯電話とネットが社会に欠くべからざるインフラとして人々の間に浸透し、共通のプラットフォームを使うようになればなるほど国家機関は人々の監視が容易《たやす》くなるという狙いがあってのことだろう。それも全世界規模でということになれば、その効率性はエシュロンどころの話ではない。

「その『点』で検索した結果がこれか」

由良は書類の束に改めて目をやった。

「実に興味深い対象が浮かび上がったよ」

キャメロンは、その中の数枚を手に取ると、「こいつだ」

一点を指差した。

「劉小燕――。何者だ？」

「名前からすると中国人のようだが、国籍、背後関係は特定できてはいない。しかし、こいつはただ者じゃないね。諜報機関、あるいは工作機関の人間。それも単なるエージェントやスリーパーの類いじゃない。明確な任務を帯びたプロだと見ていい」

キャメロンは慎重な言い回しで続けた。「二人の通話履歴からは、堀越と劉はかなり頻繁に連絡を取り合っていることが分かった。着目すべきは、位置情報でね。彼らは、月に一度ないし二度の割合で同じ場所にいるんだ。しかも、劣化ウランの報道が出る直前には、三日間に亘って、二人は沖縄にいた。それも行動を共にしていたんだよ」

キャメロンは、書類の中から一枚の紙を提示した。

それは沖縄の拡大地図で、二人のスマートフォンから発せられた位置情報が時系列にプロットされ、各ポイントが移動経路に沿って赤青二色の線で結ばれていた。

なるほど、こうすると二人が沖縄で行動を共にしていたのは一目瞭然《りょうぜん》である。那覇空港を起点とした線は、宜野湾の市街地、嘉手納基地周辺、再び那覇の市内へと続き、最後に那覇空港の終点に至るまでものの見事に一致し、一つの線となっている。

「堀越が、劣化ウランの存在を航空機の部品と結びつけたのも、彼女がきっかけを作ったのは間違いないことも分かった」

地図に見入る由良に向かってキャメロンはいうと、「こいつを見ろ」

文字が羅列された別の紙を差し出してきた。

「これは？」

「彼女のスマートフォンから発せられたウエブの検索履歴。その際に使ったキーワードの一覧表だ。彼女は沖縄に向かう直前に『劣化ウラン』というキーワードで検索を行っている。しかも、二人が一緒の時にね」

キャメロンが指を置いたその先に、確かに『劣化ウラン』の文字がある。

「なるほど、筋書きが見えてくるな」

由良はいった。「彼女は日本に劣化ウランを持ち込んだ組織の一人だ。おそらく、彼女の役目は日本のマスコミ工作だな。かねて付き合いのある堀越に、何らかの手段を以て劣化ウランが存在する可能性があることを匂わせ、現物がある場所を訪ねるように仕向ける――」

「同意するよ。一〇〇％ね」

由良はキャメロンの顔を見据えると、「で、劉の通話履歴に他の外国人と接触した形跡は？」

と訊ねた。

「それが、見当たらないのだ」

キャメロンは目を細めた。「彼女の使用履歴にあった相手先の電話番号、メールアドレスを全て当たったが、日本人、あるいは企業ばかりでね。海外にも全くかけていない。検索ワードも洗ったが、不審を抱くようなものは、後にも先にもこの一回きり。日本に住んでいる外国人が、自国の人間と一切交わらないというのは不自然に過ぎる。その点からしても、任務にまつわる連絡は、別の機器を使っているとしか思えない。我々が個人情報を手に入れられるのは、サイボーグ携帯だけ。旧式の携帯電話にその機能はない。メールにしても、キュオリシティが提供するプラットフォームを使わなければ、履歴を把握することはできんからね。おそらく彼女はそれを知っているんだろうな。任務に関するメールの受発信には別のパソコンを使えばいいんだからね」

「古いタイプの携帯電話。それも日本のキャリアを使っているなら、公安に依頼すれば――」

「それができるなら苦労はしないよ」

キャメロンは溜息をついた。「日本の携帯電話会社に使用履歴を提出させるためには、法的手続きが必要だが、今の日本の体制下ではその情報がどこに漏れるか分からないからな」

「そうだったな――」

由良は言葉を呑《の》んだ。

「それに、連絡に使っている携帯が、日本国内で調達されたものだとは限らない。いまや、世界中どこに行っても、自国で調達したものがそのまま使える時代だ」

「彼女の住まいは特定できているんだろ」

キャメロンはサイボーグ携帯が自動的に位置情報を発信するといった。ならば一日のうち、滞在時間が長い場所が住居か職場。そのうち夜間が住居ということになるはずだ。

「彼女の住まいは西新宿。ちなみに仕事場はそこからさほどはなれていない新宿だ」

果たしてキャメロンは即座に答える。

「パソコンを連絡に使っているなら、無線LANに侵入するって手は使えないかな。もちろんセキュリティはかけてはいるだろうが、クラッキングは朝飯前だろ」

「やる価値がないとはいわんが、通信手段を分けているなら、当然クラッキングは想定しているだろう。おそらくケーブルを使ってる可能性の方が高いだろうな」

「じゃあ、どうする」

そういうからには案があるはずだ。由良は訊ねた。

「現物を手に入れるのが一番早い」

「どうやって」

「決まってるじゃないか。あるところから取って来るんだよ」

「馬鹿な。空き巣に入るとでもいうのか」

冗談をいっている場合ではない。どんな家に住んでいるのかは分からないが、工作任務を担っている上に、組織との通信にはかなりの配慮をしている気配が窺える。万が一の場合を想定して、侵入者への対処は怠りないと見ておくべきだろう。ましてや、東京はどこに人の目があるとも限らないのだ。侵入工作をしている間に、周囲の人間に気づかれでもしたら面倒なことになる。

「そうじゃない。彼女を拉致《らち》するんだ」

「拉致？」

ますます悪い冗談としか思えない。「彼女は山歩きの趣味でも持ってるってのか？　そうじゃなければ、この東京のどこで、拉致することができるってんだ。第一、そんなことをしてみろ。相手にこちらが動いていることが分かってしまうじゃないか」

「それはむしろ好都合ってもんじゃないのか」

キャメロンは真顔でいった。「劣化ウランをめぐっての報道が苛烈《かれつ》さを増すいま、SAMを使われたら、それこそ日米関係は修復不可能な状況に追い込まれる。だがね、このタイミングで劉が突然消息を絶てば、当然彼女の背後にいる人間たちは、自分たちの動きが察知されたと考えるだろう。それも、手荒な手段に打って出るのは日本じゃない。

アメリカだとね」

「彼女が口を割るとは限らんぜ」

「もちろん。しかし、劉が洗いざらい喋《しゃべ》ったかどうかなんて、我々以外には分からんことだよ。次の手段に打って出たはいいが、動かぬ証拠を突きつけられれば窮地に陥るのは劉を操っている連中だ。つまり彼女の身柄をおさえることが、SAM使用への抑止力にもなる。そうも考えられるじゃないか」

ＩＴ社会の最先端テクノロジーを駆使して、難なく対象とする人間の日々の行動や、通話の履歴、交際範囲までをもたちどころに把握してしまう手段を持ちながら、結局最後は力任せの行為に出るしかないとは何とも皮肉な話だが、かといって由良にもこれといった妙案があるわけではない。

「どうやら、それしかないようだな」

由良は同意の言葉を漏らした。

「劣化ウランを巡る騒動は、当分の間収まらない。奴らは、次の行動に打って出るタイミングを虎視眈々《たんたん》と狙っているはずだ。それは今日かも知れないし、明日かも知れない。もう時間がないんだ。一刻も早く、劉本人を確認し、身柄を確保しなければならない」

キャメロンは、そう断言すると、また別の紙を由良の前に突きつけてきた。

5

青梅《おうめ》街道を新大久保の方向に入った途端に、周囲の雰囲気が一変した。

街道沿いこそ軒を連ねる店先から漏れてくる明かりに満ちてはいるが、自動車がようやくすれ違えるだけの狭い道路が、軒を連ねる家屋から漏れて来る僅かな明かりと、街路灯の白く仄暗《ほのぐら》い光の中に黒く浮かび上がるだけとなる。

小燕を特定する作業は、困難なものではなかった。

キャメロンが最後に差し出してきた資料から住居と勤務先の位置は特定できていたし、日々の行動パターンも、通勤ルートも全て把握されていたからだ。

小燕は毎朝決まって八時前後に家を出る。二十分ほどをかけ、新宿の勤務先に到着すると、業務内容はオフィスワークだろう。昼食の時間を除き、ほとんど外に出ることはない。帰宅時間は、仕事が長引くせいもあるのか、あるいは外食を常としているのかは解らぬが、日によってまちまちで、これといった傾向は見られない。

その日、由良は日本支局のメンバーとマンション、岩館産業の二手に分かれ監視を行った。

マンションの玄関には防犯カメラが設置されてはいたものの、周辺の路上にそれらしきものは見当たらない。それを確認し、路上に止めた車の中から玄関を窺っていると、七時半を過ぎた頃から、比較的若い年齢層の住人たちが次々と姿を現した。男女比率は半々といったところか。由良は女性が出てくるたびに、望遠レンズを取りつけたデジタルカメラでその全員の姿を撮影した。同様の行為は、小燕の勤務先と見なされた岩館産業の社員通用口の前でも行われており、青山のスターズ・アンド・ストライプスの分室で被写体となった女性たちの照合作業が行われたのは、午前九時半を過ぎた頃の事だった。

結果はすぐに判明した。

白いシフォンジョーゼットのブラウスに、臙脂《えんじ》のスカート。頭髪はショートカット。歳の頃は三十前後。身長は百六十センチには満たないがスタイルは悪くない。ベージュのパンプスに同色のショルダーバッグ。日本暮らしの長さゆえか、服装はかなり洗練されており、傍目《はため》には外国人であるとは感じられない。

もちろん、二つの監視ポイントで撮影した女性が同一であったことだけで、即座にそれが小燕であると断定したわけではない。退社と同時に社員通用口に姿を見せた彼女を尾行し、午後七時に新宿のレストランに同僚らしき人間たちと入ったのを確認。そこに滞在している間に、彼女のスマートフォンからキュオリシティ社に送られた位置データを元に、その女性が小燕であると断定したのだ。

いま由良は、マンションから二十メートルほど離れた路上に止めたワンボックスカーの後部座席にいる。隣にはキャメロンがおり、ハンドルを握るのは、アジア系の支局員だ。フロントガラスと、運転席、助手席以外のウインドウには全てスモークが貼られ、薄暗い路地にあっては中の様子を窺い知ることはできない。

午後九時十五分。キャメロンの携帯電話が微かに震えた。

レストランを監視しているメンバーからの連絡である。

無言のままそれを耳に押し当てるキャメロン。

「分かった――」

彼は短く答えると、「今、店を出たそうだ」

押し殺した声でいった。

「十分といったところだな」

由良は答えた。

「準備に取り掛かろう」

キャメロンがいった。

由良はシートから腰を上げると、ドアレバーを引いた。電動式のスライドドアが微かな警告音を上げながら静かに開いた。初夏の日差しの余韻を残す路上の熱が車内に流れこんでくる。

路上に降り立った由良は車を離れ、青梅街道に向かって歩き始めた。

路地にほとんど人通りはない。温い大気が頬を撫《な》でる。本来ならば決して不愉快なものではないはずなのだが、チャンスは一度きり。失敗は許されないという緊張のせいか、自然と汗が滲《にじ》み出る体には妙に疎ましく感じる。

青梅街道に出たところで、由良は新宿とは反対方向に進み、路地を監視できる位置にきたところで足を止め、ビルの陰に立った。

ほどなくして街道沿いに建ち並ぶ店から漏れる明かりの中に、白いブラウスを着た女性の姿が浮かんだ。

小燕だ。

彼女は心地よい初夏の宵を楽しむかのような足取りで、新宿方向からこちらに向かって歩いてくると、由良が出てきたばかりの路地に入る。

それを確認したところで、由良はその跡を追った。小燕との距離はおよそ十メートルほどか。

悪くない。

小燕は道の左側を歩いている。その先には、街灯の薄明かりの中に停車するワンボックスカーがいる。

間違いなく、キャメロンはその姿を確認し、準備に入っているはずだが、それでも最後にコールするのが予め決めた手順である。

由良は携帯電話を取り出すと、キャメロンの番号に向かって発信し、一度呼び出し音が鳴ったことを確認しすぐに回線を切った。

途中、一人の通行人とすれ違ったが、特に不審を抱かれることはなかった。背後を何気なく窺う。人の気配はない。

由良は足を速めた。

小燕と車との距離がどんどん近づいてくる。同時に、由良と彼女の距離も短くなる。それが五メートルほどになったのは、ちょうど彼女が車の横を通り過ぎようとした時のことだ。

背後から近づく人の気配を察したのだろう、小燕が後ろを振り向いた。

少し警戒するかのように、表情が硬い。

由良は素知らぬふりを装い、そのまま足を進めると、ワンボックスカーのドアに手を伸ばした。

微かな警報音とともに、ドアがスライドする。

由良が車に乗り込むと思ったのだろう、小燕は視線を前に戻すと、警戒する様子もなく、そのままの足取りで前に進む。

車の中で待機しているキャメロンが、小燕に視線を向けたままドア口ににじり寄る。

ハイブリッド仕様のワンボックスカーが、音もなく動き始める。

由良は乗り込まなかった。車と同じ速度で、開いたままのドアの後方に立って同じ速度で小燕を追った。車の動く気配が、背後から忍び寄る足音をかき消す。小燕は由良が忍び寄るのに気がつかない。

車のフロントグリルが横にきたところで、彼女は反射的に視線を向けた。

その瞬間、開いたドアからキャメロンの腕が伸びた。その手に握られている銃のような物体は、ワイヤー式のテーザーである。ガスによって放たれる針は、ほとんど無音で、人体に突き刺さった瞬間、本体から百万ボルトの電流が流れ、一瞬にして人体を麻痺《まひ》させる。

パシッ――。

薄暗い路上に、鈍い音が響いた。

小燕の体が硬直する。声を上げる暇もない。すかさず背後に忍び寄っていた由良はその体を抱え、車内に小燕を押し込んだ。

それはものの数秒とかからぬ早業で、由良が彼女と共に車内に乗り込んだ瞬間、運転席にいた男が後部ドアを閉めた。

再び警報音が鳴る中で、キャメロンが後ろの気配を窺いながら、

「誰にも見られなかったな」

運転席に向かって問い掛けた。

「確認できる範囲ではね」

男が答えた。

「出せ。急ぐな。ゆっくり――」

キャメロンがいった。

テーザーの効果は短い。小燕はすぐに息を吹き返し、恐怖に満たされた目を見開き、

由良、キャメロンの顔を交互に見た。

「悪かったな。手荒な真似をして――」

由良は静かに声をかけると、背中に突き刺さったテーザーの針を抜いた。

「あなたたち誰……」

小燕は震える声で訊ねてきた。「どうして私を……」

「君たちが、美しい国と称賛する名前をつけてくれた国の人間だよ。劉小燕――」

由良は敢《あ》えて中国語でいった。

「美国《メイグオ》！」

小燕は氏名を否定しなかった。

顔を引き攣《つ》らせながら、中国語で喉から声を絞り出した。ただでさえ白くなっていた顔から、さらに血の気が失《う》せていく。

「どういうこと――」

小燕は再び中国語で話す。

もはや国籍を改めて訊ねるまでもない。間違いなく彼女は中国人だ。

キャメロンは、小燕のショルダーバッグを探り始めている。

「あなたに訊きたいことがある。劣化ウランのこととかいろいろね」

由良の言葉を聞いた瞬間、小燕は再びテーザーの一撃を食らったように、体を硬直させた。言葉を発することもできないらしい。呆然《ぼうぜん》と虚《うつ》ろな目を宙に向けているだけである。

「あったぞ」

キャメロンが差し出す携帯電話と鍵を受け取りながら、

「部屋の番号は？」

と由良は小燕に訊ねた。

「一〇四――」

暫《しば》しの間を置き、観念したように小燕は答えた。

車は路地を何度か曲がるのを繰り返し、青梅街道に出ようとしている。

「ここで、止めてくれ」

由良はいった。

車が止まった。

「じゃあ、私はここで――」

「じゃあ、分室で――」

キャメロンの言葉に、由良は頷くと、ドアを閉めた。

走り去る車のテールランプが、夜の街に消えて行く。

由良は、手にした携帯電話と鍵をポケットに入れると、バッグを手に小燕のマンションに向かって歩き始めた。

途中で度の入っていない眼鏡をかけ、マスクをし、手にラテックスの手袋をはめる。

玄関に人影はない。鍵を回すとモーターの鈍い稼働音がし、ロックが解除された。

由良は明かりの点《とも》る廊下を歩きながら、天井を窺った。

案の定防犯カメラが設置されていたが、そんなことはどうでもいい。

小燕が突然姿を消せば真っ先に騒ぐのは職場だ。おそらく彼らは警察に届けを出し、そこから大使館へと連絡が行くだろう。そこからの展開は、それこそ小燕が日本に滞在していた目的次第だ。

密命を帯びていたのなら、騒ぎを抑えにかかるだろうし、そうでなければ事件となる。仮にそうなったにしても、捜査の手が自分に及ぶことなどあり得ない。このミッションが終われば、アメリカに戻り暫くの間日本に戻ることはない。

後に残るのは、一人の中国人女性が突然失踪《しっそう》した。その事実だけだ。

由良は一〇四号室の前に立つと、鍵を開けた。

ドアを開けると、女性の部屋特有の化粧品の香りが混じった甘い匂いが流れ出て来る。

後ろ手でドアを閉め、明かりを点す。

部屋は1LDK。狭いキッチンのすぐ先はリビングだ。机の上にノートパソコンがある。それをバッグに入れ、机の引き出しを開けた。

ビンゴ！

旧式の携帯電話があるのを見て、由良は胸の中で喝采《かっさい》の言葉を上げた。

由良はそれをバッグの中に入れると、机の引き出しを次々に開け、中を乱さぬように細心の注意を払いながら他に目ぼしいものがないかを確かめた。

興味を惹《ひ》くような物は、何一つとしてない。隣接する寝室も一応、探りはしたが、そこには衣類や生活用品があるだけで、収集しておくべき物はやはり見つからない。

滞在時間は十五分といったところか。

とにかく、通信機器を回収できただけでも、目的は遂げられたと考えるべきだろう。

由良は部屋に乱れた痕跡《こんせき》が残っていないことを改めて確かめると、玄関に立った。

僅かにドアを開き、隙間から廊下の気配を窺う。外に人影はない。

明かりを消すと、狭い空間が闇に閉ざされる。

さあ、このパソコンと携帯に、どんな記録が残されているか。長い夜になりそうだ——。

由良はドアを開けると、白い光に満たされた廊下に出、ゆっくりと鍵を回した。

6

スターズ・アンド・ストライプスに戻ったのは、午後十時半を少し回った頃のことだった。

地下一階に降り、長い廊下を進んだ一番奥の部屋が、小燕を訊問《じんもん》する場所である。

由良はノックをし、ドアを引き開けた。

窓一つない部屋の中は、蛍光灯の白い光に満たされている。調度品はない。中央に置かれた机を挟んで、それぞれ三つの椅子が置かれているだけだ。

右側の中央の椅子に小燕。向かい合う形で、キャメロンと目の前に録音機とノートを広げたアジア系の支局員が並んで座っている。

由良を見るなりキャメロンが肩を竦《すく》めた。

何の進展もないというサインだが、訊問に素直に応じる工作員などいるはずがない。

「客人にお茶一つ出さないとは、失礼じゃないか。これじゃ、話す気になれんのも当たり前だ」

由良は、手に下げていたプラスチックバッグの中から、缶入りのドリンクを取り出した。「こんなことだろうと思ってね。そこのコンビニで調達してきた」

訊問《じんもん》の方法は様々だ。身体にものをいわせるのもその一つだが、必ずしもそれが望み通りの結果につながるものではない。相手の国情、思想、価値観、それらを総合的に踏まえた上で、最も効果的と思える手段を取ることが肝要なのだ。それに、女性相手にこれ以上手荒な真似をするのはさすがに気が引ける。

「コーヒー？　お茶？　お好きな物を――」

由良は問い掛けた。

小燕は、それには答えず、ぷいと顔を背ける。

襲撃された際こそ動揺の色を露《あらわ》にしたものの、ここに至って落ち着きを取り戻すのは、一般人ではあり得ない。諜報機関に属し、しかるべき訓練を受けていることの証《あかし》である。

由良はキャメロンに目をやった。

「ずっとこんな調子でね」

キャメロンも、そのことに気付いているらしい。左の眉を吊り上げた。

「なるほど。なぜ自分がこんな目に遭っているのか、理由は先刻承知ってわけだ」

由良は微笑んで見せると、「長い夜になりそうだね。劉小燕――」

改めて、ドリンクを押しやった。

小燕は顔を背けたまま、何の反応も示さない。

「警戒しなくともいい。変なものは入っちゃいない。これ以上手荒な真似をするつもりは一切ないからね」

由良は努めて優しく話しかけた。「何か入っていたとしても、君の国の飲み物よりも遥かに安全だ。そうだろ？」

由良はパソコンと携帯電話が入ったバッグを床に置き、キャメロンの右隣の椅子に座った。

あからさまな挑発の言葉に、小燕の眉間《みけん》に浅い皺《しわ》が刻まれる。

「日本で暮らしていれば、私のいっていることの意味が分かるだろ？　君の祖国の社会がいかに油断ならないか。いや、国そのものがあてにならないかを」

由良はさらに小燕を挑発しにかかった。「自ら崩壊していく体制に忠義だてするなんて、馬鹿げているね」

小燕は、また無表情に戻った。

「崩壊するのは、体制だけじゃない。国そのものが駄目になるのは、もはや時間の問題だ。仮にも、日本の水質改善メーカーに勤めてるんだ。いま、中国でどんな現象が起きているか。それが何を意味し、いかなる結末につながるか。君が一番良く知っているはずだ」

由良は、自ら缶コーヒーを手にすると栓を開けた。「中国人はイナゴだね。人間の生存のためには何が重要であるかに思いが巡らず、個の生存のみを考え、いかにして肥え太るかに夢中になって全てを食い尽くす。その後には荒漠とした大地しか残らない。待ち受けているものが種の滅亡であることなど想像できんのだ」

由良は、コーヒーで喉を潤すと、

「愚かな民だ」

小燕を見据えたまま吐き捨ててみせた。

「アメリカ人がよくいうわ」

小燕が初めて反応した。「自国の権益のためならば、他所《よそ》の国の資源を平気で奪う。目的を達成するためなら、どんないいがかりでもつける。無辜《むこ》の民を殺し、国家そのものを破壊することさえ厭《いと》わずにね。そして自国のやり方を常に正当化し、過ちは絶対に認めない。それがアメリカじゃない」

「そう、それがアメリカだ」

由良は、平然といってのけた。「だがね。アメリカは他国を滅ぼすことはあっても、自国を自らの手で滅ぼすような愚は決して犯さない。そこが中国とは決定的に異なる点だ」

小燕が再び口を噤んだ。

由良は続けた。

「君たち中国人が、常に考えているのは、いかに人に先んじて金を摑むか。それだけだ。その目的の前にあっては、ルールも何もあったもんじゃない。平気で嘘もつくし不正も働く。正直に生きるのが馬鹿だといわんばかりにね。その結果、大気、河川は深刻な汚染にみまわれ、飲み水、農業用水に事欠く有り様だ。収穫される作物も汚染物質にまみれ、それがどんな結果に繫がるかを誰もが知っているはずなのに、目先の金に目がくらみ、過ちを認め正そうともしない」

「それは、アメリカや日本、いや世界の先進国が発展途上で経験してきたことだわ」

「その通り。しかし、いずれの国も危機と認識した時点で対策を講じ、問題を克服した。社会もそれを当然のこととして受け入れた。果たして中国に同じことが望めるのかね？」

由良の問い掛けに、

「それは――」

小燕は言葉を濁した。

「渤海《ぼっかい》湾、長江《ちょうこう》、黄河《こうが》、挙げれば切りがないが、今更対策を施したところで手遅れなのは、君だって承知のはずだ。第一、対策を講じようにも、役人がよってたかって金を懐に入れて私腹を肥やすんだ。環境が改善されるのが先か、人が住めなくなるのが先かじゃない。住めなくなるまでのカウントダウンは既に始まってるんだ」

小燕がそっぽを向いた。

「それを誰よりもよく知っているのが、君たちの指導者さ。子供たちを海外に留学させ、その国の国籍を取らせ、汚職で手に入れた莫大な財産を海外に持ち出しているのは何のためだ。もはや、中国に人の住める場所はない。それを察知しているからだろ。国が滅んでも、自分たちだけは他所の国でのうのうと暮らす。人民を既に見捨てていることの証だろう」

絵空事を口にしたわけではない。今や中国の環境汚染は深刻どころの話ではなく、もはやそこにいること自体が生存の危機といえるレベルにまで達しているのは紛れもない事実である。それは、人類が初めて体験する未知の領域に入ったともいえるもので、大気、水、食物と人間が生存するのに必要不可欠な物の全てが重度の汚染にまみれており、全ての生産活動をただちに停止したとしても、健全な環境を取り戻すためには、途方もない年月がかかる。もちろん、金に対して獰猛《どうもう》な執着心を見せる中国人に、過ちを正すという選択などなく、その先にあるものは自滅。つまり、国家の崩壊である。

仮の姿とはいえ、水質改善メーカーに勤務する小燕は、誰よりも今迫りつつある危機を熟知しているはずで、それが証拠に彼女は、何の反論も返しては来ない。

「忠義だてするほどの国かね。任務を果たしたはいいが、国が滅びりゃ帰るところもない。それどころか、その頃、国家の指導者層は、君たち人民を見捨て、安全かつ快適な国にさっさと逃げちまってるんだ。使い捨ての駒とは、いつの世も悲しいものだな」

由良は、笑みを湛えてまた一口コーヒーを飲んだ。

「中国が自滅するというのなら、黙ってその時を待てばいいじゃない。なのに中国のやることなすことにいちいちアメリカが介入するのはなぜ？　中国が自滅することなんてあり得ない。そう思っていることの証じゃないの？」

小燕は少しむきになっていい返してきた。

いい兆しである。

敵対勢力に捕らえられる。工作員にとって、それは任務の失敗を意味する。そして、そうした状況下にあっては沈黙を守ることが、任務の失敗に伴う損害を最小限に止めることにつながり、ひいては己の身を守ることになると教え込まれる。しかし、どんな過酷な訓練を受けた工作員といえども、いざ敵の手に落ちたとなれば沈黙を守ることは困難を極める。なぜなら、訊問を受ける事態に陥ることは、工作員生命の終わりを意味すると同時に、ともすれば命そのものの危機であるからだ。そして、必ずやそこに恐怖が生じ、恐怖は人間を饒舌《じょうぜつ》にする。つまり、会話が成立し始めた時点で勝負は決したも同然といえるのだ。

「それは中国がとんでもない夢想を追い続けている国家だからだよ」

由良はいった。「先が見えている人間は、さっさと逃げ出す準備をしている一方で、繁栄は永遠に続くと信じて疑わない人間たちは、領土拡大への欲望を剝《む》き出しにしている。自国を住めなくするだけならいいさ。だがな、進出すれば、またそこで同じことをやらかす。こんな連中を野放しにしておけば、それこそ世界を滅亡させかねない。アメリカはそこに恐怖を抱いているんだよ」

由良は、敢えて過激な言葉を小燕に投げかけた。

果たして小燕は顔色を変えると、

「アメリカがどれほど立派な国だというの。中国は上から下まで汚職に塗《まみ》れているっていうけど、アメリカだって同じじゃない。ロビイスト、国会議員。金で国を売る人間なんて、ごまんといるのは同じでしょ」

「その通りだ」

由良は、またしてもあっさりと肯定した。「金品を受け取り、他国を利するような行動に出る輩《やから》がいるのは事実さ。だがね、発覚してもそんなものだと放置されるのが中国なら、厳しく罰せられるのがアメリカの社会だ。いや、アメリカだけじゃない。国益を金で売るような行為はどこの国の社会も許しはしないよ。司法も機能していれば、報道の自由を保障されたメディアも存在するからね。そこが、中国とは決定的に異なるところだ。自ら進んで他国を利し、自国を窮地に陥れるような報道をする言論機関は、健全な国家には存在しないのだ。もっとも、この点に関しては、日本は当て嵌まらないようだがね」

小燕の顔が一瞬にして強《こわ》ばった。瞳が二度三度と左右にせわしなく動く。

「毎報新聞の堀越に、劣化ウランの記事を書かせるように仕向けたのは君だろ」

由良はじわりと迫った。

「どうして、私が——」

由良はキャメロンに目配せした。

「君が定期的に堀越と会っていることは把握している。記事が出る直前には堀越と一緒に沖縄に行き、三日間行動を共にしていたこともね——」

キャメロンが口を開いた。「堀越は環境問題を専門にしている記者だ。それに中国に留学経験もある。ましてや、毎報は反米、親中を自他ともに認める新聞社だ。水質改善メーカーに勤務する君にとっては、近づき易い存在だったろうし、世論操作を行うには絶好の人物と映っただろうね」

「劉小燕——」

由良は、改めて名前を口にした。「君は中国の工作員。そうだろ？」

小燕は堅く口を結び、顔から一切の表情を消した。そして暫しの沈黙の後、ふんと鼻を鳴らすと、

「どこで調べたものかは分からないけど、確かに、私は堀越さんと度々会ってもいれば、一緒に沖縄にも行ったわ。だけど、工作員って何のこと？　私はただの民間人。岩館産業の中国法人で採用されて、本社勤務を命じられて日本に赴任している労働者よ。嘘だと思うなら、大使館に身分照会をしてみればいいじゃない。そんな馬鹿馬鹿しい嫌疑で私を拉致するなんて、立派な犯罪行為。それも外交問題に発展しかねない重大事案よ」

今度は一転して舌鋒《ぜっぽう》鋭く捲し立てた。

「一つ、いっておかなければならないことがある」

由良は静かに、しかし断固とした口調でいった。「アメリカは中国と正面切って争うつもりはない。望んでいるのは、現在の関係を維持することだ。もちろん、それでも中国がアジアの覇権を力ずくでものにするというなら断固とした措置を講じざるを得ないが、そうなることを未然に防ぐのが我々の役目でね」

小燕は、だからどうしたとばかりに挑戦的な眼差しを向けてくる。

「我々は、この一件を公にするつもりはない。つまり、君は二度と祖国に戻れない。劉小燕には消えてもらうということだ」

由良は断言した。

「えっ？」

「当たり前だろ。本当に君が工作員でなかったとしたら、おっしゃる通り、今回の一件は外交問題に発展する重大事案だ。アメリカが、しかも第三国で外国人を拉致した。しかも手荒な手段を講じてだ。こんなことが、公になれば、国際社会は許さんからね」

「私をどうするつもり」

小燕の目に、緊張と恐怖の色が浮かぶ。

由良は答える代わりに、黙って小燕の目を見据えた。

「そんなことできるものですか。私が消息を絶てば、職場だって異常に気がつく。失踪届が出されれば、日本の警察が動き――」

小燕はすっかり動揺した様子で、声のトーンを高くする。

「中国人が突然姿をくらますなんて、日本じゃよくある話だ」

「私のマンションには、防犯カメラがある。あなた、私の部屋に入ったんでしょ」

「そんなことは先刻承知さ」

今度は由良が鼻を鳴らした。「もちろん、防犯カメラは私の姿を捉えているだろう。だが、日本の警察を総動員しても、私の正体を突き止めることはできない。なぜか分かるか？」

小燕は、肩を上下させながら噛《か》みつかんばかりの勢いで睨みつけてくる。

「この国から、人知れず姿をくらますことなど簡単な話だからだよ。この空間自体がもはやアメリカなんだ。そして、ここと東京周辺の在日米軍基地との間は、ヘリのシャトル便で結ばれている――」

スターズ・アンド・ストライプスと首都圏近郊の米軍基地との間には、毎日米軍のへリが行き来している。その便を利用すれば誰に気付かれることもなく、横田、厚木へと移動することも可能ならば、そこから先は日々アメリカ本土との間を行き来する軍用機がある。

「君が本当に一般人なら、在日中国人が一人行方をくらましたところで、本国政府は騒ぎはしない。逆に、工作員だとしたら君たちが日本で行おうとしている作戦が発覚したと察するはずだ。それを承知で作戦を強行するほど、中国も馬鹿じゃあるまい。どちらにしても、我々が困ることは何一つとしてありはしないんだよ」

キャメロンが由良の言葉に追い討ちをかける。

「もっとも、中国の反応を探るまでもなく、こいつの中に君の正体が隠されているかもしれんがね」

由良は床に置いたバッグのファスナーを引き開けると、パソコンと携帯電話を取り出した。

小燕の顔に明らかな動揺の色が浮かんだ。

内部に自分の正体に繋がる動かぬ証拠が保管されていることの証だ。

「どうした?」

由良は誘いをかけた。

双方に記録されている内容を分析すれば、小燕の背後関係も分かる。組織の概要も見当がつくには違いない。しかし、作業や裏付け調査に時間がかかる。直接工作任務についている人間の自白ほど効率的なものはない。ここは何としても口を割らせることだ。

小燕は迷っているようだった。己に課せられた任務と自己の保身。その狭間《はざま》で揺れ動いている様が伝わってくる。

「一つ提案がある」

由良はパソコンの電源スイッチに伸ばしかけた手を止めた。「協力してくれるなら、君の身分を保障しよう」

小燕が、視線を上げた。

「アメリカは君に国籍を与え、新しい環境で職を見つけてやる用意がある」

小燕はますます困惑の色を濃くする。

由良は続けた。

「この条件を飲むことが、国を裏切る行為と考えているなら大間違いだ。国家を裏切り、君たち人民から莫大な富を吸い上げているのは、誰でもない。中国の指導者たちだよ。そんな国に忠義だてする必要なんてどこにある」

小燕は視線を落とした。

落ちる――と思った。

由良は迫った。

「去年の中国長者番付に富豪として名を連ねている全人代代表は七十五名。全国政協（全国政治協商会議）委員七十一名。党大会代表七名。二〇〇九年までの過去十年間で、海外に逃亡した共産党幹部一万人。持ち出された金は千二十億ドル。これは、海外の機関が調査したものじゃない。中国の機関が調査し、公表しているだけでもこのあり様だ。公的機関で働く人間が、正当な報酬だけで、どうやったらこれだけの資産を手にできるっていうんだ」

小燕が陥落寸前だと踏んだのだろう。

キャメロンが言葉を継いだ。

「中央委員二百四名のうち、百八十七名の家族、親戚《しんせき》が外国国籍を取得し移住済み。中央委員候補百六十七名中百四十二名が海外拠点を確保、外国国籍を既に取得。あの人口密度の低いオーストラリアで、どんな家を建てたもんかは分からんが、元国家副主席の曾慶紅《そうけいこう》の息子が購入した豪邸は三千二百四十万豪ドルだ」

「江沢民《こうたくみん》、呉邦国《ごほうこく》、趙紫陽《ちょうしよう》、陳雲《ちんうん》、黄華《こうか》、李肇星《りちようせい》、楊潔篪《ようけつち》、次期国家主席と目されている習近平《しゅうきんぺい》。国家の中枢を担ってきた重鎮の子供、あるいは孫はいずれも我が国の大学にご留学だ。しかも、どうやら奨学金を貰《もら》えるほどの頭はないようでね。一年に五万ドルからの高額な授業料がかかる私立大学にだ。いったいどうしたら、こんなことが可能なんだ？　中国がまだまだ躍進するなら、なぜ中国で教育を受けないんだ？　なぜアメリカ国籍を取得し、祖国を捨てるんだ？」

由良はキャメロンと共に、中国の権力者たちの腐敗ぶりをこれでもかというばかりに、突きつけた。

嘘や誇張など一切なしだ。第一、その必要もない。権力は必ず腐敗する。それは、どの国家でもいえることには違いないが、一党独裁の国家にあっては、党の許諾なくしては何事も進まない。いい換えれば、許諾を得さえすれば、事業の成功は約束されたようなもの。莫大な収益を手にすることが、確実となるのだから、その一部を許諾の代償として支払うことなどお安いものだ。

かくして、ありとあらゆる伝手《つて》を辿り、賄賂《わいろ》を支払い、それは下級の官吏から、果ては国家の指導者に至るまで行き渡る。それを正そうにも、監視機能は不正を行っている党にあるのだから、泥棒が泥棒を監視するようなものだ。自浄作用など期待できるはずもない。

それを承知で、国家に忠誠を誓う者は、その恩恵を享受している人間か、民主主義国家を肌で感じたことのない人間のいずれかだ。

その点、小燕は違う。日本で民主主義国家のありようを知り、中国という国を外から見る目も養ったはずだ。これから先の人生を、二つの体制のどちらで過ごすか選べと迫られれば、行き着く結論は決まっている。

小燕が視線を上げた。その眼差しにさっきまでの強さはない。

「腐敗は腐敗を生むものだ。毒を食らい続ければ、必ずや死に至る。人間であろうと国家であろうと、それは変えることのできない運命というものだ。そうじゃないのかね」

由良は静かに告げた。

小燕は暫しの沈黙の後、口を開いた。

「約束は守られるんでしょうね」

「保証する。家族が移住を望めば、しかるべき手段も講じよう」

「証拠は？」

「ない」

由良はあっさりといった。「しかし、国家の役に立つ人間はとことん利用し尽くす。君を生かしておくことが、中国への抑止力になると考えれば、アメリカ国民としての身分を保障することぐらいお安いものだ」

小燕は由良の目を値踏みするように見据えると、黙って頷いた。

「劣化ウランの一件は、君の仕業だね」

由良は訊ねた。

「その通りよ――」

小燕は、溜息交じりに答えた。

「じゃあ、SAMのバッテリーを持ち込もうとしたのは？」

小燕は、目を見開くと身体を硬くした。

「そんなことまで――」

由良は、キャメロンと目を見合わせた。

懸念は現実となった。それも最悪の形でだ。

「君の所属機関は？」

キャメロンが慌てて訊ねた。「この計画は、どの機関が立案したものだ。誰の指令で動いている」

「所属は中国人民解放軍。瀋陽軍区——」

小燕は、ついに正体を明かした。

7

「瀋陽軍区の工作員？」

オコーネルの口からその言葉が出た瞬間、シュワルツは絶句した。

一連の事件の背後に、中国軍の存在がある。それも、瀋陽軍区が動いているとなると、実に厄介な話になるからだ。

「私も最初に東京からの報告を聞いた時には、耳を疑いました。しかし、背後に人民解放軍、それも瀋陽軍区がいるとなると、狙いも含め、全体の構図がよく見えてくるんです」

ケリーが新たに会議に加わった、中国部長のエドワード・リンチに目をやった。

「劉の証言から、ＳＡＭは北朝鮮がかねてより日本に持ち込んでいたパキスタン製のＡｎｚａであることがはっきりしました。瀋陽軍区は北朝鮮と密接な関係にありますし、現体制を支えているのは中国というより人民解放軍、それも瀋陽軍区ですからね。いまだ安定したとはいい難い体制を支えるためには、正恩も瀋陽軍区の力に頼らざるを得ない。その弱みにつけこんで、北を利用し在日米軍の無力化、ひいては排除を目論《もくろ》んだのでしょう」

「狙いは、第一島嶼線の確保。在日米軍基地を排除できないまでも、作戦行動が著しく困難になるような状況を造り上げれば、その隙に乗じて尖閣を一気に占領することが可能になる。それを狙ってのことに違いありません」

オコーネルがリンチの言葉を継いだ。

「体制の維持と、領土拡大の野望……。北、中国双方の利害が一致したというわけか」

シュワルツは呻いた。

「実際、中国が尖閣を手に入れるためには、今が絶好のチャンスなのです」

リンチがいった。「中国があの島を占領する際に取る戦略は、ミスチーフ礁に倣う。つまり、漁民を上陸させ、彼らの保護を名目に海軍が駆けつけ常駐するという展開を取るのが可能性としては最も高いと思われます。しかし、九五年当時と現在とでは、中国の軍事力は比較になりません。軍の現場は増強した軍事力を行使したくて衝突の機会を狙っている。武力行使に出てくる可能性も決して否定はできないのです」

「しかし、先に戦端を開いたのが中国となれば、国際社会の非難を浴びるぞ」

シュワルツは疑問を呈した。

「非難を浴びたところで、中国は困らないと考えているかも知れませんね」

「なぜだ」

「尖閣を武力を以て占領した。それだけで、中国との関係を断てる国が今の世界のどこに存在するでしょう。紛争の当事国である日本にしたって、全面対決という事態に陥れば経済は破綻します。もちろん、それは中国にとってもいえること。危険な賭けには違いありませんが、あの日本が腹を括《くく》れるとはとても思えない。それに中国の場合は、党中央の意向に軍が盲目的に従うとはいい切れませんし、むしろ軍は戦火をまじえたくてしかたがないには違いないのです」

そこが中国の厄介なところなのだ、とシュワルツは内心で舌打ちをした。

人民解放軍を維持するための費用は国家予算から支出されてはいるが、それが全てではない。七つに分けられたそれぞれの軍区が、軍事産業を始めとする様々な事業を傘下に持ち、莫大な収益を上げている。つまり、経済的に自立しているがゆえに、政府も完全に軍をコントロールできない構造になっているのだ。

「日本の自衛隊の軍事力を以てすれば、中国軍を撃破することは十分に可能です。しかし、憲法の制約上、日本は攻撃されるまで手出しはできない。これは、近代戦争において死を意味します。先制攻撃をされた途端に、砲弾が、ミサイルが、間髪を容《い》れず飛んで来る。そして限りなく一〇〇％に近い確率で命中するのです。もちろん、その時点で僚艦が反撃に出る可能性はありますが、それも同時に攻撃を受けることも考えられる。

ならば、自衛隊が改めて態勢を立て直し、全面戦闘を挑むかといえば――」

「こと日本においては、単独では、ない……だろうな」

シュワルツは、首を振った。

「我が国が、安保条約を履行して加勢する確証が得られない限りはね」

とリンチ。

「その通りだ」

「つまり、中国人民解放軍は尖閣を手に入れ、さらに敵国としてきた日本の自衛隊を武力を以て制圧したという事実が残る。これが何に繋がると思います？」

「軍事予算の増強。ひいては、新たな領土拡大への野望……だろうな」

「莫大な軍事予算は、人民解放軍傘下にある軍事産業に流れる。党中央から権力構造の最底辺にいる一般官吏までもが、汚職に塗れているのが中国です。当然軍の高官にも、相応の金が流れるわけです。是が非でも、日本相手に戦争をしたいという思いに駆られるのも当然でしょう。しかも人民解放軍の組織において海軍は、あくまでも陸軍の支援軍種。格下の存在なのです。半島情勢、尖閣をからめて考えれば、瀋陽軍区が今回の作戦の黒幕というのは納得がいく話なのです」

「金の亡者め」

考えるだに虫酸《むしず》が走る。シュワルツは、吐き捨てると続けていった。

「しかし、こちらは工作員を押さえ、言質《げんち》を取ったんだ。もはや、奴らの作戦も絵に描いた餅《もち》だ。中国の狙いが在日米軍基地の無力化にあると分かった以上、作戦の実行は我が国への敵対行為そのもの。工作を中止しなければ断固とした――」

「それは中国が認めればの話です」

オコーネルの深刻な声が遮った。

「どういうことだ」

「確かに、彼女のパソコンに残されていたメールには、劣化ウランが日本に持ち込まれたことを知らせ、バッテリーを送ったと思われる文面が残されていましたし、彼女の証言も得てはいます。しかし、文面の中には、『劣化ウラン』、『バッテリー』という決定的な言葉が使われてはいないのです。そして、発信元を特定するのは、おそらく不可能。分析作業は今も行われていますが、幾重にもプロキシを嚙ませてあるという報告を受けていますし、それに――」

「それに？」

シュワルツは先を促した。

「身柄を確保した工作員は指示の仲介役で、彼女が知っているのはSAMがすでに沖縄に持ち込まれ、実行場所が普天間、そしてターゲットがC－130だということだけ。バッテリーを受け取ったのが、何者なのか、どこに潜伏しているのか、一切分からないというのです。中国語は普通に喋るとはいいますが、それで国籍が断定できるわけでもない――」

「普天間！　あそこでＳＡＭを使うつもりなのか！」

シュワルツは思わず叫んだ。

「米軍に大惨事を起こさせるのが、やつらの狙いです。最大の効果を挙げるとなれば、普天間が最も適した基地には違いありませんからね」

とオコーネル。

「男を特定できるものといえば、バッテリーを運んできたクーリエと接触した際に、成田の防犯カメラに写っていたビデオ映像だけ。東洋系の人間だということは分かっていますが、中国人だとは断定できません。ひょっとすると、北の工作員である可能性も否定できないのです」

「北？」

ケリーが話を戻した。

「ありうる話です」

リンチがいった。「ＳＡＭを日本国内に持ち込んだのが北ならば、中国は北朝鮮のミサイル開発に初期のテポドンの段階から深く関与してきましたからね。ノドンの技術はスカッドを転用したものですが、パーツは中国が提供したものですし、発射試験の際に、人民解放軍の副参謀長が立ち会っていたことも確認されています。彼の所属が瀋陽軍区なら、経済制裁が発令された後も、北に物資を供給し続けているのは瀋陽軍区。つまり、北の生命線は瀋陽軍区に握られ、彼らの意向には正恩も従わざるを得ない――」

「絵を描いたのは中国でも、実行するのが北なら、事が発覚しても無関係を装っていられるというわけか」

シュワルツは呻いた。ケリーが続ける。

「北はすでに極東においては孤立した存在になりつつあります。失うものはなにもありません。それどころか、在日米軍を無力化できれば、半島における北の優位性は確実に増します。核の小型化に成功すれば、韓国、いや日本にとっても大変な脅威になる。もちろん、中国共産党中央は北に対して強硬な姿勢を示すでしょうが、瀋陽軍区がそれに同調するとは思えません。むしろ、支援を続けることで、北に対する自分たちの影響力を高めようとするでしょう。その点でも北と瀋陽軍区の利害は一致するわけです」

「しかし、それならなぜ指令の仲介役に、瀋陽軍区の工作員を？」

「タイミングの問題ではないでしょうか」

シュワルツの問い掛けに、反応したのはオコーネルである。「SAMを使うのを念頭に置いているなら、日本の世論が最も過敏に反応する時を狙うでしょうからね。その第一段階が、劣化ウランの報道。おそらくその効果を見定めて、ここぞというタイミングでSAMを用いる。そう考えているのではないでしょうか」

その読みは外れてはいまい。

「日本での報道はどうなっている」

シュワルツはオコーネルに向かって訊ねた。

「どのメディアもトップニュースで報じていることは相変わらずです。特に沖縄の在日米軍基地にはデモ隊が押しかけて大変な騒ぎになっています。しかし、メディアの中には、劣化ウランが米軍から流出したものであることは間違いないにしても、遥か昔に使われなくなった代物が、なぜいまに至って出てきたのか。僅かながらも、流出元を疑問視する論調もでてきています」

「在日米軍は、該当部品がフィリピンで墜落した機体のものであることを公表するつもりはないのか」

シュワルツは声が苛立つのを覚えながらいった。

「公表したところで、どれほどの効果があるか――。頭から疑ってかかっているメディアは、管理記録の信憑《しんぴょう》性をとことん疑問視するに決まってます」

「当分騒ぎは収まらないというわけか」

「ええ――」

オコーネルは声を落とした。

「しかし、工作員の身柄をこちらが押さえたと察知すれば、北だろうが瀋陽軍区だろうが、作戦を中断せざるを得なくなるんじゃないか。特に中国にとっては、たとえ瀋陽軍区の独断で行われたことだとしても、我々がすでに知り得た事実を公開すれば、国際世論の糾弾は免れない。その時矢面に立たされるのは党中央だ。外交ルートを通じて――

―」

「それは得策ではないと考えます」

ケリーがシュワルツの言葉を遮って、断固とした口調で異を唱えた。

「なぜだね」

「作戦を中断させるのは、当面の事態を打開する上では有効な手段とはいえますが、根本的な問題を解決することにはならないからです」

「根本的な問題？」

シュワルツは問い返した。

「SAMです」

ケリーは即座に答える。「こいつを排除しない限り、いつ使われるか分からない状態が続くんです。それは在日米軍が、潜在的脅威に怯《おび》え続けなければならないことを意味します」

「しかし、日本国内に持ち込まれているSAMは、何もこれ一基だけとは限らんじゃないか」

「それでも排除する意味はあると思います」

オコーネルがいった。「素知らぬふりを装って、彼らの目論見を潰《つぶ》す。それが、我々の情報網の緻密《ちみつ》さと、実行力の高さを中国に知らしめることになる。ひいては、次の行動への抑止力に繋がるのではないでしょうか。つまり、背後関係も含め、作戦の全容も、こちらは何もかもお見通しだと――」

それも一理あると、シュワルツは思った。

オコーネルのいう実行力の高さが何を意味するかは明らかだ。ＳＡＭを所持しながら潜伏する実行役の工作員を探し当て、無力化するということだ。そして、何も黙して語らぬ方が、確かに中国が覚えるプレッシャーはより大きなものになるには違いない。

しかし、問題はその方法だ。

「どうやって？」

シュワルツはいった。

「相手が姿を見せないならば、出てくるように仕向ければいいのです」

ケリーは身を乗り出すと、声を潜めた。「工作員は沖縄に潜伏しながら、指令がくるのをじっと待っているんです。大事なＳＡＭと一緒にね。そして、おそらくはこれまでの間にＳＡＭの発射に最も適した場所を探し回ってもいるはずです。普天間の周囲は市街地。携帯式とはいえＳＡＭのような代物を人目につかぬように搬送し、発射まで行える場所はそう多くはありません。ポイントは絞られます」

「指令の仲介役が、我々の手に落ちたことを中国はまだ知らないはずです。彼女の携帯から実行役の工作員に偽の指令を送る。そうすれば、必ずヤツは動き出す」

オコーネルが続けた。

「しかし、そいつを捕らえることに失敗し、ＳＡＭを発射されたら――」

「そんなご心配は無用でしょう」

ケリーがすかさず答える。

「なぜだ」

「飛ばさなきゃいいんです」

ケリーは薄笑いを浮かべると、きっぱりといい放った。「発射指令は、劉を介して送られてくる。その時点から、そいつを排除するまで、普天間へのC－130の離着陸の一切を停止する。SAMは空中の航空機を撃墜するもの。目標が飛ばぬことには落とせませんからね。つまり、工作員は発射ポイントでSAMを抱えたままじっとその時を待つしかない――」

なるほど、確かに悪くないアイデアだ。民間の飛行場と違って、基地における運航スケジュールは日々変化する。常に航空機が離着陸しているわけではないのだ。何時間もの間、ほとんど離着陸が行われない日だって珍しくはない。

「いいだろう。それで行こう」

シュワルツは、ケリーの目を見据えると大きく頷いた。

第八章

1

決行の場所を決めなければならなかった。

そもそもがSAMは携行式の地対空ミサイルである。場所を選ばぬのがこの武器の最大の特性で、単に米軍機を撃墜するだけなら簡単な話だ。しかし、普天間を離陸した直後のC－130を撃墜するとなると、到底解決不可能な問題を抱えることになる。

Anzaのミサイルは、射程距離五千メートル、最高高度四千メートルに達する性能がある。当然、射出時に発生するエネルギー量は膨大なもので、凄《すさ》まじい音が発生する。これればかりはどうしようもない。

最大の効果を狙う限り、周囲の人間に気づかれることを覚悟しなければならない。

そう腹を括《くく》ると、次に取るべき行動が見えてくる。

第一に考えなければならないのは、発射後の逃走方法だ。外で、発射すれば何を行ったか目撃者には一目瞭然《りょうぜん》、自分がミサイルを発射し、C－130を撃墜するまでの一部始終を見られてしまう。しかし、これが室内となれば話は違ってくる。

突然の爆発音。おそらく、周辺の住民はガス爆発かその類《たぐ》いの事故が起きたと考えるだろう。当然、住宅密集地なら、家々から住民が飛び出し、状況把握に努めようとする。

さて、問題はそれからだ。

通常、人間の行動原理からして、爆発があったと思《おぼ》しき地点にいる人間の身柄の確保には出ない。周辺の被害状況、怪我人の有無。そして原因の詮索《せんさく》を行う。当然、中には直ちに消防署、あるいは警察に通報する人間も出るだろう。しかし、当事者がその場から姿を消すことは、まず想像しない。

そこに現場を離れる隙が生じる。

まして、発射直後に空中でC－130への命中音が轟《とどろ》き、さらに市街地に墜落。その際には、地上への激突音とともに燃料が爆発的に燃え上がる凄まじい音が大気を揺るがし、巨大な火球と黒煙が噴き上がる。そうなれば、最初に聞こえた音の正体を突き止めるどころの話ではない。

人々の注意が惨劇に釘付《くぎづ》け、街は大混乱に陥る。消防、警察、軍の緊急車両が、一斉に現場に向かう。爆発事故程度の些細《ささい》な『事故』に駆けつける人員を、そう多く割けるはずがない。その間にアジトに戻り身を隠すのだ。

逃走手段は自転車がいいだろう。自動車やバイクはナンバーを記憶される恐れがある。第一、市内の道路は、現場に駆けつける緊急車両、米軍車両で動きがとれない状況に陥るに決まってる。

撃墜後暫《しばら》くの間は、那覇空港は閉鎖となるかも知れない。しかし、それも長くは続かない。何しろ沖縄は、日本有数の観光地だ。東南アジアからの観光客も多い。空港を閉鎖すれば、膨大な数の旅行者が足止めを食らう。すでにチェックアウトを済ませた観光客の宿泊施設への案内。延泊の費用。それが確保できずに、空港で足止めを食らう人間も数多く出るはずだ。新たにやってくる観光客も島に入ってこられないでは、どう考えても、空港の閉鎖など二日とできまい。

事故現場の検証作業が終わらぬうちに、空港は必ず再開される。そこで沖縄を出てしまえば、日本を離れるまでは僅《わず》かな時間だ。捜査の手が延びぬうちに、日本を脱出するのは難しい話ではない。

劣化ウランを毎報新聞社に送りつけた直後から、夜な夜な街を彷徨《さまよ》ったのは、作戦を成し遂げるために最適な条件にある場所を確保するためだ。

その夜、男は宜野湾の繁華街にある、『ブラック・シープ』というバーに向かった。

焼き目が入った板張りの外壁に窓はない。ドアもやはり木製で、丸い巨大な角が生えた羊の頭部を模したレプリカがダウンライトにぽっかりと浮かび上がる。その口に銜《くわ》えた小さな銀のプレートに、アルファベットで店名が記してある。

基地の周辺にある米兵相手の店には、似たような外観のバーも少なくはないが、『ブラック・シープ』は特殊な店だ。ここに集まる客は、男性の同性愛者と限られている。

それも大抵が、日本人である。

この店に集まる客の目的は一つ。一夜限りの相手を探すためだ。目的がそこにあるとなれば、頭の中は欲望を処理することでいっぱいだ。初対面だろうがお構いなし。黙っていても、次から次へと話しかけてくる男は後を絶たない。相手の素性はともかく、住んでいる場所、居住環境を会話の中から探り出すのは簡単なことだった。

ドアを開けた途端、中から黒人特有の訛《なま》りのある英語がリズムを刻むラップが耳を聾《ろう》した。

「いらっしゃ〜い」

既に顔馴染《なじ》みになったマスターが声をかけてきた。

男はそれに片手を上げて答えると、カウンターを通り過ぎざまに、「ペリエ。ライムを入れて──」とドリンクを注文し、奥のボックス席に向かった。

基本的にはバーだが、ここに集う男たちの目的は出会いの後にある。アルコールを摂取したのでは、感度が鈍るのか、ソフトドリンクを注文する客は珍しくはない。それも利点の一つだ。

店は二十人ばかりの客で、賑《にぎ》わっていた。肩を寄り添わせ、耳元で囁《ささや》くようにして会話を交わす者。そっと、腰に手を回しているカップルさえいる。

身を売ることを専門にする男はこの店にはいない。あくまでも、同好の士が集う店であることは、すでに確かめてある。

ボックス席に、入り口に立った時点から、ずっとこちらに視線を送っていた男がいる。会うのは今夜が二度目。年齢は三十を超えてはいまい。ジーンズに黒いTシャツ。ぴっちりと肌に貼り付いたシャツに、筋肉のラインが浮かんでいる。

ここではフルネームを名乗らないのが常だ。名前は「ジョージ」とだけしか知らないが、沖縄に住み着いて二年。普段はホテルで働いており、週に二度ほどこの店に現れるのだといった。

住まいは普天間基地の東側の丘陵の中腹にあるアパートで、もちろん一人暮らしをしており、部屋からは基地の全容が良く見えるということも、初対面の際の会話の中から聞き出していた。

「こんばんは」

男はジョージに歩み寄ると、笑みを湛《たた》えながら話しかけた。「ここ、座ってもいい？」

ジョージは少し、意外な顔をしながら頷《うなず》いた。

それには、少しばかりの理由がある。

初対面の際に、会話が弾んだにもかかわらず、ジョージの誘いを断ったからだ。端《はな》から相手にされなかったというならまだしも、散々時間を費やし、いけると踏んだ途端にふられたのだ。さぞや、屈辱的な思いをしただろう。二度と自分に興味を示さぬとも思ったろう。それが、ふられた相手から、声をかけられたのだ。

「この間のように時間潰《つぶ》しならご免だよ。話し相手を求めるために、ここに来てるわけじゃないんだ」

ジョージはその気があるんだろうなとばかりに、念を押す。

「本当のことというと、俺、こういう場所に来るのは初めてだったんだ。いざ、知らない人を相手にすると思うと、怖くなっちゃって――」

男は初心《うぶ》を装った。

それが、ジョージの欲望を擽《くすぐ》ったらしい。一転して、笑みを浮かべると、

「何だ、そうだったのか。俺は、てっきりふられちまったかと――」

優しい声で、目を輝かせた。

「あんまり経験がないんだ。男に興味があるってことは、随分前から気がついていたけど、本当に経験してから日が浅いもんで――」

男は、意図的に視線を逸《そ》らし、俯《うつむ》いた。

ライムが浮いたペリエが運ばれて来る。

ジョージの前には、コーラが置かれている。

二人は乾杯を交わした。グラスに口を付ける間に、ジョージの手が腰にかかり、まるで肉の質感を確かめるかのように背中を撫《な》で上げる。

「俺、高校の頃から、この道一筋でさ。任せておけば、心配ないから。それにどっちの役もこなせるし――」

話は、それからお互いの嗜《し》好《こう》へと変わった。

男に男色の趣味はない。尻《しり》を背中を撫で回される度に、背筋に悪寒が走ったが、それも今暫くの我慢だ。

「出ようか――」

頃合いは良しと見たのか、ジョージが耳元で囁いた。

「どこでするの？」

「ホテル。すぐこの近くにある――」

「ホテルは厭《いや》だな」

「どうして？」

「こんなことというと、嫌われるかもしれないけど、俺、相手の体臭が感じられるベッドが好きなんだ。一つになってる。それが興奮を高めるっていうのかな。強い一体感を感じられるんだ」

男は、そこで顔を上げると、「できれば、君の部屋で――」

ねだるようにいった。

指令が来る前に、発射場所を決定しておかなければならない。そのためには、事前の下見が必要不可欠だ。

男の狙いはそこにあった。

ジョージは、考えているようだった。

自宅に初対面に等しい男を連れ込むことへの抵抗感もあったろう。人を招き入れるには、部屋が片づいてはいなかったのかもしれない。あるいは、行為の気配を隣人に悟られるとでも思ったのか。

しかし、断るわけがないと男は確信していた。

すでに、ジョージの頭の中は、欲望を処理することでいっぱいのはずだ。拒めば、せっかく手にしかけた獲物が逃げる。前回に続いて、二度もそんな目に遭うなんて、耐えられるはずがない。

「いいよ。じゃあ、俺の部屋においでよ」

ジョージは同意した。

とその時だった。

「みんなあ〜。ちょっと集まってえ」

マスターの声が店内に響いた。店内に渦を巻いていたラップが一転して、誕生日を祝うバースデイソングに変わった。

「ヨウちゃんが、お誕生日なんだって。みんなでお祝いしてあげて」

カウンターの上にはケーキが用意されている。その上に立てた蠟燭《ろうそく》に火が灯《とも》された。

「みんなヨウちゃんを囲んで」

男色愛好者に混じって、バースデイソングを歌うなど、馬鹿馬鹿しいことこのうえないが、これも任務達成のためだ。

男は輪に入って、手を叩《たた》きながらバースデイソングを口ずさむ。

瞬間、閃光《せんこう》が目を射った。

「もう一枚いくわよ」

マスターが写真を撮り始めたのだ。

想定外のできごとだった。まさか、ここで写真を撮られるとは――。

慌てる間に、再びフラッシュが光った。

これから、起こることを考えれば、ジョージと二人でいたことが、客観的な証拠として残ってしまうのは、実にまずい。犯行が発覚すれば、彼の行動は全て洗われる。この写真がきっかけとなり、ここに写った全員が捜査対象となることは間違いないのだ。

しかし、男は思いなおした。

だとしても、どうなる。

この写真の存在を察知するまでには、かなりの時間を要するだろう。第一、その頃には、日本の捜査当局の手の届かぬところに脱出しているはずなのだ。

儀式が終わったところで、男はジョージと共に店を出た。

ジョージはタクシーを拾うつもりであったらしいが、男が近くの駐車場に車を止めていることを告げると、それで自宅に向かうことに同意した。

「家の前には空き地があってさ、車は止め放題なんだ」

これも好都合だった。

ジョージの自宅は、店から十分もかからぬところにあった。

普天間基地が一望に見渡せる、斜面の中ほどの古い二階建てのアパートだ。周囲は鬱《うっ》蒼《そう》とした葉を宿した大木で囲まれており、丘の上方に建つ家々からは、完全な死角となっている。

理想的な条件だった。場所は決まったと思った。

しかし、こうなると問題はジョージの誘いをどうするかだ。

尻を貸すつもりなどありはしない。竿《さお》をしゃぶるなんてまっぴらだ。かといって、行為を拒めばこの場所は使えなくなる。

こうなれば、こちらから司令部に作戦の実行を促してみるのも手かもしれない、と男は思った。

どうせ決行前には、邪魔者は始末する予定だったのだ。それに際しての準備も終えてある。第一、作戦は最終段階にまで来ているのだ。司令部がそれでも決行指令を出さなければ、場所の選定を改めてやり直さなければならない。すでに機は熟している。彼らが決行を躊躇《ちゅうちょ》するとは思えない。

「古いアパートで申し訳ないね」

ジョージがいった。

「いいところじゃない。眺めはいいし。結構人気の物件なんじゃない」

「暗いからそう見えるだけさ。基地を発着する飛行機の騒音は酷《ひど》いし、建ってからかなり経った物件だからね。安いのが唯一の取り柄。部屋だって半分ほどしか埋まっちゃいないよ」

「借りてるのは学生？　それとも君のような単身者？」

「良くは分からないけど、全員独り者だよ。だから昼になると、人っ子一人いなくなる」

　ジョージは暗がりの中で、薄く笑った。

　まさに理想的な条件だ。あとは、こいつを始末すれば、準備は完全に整う。

　男は頬の肉が弛緩《しかん》していくのを感じながら、

「今日は、ゆっくりしていってもいいのかな」

と訊《たず》ねた。「明日仕事じゃ、あまり長い時間は——」

「明日、明後日は、休みさ。だから心配しなくていい。泊まっていきなよ」

　ジョージはこれから始まる行為に思いを馳《は》せるかのように、潤んだ眼差《まなざ》しを向けて来る。

　ドアが開いた。

　ジョージが先に車を降りる。彼がいったように、玄関の前は空き地になっており、住人のものと思しき軽乗用車が数台止まっている。

　男は、ドアの内側のポケットに入れておいた、ハンティングナイフを手に取った。それを、無造作に背中のベルトの部分に差し込む。

　ジョージはアパートのドアを開け、明かりを点《とも》す。

蛍光灯の光の中に、部屋の様子が露《あらわ》になる。

部屋は1Kだった。四畳半ほどの広さのキッチン。その隣に、トイレとバスルームがある。リビングの広さは八畳ほどか。窓の一キロ先ほどに誘導灯に彩られた普天間基地が見える。

室内からSAMを発射するとなると、最大の問題はバックファイヤーだが、キッチンとリビングを仕切る引き戸、それに玄関のドアを開け放てばそれも何とかなるかもしれない。

不意にジョージが、正面に立った。

目にたぎるような欲望の色が浮かんでいる。早くも行為を始めようとしているのだ。

「シャワーを浴びてからにしないか」

男はいった。

「相手の体臭を感じながらの方が、燃えるんじゃなかったのか」

「それに石鹸《せっけん》の匂いが混じると尚更――。二つのギャップが堪《たま》らないんだよ」

しょうがないなとばかりに、ジョージは肩を竦《すく》めながら苦笑いを浮かべた。

「じゃあ、一緒に――」

ジョージは囁くと、先に立ってバスルームに向かった。

脱衣場でジョージがTシャツを脱ぐ。しなやかな筋肉で覆われた上半身が露になる。

男は、背後から抱きついた。背後から首筋に手を回し、一方の手で胴回りを抑える。

「ここで、始めるのか？」

それも悪くないとばかりのジョージの口調。

「我慢できなくなった――」

男は耳元で囁きながら、首筋に回していた右手を腰にやると、ハンティングナイフを引き抜いた。腰に回した左手を解き、ジョージの頭髪をぐいと掴《つか》んだ。同時にバスルームを足で蹴《け》り開けると、彼の身体を押し込みながら、ハンティングナイフを喉元《のどもと》に当て、一気に引いた。同時に、ジョージの身体をバスタブの中に、思い切り蹴り込む。

気管から息が抜ける音が聞こえた。動脈を切断したのか、夥《おびただ》しい血液が噴水のように噴き出す。

バスタブの中で、横向きになったジョージが、信じられないものをみるような目で男を見る。

しかし、それも長くは続かなかった。顔色が徐々に白くなっていく。噴出する血の勢いが、弱まっていく。タイル貼りのバスルームの壁は、どこも血しぶきに塗《まみ》れている。

バスタブの中が鮮血で染まり、その中のジョージの肌がやけに白く見えた。

完全に、ジョージが息絶えたのを確認した男は、次の作業に取り掛かった。

まず最初に行ったのが、血塗れになったバスルームの洗浄だ。

最大限に温度を上げた湯で、壁を床を洗い流す。バスタブの中に溜《た》まった血液も同じだ。それに要した時間は三十分ほどか。それを終えたところで、事前にホームセンターで購入し、車の荷台に積んでおいた園芸用の土を部屋に運び込んだ。全部で八袋。セメント袋と同じほどの大きさがある代物だ。それをジョージの死体が入ったバスタブの中に次々と放り込む。全てを投入し終えると、バスタブは完全に土で埋め尽くされ、ジョージの死体は見えなくなった。

いかに、空調をフル稼働させたところで、死の直後から腐敗は始まる。その時間題になるのが、腐臭である。それを防ぐ最も効果的な方法は、死体を土で覆い尽くすことだ。環境によって誤差は生じるが、腐敗の速度は空気中、水中、土中で異なり、おおよそ一対二対八の割合で遅くなる。

バスルームに目張りを施せば、一週間やそこらは、腐臭が周囲に漂うことを防ぐことができるはずだ。目的を達成するためには、十分過ぎる時間だ。

男は、首尾に満足すると、最後にワンボックスの荷台から、Ａｎｚａが入ったジュラルミンのケースを部屋の中に運び込んだ。

窓の外には、誘導灯が灯る普天間基地が広がっている。

男は、作戦の成功を確信すると、部屋の電気を消し、車に取って返すと、真栄原にあるアジトへ戻った。

2

東京の空に、ヘリの姿を見るのは珍しい話ではない。

しかし、ビルが密集する都心の一角に日常的に離着陸を許されているのは米軍だけだ。

エンジン音とブレードが大気を切り裂く鼓動が南の空から轟いてきたかと思うと、六本木ヒルズよりも低い高度で機影が現れ、それはスターズ・アンド・ストライプスに併設されたヘリポートにふわりと舞い降りた。グレーに塗られた機体には、米空軍に所属するものであることが明確に記されてある。

時刻は、午前七時を少し回った辺りだ。

いつもなら、この連絡便には、アメリカ大使館を訪ねる人員や、軍関係者が同乗してくるのだが、この日ばかりは様子が違った。由良を始めとするCIAの要員、それに小燕を横田基地へと運ぶのが任務である。

ヘリはエンジンの出力を落とし、ブレードを一定の速度で回転させたまま待機する。胴体側面のドアが引き開けられると、搭乗員が腕を振って手招きをした。

頭上から吹きつけるダウンウォッシュの中を、由良は腰をかがめヘリめがけて小走りに駆けた。キャメロンが、そして小燕の腕を摑んだ東洋系の支局員がそれに続いた。

ヘリの機内には、操縦席とは別に、前後二列になったシートが設けられている。

由良は、後部シートに席を取った。キャメロンが並んで座り、小燕と東洋系の支局員は前部の席だ。

機内に四人が乗り込んだところで、ヘリのドアが閉められた。搭乗員がレシーバーを渡してくる。

それを装着し終えた直後、エンジンの出力が上がる気配がし、激しい振動と共に機体が宙に舞った。

四角い窓の下に都心の街が広がる。ヘリが急速に旋回し南に針路を取ると、窓の外は、まだ角度が浅い朝の光を壁面に反射する六本木ヒルズに埋め尽くされる。しかし、それも一瞬のことで、ヘリは前のめりになった姿勢を保ちながら、徐々に高度を上げて行く。

「いよいよだな――」

頭上から爆音が響く機内で、キャメロンはレシーバーを僅かに外し声をかけてきた。

「しかし、難しい任務になりそうだ」

これだけの騒音の中である。前に座る小燕に会話を聞かれるおそれはない。

「やつを無力化しろ。それが命令だからな」

由良はマクレーンの指令を脳裏に浮かべながらいった。

「人を殺したことは？」

キャメロンレベルの人間に、工作員の詳細な経歴が知らされないのは不思議な話ではない。

目の前にいる男が、殺人罪で終身刑を食らい、サン・クエンティンに服役していたことを知ったなら、さぞや腰を抜かさんばかりに驚くだろうと思いながら、由良は薄く笑ってみせ、

「そんなことは心配しなくていい」

首を振った。「SAMを使うには、人目につかない場所を選ぶだろうが、発射して逃げる算段にも目処《めど》をつけているはずだ。まして、ミサイルが命中した直後から、現場周辺は大混乱に陥る。その隙に姿をくらませばいいだけだとも考えているだろう。しかし、我々は違う。事前にやつを始末し、誰にも気付かれないうちに、密《ひそ》かに死体を処理しなけりゃならないんだ。むしろ、そっちの方が難易度は遥《はる》かに高いね」

「マクレーンが支援チームを差し向けたのは、それを考えてのことだ。いかに米軍基地が傍にあるとはいっても、明らかに外国人と分かる人間が、普段人気のない場所をうろうろしていたんじゃ不審に思われるに決まってる」

由良がSAM発射阻止オペレーションの中心的役割を担うことに変わりはないが、事は在日米軍基地、ひいては極東地域の安定に関わる事態に発展しているのだ。作戦の重要性、ましてや物理的に敵を排除するという任務の内容を考えれば、日本支局の人員だけでは対処できないのは明白である。

そこで、マクレーンは急遽《きゅうきょ》CIAの非公然活動を担当する準軍事組織、SAD（特別活動部）に所属する要員を沖縄に派遣することを決断したのだ。

「その支援チームというのも問題だね」

由良はいった。「訓練は積んでいるんだろうが、俺たちとは初めて作戦を共にするんだ。それも失敗は許されない。コミュニケーションの問題もあれば、十分に周辺状況を把握する時間だってあるかどうか……」

「少なくとも、その心配はないな」

今度はキャメロンが薄く笑った。「SADの人間は、全て軍の特殊部隊の出身者だ。今回派遣されるメンバーは、全員が沖縄駐留経験者。それも、対北工作の場合に備えて特殊な訓練を受けてきた、日系、韓国系アメリカ人ばかりを選抜した。外見もひと目で外国人だとは分からんし、こと沖縄に関しては、ひょっとすると君以上に明るいかもしれんよ」

「それは何とも心強いことだ」

由良は肩を竦め、「しかし、場所がどこであろうと実行場所は普天間近辺。市街地に隣接していることは間違いないんだ。使える武器には制限があるな」

と返した。

「もちろん派遣されて来るメンバーの中には、スナイパーの訓練を受けた者がいるはずだが、あんなでかい銃を持ってうろつくわけにはいかんからな。離れた場所から、密かに狙撃《そげき》して一瞬で片をつけるのが手っ取り早いんだが、状況が許すかどうかだ」

「こちらが待ち伏せをして狙撃できるような場所を、やつがSAMの発射場所に選んでくれるなら事は簡単に済むんだが――」

敵を倒すことに抵抗を覚えたわけじゃない。どんな仕事でも、簡単に終えるに越したことはないからいったのだ。

「それは、まず望めんだろうな」

キャメロンは首を振った。「発射の場所は、人目につかないところ。つまり周囲の視線から隔絶された環境を選ぶだろう。遠距離からの狙撃となれば、遮蔽物《しゃへいぶつ》が障害になる。かといって近づけば、気づかれる。それに、サプレッサー（消音器）を装着しても、狙撃銃の銃声はかなりでかい。サブマシンガンも同じだ。いずれにしても、市街地の近辺でそんなものをぶっ放そうものなら、嫌でも人の耳目をひいてしまう」

「密かに接近し、倒すしかないというわけか」

「拳銃《けんじゅう》が精々だ」

キャメロンは断じると、「こいつを使うことになるかもな――」

膝《ひざ》の上に載せていたケースを開けた。

ウレタンのクッションの中に収まっているのは、サプレッサーを組み込んだアンフィビアンSスタームルガーMk2である。全長三百三十七ミリ、装弾数はマガジンに十発。チャンバー内に一発。二十二口径は殺傷能力としては決して高いとはいえないが、こと殺すことが目的となれば、肝心なのは命中箇所だ。急所を捉《とら》えれば、威力の強弱に関係なく、どんな銃でも目的は果たすことができる。何よりも、銃声の消音効果という点において、この銃が極めて優れていることは間違いない。

何しろ、射撃時にはボルトの稼働音以外に聞こえないといっても過言ではないのだ。それがこの銃が特殊任務につく機関で広く使われる所以《ゆえん》でもあるのだが、問題は遠距離での射撃には適さないということと、拳銃の命中率は決して高いものではないという点にある。つまり、この銃を使って仕留める、それも確実にというなら、限りなく敵に近づかなければならない。

「射撃に自信は？」

キャメロンが訊ねてきた。

「悪くはないが、状況次第だね。実戦、ましてや撃ち合いは経験したことがないからな」

由良は正直に答えた。

実際、ＣＩＡでの訓練では、的の中央に着弾を全て集められるほどの腕を身につけてはいるものの、それは距離が限られていて、射撃に集中できるシューティングレンジにおいてのことだ。実戦、ましてや万が一にも敵が銃を所持していて、撃ち合いにでもなれば命中率は格段に落ちる。

「撃ち合いはまずい」

キャメロンは眉間《みけん》に皺《しわ》を刻んだ。「事が公になれば、日米は対抗措置を鮮明に打ち出さなければならなくなる。そうなれば、四ヵ国間の関係は俄《にわか》に緊張し、どんな事態に発展するか分かったものじゃないからな」

「何も語らず、沈黙のうちにやつらの計画を潰す。それがアメリカの力を見せつけることになるってわけか」

「こと、中国と北朝鮮に関しては、アメリカが望んでいるのは対立でもなければ、融和でもない。現状の維持にあるんだからね」

キャメロンは、そういい放つと、前の席に座る小燕の頭を見据えた。

彼の言葉は、アメリカの本音には違いない。

独裁体制の下なら、どんな政策だろうが権力者の思惑一つで即座に実行に移せる。そうした国家体制が生み出す結果が真逆に分かれたのが、北朝鮮と中国の今の姿だ。開放路線に舵《かじ》をきって以降の中国が、短期間のうちに目覚ましい経済発展を遂げられたのは、国民の権利を一切認めず、国家政策を自由に推し進められたからのこと。まさに一党独裁の国家体制があってのものなら、北朝鮮の圧倒的多数の国民が飢餓に喘《あえ》いでいるのは、金王朝の維持を第一に、恐怖の力を以《もっ》て国民を抑圧してきたからにほかならない。

しかし、経済開放路線に転じ、GDP世界第二位の地位をものにした中国の国民が、幸せになったかといえば、そんなことはない。国家の権力構造に連なる人間と、その取り巻きは莫大《ばくだい》な富を得たかもしれないが、圧倒的多数の国民は、家を奪われ、農地を奪われ、安い労働力として格差社会の底辺で喘いでいる。結果、あらゆる不正がまかり通り、社会が事実上の無法状態と化しているばかりか、大気、水源、土壌は凄まじい汚染に見舞われ、人類が初めて経験する環境にある。

このままの体制が続けば、北朝鮮が体制に連なる人間のみが生存を許される国家となり、徐々に衰退していく一方、中国が人間が生存できない国土となるのももはや時間の問題。つまり、二つの国家が同じ結末を迎えることは明白である以上、ここで争いを起こすのは無意味以外の何物でもない。

だが、それと、今目前に迫っている事態への対処は別の問題だ。そして、課せられた任務のハードルは限りなく高い。

何しろ人物の特定もできていなければ、所在も摑めない。どれほどの能力を身につけているか分からぬ工作員が相手だ。ただ始末するだけでも困難には違いないのに、ましてや人知れぬうちにというのだ。

「マクレーンの連中は、それがどれほど困難なことか理解しているんだろうな」

由良は、思わず溜息《ためいき》を漏らした。

「我々に課される任務は常に困難が伴うものばかりさ。そして、やれて当たり前。いや、成し遂げなければならない宿命を背負わされているのが、我々の組織だ」

キャメロンは、決意の籠《こも》った眼差しで由良を見据えると、拳銃が格納されたケースの蓋《ふた》を閉じた。

3

横田を発《た》った海兵航空団のUC‐35Dが、嘉手納基地に着陸したのは、正午近くのことだった。

地上に降り立った小燕が、手渡された携帯電話の電源を入れるなり、顔色を変えた。

「どうした」

訊ねた由良に向かって、

「彼から、電話があったみたい――」

小燕は、困惑した表情を浮かべた。「平日は、仕事に出ているから、連絡を取り合うのは夜になってしまうんだけど、今日は土曜日だし――」

早く連絡を取るに越したことはないといいたいらしい。

しかし、ここは空港だ。周囲には、常に基地を離着陸する航空機のエンジン音が渦巻いている。

「乗れ」

由良は、待機していたワゴン車に小燕を乗り込ませると、キャメロンと共に、沖縄の前線基地となる基地内の建物に向かった。

部屋の中は、通信機材やモニターが所狭しと配置されていたが、まだ電源すら入ってはいない。それでも、由良はその中から、デジタルレコーダーを取り出すと、小燕の携帯に会話記録用の器具をセットした。

話せ――。

目で合図を送ると、小燕はパネルに触れた。

「ウェイ――」

こいつが目指す相手か――。

由良は、その声を脳裏に叩き込みながら、会話に耳を澄ました。

「準備は全て整った。いつでも、作戦は実行できる状態にある」

小燕が用件を訊ねるまでもなく、男は見事な中国語でいう。

「いつでもって？」

「命令があれば、いまこの瞬間にも」

「向こうからは、まだ命令はないけど」

「それは、こっちの準備状況を知らないからだろ。すぐに、司令部に報告をいれてくれ。こちらにも、あまり時間をかけられない事情がある」

淡々とした男の口調に変化は見られないが、『あまり時間をかけられない事情がある』といった部分に多少苛立ちがこもっているような気がした。

「問題なく実行できるまでに残された時間は？」

「精々、四日――。早ければ早いに越したことはない。理想的な場所を確保した。要件はそれだけだ――」

その言葉を最後に、通話が切れた。

小燕は、緊張の糸が切れたのか、大きく溜息を吐くと、頭を抱えた。

由良は、会話の一部始終をキャメロンに話してきかせた。

彼の顔色が変わった。緊張感と恐怖に襲われていくのが分かる。

「いつでもというからには、すでに配置についたというわけか」

キャメロンが漏らした。

「まだ時間は残されています。彼はゴーサインが出ない限り、独自の判断で実行することはない。それは明らかでしょう」

由良は、落ち着いた声で返した。

「しかし、ここまで準備が進んでいるとなれば、ゴーサインが出なけりゃ、やつも不審に思うんじゃないのか。それに小燕が東京から姿を消したことを中国側が察知すれば――」

「彼女の身柄が我々の手に落ちたと考えるでしょうね。前にもいいましたが、それ自体は計画を断念させる可能性が出てくるという意味においては悪い話じゃないんです。問題は、命令系統が、果たして小燕を介したものだけであるのかどうかです。もし、他のルートがあるとすれば――」

由良は小燕に目をやった。

「分からない。他に、彼と連絡を取れる工作員がいるのかどうかなんて、私は知らないわ」

おそらく、それは本当のことだろう。

一介の工作員。それも情報の仲介役に過ぎない人間に、作戦の指揮命令系統の全てを明かす諜報《ちょうほう》機関などありはしない。

「デッドラインは二日といったところですかね」

由良はいった。

「その根拠は？」

キャメロンが、眉《まゆ》を吊《つ》り上げた。

「そんなものありませんよ。勘です」

「勘？」

「彼が、精々四日と期限を区切ったのには、何らかの理由で確保した場所に安全に身を潜めていられる時間に制限があるからでしょうね。つまり、それ以上、時間がかかるようなら一から場所の確保をやり直さなければならなくなるということですよ」

「時間的制約がある発射場所か。それは何に起因するものなんだろう」

「それが分かるなら苦労はしませんよ」

由良は素っ気なく答えた。

「確かに――」

キャメロンが頷いた。

「いずれにしても、彼の目標はC－130。それ以外にないことは分かってるんです。いざとなれば、普天間からのC－130の離着陸を全て中止すれば、計画は未遂に終わる。その可能性が見えただけでも、最悪の事態は回避できたことになります」

由良は、断言すると、「もっとも、その前にどんな手を使ってでも、やつを始末する。それに越したことはありませんがね」

続けていった。

『始末』という言葉を耳にした途端、小燕の肩がぴくりと動いた。

「心配するな。君の身の安全は保障する」

由良は微笑んで見せると、「協力者は決して見捨てない。それがアメリカの流儀だからね」

努めて優しい口調でいった。

4

マクレーンから急遽派遣されたSADのメンバーとの最初の作戦会議が持たれたのは、午後四時を回った頃のことだった。

派遣人員は総勢十名。キャメロンがいったように、いずれも東洋系だが、外見からは日系、韓国系の区別はつかない。しかし、いずれもアメリカ生活が長いせいもあって、醸し出す雰囲気は日本人のそれとは異なったものがあるのは隠し切れない。

彼らは名乗らなかった。

諜報機関、それも特殊任務につく人間に自己紹介は不要だ。おそらくは、二度と顔を合わせることもないだろうし、作戦中はお互いをコードネームで呼び合うことになるのだ。まして、彼らは高度な実戦訓練を受けた非公然活動のプロである。

SADの隊員たちは、全員が迷彩柄の戦闘服に身を包み、各自が任務に必要な装備が入ったケースやバッグを所持していたが、いずれの服にも名札もなければ、階級章もない。そんな隊員たちに交じって一人スーツ姿で現れたのは、オコーネルである。彼は、急遽日本にやって来ることになったのだろう、ブリーフケース一つを手にした姿で作戦室に現れた。

「長旅で疲れたでしょう」

キャメロンが握手を交わしながら、声をかけた。

「グローブマスターのフライトは快適そのものでね。しかもチャーター便だ。ベッドでゆっくり睡眠を取れるときてる。民間機のビジネスクラスよりよっぽどましさ」

オコーネルは、寝癖のついた髪をそのままににやりと笑った。

グローブマスターとは空軍の長距離輸送機C－17のことで、物資、人員の輸送に広く使われる高翼の四発機だ。由良も何度かこの輸送機に搭乗したことはあるが、窓がないことを除けばシートも広く、傷病者の搬送に備えて寝台の用意もある。ましてや、軍には非制服組も数多《あまた》存在するのだから、制服組に交じってスーツ姿の人間が同乗したとしても、人目を惹《ひ》くことはない。

「劉小燕は？」

オコーネルが訊ねてきた。

「別室で待機させています。手厚くね――」

キャメロンがいった。「やっとつながる、唯一の窓口ですから」

小燕は、同行した東洋系の支局員が付き添って基地内の別室に隔離してあり、任務の完了と同時にマクレーンに移送され、その後暫くの間は中国人民軍の諜報部門の活動についての事情聴取が行われる手筈《てはず》になっている。

SADの隊員たちは、持ち込んだ装備を、部屋の一角に置かれたテーブルの上に並べ始める。国防色のバッグ。ケースの類いもジュラルミン、樹脂と材質も大きさも異なる上に、かなりの量だ。

部屋の中央には、大きなテーブルとそれを囲むようにして椅子が置かれている。荷を運び終えたSADの隊員たちがそこに集まり始める。

「座ってくれ」

オコーネルがいった。「作戦会議を始めよう」

彼は上着を脱ぎ捨てると、一人立ち上がった。

快適なフライトだったといったが、どうやらそのままの服装で寝台を使うことを強いられたらしい。オックスフォード地のワイシャツは、皺くちゃだ。

「まず、最初にSAM発射の任を帯びている工作員についてだ。それについては、劉小燕も何者であるか、所属組織を含めて一切分からないといっているのだな」

小燕から当面必要だと思われる情報は、すでに訊《き》き尽くしている。

「彼女の役目は、指令の仲介。それと毎報の記者に近づき、劣化ウランと米軍を関連づけ、日本の反米世論を掻《か》き立てる。今回の件に関しては、それだけと見て間違いないと思います」

キャメロンは頷くと、「劣化ウランとSAMを沖縄に持ちこんだのもこの男です」

ファイルの中から、数枚の写真を取り出した。

「外見からは、北の人間なのか、中国人なのか、全く区別がつかない。現時点においては、こいつが北の人間という可能性も捨て切れんわけだ」

「あり得る話でしょうね。この男が中国人なら、万が一にも身柄を押さえられでもすれば、中国は苦しい立場に立たされますからね。その点、北には失うものはない。可能性としては、その方が高いかもしれません」

「で、計画実行のタイミングは？」

「本国の指令次第。すでに、いつでも発射できる状態にあると、小燕に連絡があったばかりです。やつは四日以内にやらなければならないといってますがね」

「遅きに失した感は否めないが、間に合ったのは幸運だったな。この計画を察知できないまま、我が軍の航空機が撃墜されでもしたら、取り返しのつかないことになっていたところだった」

「よろしいでしょうか」

オコーネルに最も近い席。由良の正面に座る、SADの男が口を挟んだ。

「もちろんだ、チーフ――」

どうやら、この男がリーダーであるらしい。オコーネルは頷いた。

「実行の指令は、劉を介してのものになるのは間違いないんでしょうね」

軍服を着用してはいるが、軍人にしては髪が長い。身長は百七十センチほどか。小柄だが、きっちりと袖口《そでぐち》を捲《まく》った腕を鋼のような筋肉が覆っている。隊員たちは、いずれも三十代か。その中にあっては一番の年長と思えるが、それでも三十五、六といったところだ。特徴的なのは、目の鋭さだ。諜報機関、特に工作任務につく者は、独特の雰囲気を宿すものだが、彼の場合、他の隊員たちと比べても少しばかり様相が異なる。

感情が感じられないというのとも違う。さりとて、冷たいというのでもない。生と死を何度も目の当たりにし、その狭間《はざま》に身を置くことを常とする人間の目だ。

少しばかり雰囲気は異なるが、どこかで同じような目をした人間を見たことがある、と由良は思った。

遠い記憶を探るうちに、由良ははたと気がついた。

倒す獲物を定めたからには、情け容赦は無用。感情の一切を排し、倒すことに専念する覚悟を持つ――。

そう、日々抗争に明け暮れる、サン・クエンティン刑務所の中には、こうした表情を目に宿す男が少なからずいた。もちろん、凶暴性に満ちた囚人のものとは根本的な違いはあるが、人間の生命を奪うことに些《いささ》かの躊躇の念も抱いてはいない。その一点については共通したものがある。

間違いなく、以前にも今回と同様の任務に就き、無事使命を全うしたことがある人間の目。紛れもない殺しのプロの目である。

「一〇〇%そうだとはいい切れない」

キャメロンは、即座に答えた。「少なくとも、今日、昼の時点までは彼女の役割だったことは間違いないがね」

「携帯電話から、その男の居場所は摑めないのですか?」

そんなことは彼女を自白させた直後に、携帯電話の中に記録されていた番号を元に、調べにかかっている。

「やつが所持している携帯電話の番号は把握できたが、キュオリシティには該当がない。つまり、そいつが使っている携帯はサイボーグをOSに使っているスマートフォンじゃない。かなり、旧式の携帯電話のようでね」

キャメロンは肩を竦めた。「もちろん、日本の当局に支援を仰げば、ことは簡単なのだが、内部手続きの過程で、こちらの動きが漏れるおそれがあるのが今の日本政府だ。第一、北、中国が何をしでかそうとしているかを教えてやっても、彼らは右往左往するだけで、断固とした措置に打って出ることなんてあり得ない。それどころか、逆にこちらの動きを封じ込めにかかるかもしれんのだ」

「確かに――」

リーダーは、同意の言葉を漏らすと、「となると、やはり発射ポイントを特定し、襲撃して事前に始末する。それしかないということになりますか」

続けていった。

「場所を特定するのは、困難を極めるが、できたらできたで、始末した後のことも考えておかねばな」

「その点はあまり心配する必要はないのでは――」

由良は初めて口を開いた。「SAMの発射地点は、人目につかず、かつ逃走ルートを確保できる場所を選ぶはず。つまり、我々にとっても事後の処理をしやすいことになる」

「なるほど。しかし、それは同時に人の気配を察知されやすい。我々の監視も容易ではないということになる」

打てば響くような反応は、やはりプロならばこそのことだ。

「本来ならば、ロングレンジからの狙撃が一番好ましいのだが――」

由良がいうと、

「さて、それはどうかな――」

リーダーは首を傾げた。「人目につかないということは、身を隠すのに十分な遮蔽物がある。つまり、狙撃ポイントが限られるということになるだろうからね」

「銃声の問題もある」

キャメロンがいった。「いくらサプレッサーを用いても、ある程度の範囲に銃声は聞こえてしまう。もし、それを聞かれれば――」

「銃声に関していえば、手はあると思います」

リーダーは断言した。

「どうやって」

とキャメロンは問い質《ただ》す。

「戦闘機の爆音で消すんです。低空で飛ばせば、サプレッサーを装着した狙撃銃の銃声はすぐ傍にいても、聞こえやしませんよ」

「なるほど」

キャメロンは、感心した様子で頷いた。

「もっとも、それにしたって、やつの居場所を把握できればの話ですが――」

「それは、かなり絞り込めると思うがね」

由良もまた、悪いアイデアではないと思いながら、すかさず普天間基地近辺の航空写真を差し出した。

嘉手納に到着してから今に至るまで、基地の中で体を休めていたわけではない。東京にいた頃から、横田から嘉手納への機中でも、航空写真と地図を子細に分析し、SAMを発射するのに最も適した条件を持つ地点を絞り込む作業を行っていたのだ。

「彼の狙いは米軍機、それもC－130を市街地に墜落させることにある。効果を高めるために、燃料をたっぷり積んだ離陸時を狙うはずだ。航空機の離着陸コースは風向きによって変わる。となれば、どちらに飛び立っても狙える場所。発射ポイントはおのずと限られる」

由良は、航空写真の上の、三つのポイントを順に指し示した。

いずれも普天間基地の東南、海岸線とのほぼ中間に位置する森に囲まれた丘の上である。

「この三つのポイントは、滑走路をほぼ中間から見渡せる位置にあり、どちらに向かって目標が離陸しようが、背後から目標を狙える形になる。距離も二千メートルほど。十分Anzaの射程距離圏内だ。周辺家屋からも離れていれば、森によって周囲から視界も遮られる。しかし、道路からのアクセスに問題があるかといえば、そうでもない。SAMを収納したケースを持ち、森の中に入るところさえ見られなければ、あとは木立の陰に隠れて発射の時を待つ。撃墜さえしてしまえばSAMは無用の長物。その場に捨て、身一つで逃走すればいいだけだ」

とはいったものの、由良は自身が述べた見解では、どうしても説明がつかない部分があることに気がついていた。

工作員が、期限を四日と区切ったことだ。

それが、何を意味するものであるのか。もし、いずれかの森を発射ポイントとするなら、時間的制約が発生することなどありはしない筈なのだ。

「確かにSAMを発射するにはいずれのポイントも条件を満たしているように思います。しかし、逆に狙撃する側からすると、ここはかなり難しい環境ですね」

リーダーがいった。「これだけ木が密生していると、ロングレンジからの狙撃は、まず困難でしょうね。もちろん、待ち伏せという手もありますが、それは目標の進入経路、あるいは待機地点が特定できればの話です」

リーダーは、唇を嚙《か》みながら航空写真にじっと見入った。

思案を巡らせている様子が伝わってくる。

「しかし、手はあるかもしれません。オプションは二つ――」

やがてリーダーは口を開くといった。

「いってみたまえ」

オコーネルが促した。

「実行命令が下ったとしても、肝心のC－130が飛ばない限り、やつはSAMを発射することはない。初日に実行できなければ翌日と、チャンスが訪れるのを待ち続けるはずです」

「それで」

オコーネルは先を促した。

「グローバルホークを使ったらどうでしょう」

「なるほど……」

オコーネルが、感心したように鼻を鳴らした。

「RQ‐4はグアムに常駐していますし、民間機が決して飛ぶことはない、高高度からの監視が可能です。それを普天間上空に飛ばし、三つのポイントを重点的に監視するんです」

「悪くないアイデアだね」

二十二口径のスタームルガーとは大違いの最新兵器の登場である。事の重大性を思えば、ぞくぞくするといっては不謹慎極まりないのは百も承知だが、由良は背筋に興奮が走るのを覚えながら、

「SAMを運ぶに際しては、車を使わざるを得ない。ただでさえ、この三つのポイントは交通量が少ないエリアだからな。車の動きは簡単に摑める」

続けていった。

「航空写真を見る限りにおいては、ところどころ森の樹木によって、上空からの視界が閉ざされる場所がありますが、状況次第ではそいつが車を降りる瞬間を捉えることがで

きるかもしれません。もし、そこで顔を捉えることができれば、この写真の男と同一人物かどうかの照合ができるでしょうからね」

リーダーは、成田空港の防犯カメラに写った工作員の顔写真を示しながらいった。

「グローバルホークは高度二万メートルから、ゴルフボール大の物を見分ける性能があるからな。爆音も聞こえなければ、機影も見えん。もちろんレーダーには捉えられるが、日本側には訓練飛行を行うとでもいっておけば済む話だ」

キャメロンが同意する。「で、そこからは」

「グローバルホークは昼夜、天候に関係なく、鮮明な画像を確保します。監視を開始した時点で、劉小燕の携帯から実行の指示を出す――」

「行動を開始するのは、人目につかない時間を選ぶ。やつの動きを摑むのは、難しい話じゃない。それにSAMを持ってるんだ。確認した時点で、一気に片をつけるというわけか」

と、キャメロン。

「それは、楽観的に過ぎます。やつがどこに現れようとも、一旦《いったん》森の中に入られれば、こちらは気づかれないように狙撃可能なポジションを確保しなければならないのです。そんなことは、よほどの幸運に恵まれなければ不可能です」

リーダーは鰾膠《にべ》もなく否定し、「いっそ、初日の狙撃は諦《あきら》めたらどうでしょう」

と進言した。

「なるほど。C‐130が飛ばなければ、やつはSAMを発射することなく引き揚げる。そして、翌日同じ場所に現れる。そこを待ち伏せれば、確実に始末できるというわけか」

由良はいった。

「その通りです。やつが現場に現れるまでは、基地の離着陸は通常通り。もちろん、C‐130のフライトも含めてです。そして、監視ポイントに動きを認めた以降も、C‐130以外の機種の訓練は続ける――」

「その日の実行を断念したやつは、アジトに帰る。その動きを監視すればアジトの場所も特定できるというわけだな」

「そこで第二のオプションです」

由良の言葉に、リーダーは頷いた。「状況次第では、アジトでの狙撃もあり得るのではないか。そう思うのです」

「本気でいってるのか？ 市街地のど真ん中で、狙撃だと？」

オコーネルが目を丸くする。

「ですから、状況次第では……と」

リーダーは平然といった。「我々が所持している狙撃銃は、XM2010。確かに、サプレッサーを装着しても、それなりの発射音は出ます。しかし、従来使用されてきたM24に比べて、発射音はかなり低い。トラックの貨物室、あるいはワゴン車の荷台から狙え、狙撃のタイミングを戦闘機の爆音でかき消すことができれば、気づかれることはまずないでしょう」

「そのオプションを選択するメリットは？」

「SAMの発射を完璧《かんぺき》に封じ、かつ確実に無力化できる点です。それに、森の中から死体を運び出すことを考えれば、むしろ楽かもしれません」

「しかし、アジトで殺《や》るとしても狙いは頭だろう」

キャメロンがいった。

「もちろん」

リーダーは、当然とばかりにあっさりと答えた。

「XM2010は、確か300ウインチェスターマグナムを使うんじゃなかったか。そんなもので頭をぶち抜かれれば――」

「頭部はかなりの損傷を負うでしょうね」

「それでは部屋に痕跡《こんせき》が残る」

「やつが、殺されたことが発覚しても、日本の捜査当局が我々の仕業だと分かるでしょうか。おそらく、工作員にしたところで、本名でアジトを確保しているわけではないでしょう。部屋の中に血液や脳の残滓《ざんし》が飛び散ったとしても、誰が死んだか分からない。まして、誰がやったかなんて分かるわけがありません。むしろ、狙撃直後、ただちにアジトに潜入し搬出の機会を探る。状況次第では、そっちの方がむしろ楽かもしれません」

「なるほど……」

リーダーの言葉を聞いていると、やはり、この作戦の困難さは、工作員の殺害にあるのではなく、死体の処分にあるように思えてくる。

確かにそうではあるのだ。

グローバルホークが監視に使えるならば、工作員の行動を把握するのは然程《さほど》困難なことではない。工作員の任務は、単にSAMを以て米軍機を撃墜するだけではない。自分の正体を掴まれることなく、逃げおおせなければならないのだ。そのためには、SAMの発射場所は人目を避ける環境を選ばざるを得ず、それは監視を格段に安易なものにする。

しかし――。と由良は思った。

工作員を倒せば、北と中国の目論見《もくろみ》は失敗に終わる。その事実を黙して語らずとも、アメリカの諜報機関がいかに優れたものであるかを両国に知らしめることにもなれば、プレッシャーを与えることにもなるだろう。だが、事は今後の極東情勢を、大きく左右しかねない工作である。これだけの作戦を行うにおいては、常に最悪の事態を想定し、決して背後関係を把握されないだけの手段を講じておくのが、非合法活動を遂行する組織の常である。それはCIAとて、同じことには違いないのだ。

「工作員を排除し、死体の処理も予定通りに終わった。それで、万事が解決するのでしょうか」

由良は、ふと漏らした。

「どういうことだ」

オコーネルが訊ねてきた。

「事の結末が、我々の想定とは異なったものになることを考えておく必要はないのでしょうか」

「想定と異なるものだって？　どんなことが考えられるっていうんだ」

「一つ考えられるとすれば、工作員の正体が、我々の推測とは異なった人物――」

オコーネルが、小首を傾げて考え込んだ。

由良は続けた。

「劉小燕が、人民解放軍の工作員であることは、本人が認めている事実ではあります。しかし、彼女がそうだという客観的証拠はどこにもない。指令のメール一つにしても、プロキシが噛ませてあって、送信元を特定することは困難。フィリピンで墜落した機体に搭載されていたはずの劣化ウランを、中国がいかなる経緯で入手したのか、それも分かってはいません。今のところ小燕の自白が唯一の証拠。物証が無い限り、中国は知らぬ存ぜぬを決め込むことができるんです。SAM発射の任務を帯びた工作員にも同じことがいえるんじゃないでしょうか。だとすれば、新たな行動を阻止する効果には繋《つな》がらないのでは」

「しかし、SAMは北が持ち込んだもので——」

「それもまた、羅が持ち込んだ事実はあるといっているだけです」

オコーネルが黙った。

「SAMを所持している工作員が、北、あるいは中国以外の国、あるいは組織の工作員だという可能性もあるとおっしゃりたいのですね」

リーダーが感心した面持ちでいった。

「あり得る話だとは思いませんか？」

由良は続けた。「工作員が、いつ日本に潜入したのかは分かりませんが、仮に二〇〇七年以降だとすれば、入国時には指紋と顔写真が入管当局に把握されているはず。SAMを発射し、米軍機を撃墜できたとしても、逃走の過程で警察に身柄を拘束されれば、その時点で少なくとも国籍は判明してしまう。もちろん、これだけの事をしでかすからには、工作員も失敗時には死を以て沈黙を守るという覚悟を抱いているかもしれない。しかし、指紋は消せません」

「なるほど……」

オコーネルが呻《うめ》いた。

「もちろん、密入国ということも考えられないではありません。現実にSAMが密かに日本国内に運び込まれてたんですからね。しかし、人と物のどちらを誰にも気づかれずに日本に送り込みやすいかといえば、答えは明らかです。そんな手間をかけるぐらいなら——」

「少なくとも、国籍は二つの国のどちらでもない。確かに、失敗時のリスクを考えれば、それくらいの手を打っているかもしれませんね」

リーダーは落ち着いた声で由良の言葉を遮ると続けた。「ですが、それは我々に今与えられている任務とは別の問題です。我々に課されているのは、工作員を排除すること。ただそれだけです」

「その通りだ」

とオコーネル。「背後に、中国人民解放軍がいることはもはや疑いの余地はない。この工作員を人知れず始末する。それが中国の覇権主義に歯止めをかけることになるのは間違いないんだ」

それで済めばいいのだが——。

由良にはまだこの作戦の陰には自分たちの想像を超えた何かが潜んでいるような気がしてならなかった。しかし、それが何であるかが明確ではない以上、これ以上の議論は無駄である。

「では、早々に準備にかかろう」

オコーネルが一同を促しにかかる。「グローバルホークの空軍への手配は私からマクレーンに依頼する」

「各自、荷を解け。無線と武器の準備と機能のチェックだ。着替えを済ませたらすぐに、三つのポイントの下見を行う」

リーダーは腕時計に目をやると、「いま六時半。七時に基地を出る。それまでに確実に準備を整えるように」

部下に命じた。

「私は空軍との調整に入ります」

キャメロンは自らいい、由良に視線を向けてきた。

「想定ポイントには、私が同行しましょう」

由良は、リーダーを見た。「ご迷惑でなければ」

「もちろん」

リーダーはにやりと笑うと即座に頷いた。

5

下見を終えて、嘉手納基地に戻ったのは、十一時近くのことだった。

「どうだった」

部屋に入ったところで、オコーネルが訊ねてきた。

「確かに、SAMを発射するには、絶好の場所です」

答えたのは、SADのリーダーである。「森は適度な密度があり、木立の間を通して普天間が一望できる。一旦森の中に入ってしまえば、人の目につくことはありません。C－130がどちらに向かって離陸しようとも、撃ち逃すことはまず考えられない。市街地に向かって離陸した目標を撃ち落とせば、効果絶大ですよ」

「やはり――」

オコーネルの顔に緊張の色が浮かんだ。

「ただ、疑問がないわけではありません」

リーダーは、由良に視線を向けた。

彼が口にした疑問については、基地に戻る車内で散々議論したことだ。

「森……というより、下生えの雑草の密度が濃いんです。何しろ、ハブがいる島ですからね。最近、市街地では見かけなくなったとはいいますが、やはりいるところにはいるんです」

由良は、手にしていた暗視ゴーグルが入ったバッグをテーブルの上に置いた。

夜の森の中は漆黒の闇に閉ざされている。暗視ゴーグルを通して見る緑色の世界の中に、一際鮮やかに浮かび上がる小さな輝点はハブの目だった。もちろん、うようよいるとまではいえないが、あの雑草の密度からすれば、どこに潜んでいるか分からぬハブを発見するのは、よほどの注意が必要だ。

「ハブは確か夜行性じゃなかったか。それに夜間森に入ろうとすれば、照明が必要になる。昼間に実行すれば――」

「昼間は地中の穴で休むといわれていますが、必ずしもそうとは限りません」

由良はオコーネルの言葉が終わらぬうちにいった。「砂糖黍《さとうきび》の刈り取りの最中にハブと遭遇することも珍しくはないそうですからね。まして、森の中は暗いし、湿度も高い。危険な場所であることに変わりはありません」

「だからこそ、人も近づかない。ＳＡＭを発射するには、最適な場所ともいえるのです」

リーダーが口にした見解は、車中で交わされた議論の再現だった。

目的を達成するためには、危険が伴うことは工作員も覚悟しているはずだ。しかし、相手は毒蛇だ。それも嚙まれたまま放置すれば間違いなく死に至る。まして、ＳＡＭを発射した後は、一刻も早くその場を立ち去ろうとするはずだ。ハブと遭遇する確率と、しない確率。それを、やつがどう判断するかだ。

「実際、あの三箇所はハブの存在を無視してかかれば、すべての条件を満たしているんです」

由良はいった。「森はかなりの広さがある上に、丘の麓《ふもと》に至るまで民家もほとんどない。道路は丘の頂から三方に分かれ、侵入、逃走経路も簡単に確保できる。あの様子だと交通量もそれほどない。昼間車を止めていても、気にする人はいないでしょうね」

「で、君たちの見解は？　やつはその森のどれかから狙うと見るのか、それとも別なのか――」

オコーネルは、由良とリーダーの二人の顔を交互に見据えた。

「可能性は高いと思います」

答えたのはリーダーだった。「やつにとって任務の達成が賭《か》けなら、あの場所のいずれかを発射場所に選ぶかどうかは、我々にとっての賭けです」

「賭け？　それでは困る」

キャメロンが、眉間に皺を刻んだ。「やつが他に場所を見つけていれば――」

「どうなるのです？　C－130を飛ばさない限り、ミサイルは発射されません。我々にとっては何も困ることはないんです」

口を噤《つぐ》んだキャメロンに向かって、リーダーは訊ねた。「グローバルホークは？」

「予定では最初の機体が、そろそろ離陸する頃だ。夜明け前には沖縄上空に達する」

キャメロンは時計に目をやりながら答えた。

「では、グローバルホークが沖縄上空に到着する頃合いを見計らって、劉小燕に実行指令を出させましょう。もし、やつが森を実行場所にしているのなら、その姿を必ず捉えられるはずです。現れれば、かねての計画通り翌日森か、あるいはアジトで始末すればいい。もし、現れなければ――」

「どうする？」

「居場所が摑めるまで、普天間でのC－130の離着陸を一切行わない。それだけの話です」

「簡単にいうな。その居場所を摑めんから、難儀してるんじゃないか」

キャメロンが語気を荒らげたその時だった。オコーネルの携帯電話が鳴った。

「ハロ——」

相手は誰かは解らぬが、話を聞く彼の顔がみるみる間に紅潮していく。「なに？　それは本当か？——たったいま、NSAから情報が入った？——それはこちらに転送してあるんだろうな」

オコーネルは、回線を切らぬまま、キャメロンに向かって命じた。

「すぐに、マクレーンからのメールをチェックしろ！　やつの姿がフェイス・ノートの顔認識システムに引っかかったそうだ」

キャメロンが、パソコンに飛びつく。

該当するメールはすぐに分かった。添付されたファイルを開くと、そこに二枚の写真が現れた。

二十人ほどの男たちが、カウンターの前に集まり、蠟燭が立てられたケーキを囲んでいる。

おそらく、NSAが処理したものだろう。ご丁重にも、その中の一人の顔が赤枠で囲まれている。

「こいつは、普天間にあるバーの経営者がグループ限定でフェイス・ノートの自分のサイトで公開したものだ。ページの更新頻度からして撮影日はここ数日と見ていい。この店を探れば、やつの居所が分かるかも知れない」

オコーネルが回線を切りながらいった。

「しかし、なんなんだ、この光景は。男ばかりじゃないか」

キャメロンが顔を顰《しか》めた。「まさかこいつら、ゲイ？——」

そうとしか考えられない。

中には、白人男性の姿も見えるが、ほとんどが日本人、あるいは東洋系だ。工作員がゲイであっても不思議ではないが、少なくともマクレーンの工作員にその手の人間はいない。

それにしても、驚くべきはNSAの情報収集能力の高さだ。

小燕の居場所を突き止めたこともしかりだが、まさかSNS、それもグループ限定で公開された写真画像の中から、特定の人間を抽出できるとは……。世界中のネットで公開されている画像の数は、途方もないものになるはずだ。

「本当に、こいつが成田の防犯カメラに写っていたのと同一人物なのか？」

由良は思わず訊ねた。

「確率はかなり高いね」

オコーネルは、自信に満ちた口調で答えた。「NSAがどんなシステムを構築しているかは、私も詳しいことは分からない。だが、民間の遊園地でさえ年間パスを購入した人物かどうか、ゲートに設置したカメラ画像と登録した顔写真とを照合するシステムがすでに実用化されているんだ。一般的に知られている技術でも、顎《あご》、眼窩《がんか》、鼻の際立った特徴を抽出して照合を行う。最近では、民間レベルでさえ。三次元顔認識技術を用いれば、隠れた部分も考慮して正確な照合が可能なレベルにまできている。NSAの技術が、その比ではないことは確かだね」

それはそうだろう。莫大な国家予算が費やされ、その道のエキスパート、それもその道に関しては優秀この上ない人間が、日夜情報収集能力の向上に心血を注ぎ込んでいるのだ。

「実際、NSAの予算は、CIA、FBIを遥かに凌《しの》ぐ。人員だって三倍以上だ。ましてユタに建設中のデータセンターは、キャピトルヒルの五倍の広さだ。そこをスーパーコンピュータで埋め尽くし、世界中のデータ・トラフィックを監視しようってんだ。完成した暁には、蓄積されるデータ量は底なしともいわれているからね」

キャメロンは肩を竦めた。

「この写真は、やつに繋がる唯一の手掛かりだ。仮にゲイだとしても、実行間際にこんな場所に出かけるとは思えない。この店を探れば、やつの所在が摑めるかもしれない」

オコーネルは、確信に満ちた口調でいった。

「誰が行くんだ」

嫌な予感を覚えながら、由良は訊ねた。

「ほとんどが日本人のようじゃないか。それに、フェイス・ノートに書かれた文章は日本語だ。この中で、適任者はユラ、お前しかいない」

やはり、そう来るか。

「気乗りのしない、任務だな」

「まあ、毒に魅せられないように、気をつけることだ」

オコーネルが、必死に笑いを堪《こら》えているのが分かる。

由良は肩を竦めて応《こた》えると、

「こいつのハードコピーを」

キャメロンに命じた。

6

『ブラック・シープ』はすぐに見つかった。

近所の駐車場に車を止め、僅かな距離を歩き、店に辿《たど》り着いたのは、午前二時を回った頃だった。

ダウンライトの明かりの中に、浮かび上がる羊の頭。店はまだ開いているらしい。

由良は、ドアを押し開けた。

「ごめんなさあ〜い。もう終わりなの」

マスターか。カウンターの中にいる男が、鼻にかかった声でいった。

がっしりした体つき。おかっぱのような髪形。背は低い。まるで金太郎のような男だ。

彼は、由良の顔を見詰めると、

「でも、せっかくよね。いいわ。一杯飲んで行きなさいよ」

女性なら艶《つや》のある笑みというところだが、相手が男だと、印象は全く逆になる。

もっとも、この手の男には、かつて幾人にも出会った。いや、生活空間を共有したといってもいい。

サン・クエンティン刑務所の中で、身体能力に劣る男が生き残る術《すべ》の一つが、性欲のはけ口として強者に身を捧《ささ》げることだ。元々その気がある人間が多いわけじゃない。必要に迫られ、あるいは強引に性処理の道具にされるのだ。強者の寵愛《ちょうあい》を受けている間は、身の安全が保たれる。そのうち、男色の快楽に目覚めていく者も少なくはない。

「すまんね――」

由良は、店内に足を踏み入れると、カウンターの席に腰を据えた。「コーラをもらおうか」

飲み物など何でも良かった。ただ思いつくままにいっただけだが、マスターは別の意味に取ったらしい。

「残念ね。もう今日は誰も来ないわよ」

マスターは空のグラスに氷を入れ由良の前に置くと、コーラを注ぎ入れた。「私もいただいて、いい？」

「どうぞ――」

同じものが、もう一つ用意される。

「じゃあ、乾杯しましょうか」

グラスが硬い音を立てて触れ合った。

マスターは、コーラを口にしながら、淫靡《いんび》な笑みを口元に浮かべ、上目遣いに由良を見る。

「ねえ、わたしじゃ駄目？」

カウンターの上に置いた由良の手に、マスターが手を伸ばしてくる。されるがままにしておくと、手の甲をさわりと撫で始める。

「見かけと中身は別物よ。試してみて、損はさせない自信はあるけど……」

由良に男色の趣味はない。サン・クエンティンにいた頃も、迫ってくる男はたくさんいたが、そのことごとくをぶちのめしてきたのだ。あの頃の凶暴な本能が、由良の中で目覚めてくる気配があった。それに店の中には二人しかいない。

「悪いが、俺にそっちの趣味はないんだ」

由良は、手を引くと、「訊きたいことがある」

胸のポケットから二枚のプリントアウトを取り出し、カウンターの前に置いた。

マスターの顔色が変わった。

「どうして、これを？」

「フェイス・ノートにこの写真をアップしたのはお前だな」

「どこから手に入れたの？　これはメンバー専用の——」

「そんなことは、どうでもいい」

由良はマスターの言葉を途中で遮ると、「この男は誰だ」

工作員の顔を指差した。

「知らないわ……」

マスターはぷいと顔を背けると、「あんた、誰？」

横目で、じろりと睨《にら》みつけてきた。

事情など話すつもりは元よりありはしない。説得する時間もない。この手の男を従わせる手段は、熟知している。

由良はいきなり立ち上がると、カウンター越しにマスターの頭髪を鷲摑《わしづか》みにし、思い切り引っ張った。

ぎゃあっという悲鳴を上げながら、小柄な体が宙を舞い、カウンターを乗り越えると床に叩きつけられた。コーラが入ったグラスが吹き飛び砕け散る。

由良は手を離さなかった。頭髪を鷲摑みにしたまま、マスターの体を吊り上げた。身長差のせいで、顔が同じ高さになると、マスターはつま先立ちになる。

喉の奥から声にならない悲鳴が漏れる。苦痛で顔がくしゃくしゃに歪《ゆが》む。

由良は、無言のままその顔に、正面からパンチを見舞った。

拳《こぶし》に鼻が潰《つぶ》れる感触がある。

「ぎゃあああ！」

　マスターは凄まじい悲鳴を上げた。

　顔が一変していた。鼻から滴り落ちる血液。潰れた骨が周囲の組織を破壊したのか、みるみる間に腫《は》れ上がっていく。金太郎どころか、キャッチャーミットだ。

　痛めつける間に、言葉を吐くことは禁物だ。相手が、こちらの意のままにならざるを得ない、自ら降伏の言葉を口にするまで、容赦なく痛めつける。それが最も効果的なやり方なのだ。

　由良は、再びパンチを見舞おうとした。

「お願い、顔はやめて！」

　恐怖に震えながら、マスターは懇願する。

「そうか……」

　由良は、下腹部に膝蹴りを入れた。潰れないように力は加減したつもりだが、当分の間使いものにはならないだろう。

　マスターが白目を剝《む》く。息が止まる。

　気絶されたのでは面倒だ。

　由良は、その頰に平手打ちを食らわせた。力は入れない。子供を打つ程度のものだ。

　強烈な暴力の後に続く軽微な打撃の連続――。しかも、無言のままいつ果てるとも分からぬ行為は、恐怖を増幅させる。これは、CIAの訓練所で学んだことの一つだ。

ぴたん。ぴたん。ぴたん。

往復びんたを同じリズム、同じ力で何度も繰り返す。

「やめて……話すから……」

やがて、マスターはかろうじてといった態で、声を絞り出した。

由良は手を止めると、マスターの体を床の上に放り投げた。

体を丸め、苦しげに息を吐く。その中に、嗚咽《おえつ》が混じる。

血が混じった涎《よだれ》が、糸を引いて床に落ちた。

「何を訊きたいの……」

やがて、マスターはいった。

「この男の名前は」

「知らないわ……。彼がこの店に来始めたのは最近のことだし、第一、ここじゃお互いを呼び合うのに、ファーストネームかニックネームを使うのが常だし——」

「お前が写真を送ったフェイス・ノートは、実名を記すのがルールだろ」

「それは、私のページをシェアしている常連に限っての話よ。グループ以外に、この写真は見られないように設定が可能なわけだし——」

本当は、それがどうして漏れたのかを訊きたいのだろうが、質問は許されないことは身を以て知ったはずだ。

「じゃあ、彼には写真を送ってはいなかったんだな」

「だって、名前も知らなきゃ、アドレスも知らないんだもの。ジョージには送ったけれど——」

「ジョージ？」

「写真を撮った夜、彼と一緒に出ていった男よ」

「この男が、そのジョージとやらと楽しんだってのか？」

「ここに、来る男は相手を探すのが目的よ。それ以外に何があるっての」

そんなことはあり得ないと思った。

計画の実行の時は迫っている。しかも、その連絡が入ったのは、昨日の昼だ。おそらく、そのジョージという男と、実行場所は関係があるに間違いない。

「その、ジョージの住まいは？」

由良は訊ねた。

「メールやSNSがある時代に住所なんて聞いても仕方ないじゃない」

マスターは、痛みに顔を歪めながらそっぽを向いた。

「じゃあ、そのジョージのメールアドレス。SNSのサイトアドレスを教えろ。写真を送ったんだろ。知らないとはいわせねえぞ」

由良は、マスターの目を見据えた。

目に恐怖の色がありありと浮かぶ。

彼はよろよろと立ち上がった。ダメージを受けた股間《こかん》をかばうように、腰を引いてカウンターに歩み寄ると、隅に置かれたタブレット端末の電源を入れ、タッチを繰り返すと、

「これよ――」

画面を由良に向けた。

由良は傍らにあったメモ用紙に、二つのアドレスを書き込んだ。

この二つが分かれば住所を摑んだも同然だ。

「乱暴して、悪かったな――」

由良はマスターに向かって、歯を剝き出しにして笑ってみせた。

マスターは憤怒の色を露に、そっぽを向く。

「心配するな。もうお前に用はない。二度とここには現れない」

由良は、傍らにあったティッシュペーパーの箱を手渡すと、「ただし、警察には届けないことだ。今夜のことはいまこの瞬間から忘れろ。妙な動きをすれば、今度は――」

後はいわずとも分かるな、とばかりに語尾を濁した。

マスターの顔色が変わった。

これが暴力の力だ。サン・クエンティンでもそうだった。暴行、あるいは殺人の現場を目撃しても、密告者が出ないのは、復讐《ふくしゅう》の凄まじさを知っているからだ。狂気に触れた者は狂気を恐れる。一度その恐怖を身を以て体験した者は、決して逆らわない。

果たして、マスターはがくがくと首を上下に振ると、痛みに耐え兼ねるように、その場にへたり込んだ。

7

「ジョージの居場所が分かったぞ」

マクレーンとの直通回線で繋がれた受話器を置いたキャメロンがいった。「やつの携帯電話は、今も電波を発信している。ここが自宅だ」

キャメロンは、机の上に広げられた地図の一点を指差した。

普天間基地の東側、およそ一キロの地点だ。

すかさず航空写真が広げられる。

「丘の中腹。アパートか。背後はちょっとした森で、丘の上部からは死角になっているな」

オコーネルがいった。「なるほど、ここからなら、普天間基地を一望できる」

「しかし、どうやってSAMを発射するつもりなんだろう」

キャメロンが誰に問いかけるともなく呟いた。「アパートの前は、駐車場を兼ねた空き地。周囲からは見えなくとも、大きな発射音が発生するからな。周辺の家から人が飛び出てくれば――」

「この距離だと、その前にC－130は火だるまになって市街地に墜落だ。人の注意はそっちに向く。その間に逃走を図るつもりなんじゃないか」

　由良が応えると、

「あり得る話です」

　SADのリーダーが頷いた。「Anzaのミサイルは、秒速六百メートル。命中まで二秒とかからない。命中と同時に爆発音。そして、間髪を容《い》れず機体は市街地に激突します。発射音とどちらに人の注意が向くかは明らかです」

「しかし、ミサイルはウエーキを引く。その延長線上にも、やはり注目が——」

　キャメロンが、食い下がる。

「誰がSAMが使われるなんて想像するもんですか」

　リーダーはあっさりとキャメロンの疑問を否定した。

「じゃあ、そのジョージはどうするんだ。彼がいる限り、発射どころかSAMを持ち込むこともできないんじゃないのか」

「もうこの世にはいないんじゃないのかな」

　由良の言葉に、キャメロンがぎょっとした顔を向けてくる。「考えてもみろ。やつは劉に、いつでも発射できる状態にある。そういったんだぞ。それも四日以内と制限をつけてだ。おそらく、ジョージが姿を消しても不審に思われない。あるいは死体を隠しおおせる期間が四日なんじゃないのか」

誰も言葉を発しない。

由良の推測を認めたのだ。

暫《しば》しの沈黙の後、由良は再び口を開いた。

「ジョージの部屋は分かっているのか」

「西に面した南東の角部屋だ」

キャメロンが答えた。

「それもプリズムで？」

「キュオリシティの有料機能を使うには、住所、氏名、年齢、クレジットカードの番号をインプットする必要があるからね。間違いない」

「まるで魔法だな」

由良は皮肉をいった。

「危機を事前に回避するための、システムだ。これが、なかったらえらいことになっていたところだ。批判されるものではないと思うが？」

由良は肩を竦めると、

「部屋の見取り図が必要だな」

話題を変えた。

「どうして、そんなものが？」

とキャメロン。

「アパートの外観からすると、部屋の間取りは１Ｋタイプのように思える」

「それが？」

「つまり単身者しかいないということだ。ワンリビングにキッチン。そんな間取りのアパートに、家族持ちが住むかね。だとしたら、昼間は無人。違ったオプションも出てくる」

それでも納得がいかないらしく、

「違ったオプションとは？」

と質問を重ねた。

「部屋の中から発射するということさ」

「まさか――」

疑念を呈したのは、オコーネルだった。「ＳＡＭの発射時には、凄まじいバックファイヤーが起きるんだぞ。狭い部屋の中で、ぶっ放せば――」

由良はおもむろにペンを取ると、コピー用紙に典型的な日本の１Ｋの間取りを書いて見せた。

「リビングの窓は西側、つまり普天間基地に向いている。キッチンとリビングを仕切る扉を開ける。玄関のドアを開放すれば、バックファイヤーはそのまま一直線に外に抜ける――。間取りが、想像通りならばね」

「キッチンの窓ガラスが吹き飛ぶかもしれんが、森がブラインドになります。それを確かめるより先に、目の前に黒煙とオレンジ色の炎が立ち昇る。注意はそちらに釘付けでしょう」

リーダーが由良の説明を補足すると、「あり得る話だな」

同意の言葉を漏らした。

「さて、そうなると、こちらの対処だ」

由良はさらに話を転じた。「部屋、外、どちらを発射場所に選ぶとしても、好ましいのは狙撃だと思うが」

リーダーは黙って、ペンと定規を持つと、地図の縮尺を確認しアパートを中心に中腹から、麓の部分に向かって半円を描いた。

「確実に、一発で倒すとなると、千メートルといったところです」

リーダーは地図に目をやりながら、「さて、この範囲の中に我々が姿を隠せ、かつヤツのアパートが見える場所があるかどうか」

といった。

「ライフルを持って、移動するのは人目につく。ワゴン車かトラックの荷台から狙えないか」

キャメロンの言葉に、

「それしかないでしょう」

リーダーは頷いた。

「ならば、手筈はこうだ」

　由良は口を開いた。「室内、外、いずれを選ぶにしても、やつは滑走路にC－130が姿を現した時点で、発射態勢を取る。狙いは離陸直後だ。しかし、C－130はホールディングポジションにあって、滑走を開始しない。そこに嘉手納を飛び立った戦闘機が、基地上空をローパスする。狙撃手が潜んでいる地点のすぐ上を通るようにね」

「XM2010は従来の狙撃銃に比べて格段に銃声は小さい。周囲の人間に悟られる可能性はまずゼロです」

　リーダーが頷いた。

「しかし銃弾を解析すれば、使った武器が尋常なものではないことが分かってしまう」

　キャメロンが慌てていう。

「そんなこと、知らぬ存ぜぬで通せば済むことじゃないですか」

　リーダーはあっさり返す。

「じゃあ、部屋に残ったSAMはどうするつもりだ。そんな物騒な物を抱えて、マグナムで頭を吹っ飛ばされた死体。まして、おそらく部屋の中には、そのジョージとやらの死体もある。ただの殺人事件じゃ済まない。誰が、SAMの発射を未然に防いだかを含めて、大騒ぎになるに決まってるだろ」

　工作員の居場所がほぼ特定できた以上、誰にも悟られぬうちにやつを始末する目処はついたといえる。しかし、SAMが現場から発見されるのはまずい。死体とSAMを誰にも悟られぬよう運び出す必要がある。

「俺が、バックアップに入ろう」

由良はいった。

「バックアップ？」

キャメロンが眉を吊り上げた。

「狙撃の腕を信じないわけじゃないが、万が一にも外そうものなら、やつはその時点で、SAMの引き鉄を引くだろう。目標なんかどうでもいい。白いウエーキを引きながら、宙を飛んでいくミサイル。その光景を見せつけただけでも、効果は絶大だ」

「確かに――」

オコーネルが頷く。

「室内から発射するなら、ドアは開放されるはずだ。間取りがこちらの読み通りならね。外なら、尚更仕事は簡単になる。この背後の森に潜んで、狙撃の時を待つ。C‐130が滑走路に向かって動き出した時点で、盛大にヘリを飛ばすのもいいだろう。やつの注意は、基地の動きに釘付けになる。その間に、森を抜け出、密かにアパートに接近する――」

「メイク・センス――」

リーダーが同意の言葉を口にした。

「狙撃が成功すれば、その時点で部屋に侵入。ドアを閉める。そして、夜が来るのを待つ。幸いアパートの玄関前が駐車場だ。ボディバッグに入れた死体を積み込むのにそれほどの時間はかからないはずだ」

「血痕とジョージとやらの死体は？」

「やつの死体とSAMが処理できればいいんだろ」

由良は簡単に言い放つと、「警察が分かるのは、ジョージの他に、もう一人ここで殺されたかも知れないやつがいた。それもライフルが使われた。やつの死体は、我々が処分するんだ。事の真相なんて分かるもんか」

一同の顔を見渡した。

「よし、それでいこう」

断を下したのはオコーネルだった。「ただちにアパートの見取り図を手に入れよう。それとSADの諸君は、狙撃場所の選定だ。航空写真だけでは判断がつかんだろう。実際に現地を回ってみないことにはね――」

8

アパートの見取り図を手に入れるのは、然程難しい話ではなかった。

ネットの不動産情報サイトで検索すると、目当ての物件はすぐに分かった。

やはり、想像していた通り間取りは1K。十室ほどある部屋に入居者は半分しかいない。間取りからすればおそらく、単身者が多いはずだ。ということは、昼間は全くの無人になる可能性が大きい。工作員が、それを知ってジョージを選んだのか、それとも偶然だったのかは分からない。

しかし、人目が避けられる。それは由良たちの任務にも好都合であることは間違いない。

昼を過ぎた頃になって、狙撃場所を探しに出ていたSADの隊員たちから、相次いで適したポジションの確保に目処がついた報告が入った。

一つは、普天間基地の滑走路の東側の丘陵にある墓地だ。アパートまで、八百メートル。部屋を完全に視認できる上に、人の通りもほとんどないという。

もう一つは、同じ墓地の中にあり、こちらは五十メートルほど近いが、目標の部屋を、やや低い位置から狙うことになるという。

全員が一旦、基地に戻ったところで、オコーネルは、改めて周到に手順を確認した。

決行は明日。小燕から今日のうちにその旨を工作員に伝える。

狙撃チームのコールネームはそれぞれ、『アルファ』と『ブラボー』。由良は『デルタ』、本部は『ゼブラ』と決まった。

由良は、早朝からアパートの背後にある森に潜み、住人の出入りを確認する。

明日は月曜日。もっとも夏のこの時期、休暇を取って在宅している人間もいるかもしれない。そうなれば、条件が整うまでC‐130の飛行を延期する。あくまでも、空家になったところを狙うのだ。

当日は、朝九時半からまずヘリの訓練を始める。

工作員の注意は、訓練が始まった時点から、普天間に釘付けになるはずだ。

そして、十時半。いよいよ、C‐130が滑走路に姿を現す。

明日の沖縄の天候は快晴。灼熱《しゃくねつ》の太陽の下に身を晒《さら》すことを、沖縄の人はあまり好まない。それもお互いの作戦に有利に働くはずだ。

そこで、オプションは二つに分かれる。男がSAMを手に、外に出ればアルファが。部屋の中から発射するようであれば、アルファ、ブラボーのいずれか、確実に相手を仕留めると踏んだ方が、射撃態勢を取る。

戦闘機が嘉手納を離陸するのは、その時だ。

離陸から普天間上空に差しかかるまでは僅かな時間だ。普天間基地の上空から、アパートめがけて、ローパスする戦闘機。その際には、凄まじい爆音が周囲を包むはずで、狙撃銃の銃声は完全にかき消される。

発射と同時に、由良が部屋に侵入する。そこから先は、夜が来るのを待って、密かに遺体を運び出すだけだ。

全ての手筈を確認し終えたところで、

「プリズムが把握している、ジョージの位置情報に変化は？」

と由良は訊ねた。

「何も——。この二日間、位置情報に変化はない。着信は何件かあったが、返答はなしだ」

キャメロンが答えた。

「やはり、ジョージは殺されているとみるべきだろうな」

「狙撃ポイントから監視している間に、カーテンが動いたのを確認しています。中に人がいるのは間違いない。やつ以外に考えられません」

由良の言葉にリーダーが答えた。

「OK。じゃあ、早々に準備に入ろう」

オコーネルは、フットボールの作戦会議が終わったかのように、ぱちんと手を叩くと「まず、劉だ」

由良の顔を見た。

小燕は、隣の部屋に待機させてある。

ドアを開けると、ソファに座った小燕が、弾《はじ》かれたように立ち上がった。

「指令を出してくれ」

由良は直截《ちょくせつ》に切り出すと、「決行は明日。目標はC－130だ」

預かっていた携帯電話を手渡した。

すでに覚悟を決めているはずなのに、小燕の顔に戸惑いと緊張の色が宿る。

「これが、最後の仕事だ。明日の便で君はアメリカに向かう。聞きたいことは山ほどある。暫くの間は、不自由を強いられることになるが、それさえ終われば晴れて自由の身だ。新しい名前、そしてアメリカ国籍が与えられる。生活に困ることもないだろう」

オコーネルが告げると、小燕は携帯電話を操作した。

工作員は、今や遅しと待ち構えていたらしい。

小燕が携帯電話を耳に押し当てた瞬間、会話が始まった。

「命令がきたわ。決行は明日。目標はC－130――」

小燕が話したのはそれだけだった。回線が切られた。

小燕はソファにへたり込んだ。

「ご苦労だった。今夜はゆっくりと休むことだ。明日は長い旅になるからね」

由良は、小燕の肩に手を乗せると、微笑んでみせた。

9

チームの中で、最も早く動き始めたのが由良だった。

前日の夜八時に、車でアパートの周囲を回り、部屋に電気が灯っているのを確認すると、一旦基地に戻った。

そして、まだ夜が明けやらぬ午前四時に基地を出ると、車を近所の駐車場に置き、アパートの背後にある森に身を潜めた。ナップザックの中に入れたカムフラージュ用のネットを被《かぶ》り、アパートの監視に入る。

出掛けに、「ハブに気をつけろ」と冗談めかしていったキャメロンの言葉が気になったが、これぱかりは注意を怠らない以外に方法はない。

ジョージの部屋に動きがあったのは、午前七時を回った頃だった。

台所の窓が僅かに開いたのだ。おそらくは、他の住人の動きを探るためだろう。

果たして、それから程なくすると、アパートの住人たちが、一人、また一人と出かけて行く。四人目が出かけたのが、午前八時。これで、ジョージの部屋にいる人間以外に、アパートの中には誰もいなくなったことになる。

「ゼブラ、デルタだ――」

由良は、頭に装着したヘッドセットのマイクに向かって囁いた。「いま、アパートの住人は全て外出した。該当の部屋に人がいるのも確認した」

駐車場には、一台の軽乗用車が止まっている。工作員のものか、あるいはジョージのものかは分からない。そこから少し離れた場所には自転車が止められている。

「デルタ。了解した。普天間でのヘリの訓練は予定通り行われる。アルファとブラボーは、九時にここを出て予定のポイントにつく――」

「テンフォー……」

日が高くなるにつれ、気温がどんどん上がる。森の中の湿度も増す。迷彩ネットを被っていると、中に籠った熱のせいで汗が噴き出し、全身がずぶ濡《ぬ》れになる。

上着の中に覚える硬い感触は、由良が所持している唯一の武器、スタームルガーMk2だ。

あるいは、これを使うことになるのか。だとしたら、どんな展開が考えられる——。

万全の手筈を整えたはずだが、想定外の出来事がまま起こるのが現場だ。最悪の展開に備える心構えは怠ってはならない。

午前九時半。普天間基地からヘリの爆音が聞こえ始めた。ツインローターのCH－46のものだ。それも一機や二機じゃない。もっと多くのヘリがエンジンを始動させ始めた。

やがて、沖縄の空に二つの回転翼を持つ、ヘリが次々に舞い上がると、いずこへかと飛び去っていく。

今頃、やつは、いつC－130が現れるかと、息を呑《の》んで基地の様子を窺《うかが》っているはずだ。

さあ、どんな行動に出るのか——。

由良は飛び去るヘリを無視して、アパートの監視に全神経を傾けた。

「アルファ、狙撃地点に到着——」

「ブラボー到着——」

イヤホーンを通して、次々に連絡が入る。

彼らが使っているのは、コンテナのついた四トントラックだ。スナイパー役は、その時が来るまでじっとコンテナの中でポジションを取り、観察員は早くから車外に出、人目につかぬ位置から部屋の様子を観察し、随時情報をもたらすことになっている。ヘリの編隊が、再び普天間上空に姿を現すと、基地の上空で旋回し、またいずこかへと去っていく。

精々じらしてやることだ。じれればじれるほど、C-130が滑走路に現れた際の、目標に対する集中力が増す。それは同時に、周囲への警戒が薄れるということだ。

由良もまた、じれる思いに堪《た》えながら、革の手袋をはめた。

10

ヘリのエンジン音が聞こえた瞬間、男は跳ね起きた。

カーテンの隙間から、基地の様子を窺うと、今までに見たこともない、多くのヘリが次々に飛び立って行く。

今日は、かなり大規模な訓練が行われるのか。だとすれば、タンカーの出番もあるかもしれない。

C-130がタンカーに使われる際には、燃料タンクが満タンになる。離陸直後に墜落すれば、市街地はたちまち火の海だ。

すでに、このアパートの住人が全員出かけたことは確認してある。

Ｃ－１３０が離陸し、市街地上空に差しかかったところで、ＳＡＭを発射する。そこから先は、かねてからの計画通り、自転車を使ってこの場を立ち去り、アジトに潜伏するだけだ。そして、空港が再開され次第、沖縄を離れる——。

男は、ジュラルミンのケースに手を伸ばすと、留め金を外した。蓋が開いたケースの中から、深いオリーブ色に塗られたＡｎｚａ　Ｍｋ－Ⅱが姿を現した。緩衝材の中に収められた本体には、すでにミサイルが装着されている。

男は頰が弛緩するのを覚えた。

そっと指先で、本体に触れてみる。

しっとりと肌に吸い付くような感触。表面はあくまでも滑らかだ。そのまま、緩衝材の中に手を入れ、本体を取り出した。

スリムにして軽量。それがＡｎｚａの特徴だ。本体の長さ、一・四四メートル。口径七・二センチ。重さは十六・五キロしかない。バッテリーを外したいまの状態では、さらに軽くなる。しかし、性能は極めて高く、発射されるや秒速六百メートルの速度で、最大四千メートル上空の目標めがけて飛んでいく。

男はＡｎｚａを肩に担いだ。照準器を立てて、発射口を窓に向ける。その先には普天間基地がある。

使用滑走路は、風向きによって都度変化するが、この位置からならば、どちらに向かって離陸しようが問題はない。特にこの時季、島には南風が吹く。とすれば、南西に向かって飛び立つ頻度が高くなる。その先にあるのは、住宅が密集する宜野湾の市街地だ。離陸するC－130は滑走路を三分の一ほど残したところで機首を上げ、一気に上昇を始める。市街地上空に差しかかった頃の高度は二百メートルもないだろう。センサーが赤外線を感知し、パイロットが危険を察知しても、その程度の高度で、回避動作をとることは不可能だ。ミサイルが目標を捉えることは間違いない。

男は、一旦Anzaを床の上に置いた。

時刻は間もなく、十時になろうとしていた。

不意に尿意を覚え、トイレに向かった。その隣には、バスルームのドアがある。バスタブの中で、土に埋もれた死体は、すでに腐敗が始まっているはずだが、土と目張りの効果が相まって、それらしき臭いはない。

小便を済ませ、部屋に戻った。再び窓から基地の様子を窺うと、格納庫前のエプロンから一機のC－130が、プロペラを回転させながら滑走路に向かって、移動を始めたところだった。

ついに、動き出した。

男は、Anzaを手にすると、バッテリーを装着した。これで、マスター電源を入れれば、ミサイルの赤外線シーカーの冷却が始まり、ロックオンが可能な状態になる。

もっとも、バッテリーは五十秒しかもたない。その間に引き鉄を引かなければ、バッテリーを交換せねばならなくなるのだから、タイミングが重要になる。

男は窓を開け放った。次にキッチンとリビングを仕切るガラス張りの引き戸を外し、リビングの隅に立てかけた。その足で、玄関のドアを最大限に開ける。バックファイヤーを逃すためだ。

これで、全ての準備が整った。

男はＡｎｚａを取り上げると、肩に担ぎ、ゆっくりと窓に向かって歩を進めた。

11

「ゼブラ、デルタだ。やつは、ドアを開けた。部屋の中から、ぶっ放すつもりだ」

由良はマイクに向かって早口で囁いた。

「聞いたか。アルファ、ブラボー、そちらからやつの姿を確認できるか」

キャメロンが緊張した声で訊ねる。

「まだ……、いや、今見えた。角度があるせいで、狙える部分は少ないが、Ａｎｚａを肩に担いでいるやつの姿を捉えた」

アルファの観察員の声だ。

「こっちは、全身がはっきり見える」

ブラボーがいった。

「よし、狙撃はブラボーに任せる」

「テンフォー」

「ただちに、嘉手納から戦闘機を飛ばす。タイミングを間違えるな」

キャメロンが次々に指示を出す。

由良は迷彩ネットを取り去った。

森を抜け出し、駐車場を迂回《うかい》しながら、アパートに近づく。一番遠い部屋から、開け放たれたドアへと慎重に近づいていく。

「ゼブラ。まずい。人がきた」

ブラボーの声。「これじゃ、トラックのドアを開けることができない」

「アルファ。代われるか」

キャメロンの声が切迫している。戦闘機は嘉手納を離陸している頃だ。もう間もなくこの上空に指し掛かる。

「何とか狙えそうだ」

狙えそうだって？　それも何とか？　冗談じゃない。狙えるじゃなければ意味がない。

そう返したいのは山々だが、今がチャンスであることに変わりはない。

「よし、狙撃はアルファに任せる」

キャメロンが言うと同時に、遥か彼方《かなた》から航空機の爆音が聞こえ始めた。滑空するような、ささやかな音がたちまちのうちに、破壊的な轟音《ごうおん》に変わった。

ばりばりばりばり――。

二機の戦闘機がアパートの上空に向かって、普天間の方向から一直線に飛んで来る気配を感じながら、由良は明け放たれたドアの横にポジションを取った。

12

戦闘機の通過待ちだったわけか――。

基地の近辺を戦闘機が低空で飛ぶことは珍しくはないことは沖縄に来て知ったが、基地上空を掠《かす》め飛ぶ光景は初めて目にする。

しかし、こいつが飛び去れば、いよいよC－130の離陸が始まるに違いない。

男は、滑走路の北東端で離陸態勢にあるC－130に全神経を集中した。バッテリーの電源を入れるタイミングは絶対に間違うことはできない。一発で仕留めるのだ。絶対に――。

男は電源スイッチに指をかけた。

頭上に迫る戦闘機のシルエットが視界の端に入る。耳を聾する爆音が、頭上に差し掛かろうとしていた。

瞬間、男は左腕にとてつもない衝撃を受けて、後ろに吹き飛んだ。

衝撃波？　一瞬そう思ったが、窓ガラスは割れていない。第一、衝撃波が起きるのは、飛行機が音速を超えた時だ。低空で飛ぶ戦闘機が、そんな速度を出すわけがない。

左腕から完全に感覚が失《う》せている。

男は上半身を起こしながら、その部分に目をやった。

悲鳴が漏れそうになった。

前腕部の肉が石榴《ざくろ》のように弾け、骨まで吹き飛んだのか、その部分から緩やかに湾曲している。噴き出す大量の血液。しかし、あまりのダメージに周囲の神経が麻痺《まひ》しているのか、痛みは感じない。

致命傷ではないが、もはやこうなると、Ａｎｚａを使って、Ｃ－１３０を撃墜することなど不可能だ。

畜生！　バレていたんだ。こちらの動きが、全て掴まれていたんだ。

もちろん、相手が誰かは明らかだ。

いきなり狙撃に出る。こんな手荒な行動を取るのはアメリカ以外にあり得ない。

しかし、まだ手はある。在日米軍基地の存在自体が、日本にどれほどの危機を及ぼすのか。それを日本人に知らしめてやるだけなら、撃墜なんかせずともいい。市街地に向けてミサイルを発射してやるだけでも効果はある。

男は、ともすると遠のきそうになる意識を意志の力で支えながら、部屋の片隅に吹き飛んだＡｎｚａに向かって這《は》い進んだ。

13

戦闘機が凄まじい爆音を残しながら、上空を飛び去った。

銃声はまったく聞こえなかった。その間に、スナイパーが引き鉄を引いたことを由良は疑わなかった。

行動に出ようとした瞬間、

「命中！　命中！　しかし、致命傷を与えたかどうかの確証はない」

興奮したアルファの声が、イヤホーンから聞こえてきた。

戦闘機は既に飛び去り、辺りには静寂が戻っていた。

由良は開け放たれたドアから部屋の中に飛び込んだ。同時に、懐からスタームルガーを抜き取ると、ボルトを引き、初弾をチャンバーの中に送り込む。

キッチンに人影はない。リビングとの間を仕切る扉越しに、腹這いになって横たわる男の脚が見えた。

動いている。生きているのだ。

男は、必死に何かに向かって、這い寄ろうとしているようだ。

まさか！

その行為が、何を果たそうとしているか、由良には手に取るように分かった。

由良はキッチンを駆け抜けると、リビングに入った。

やはり思った通りだった。

男は床に転がったＡｎｚａに手をかけようとしている。もう、一這いもすれば、指先がそれに届く。そしてその先にあるものは、電源スイッチだ。

電源を入れても、発射可能な状態になるまでには、僅かだが時間がかかる。

発射を阻止できる確信があった。男が左腕に深手を負っているのが見えたからだ。いざとなれば、射殺すればいいのだという思いもあった。それよりも、この男を生きて捕らえる。それも悪くないかもしれないと由良は考えた。

背後から、駆け寄る足音に気がついたのだろう。男が振り向いた。

視線が合った。由良は躊躇することなく、男の指先がかかりかけたＡｎｚａを蹴り飛ばした。

瞬間、由良は足を取られて、背中から畳に叩きつけられた。

男が由良の足を蹴り払ったのだ。

衝撃で、銃が手から離れた。

どこに、こんな体力が残っていたのか――。

男は、仰向《あおむ》けになった由良の体に覆いかぶさって来る。

男の顔が由良を睨みつけてくる。憎悪とも、無念とも取れる凄まじい形相だ。間違いない。『ブラック・シープ』で撮影された写真の男。そして、この部屋の本来の持ち主であるジョージと一緒に姿を消した男だ。

男は自由が利く右の前腕を由良の喉に当て、全体重を掛けてくる。

由良は息を止めた。首に力を込め、筋肉を膨脹させる。息をつけば、力が抜ける。その瞬間、首はへし折られてしまうかもしれない。

由良は歯を食いしばりながら、右手を振るい男の蟀谷《こめかみ》に拳を叩きつけた。

一発、二発――。

男の腕の力が緩んだ。

由良は男の体を押しのけ、大きく息を吸い込んだ。そこに、一瞬の隙が生じた。

男の動きは素早かった。野獣が獲物に襲いかかるような勢いで、四つん這いの姿勢で前に飛ぶ。

由良は体を捻《ひね》りながら、男を目で追った。

逃走を図ろうとしているのではなかった。部屋の隅に転がった拳銃を手に入れようとしているのだ。

由良は、男の体に手を伸ばした。指先が腰のベルトにかかった。渾身《こんしん》の力を込めて引き戻す。

男はそれでも諦めようとはしない。足を使って、這い寄ろうとする。さらには、自由が利く右手を使い、さらに前に進もうと上体を起こした。

由良は、右手に力を込めた。

男のバランスが崩れた。右肩から畳に落ちる。顔面をカバーしようと思ったのか、あるいは思わず手が出てしまったのかは分からない。男は左手を畳についた。瞬間、ぱきりと小さな音が聞こえた。男の左前腕が、銃創部分からぐにゃりとほぼ直角に折れ曲がった。完全に前腕の骨が折れたのだ。

男が呻き声を漏らす。体から力が抜ける。

由良は素早く姿勢を整えると、銃に這い寄った。

初弾はすでに装塡《そうてん》してある。銃を手にした由良は、体を回転させると男に向き直った。すかさず、銃口を男の額にぴたりと合わせる。

もはや、外しようもない距離だ。

生きて捕らえようなどと、妙なことを考えた揚げ句のこの様だ。躊躇する必要もなければ、殺害する人間と言葉を交わす必要もない。

男は命乞いどころか、諦念《ていねん》の色すら浮かべない。命を奪う人間の姿をその目に焼きつけんとするかのように、由良の瞳《ひとみ》を捉えて放さない。

悪く思うな――。

「ちっくしょう!」

男が漏らした瞬間、着弾の衝撃で頭が震え、額に小さな穴が空いた。

銃声よりも、遊底が擦れ合う金属音が優った。手に軽やかな反動を感じた。

射入口から一筋の鮮血が流れ出す。

ちっくしょう？

確かに男はそういった。それも日本語でだ。

その言葉が妙に引っかかった。

確かに、俺は日本人だ。しかし、たとえ計画を事前に察知したとしても、日本の当局が、決してこんな手荒な手段を取ることはあり得ない。我々がアメリカの組織の人間であることは、男も気がついていたはずだ。まして、死を迎える直前に、それも無念の言葉を吐くのに、母国語以外の言語が口を衝《つ》いて出るものだろうか。

こいつ、何者だ。まさか――。

由良は、床に俯《うつぶ》せになって横たわる男の姿を見やった。

「ゼブラ、デルタだ。男は始末した――」

「テンフォー……。あとの処理は、予定通り夜間にでも――」

キャメロンが安堵《あんど》の溜息を漏らしながら、回線を切った。

由良は早々に、事後処理に入った。

窓を、玄関のドアを閉めた。

密室になったところで、Ａｎｚａをケースにしまい、留め金をかけた。

リビングには、押入があった。ジョージの死体があるとすれば、この中が最も可能性が高いように思われたが、開けてみると、そこには衣類が収納されているだけで、それらしきものは見当たらない。

となれば、バスルームか——。

キッチンに戻り、バスルームの前に立つと、果たしてドアに目張りがしてある。中に何があるかは確かめるまでもない。へたに触れれば、死臭が漏れ出す。事を厄介にするだけだ。

由良はリビングに取って返すと、男の顔をじっと見やった。

中国にしたところで、自国のネット網を常に監視してもいれば、他国の多くの機関に不正アクセスを試み、情報の不正入手を可能ならしめる、専門の部隊を置いているのだ。アメリカの諜報機関が、ネットを使ってどんな情報を収集しているか、その手段を含めて十分承知しているはずだ。

用意周到、かつ大胆な計画だったが、ゲイバーで写真を撮られたのが運の尽きとは——。

半開きになった目は、早くも乾き始めている。口元に覗《のぞ》く歯さえ、死体になった途端に、生気というものが一切感じられず、作り物のように思えてくるから不思議なものだ。

由良の脳裏に、男が今際《いまわ》の折に残した一言が蘇《よみがえ》った。

「ちっくしょう！」

おそらく、額をぶち抜いた弾丸は、貫通し床にめり込んだのだろう。後頭部から流れ出した血液が、狙撃銃が貫通した前腕部からはさらに夥しい血液が床の上に、血溜《ちだ》まりを造っている。

たとえ、この男の死体を持ち出したとしても、血の痕跡は隠しおおせない。少なくとも、ジョージの部屋には、もう一人深手を負った人間がいた。それは、いずれこの部屋に警察が踏み込み、現場検証を始めれば、すぐに判明することだ。当然、警察はジョージの直近の足取りを辿る。『ブラック・シープ』の存在に辿り着くまでには然程の時間はかからないはずだ。

なぜなら、ジョージが殺されたことは、ここ沖縄で、いや全国的に大きく報じられるだろうからだ。その際には、彼の生前の写真も、同時に報じられる。マスターが口を噤んでも、あの店に出入りする仲間たちが、それに気づかぬはずがない。

ゲイという性癖を持った人間が、進んで警察に通報するかどうかは別として、仲間内では大きな話題になるだろう。そして、必ずや外に漏れる。警察の調べが入れば、マスターとて、知らぬ存ぜぬは決め込めまい。ジョージと共に最後に姿を消した男。それが、この血痕の主だと推定する。同時に、その男を追い求め、酷い暴行を加えた人間がいたことも知ることになる。

推定死亡日時から、ジョージを殺したのは工作員。そして、工作員を殺した人間は、もう一人いる。当然、警察は事件の全容解明の手掛かりはその男にあると考える。

しかし、早ければ明日のうちにも、その男は日本を離れることになる。おそらく警察はブラック・シープのマスターの協力の下、似顔絵を作成するだろうが、そんなものは何の役にも立たない。

つまり、工作員の死体をこのまま放置しようが、日本の警察は二人の男がここで殺害された。ジョージを殺したのは、工作員である疑いが濃厚。そして、工作員を殺した人間がもう一人いる。その事実を摑むまでのことはできても、捜査はそこで行き詰まるということになる。

「ゼブラ、デルタだ――」

由良は、呼びかけた。

「デルタ。どうした――」

キャメロンの声が聞こえてくる。

「バスルームに、ジョージと思われる死体を隠蔽した痕跡がある。ドアに厳重な目張りが施されている」

「四日と期限を区切った理由はそれか」

「そう考えて間違いないね」

由良は同意すると、「しかし、こいつの死体を我々が処分する必要はあるかな」

かねてからの計画に疑問を呈した。

「どういうことだ」

「我々がこいつの死体を処分したとしても、ここで二人の人間が死んだ。そのことは隠しおおせない」

由良は、短い時間の中で考えたことを話して聞かせ、「どっちにしたって、この惨劇の鍵《かぎ》を握るのは俺だ。日本の捜査当局は、そう結論づける筈だ」

と断じた。

「しかし、こいつの死体をそのままにしておけば、警察は徹底的に身元を洗う。君同様にね。その結果、中国人であったことが判明したら――」

「どうなる？」

由良は、キャメロンの言葉を遮って訊ねると続けた。「もちろん、SAMは予定通りここから運び出す。そうなれば、やつがここで何をしていたか知りようがない。中国にこの人物の身分を照会したって、該当者はいない。仮に存在を認めたとしても、工作員だなんて、明かすわけがない。中国人のゲイが、三角関係のもつれから、殺人を犯した。そして、そいつが誰かに殺された。その辺が、落とし所になるんじゃないのかな」

「一つ、大事なことを忘れちゃいないか」

キャメロンの声に懸念の色が宿る。「やつの死体の腕の部分には、狙撃銃で撃ち抜かれた痕があるんだろ。そして止めをさしたのは、君の拳銃だ。ライフルと拳銃。誰がそう考えたって、尋常な殺され方じゃない。この二つの行為を可能にする組織といえば、米軍、あるいはそれに連なる組織だ」

もちろんそれを踏まえた上で言っているのだ。

「で、どうなる。アメリカに問い合わせが入れば、イエスと答えるのかね」

キャメロンが沈黙した。

「知らない――。その一言で済む話なんじゃないのか」

「しかし、この作戦が行われていることは、日本側は何一つ知らないんだ。警察はおろか、公安もね。少なくとも、ライフルによる銃創があった。これは日本の社会常識からすれば、尋常ならざる事態だ。警察はマスコミにその情報を伝えるだろう。いかに我々が否定しようとも、疑いの目が向けられることは間違いない。それだけでも、我々にとっては好ましいとはいえない。そうじゃないかね」

お前ほどの男が、どうしてそこに頭が回らないんだ。

そうとでも言いたげなキャメロンの口調だった。

「こいつの正体を突き止めるのは、日本の当局に任せた方が早いかもしれない。そう思ったものでね」

由良は答えた。

「どういうことだ」

「こいつが撃たれる瞬間に漏らした言葉が、日本語だったんだ。『ちくしょう』とね」

「『チクショウ』？」

「英語でいうなら、ガッデム。あるいはファックだ。こいつが中国人なら、死の間際になってもなお、母国語ではなく、日本語で罵《ののし》りの言葉を口にするかな。訓練を受けた工作員といえども、それだけの冷静さを保てるものかな」

一瞬の沈黙があった。

「じゃあ、君はこいつが日本人である可能性があると？」

「俺は、スリーパーとしてアメリカのために働いた男だ。中国のために働く日本人のスリーパーがいたとしても不思議じゃないだろ」

「確かに――」

「それに、俺と工作員とジョージの三人の接点は、あの『ブラック・シープ』しかない。痛めつけたのは、日本人である俺だ。アメリカの影はどこにもない。日本人がＣＩＡの、それもアンオフィシャルカバーとして働いているなんて、考える人間はいやしないさ。何が起きたか、分からないまま事件は闇に葬り去られる。その公算の方が高いと思うがね」

再び沈黙があった。今度は前よりも随分長い。

「君の考えは良くわかった。いずれにしても、次の行動は深夜だ。とにかく一度こちらに戻ってくれ。やつの死体をどうするかは、改めて話そう」

キャメロンはそう告げると、回線を切った。

14

結局、工作員の死体は、そのまま部屋に放置することになった。

断を下したのはオコーネルである。

たとえ、ライフルの銃創が工作員の体に残ったとしても、狙撃現場を目撃されてもいなければ、その気配を察知され、警察が動いた気配もない。ライフルをアメリカ軍と関係づける人間もいないではないだろうが、その理由はとなれば、見当もつくまい。知らぬ存ぜぬを決め込むことができると考えたのだ。

むしろ、工作員がもし日本人であった場合、身元の特定には、日本の警察の力を借りた方が早ければ、背後関係の捜査まで、彼らは行うはずである。

もちろん、仮に工作員が日本人だとしても、中国のスリーパーであったことまで把握はできはしまいが、身元が分かれば、必ずや思想や行動の把握に努める。結果、中国との関係も、ある程度の部分まで分かると考えたのだ。

翌未明に、深夜の闇に紛れＳＡＭを搬出し、近くに待機させたワゴンに積み込み、基地に戻った。

由良は、早朝沖縄を離れ、昼前に横田に到着した。そこから青山へヘリに乗って移動し、赤坂のホテルに入った。

過酷な任務を無事終わらせたのだ。それなりの休暇が与えられて当然だ。実際、オコーネルは、沖縄を発つ際に、そういって由良を送り出した。

しかし、それもシャワーを浴びようと、バスルームに向かった瞬間、鳴り始めた携帯電話によって、無残にも打ち砕かれることになった。

羅と再びコンタクトしろというのだ。

「どういうことだ？　俺には休暇が与えられるはずじゃなかったのか」

由良は、溜息をつきながらいった。

「北に不穏な動きがある」

オコーネルはいった。

「不穏な動き？　いよいよ体制崩壊でも始まったのか？」

「そうじゃない。もっと最悪な事態だ」

それ以上に最悪な事態なんて思い当たらない。

「何が起きてるっていうんだ」

「核実験に向けての動きがある」

「冗談だろ……」

由良は、言葉を呑んだ。「あの国のどこに核実験なんかする余裕がある」

「前にもいったろ。独裁政権を維持するために、最も効果的にして簡単な方法は、国民の目を体制に向けさせないこと。つまり、危機的状況を外に作ることだ。それに、北が核を手にすることに、執念を燃やしているのは今に始まったことじゃない。小型、軽量化も進んでいるだろう。ひょっとして作戦が未遂に終わったことを北が知ったのかもしれんな」

「じゃあ、北の動きは今回の一件と関係があると？」

それにしては、早過ぎる。

そう感じながら、由良は訊ねた。

「劉が東京から姿を消したことに気づいたのかもしれん。となれば在日米軍を無力化するのは不可能だ。我が身を守るためには核を手にするしかない。そう考えればあり得る話だ」

「で、どうしろと？」

「休暇は、暫くお預けだ。明日一番の便で、シンガポールに向かって欲しい」

オコーネルは命じた。

「羅か――」

「やつは昨日シンガポールに現れたそうだ。相変わらずカジノ通いがやめられないらしい」

人使いが荒いのは、今に始まったことではないが、息をつく間もないとはこのことだ。しかし、羅がカジノにいるとなれば、話は少し違ってくる。仕事を兼ねてシンガポールで羽を伸ばすのも悪い話じゃない。

「分かった――」

由良は同意すると、「ただし少々元手がかかるぞ」

念を押した。

「しょうがない。ただ物には限度というものがあるからな」

「国益のためとはいえ、人を殺すことも躊躇しない組織にどんな限度があるんだ？」

「冗談でいってるわけじゃない。莫迦《ばか》な使い方をしようものなら、アフガニスタンにでも送り込んでやる」

オコーネルは、本気のようだった。

由良は肩を竦めると、

「端から負けるつもりで、カジノに行く莫迦がどこにいる。負けなきゃいいだけの話だ」

あっさりと返し、電話を切った。

15

ルーレット台の回りに人だかりができている。

盤面を眺めると、特定の数字を中心に、山と積まれたチップが置かれ始めている。張っているのは羅だった。

高額のチップを使えば、山は低くなる。一枚十ドルのチップを使っているのは、周囲の反応を楽しむためだ。期待通り、羅が摘《つま》み上げたチップを置いて行くたびに、周囲からどよめきが起きる。

かつて羅に教えてやった通りの張り方だが、その手に迷いはない。もはや立派なギャンブラーである。

今夜の羅は、つきまくっているらしい。手元には、色が違う高額チップが山となっている。十ドルチップでは、置き切れないからだ。キャッシュからチップの交換は、既に精算所で済ませてある。

「失礼――」

由良は断りを入れながら、人垣を掻き分け盤の隣に立つと、羅の積み上げたチップの上に、自分のそれを次々に重ねていった。チップの色は赤。一枚五十ドル。それを二目賭けに六枚ずつ、一目賭けに三枚ずつだ。

羅が驚いたように振り向く。そして由良の姿を確認した途端、声を上げんばかりに、口を開き目を剝いた。

由良は、笑みを浮かべながら、黙って頷いた。

軽やかなベルの音。すでに、玉は盤面を周回し始め、勢いが落ちつつある。

カン、カン、カ、カ、カ――。

玉が回転盤の上で跳ねる。

周囲の客が、息を吞んで成り行きを見詰める。

待ち構えているのは、幸運か、絶望か――。

「赤、32」

歓声が上がった。

羅の賭け目だ。しかも、的中である。

羅は一目賭けに十枚。二目賭けに二十枚のチップを置いていた。払い戻しは、合わせて七千二百ドル。元手は八百ドル。大勝である。

冷静さを気取る羅だが、頬が弛緩するのが分かる。

ディーラーが千ドルチップ七枚と、十ドルチップ二十枚を、山にして押し出してくる。

由良に使用されたチップは、さらに高額なものが使われた。由良はそれを受け取りながら、

「どうやら今夜は君に女神が舞い降りているようだな」

羅の耳元で囁いた。

「さて、どうかな――」

羅は警戒感を露にしながらも、まんざらでもない表情を浮かべる。

「アンクル・サムが、宜《よろ》しくといっていた。感謝しているともね。君が望めばいつでも迎え入れる用意があるとも――」

「あの情報が役に立ったと？」

羅は、中国の目論見も知らなければ、北の協力があって初めて可能になった作戦であることを知らない。もちろん、由良にも事情を話して聞かせるつもりなど、毛頭ありはしない。

「感謝しているというからには、そういうことなんだろう」

由良はさりげなく話を流した。

「ベット――」

ディーラーが次の勝負の始まりを告げた。

羅は、チップに手を伸ばそうとする。

由良は、そっとその手を押しとどめた。

不可解な顔をして、羅は由良の顔を見詰めてきた。

「もう、こんな雑魚《ざこ》が集うテーブルで勝負するのは止めにしないか」

「というと？」

「カジノには、もっと素敵な場所がある。客への対応、集う客、設備、雰囲気、何もかも別世界の部屋がね――」

「VIPルーム？」

羅の目が微《かす》かに輝くのを由良は見落とさなかった。

「その通りだ――」

由良は頷くと、「見たいと思わないか。世界一流のクズだけが入ることを許される部屋を。そこで、思い切り運を試してみたいと思わないか？」

「入れるのか？」

「俺を誰だと思ってる」

由良は薄く笑ってみせた。「入るのは難しいが、一度入室を許された人間は、次からは顔パスだ。もちろん、金がある限りにおいてだがね」

祖国にあっては、特権階級に属する人間であることに間違いあるまいが、自由主義国家の中においてはただの人だ。世界一流のクズとはジョークだが、選ばれた人間だけが入室できる空間であることは確かである。その言葉に魅せられぬはずがない。

羅は、黙って頷いた。

「チップを全部、五百ドルチップに交換しろ。いまここにあるだけでも、何度か勝負ができるだろう。手持ちが尽きれば、貸してやる」

「あなたが？」

羅は、驚いたように訊ね返してきた。

「金はアンクル・サムのものだ」

「つまり、国のものってことだろ。大穴を開ければ――」

「勝ちゃ問題ないだろ。負ければ一度の勝負で、損を取り返せるように賭け金を増やしていきゃあいいだけの話だ。一度勝てば、少なくともイーブンに戻せる。それだけの話だ」

もう暫く、スリーパーとして働いてもらわなければならないことを切り出すのは、勝負の後でいい。

由良は歯を剝き出しにして笑うと、ポンと羅の肩を叩いた。

エピローグ

十一月に入ると、ベイエリアは雨季を迎える。収穫の済んだ葡萄《ぶどう》畑は、黄色に変わった葉を宿すだけとなり、その一方で一年のほとんどが黄金色の枯れ草に覆われた大地が緑に変わる。

しかし、その分だけ気温も下がれば湿度も増す。まして、日没間近の時間ともなると、それに拍車がかかる。

古傷を抱える身には、最も過ごしにくい季節の到来である。

痛みを和らげるのに効果を発揮するのはスコッチだった。琥珀《こはく》色の液体を生のまま体内に送り込むと体が温まり、尖《とが》った神経が弛緩《しかん》する。飲み過ぎは禁物だが、たとえ医者に処方されたとしても薬物よりは身体にいい。なによりも量の調節がきくのが好都合だった。

「君の見立ては正しかった。ユラは見事な働きをしてくれたよ。改めて礼をいう」

電動車椅子に座る男に向かって、シュワルツがいった。

男は、ゴロワーズを口に運びながら、小さく頷《うなず》いた。シュワルツは続けた。

「お陰で、オスプレイの普天間配備も無事に済んだ。もしあの時点で、我が軍の軍用機が撃墜され、市街地が火の海になっていたら、原因はどうあれ、配備は不可能になっていたことは間違いないのだ。それどころか、沖縄、いや日本全土で基地撤廃運動が一気に燃え上がり、収拾のつかない事態になっていただろう」

なるほど、バージニアからカリフォルニアまで専用機を使ってわざわざDDOが礼を述べにくるだけのことはある。由良がどんな働きをしたのかは、初めて聞かされたが、確かにこの作戦を未然に防げなかったら、極東のパワーバランスは今頃激変していたに違いなかったのだ。

「それにしても、大胆な手段に出たものだ。中朝双方にとって、在日米軍の存在は喉元《のどもと》に突きつけられた刃《やいば》だが、まさかテロまがいの手段を取ってくるとはね」

男はゴロワーズを吹き上げた。「もっとも、直接的な軍事行動を取るよりも、効果的、かつ安上がりな方法ではある。誰の仕業か分からなければ、米軍は世界のどこにいようが、テロの恐怖から逃れられない。それは米軍が駐留する国の国民もまた同じ。その現実を日本人に思い知らせることになったんだからな」

たおやかに時間が過ぎゆくだけの暮らしをしていると、刺激的な話には違いないが、体の自由がままならなくなってしまった身には遠い話だ。それに、日本は祖国には違いなくとも、二度と足を踏み入れることのない地だ。極東のパワーバランスがどうなろうと知ったことではない。

それでも男は続けていった。

「だが、失敗したとなれば形勢は逆転だ。ことが公にならずとも、計画が事前にアメリカに察知され阻止された。連絡役が姿を消し、工作員は殺された。背後関係も含めて全てアメリカに把握されてしまったと考えるだろう。これは、彼らにとって、暗黙のプレッシャーになるはずだ。冒険主義的な手段に打って出ることは二度とあるまい」

当然肯定する言葉が返ってくると思った。

ところが、シュワルツは苦虫を嚙《か》みつぶしたかのように複雑な表情を浮かべると、

「それが、そう単純なものではないのだよ」

深い溜息《ためいき》をついた。

「なぜ？」

「ユラが始末した男だが、やつは日本人だったんだ……」

「日本人？」

考えもしなかった展開に、男は問い返した。

「我々も、中朝いずれかの工作員だと端《はな》から思い込んでいたのだが、間違いなく、やつは日本人なんだ」

シュワルツは断言した。

「それは確かなのか」

「ああ——」

シュワルツは頷いた。「やつの死体は、殺害から三日の後に発見されてね。当然殺人事件として大きく報じられることになった。バスタブには、土に埋められたゲイの死体。それも喉を一直線に切り裂かれてね。まして、やつは腕をライフルで撃ち抜かれ、二十二口径のピストルで止《とど》めを刺されていたんだ。アメリカ軍人の仕業かと、騒ぎ立てるメディアもあったが、銃声を聞いた人間もいなければ、目撃者もいない。まあ、低空で戦闘機が飛ぶこと自体、まあまあることだ。それが銃声を消すためだとは誰も思わんさ」

「情報機関が、まさか日本で、他国の工作員を殺害したとは、さすがに警察も思わんだろうしな」

「もっとも、手掛かりがなかったわけじゃない。やつに殺されたゲイだ」

「由良がその店の主人の口を割らせたんだったな」

「被害者があの店に出入りしていたことはすぐに知れた。部屋の主はいち早く実名で報道されたんだからね。仲間たちがすぐに警察に通報したってわけさ。そして店の主は由良が工作員の行方を捜し訪ねてきて、自分に暴行を加えた。その一部始終を話したってわけだ。当然、警察はその男の証言から似顔絵を作成し公開した——」

「しかし、効果はなかった——。その頃にはとっくにユラは日本から出てしまってるんだからね。かつての同僚がそれを目にしたって、人の容貌《ようぼう》は、十年もすれば変わってしまう。まして、彼は四年もの間、刑務所の中にいたんだ。分かるわけがない」

男は断言した。

「それに、似顔絵というのを私も見たが、良くできちゃいるが、それは由良を知っている人間であればの話でね。あの程度の代物で、警察が由良に辿《たど》り着けるなら、未解決事件なんてものはなくなってしまうさ。アメリカ犯行説も、店主が自分を痛めつけたのは、間違いなく日本人だと断言したところで、立ち消えた——」

シュワルツは鼻を鳴らした。

「で、工作員が日本人だと特定できたのは？」

「指紋だ」

「指紋？　男に前があったのか？」

「そうじゃない。やつは宜野湾市内にアジトを構えていたんだ。家賃未納。携帯に電話しても、留守電モードになるだけ。不審を覚えた大家が、万が一のことが起きたんじゃないかと、アパートのドアの前で携帯電話をかけたところが部屋の中から、呼び出し音が聞こえた——」

「警察立ち会いの下で、部屋に入ったというわけか」

「その通りだ」

シュワルツは頷いた。「部屋の中には、たいしたものが残されていたわけじゃない。ただ運転免許証が残されていてね、死体と免許証の顔が酷似している。それで、警察が部屋に残っていた指紋と、死体のそれを照合したところ一致したというわけだ。念のため、死体と部屋から採取した頭髪のＤＮＡの鑑定も行ったそうだがね。それも一致。その時点でやつの正体が確定したというわけさ」

「皮肉な話だな」

男は思わず鼻を鳴らした。「それじゃまるでユラと同じスリーパーじゃないか。国籍は日本だが、他国の工作機関のために働く。それも、殺人、破壊工作を行うことも辞さない。今回の一件は、スリーパー同士、それも日本人同士の戦いでしかなかった。アメリカ、中国、北朝鮮の三国間の関係には、何ら影響を及ぼさなかったってことになるじゃないか」

「やつは、学生時代に六年間、中国に留学していたことがその後の警察の調べで分かってね。その間に、スリーパーとしてリクルートされたんだろうな。それも特殊工作員として——。君がいうように、まさに由良と男、米中の特殊工作員同士の戦いだったということになる」

あり得る話ではある。まして、若い頃に長く暮らした国にはシンパシーを抱くものだ。自国での生活体験者や、企業に勤める人間に目をつけるのは、諜報《ちようほう》機関の常だからな」

男はシュワルツの顔を正面から見据えた。

「北がSAMを日本に持ち込んだことは、ユラがシンガポールでリクルートした羅が認めている。そしてこの作戦を立案し、実行しようとしたのは中国、それも瀋陽軍区だという指令仲介役の工作員の証言もある。だがね、事は公にはできんのだ。彼女を議会で証言に立たせれば、中国もぐうの音も出んだろうが、今度は、我々がどうやって作戦を阻止したのかを明らかにしなければならなくなる。実行役は殺害した。それも日本人だったなんていってみろ。それこそ大変な騒ぎになるに決まってるからね」

「どうりで、作戦が失敗に終わった後も、二つの国の挑発的行為が収まらないわけだ。実行役が日本人なら、いくらこちらが真実を知っていることを匂わせたところで、知らぬ存ぜぬ。白を切り通すことができるからな」

男は想像だにしなかった展開に思わず唸《うな》った。

「つまり、半島情勢、東シナ海の緊張状態も今後ますます高まることはあっても安定することは望めないということだ。中国は東シナ海を支配圏に置くことを決して諦《あきら》めない。北朝鮮も、正恩体制を維持するためにはなりふり構わんだろうからな。なにしろ、国内に渦巻く体制批判の目を逸《そ》らすためには、外に敵をつくることで危機感を煽《あお》り、国民の目を外に向けさせること。それが体制維持につながる最も効果的な手段。その点において二つの国の国情は一致するんだからな」

「日本はその格好の対象であり続けるというわけか」

「その通りだ」

シュワルツは頷いた。「やつらは必ず動く。いや、すでに次の行動を始めているかもしれんのだ。ユラの役割は、ますます重要になる」

「ユラも大変だな。使える人間はとことん使う。それが、君たちの流儀だからな」

男はニヤリと笑った。「こんな体になっても、完全には解放してくれやしないのがその証拠だ」

「誰でもというわけじゃない。有能な人間に限っての話だ」

シュワルツも笑みを以《もっ》て答えると、「そうだろ、ミスター・アサクラ」

初めて男の名前を口にした。

朝倉恭介《あさくらきょうすけ》は、短くなったゴロワーズを灰皿にこすりつけた。

「我々は、待ち望んでいるんだ。君に匹敵するような、レジェンドとなる工作員が現れてくれることをね。もっとも、ユラがその域に達するかどうか――」

シュワルツは立ち上がると、手を差し出してきた。

恭介はショットグラスに残ったスコッチを一気に飲み干すと、その手を握り返した。

雲の切れ間から差し込む夕日を浴びながら、シュワルツは部屋を出て行く。

彼は振り返らなかった。

ドアが閉まる。待たせていた車にエンジンがかかる。それが徐々に遠ざかっていくと、部屋にいつもの静寂が戻った。

恭介は改めてショットグラスにスコッチを注ぎ入れると、電動車椅子を窓際に寄せた。

眼下には、ナパの街並みが広がっている。ふとベイエリアの方角に目を向けると、この地特有の霧が塊となって渓谷になだれ込もうとしている。

茜《あかね》色の太陽が徐々に高度を低くしていく。霧の上面が薄いピンクに染まり、その延長線上には太平洋が、そしてその対岸に日本がある。

日本か――。

朝倉恭介は、在りし日の己の姿に思いを馳《は》せながら、静かにグラスを傾けた。

参考文献・資料

『中国軍事用語事典』　茅原郁生編　蒼蒼社
『アメリカの国家安全保障政策』　花井等・木村卓司　原書房
「犯罪国家　北朝鮮の国際的不法活動を理解するために」“CRIMINAL SOVEREIGNTY: UNDERSTANDING NORTH KOREA'S ILLICIT INTERNATIONAL ACTIVITIES”
アメリカ陸軍大学戦略研究所　Dr. Paul Rexton Kan, Dr. Bruce E. Bechtol, Jr.
Robert M. Collins ／加藤健訳
国際宗教同志会　平成二十四年度第二回例会　記念講演『金正恩体制と今後の北朝鮮情勢』
龍谷大学社会学部教授　李相哲　http://www.relnet.co.jp/kokusyu/

解説

香山《かやま》二三郎《ふみろう》

日本に本格的なスパイ小説が誕生したのは一九六〇年代である。第二次世界大戦後のインドネシアとの賠償協定をめぐる課報戦《ちようほう》を描いた中薗英助《なかぞのえいすけ》『密書』（六一年刊）を始め、ヴェトナム戦争前のサイゴン（現ホーチミン市）を舞台にした結城昌治《ゆうきしようじ》『ゴメスの名はゴメス』（六二）、革命直後のキューバを舞台にした三好徹《みよしとおる》『風は故郷に向う』（六三）等、続々と傑作が登場したが、いずれも日本の商社員が課報戦に巻き込まれるという設定に特徴があった。考えてみれば、日本人が観光目的に海外に出かけられるようになったのは一九六四年四月から。六〇年代の頭にはまだ海外渡航は自由化されておらず、日本人を主人公にスパイものを書こうとしたら、外交官とか商社員とか、キャラクター設定は自ずと限られることになったのだろう。

七〇年代に入ると渡航も自由になり、海外旅行がブームになるが、そのいっぽうで日本のスパイ小説は勢いを失ってしまう。高度経済成長を果たし国際的な地位も安定したせいか、他国との駆け引きにおいても寛容というか、日本では機密情報もただ漏れでそもそも課報戦自体成り立たないなどと悪口をいわれる始末。そうなっては、確かにスパイ小説も何もあったものではない。

だが自由主義社会と社会主義社会を隔てる東西の壁が崩れて冷戦が終わり、一九九〇年代に入ると、国際的なパワーバランスや対立構造が変わり始める。当然ながら、課報戦の構図も変容し、新たなスパイ──課報小説の風が吹き始めるのである。一九九六年に刊行された楡周平《にれしゅうへい》のデビュー長篇『Cの福音』もそうしたニューウェーヴの一冊といっていい。

いや、孤高の主人公・朝倉恭介《あさくらきょうすけ》のキャラクターは当初大藪春彦《おおやぶはるひこ》が生んだアンチヒーロー伊達《だて》邦彦《くにひこ》の後継者として受け止められたに違いない。彼が麻薬──コカインの画期的な密輸システムを立ち上げるというストーリーもスパイ小説ではなく、今ふうのクライムノヴェルではないかと。しかし著者は長篇第二作『クーデター』で朝倉とは対照的なもうひとりのシリーズキャラクター、報道カメラマンの川瀬雅彦《かわせまさひこ》を登場させ、カルトな宗教団体による大胆なテロ計画の顚末《てんまつ》を描いてみせた。してみると大藪の衣鉢を継ぐと見せかけ、実は相反するふたりのキャラクターを登場させることで、よりワールドワイドな活劇世界の構築を目指したに違いない。朝倉は第五作『ターゲット』でCIAにリクルートされアメリカの課報工作員として北朝鮮と闘い、最終の第六作『朝倉恭介』でついに川瀬と相対することになるが、本書『スリーパー』はまさにその朝倉と川瀬のシリーズの後を継ぐスパイもの長篇なのである。

まず主人公・由良《ゆら》憲二《けんじ》のキャラ造形にご注目。アメリカのスタンフォード大学でMB

A（経営学修士）の学位を取り投資ファンドに入るが、CIAにリクルートされ、スリーパーエージェントとして日本の投資ファンドに入社する。そこで抜群の実績を上げるものの、カジノの借金をめぐるトラブルからアメリカの闇金融業者を殺害、無期懲役の判決を受けて刑務所で服役中。天涯孤独な三四歳。語学に長《た》け、頭が切れるだけでなく、フルコンタクトの空手流派の四段でもある。まさに朝倉恭介の生まれ変わりのようなタフガイに、CIAが目をつけないはずがない。暴走する北朝鮮とそれを支援する中国――東アジアに二つの爆弾を抱えたCIAはそこで紛争が起きぬよう監視し、場合によっては争いのタネを潰《つぶ》さなければならない。その工作員として、由良はまさに打ってつけの人材であった。

かくして過酷な囚人生活から脱した由良は、北朝鮮の外貨資金調達機関「三十九号室」のメンバーである羅志秀《ラジス》をエージェントに仕立て上げよと命じられる。羅は特権階級のエリートだったが、ギャンブル好きという問題を抱えていた。由良は羅が通うシンガポールのカジノへと飛ぶが……。

スパイ小説でカジノといえば、映画でもお馴染《なじ》みイアン・フレミングの007シリーズ。スパイたちの出会いの場として、恰好《かっこう》の晴れ舞台というべきか。アジアでカジノとなれば、中国のマカオや韓国のウォーカーヒル、済州島等が思い浮かぶが、本書に登場するのはシンガポール。それもブラックジャック等のカードゲームではなく、ルーレットが使われるところが面白い。だが北朝鮮ではエリートでも外国ではただの人、羅は全ての目にチップを張る「ノーキョー張り」をするような素人で、経験豊富で予算も潤沢な由良にとっては付け入るスキだらけなのであった。

一九六〇年代半ば、日本の翻訳ミステリー界でスパイものが流行《はや》ったことがある。作家の石川喬《たか》司は著書『極楽の鬼―推理小説案内―』の中でスパイ・キャラを次のように分類して見せた。「スパイにもいろいろ種類があるらしい。007のようなアソビ・スパイもいれば、『寒い国……』（ジョン・ル・カレ『寒い国から帰ってきたスパイ』のこと：筆者註《ちゅう》）のリーマスのようなマジメ・スパイもいる。いまのところ世にもてはやされているのは、この二大スターだが、さらに――今月出た三冊の翻訳推理小説によって、別種のニューフェイスが紹介された。トボケ・スパイ、アタマ・スパイ、オコリ・スパイの三種である」（初出「ハヤカワ・ミステリ・マガジン」一九六六年二月号）。

これは順に、レン・デイトン『イプクレス・ファイル』、アダム・ホール『不死鳥《フェニックス》を倒せ』、ミッキー・スピレイン『銃弾の日』を評しての言葉なのだが、トボケ・スパイはともかく、アタマ・スパイ、オコリ・スパイとは何なのか。『不死鳥を倒せ』はイギリスの諜報部員がナチスの残党率いる秘密組織に潜入する話だが、そこで主人公はことあるごとに細かい推理を積み重ね、難をしのいでいく。その頭脳派ぶりからして、アタマ・スパイというわけだ。『銃弾の日』のほうは誇大妄想狂の反共主義者である主人公（その名もタイガー・マン！）が自分を裏切った女に復讐《ふくしゅう》の炎を燃やしつつ〝アカの陰謀〟をたたきのめすべく血道を上げるという話で、何で年中オコッているのか素直に納得。では我らが由良憲二はどのタイプなのかというと、実はそのすべてのタイプを有している万能派ではないかと思うのである。

CIAに再リクルートされ、粛々とミッションをこなそうとする辺りはマジメ・スパイふうだし、羅志秀を見事にハメて見せる辺りはアソビ・スパイの面目躍如たるところ。そこではちょいとトボケた面や何もかも計算ずくのアタマ・スパイであるところも発揮して見せるし、後半中国のテロを阻止しようと奔走する際にはオコリというかテロリスト相手にイカリを爆発させるシーンが出てくる。

つまるところ、石川分析から半世紀たった今、現代のスパイは様々な才能を併せ持っていないと務まらないということなのだろう。むろん本書には、最新の国際情報も盛り沢山に詰め込まれている。米中関係の軋轢《あつれき》は新たな東西対立ともいうべき構図であるが、北朝鮮と密接なコネを持つ人民解放軍最強の瀋陽軍区（旧満州、現在の中国東北部）の謀略が描かれる辺り、中国も決して一枚岩ではないことがおわかりになろう。そう、人民解放軍の中には中央の党政府でさえコントロールのきかない人々が存在する。情報小説としても、本書には多々発見があるのではないだろうか。

そして、スパイの世界においてはもはや人種や出身地は関係ないことにもご注目。日本人の由良がアメリカの手先になったり、また別の日本人が別の国の手先になったり、誰がどういう事情でスリーパーになっているのかわからない。著者の朝倉・川瀬シリーズを楽しまれた方なら、エンディングのサプライズに打ち震えるに相違ないが、由良憲二には果たして今後どういう運命が待ち受けているのだろうか。イスラム勢力は絡んでくるのか、現実の国際事情の行方をうかがう意味でも、次作が待ち遠しいのである。

本書は、二〇一四年二月、小社より
単行本として刊行されました。

スリーパー

楡《にれ》 周平《しゅうへい》

平成28年 8月25日　初版発行

発行者●郡司 聡

発行●株式会社KADOKAWA
〒102-8177　東京都千代田区富士見2-13-3
電話 0570-002-301（カスタマーサポート・ナビダイヤル）
受付時間 9:00～17:00（土日 祝日 年末年始を除く）
http://www.kadokawa.co.jp/

角川文庫 19911

印刷所●旭印刷株式会社　製本所●株式会社ビルディング・ブックセンター

表紙画●和田三造

ISBN978-4-04-104451-3　C0193

角川文庫発刊に際して

角川源義

第二次世界大戦の敗北は、軍事力の敗北であった以上に、私たちの若い文化力の敗退であった。私たちの文化が戦争に対して如何に無力であり、単なるあだ花に過ぎなかったかを、私たちは身を以て体験し痛感した。西洋近代文化の摂取にとって、明治以後八十年の歳月は決して短かすぎたとは言えない。にもかかわらず、近代文化の伝統を確立し、自由な批判と柔軟な良識に富む文化層として自らを形成することに私たちは失敗して来た。そしてこれは、各層への文化の普及滲透を任務とする出版人の責任でもあった。

一九四五年以来、私たちは再び振出しに戻り、第一歩から踏み出すことを余儀なくされた。これは大きな不幸ではあるが、反面、これまでの混沌・未熟・歪曲の中にあった我が国の文化に秩序と確たる基礎を齎らすためには絶好の機会でもある。角川書店は、このような祖国の文化的危機にあたり、微力をも顧みず再建の礎石たるべき抱負と決意とをもって出発したが、ここに創立以来の念願を果すべく角川文庫を発刊する。これまで刊行されたあらゆる全集叢書文庫類の長所と短所とを検討し、古今東西の不朽の典籍を、良心的編集のもとに、廉価に、そして書架にふさわしい美本として、多くのひとびとに提供しようとする。しかし私たちは徒らに百科全書的な知識のジレッタントを作ることを目的とせず、あくまで祖国の文化に秩序と再建への道を示し、この文庫を角川書店の栄ある事業として、今後永久に継続発展せしめ、学芸と教養との殿堂として大成せんことを期したい。多くの読書子の愛情ある忠言と支持とによって、この希望と抱負とを完遂せしめられんことを願う。

一九四九年五月三日

角川文庫ベストセラー